HEYNE<

Das Buch

Drei Freundinnen, drei Leben und ein Verbrechen, das alles verändert

Eleanor hat eine erfolgreiche Karriere und liebt ihr Singleleben – abgesehen von der kleinen Schwäche für den Ehemann ihrer besten Freundin. Mary ist klug und wissbegierig, aber in ihrem Leben mit drei Kindern und einem dominanten Mann bleibt keine Zeit für ihre eigenen Träume. Nancy schien alles richtig gemacht zu haben: Sie war schön, führte eine glückliche Ehe und hatte eine wunderbare Tochter. Doch jetzt ist sie tot. Als Nancys Leiche gefunden wird, entpuppt sich ihr perfektes Leben nach und nach als Lüge. Dabei müssen sich Eleanor und Mary bald eingestehen, dass nicht nur Nancy etwas zu verbergen hatte. Wenn sie herausfinden wollen, was wirklich mit ihrer Freundin geschah, müssen sie sich selbst der Wahrheit stellen.

Die Autorin

Araminta Hall arbeitet als Journalistin, Lehrerin und Autorin. Derzeit unterrichtet sie Kreatives Schreiben in Brighton, wo sie auch mit ihrem Mann und ihren drei Kindern lebt.

Lieferbare Titel

978-3-453-42251-3 – The Couple

ARAMINTA HALL

Die dritte Freundin

ROMAN

Aus dem Englischen von
Carola Fischer

WILHELM HEYNE VERLAG
MÜNCHEN

Die Originalausgabe *Imperfect Women* erschien erstmals 2020
bei Orion, London.

Sollte diese Publikation Links auf Webseiten Dritter enthalten,
so übernehmen wir für deren Inhalte keine Haftung,
da wir uns diese nicht zu eigen machen, sondern lediglich auf
deren Stand zum Zeitpunkt der Erstveröffentlichung verweisen.

Penguin Random House Verlagsgruppe FSC® N001967

Deutsche Erstausgabe 12 / 2021
Copyright © 2020 by Araminta Hall
Copyright © 2021 der deutschsprachigen Ausgabe
by Wilhelm Heyne Verlag, München,
in der Penguin Random House Verlagsgruppe GmbH,
Neumarkter Str. 28, 81673 München
Redaktion: Anita Hirtreiter
Printed in Germany
Umschlaggestaltung: FAVORITBUERO, München
unter Verwendung von Trevillion Images / © Jane Morley
Satz: Uhl + Massopust, Aalen
Druck und Bindung: GGP Media GmbH, Pößneck
ISBN: 978-3-453-42466-1

www.heyne.de

Für meine eigenen wunderbar
unvollkommenen Frauen:
Polly, Emily M., Dolly, Shami & Emily S.

»Der perfekte Mensch ist alle Menschen
zusammengenommen, das ist eine Gemeinschaft,
denn wir alle zusammen machen
die Perfektion aus.«

Sokrates

ELEANOR

»Eleanor.«

Sie setzte sich auf, denn ihr war nicht bewusst gewesen, dass sie ans Telefon gegangen war. Die Nacht war noch dunkel, und nichts ergab einen Sinn. Ihr Kopf drehte sich, und als sie ihn nach vorn sinken ließ, damit das aufhörte, drangen ihr andere Dinge ins Bewusstsein.

»Robert?«

»Tut mir leid, dass ich dich aufgeweckt habe.«

»Wie spät ist es?«

»Kurz nach vier.«

»Mein Gott, ist etwas passiert?«

»Nein. Also, ich weiß es nicht genau. Nancy ist nicht da. Ich muss beim Lesen eingeschlafen sein, denn als ich gerade aufwachte, war sie immer noch nicht zurück. Und bei ihrem Handy geht sofort die Mailbox an.«

Die Straßenbeleuchtung fiel durch die Vorhangritzen, und Eleanor versuchte sich auf den künstlichen Lichtstreifen zu konzentrieren, als hätte er eine besondere Bedeutung.

»Du weißt nicht zufällig, wo sie ist, oder? Ich meine, vielleicht ist sie ja nach dem Essen noch mit zu dir gekommen?« Er klang angespannt.

»Nein, nein, ist sie nicht.« Sie schwang ihre Beine aus dem Bett, und die ganze Verärgerung über Nancy, die sie am Vorabend, im Grunde schon seit langer Zeit, empfunden hatte, stieg wieder in ihr hoch. »Wenn du willst, kann ich in einer Viertelstunde bei dir sein.«

»Aber nein, du musst doch nicht ...«

»Das ist in Ordnung, Robert. Ich zieh mir nur schnell was über und fahre dann gleich los.«

Seine Stimme stockte. »O Gott, glaubst du denn ... ich meine, soll ich die Polizei rufen?«

»Nein, warte, bis ich da bin.« Während sie sprach, zog Eleanor ihre Jeans an, und ihre Verärgerung verwandelte sich in Wut. Am liebsten würde sie irgendeinen Gegenstand greifen, ihn gegen die Wand schleudern und Nancy anschreien. Sie wollte ihr ins Gesicht sagen, was ihr nicht passte. Das hier würde sie ihr nicht durchgehen lassen. Sie würde alles erzählen, bis ins letzte Detail, jede schmerzvolle Sekunde, sie würde ihr nichts ersparen.

Während sie im Auto die wenigen Kilometer zwischen ihrer kleinen Wohnung und Nancys großem Haus zurücklegte, suchte Eleanor nach den Worten, die sie zu ihrer Freundin sagen würde, wenn sie sie das nächste Mal sah. Sie würde verlangen, dass Nancy aufhörte, diese dummen Spielchen mit ihnen zu spielen, dass sie zugab, was sie getan hatte, damit sie sich alle wieder mit ihren eigenen Problemen beschäftigen konnten. Im Laufe der Jahre hatte Eleanor miterlebt, wie Nancy ständig kleine persönliche Dramen heraufbeschwor, die jetzt in dem einen großen gipfelten, und sie fragte sich, ob ihre Freundin einfach nur versuchte, sich interessant zu machen, weil ihr Leben nicht halb so erfüllt war, wie es hätte sein können. Manchmal überlegte sie, wie es wohl wäre, Nancys scharfen Verstand zu haben, ohne ihn je für einen konkreten Zweck zu nutzen. Nancy hätte wirklich jede Position erreichen und jede Tätigkeit erlernen können, und doch hatte sie es so oft versäumt, sich einer Sache vollkommen zu widmen. Gelegentlich bekam man das Gefühl, als ob Nancy sich aus ihrer eigenen Lebensgeschichte herausgeschrieben hätte, und das war zweifellos ein Sabotageakt.

An einer roten Ampel hielt Eleanor an, und drei Teenager tänzelten – die Arme untergehakt, lachende Gesichter – über die Straße. Dann wurde sie traurig. Die drei erinnerten sie an ihre eigene Jugend, ein Riss im Saum der Zeit, denn sie hätten auch Nancy, Mary und sie selbst vor dreißig Jahren sein können.

Eines der Mädchen drehte sich um, als sie am Auto vorüberging, und ihr Blick begegnete dem von Eleanor. Einen Moment lang erstarb das Lächeln auf ihren Lippen, danach verwickelte ihre Freundin sie wieder in ein Gespräch. Sie sahen aus wie die Studentinnen, die Nancy, Mary und sie selbst gewesen waren, als sie sich am ersten Tag der Erstsemester-Einführungswoche an der Uni kennengelernt hatten, alle drei tief erstaunt über ihr Glück, einander so schnell zu finden. Eleanor fragte sich, ob die Mädchen, wie damals sie selbst, in ein unordentliches Haus zurückkehrten, wo sie über den gemeinsam verbrachten Abend lachten, bevor sie sich darüber unterhielten, was aus ihnen werden würde, in wen sie sich verknallen und wen sie lieben würden, was für ein Leben auf jede von ihnen wartete.

Als sie wieder anfuhr, versuchte sie sich daran zu erinnern, welche Ziele sie sich damals gesetzt hatten, in der festen Überzeugung, sie eines Tages zu erreichen. Sie nahm an, dass sie nicht allzu weit von ihrem Weg abgekommen war, obwohl sie davon geträumt hatte, Oxfam zu leiten und verschiedenen Komitees anzugehören, anstatt der kleinen Hilfsorganisation, die sie gegründet hatte. Mary hatte weiterhin in der Welt der griechischen Götter verweilen wollen und eine akademische Laufbahn ins Auge gefasst. Tatsächlich, dachte Eleanor, ähnelte ihr Leben eher der Strafe eines griechischen Gottes, mit ihrer schrecklichen Ehe, die ihr sämtliche Energie raubte, obwohl sie ihre Kinder – das war unbestreitbar – bedingungslos liebte. Inzwischen waren Marcus, Mimi und Maisie schon groß – wo zum Teufel war bloß die Zeit geblieben? Es war schwer, sich auch nur daran zu erinnern, was Nancy hatte werden wollen. Eleanor dachte, dass sie sich für Journalismus interessiert hatte. Herausgeberin einer Tageszeitung war einmal Nancys höchstes Ziel gewesen, auch wenn das Eleanor jetzt unwahrscheinlich vorkam, denn der Gedanke war abwegig, dass Nancy mit irgendetwas in ihrem Leben zufrieden sein könnte.

Das Haus von Nancy und Robert war hell erleuchtet. Bereits von der Straße aus erkannte Eleanor, dass Robert in jedem Zimmer das Licht angeschaltet haben musste, und nun strahlte das Haus in der Dunkelheit, als würde dort gleich eine Party beginnen. Roberts Gesicht erschien am Bogenfenster im Wohnzimmer, und er öffnete die Haustür, als Eleanor die Stufen hinaufstieg. Zur Begrüßung zog er sie an sich und umarmte sie, wie er es immer tat.

»Soll ich uns einen Tee kochen?«, fragte er, als sie nach unten in die Souterrainküche gingen.

»Ich mache das. Setz dich hin«, sagte Eleanor.

Er tat wie ihm geheißen, sein gekrümmter Körper sank auf einen Stuhl, und er rieb sich die Augen, wodurch sein zerknittertes Gesicht noch mehr Falten bekam. Sein blondes Haar war zerzaust, vom Schlaf verwuschelt, dachte sie, und der Anblick stachelte die ihr wohlvertrauten zärtlichen Gefühle für ihn an.

Sie saßen am Tisch und nippten an ihrem Tee, und keiner von beiden sagte etwas, weil keiner es aussprechen wollte, weil keiner es wissen oder sagen wollte. Eleanor fuhr der Gedanke durch den Kopf, dass sie ein Paar in ihrem gemütlichen Eigenheim sein könnten, das früh zur Arbeit musste.

»Weißt du, wo sie ist?«, fragte Robert endlich.

»Nicht genau.« Eleanor umschloss ihren Teebecher mit den Händen und suchte nach einer Möglichkeit, Robert zu erzählen, was sie wusste.

»Aber es gibt einen anderen Mann, nicht wahr?« Er blickte ihr direkt in die Augen.

»O Gott, Robert, ich könnte Nancy umbringen.« Sie konnte es ihm nicht sagen, aber andererseits konnte sie ihm auch nicht ins Gesicht lügen.

»Wie lange geht das schon?«

»Das musst du sie selbst fragen.«

»Kann ich aber nicht, sie ist nicht hier.«

Eleanor dachte, dass Nancy sie bereits oft in unmögliche Situationen gebracht hatte, doch diese hier war wahrscheinlich die schlimmste. Vielleicht würde sie ihr dieses Mal nicht vergeben. »Ach, Robert, es tut mir so leid.«

»Ist sie gestern Abend zu ihm gegangen?«

»Nachdem wir zusammen essen waren, sagte sie, dass sie ihn noch treffen würde. Ich wusste nichts davon, wirklich nicht.«

»Es ist nicht deine Schuld, Eleanor.« Aber sein Tonfall war barscher, als sie es von ihm kannte. »Glaubst du, dass sie mich jetzt verlassen hat? Sind die beiden zusammen durchgebrannt?«

»Das glaube ich nicht. Sie hat versucht, mit ihm Schluss zu machen, aber er hat sich damit nicht abgefunden.« Zum ersten Mal verspürte Eleanor tief im Inneren einen Anflug von Angst, denn Nancy hatte die Affäre schon eine ganze Zeit lang beenden wollen, und sie konnte sich nicht vorstellen, was dieser andere Mann wohl gesagt haben mochte, sodass sie ihre Meinung derart grundlegend geändert hatte. Nancy war nicht gemein, auf keinen Fall war sie die Frau, die nicht zu dem Mann zurückkehrte, mit dem sie seit über zwanzig Jahren verheiratet war. Eleanor sprach wieder, um ihre Befürchtungen zu zerstreuen. »Sie hat mir kaum etwas über ihn erzählt, außer dass es ihn gibt. Gestern Abend war sie durcheinander. Sie hat wirklich versucht, der Sache ein Ende zu setzen.«

»Wer ist er?«

Eleanor fühlte, wie mit der Wärme des Tees Übelkeit in ihr aufstieg. »Bitte glaub mir, ich weiß es nicht. Sie hat mir nur gesagt, dass er David heißt und sie ihn über die Arbeit kennengelernt hat.«

Bei der Information zuckte er zusammen, als ob sie ihm eine Brandwunde zugefügt hätte. »Aber ist es ihr mit diesem Mann so ernst, dass sie mich seinetwegen verlässt?«

Eleanor vergegenwärtigte sich Nancys blasses Gesicht

am Abend, dem Abend, der in dieser Nacht gemündet hatte. Was für ein absurder Gedanke. Es stimmte, dass sie die Affäre beenden wollte, doch sie war auch merklich niedergeschlagen gewesen, und bei Nancy wusste man nie genau, welche Gefühle echt waren und welche übertrieben. Eleanor tröstete sich, indem sie sich in Erinnerung rief, dass Nancy impulsiv und wagemutig war. Sie war sicher nicht weggelaufen, aber es war möglich, dass sie eine Dummheit begangen hatte. Eleanor blickte wieder zu Robert und seinen durchdringenden blauen Augen, seinem verlässlichen Wesen und konnte nicht verstehen, warum er Nancy nicht genügt hatte. Als sie ins Bett gegangen war, hatte sie ein schlechtes Gewissen gehabt, dass sie nicht netter zu ihrer Freundin gewesen war, doch jetzt dachte sie, dass sie hätte strenger mit ihr sein sollen.

»Ich weiß es nicht. Das ging so etwa seit einem Jahr.« Ihre Worte ließen ihn zurückschrecken. »Aber sie wollte ihn wirklich nicht mehr sehen, zumindest hat sie es versucht. Sie wollte mit dir zusammen glücklich sein.« Herrgott noch mal, ihre Worte wurden Nancy nicht gerecht.

»Dann könnte das also ein allerletzter ...« Seine Worte verloren sich, ihre Schäbigkeit beschmutzte die perfekte neue Küche, die Nancy gerade hatte einbauen lassen.

»Ach, Robert, das Ganze ist total scheußlich. Du hast das nicht verdient. Es tut mir so leid.« Eleanor dachte an die vielen Male, die sie an diesem Tisch gesessen und Roberts Essen gegessen und seinen Wein getrunken hatte, an die Wochenenden, die sie im Haus ihrer Freunde in Sussex verbracht hatte, an die bequemen Betten, die heißen Bäder, die Gespräche am Kamin und die langen Spaziergänge. Sie kam sich schändlich vor, dass sie seine Freundschaft verraten hatte.

»Jeder an deiner Stelle hätte das Gleiche getan. Ich meine, Nancy ist deine Freundin.«

»Aber du bist auch mein Freund.« Während sie sprach, streckte sie den Arm vor und legte ihre Hand auf seine. Seine Haut war überraschend weich.

Er schenkte ihr ein bitteres Lächeln.

»Ich weiß nicht, ob es das besser macht, aber ich habe ihr von Anfang an deutlich gemacht, dass ich dagegen bin. Ich habe sie nie dazu ermutigt.«

Er sah zur Uhr über der Tür auf, und Eleanor folgte seinem Blick. »Ich denke, ich sollte mich für die Arbeit fertig machen.«

»Es ist doch erst halb sechs.«

»Wir arbeiten gerade an einem großen Fall.«

»Aber auch heute? Ich meine, willst du allen Ernstes heute in die Kanzlei gehen?«

»Ich kann nicht hier herumsitzen und Trübsal blasen. Und ich würde lieber keine Entscheidungen treffen, bevor ich nicht mit Nancy gesprochen habe. Es ist besser, wenn ich beschäftigt bin.«

»Dann wirst du ihr also verzeihen?« Eleanor empfand ihre Stimme als schrill. »Ohne zu wissen, was wirklich passiert ist?« Einen Moment lang konnte sie es nicht ertragen, dass ihre Freundin auch diesmal davonkommen würde. Doch sie schob diesen Gedanken beiseite, denn sie musste verhindern, dass das letzte Jahr ihr die Freundschaft zu Nancy verleidete. Nancy war auch die Frau, die Eleanor schätzte, die sie zum Lachen brachte, die sie immer anrufen konnte, die sich häufig um sie kümmerte.

»Das habe ich nicht gesagt.« Eleanor hörte die unverhohlene Wut in seiner Stimme. Seine Hand umklammerte die Tischkante, und unter der Haut traten die Adern hervor. »Aber wir sind schon sehr lange zusammen. Und wir haben Zara. Ich meine, man schmeißt zwanzig Jahre nicht mal eben so weg.«

Der Augenblick fühlte sich unwirklich an, vielleicht weil es so früh am Tag, draußen aber noch nachtdunkel war. Eleanor schluckte ihre Tränen und ihre Beschämung hinunter – natürlich wusste sie nicht, was es hieß, solche Umstände in Betracht zu ziehen, andere Menschen, Langzeitbeziehungen. Doch dann stand Robert auf und Eleanor ebenso, denn es war unmissverständlich, dass sie gehen sollte.

»Danke, dass du gekommen bist«, sagte Robert, als sie zusammen die Treppe hinaufstiegen.

An der Haustür blieben sie stehen. »Woher wusstest du, dass sie eine Affäre hat?«

Robert zuckte die Achseln und schaffte es nicht, ihr in die Augen blicken. »Es war schon eine ganze Weile offensichtlich, dass etwas im Gange war. Ich denke, eine Affäre ist eine der Möglichkeiten, die einem dabei einfallen.«

Eleanor schob ihre Hand unter Roberts Ärmel und streichelte seinen Arm. »Ich glaube, ihr werdet eine Lösung finden. Ich hoffe es für euch.«

Er öffnete die Haustür, und die Morgenkälte drang herein. »Wenn du heute etwas von ihr hörst, lass es mich bitte wissen. Es könnte sein, dass sie mich nicht anruft.«

»Natürlich, ich melde mich. Und du dich bei mir.« Sie zitterte vor Kälte, doch Robert schien das nicht aufgefallen zu sein. »Wie auch immer.« Sie wandte sich zum Gehen und bemerkte dann ein weißes Auto, das vor dem Haus hielt. Sie blickte wieder zu Robert, und sein Gesicht verriet ihr, dass sie nicht falschlag. In der lautlosen, drückenden Stille des Tagesanbruchs beobachteten beide, wie zwei Polizisten aus dem Wagen stiegen und auf das Haus zukamen.

»O Gott«, sagte Robert hinter ihr.

Als sie die Stufen hinaufstiegen, verschmolzen ihre Uniformen mit der Dunkelheit.

»Mr. Hennessy?«, fragte einer von ihnen.

»Ja«, antwortete Robert.

»Dürften wir bitte hereinkommen, Sir?«

Robert trat einen Schritt zurück und ließ die Beamten ins Haus.

Sie sammelten sich in der Diele. Eleanor hätte sie am liebsten alle geschüttelt und die Polizisten gefragt, warum es ihnen nicht seltsam erschien, dass sie noch vor Anbruch der Morgendämmerung vor der Haustür standen.

»Können wir uns irgendwo hinsetzen?«, fragte einer der Beamten, also öffnete Robert die Tür zu dem in Hellgelb gestrichenen Wohnzimmer, einer Farbe, die Nancy immer ganz besonders gemocht hatte. In jedem Haus sollte es ein sonniges Zimmer geben, hörte Eleanor sie sagen, als sie alle auf dem Sofa Platz nahmen, als wären sie eine Gruppe Freunde, die sich zufällig traf, bevor die meisten Menschen aufstanden.

»Entschuldigung, und wer sind Sie?«, wandte sich der Polizist an Eleanor.

»Oh, Verzeihung, das ist Eleanor Meakins. Sie ist eine gute Freundin meiner Frau.« Die Äußerung hing bedrohlich in der Luft, wo doch eine Erklärung nötig gewesen wäre.

»Bitte, Mr. Hennessy, setzen Sie sich«, sagte der Polizist.

»Nein«, erwiderte Robert. »Ich bleibe lieber stehen.«

Der Polizist nahm seine Mütze ab, und sein Kollege tat es ihm gleich. »Es tut mir sehr leid. Vor etwas über einer Stunde haben wir eine Frau Ende vierzig gefunden, und wir haben Grund zu der Annahme, dass es sich um Ihre Ehefrau Nancy Hennessy handelt.«

Bei diesen Worten setzte sich Robert doch hin, direkt neben Eleanor. Sie spürte, wie das Sofa zusammengedrückt wurde und sein Körper gegen ihren sank. Sie konzentrierte sich so lange wie möglich auf dieses Gefühl, während sich der Rest der Welt um sie drehte.

»Warum denken Sie, dass es sich bei der Frau um Nancy handelt?«, fragte Robert schließlich.

»Man hat ihre Handtasche bei ihr gefunden, ihr Führerschein war im Portemonnaie.« Der zweite Polizist hatte immer noch nichts gesagt, und Eleanor fragte sich, ob dieser Besuch für ihn eine Art Übungseinheit war.

»O mein Gott. Was ist ihr zugestoßen?« Eleanor wurde von dem Gedanken beherrscht, dass Nancy die Nacht draußen in eisiger Kälte verbracht hatte.

»Das wissen wir im Moment noch nicht genau. Aber wie es aussieht, hat sie ein Schädel-Hirn-Trauma erlitten.«

Eleanor versuchte den Worten einen Sinn zu entnehmen. Der Polizist sprach von einem Schädel-Hirn-Trauma. Es hatte sie doch niemand verletzt, oder? Das war doch sicher ein Irrtum? Bei dem Gedanken stieg blinde Wut in ihr auf, und sie hatte das verzweifelte Verlangen, sofort zu ihrer Freundin zu eilen, um deren Schmerzen zu lindern.

»Wo ist sie?«, fragte Eleanor. »Ich meine, ist sie tot?«

Die beiden Polizisten und auch Robert blickten sie an, als ob sie dumm wäre. »Ja«, sagte schließlich der Polizist, der auch vorher geredet hatte. »Es tut mir leid, ich dachte, Sie hätten verstanden ...« Er wurde tiefrot im Gesicht. »Sie ist jetzt im Leichenschauhaus.«

»Wo hat man sie gefunden?«, fragte Robert.

»Am Flussufer, in der Nähe von Hammersmith. Entschuldigen Sie die Frage, aber hätten Sie ein aktuelleres Foto Ihrer Frau für uns?«

Robert schien keine Anstalten zu machen, sich zu rühren, daher stand Eleanor auf und holte ein Foto vom Kaminsims. Sie wählte eine kürzlich gemachte Aufnahme von Nancy, die ihren Arm um Zara gelegt hatte. Es gab keine schlechten Bilder von Nancy, doch auf diesem hier verlieh ihr die Sonne im Hintergrund einen strahlenden Glanz und betonte ihre Vollkommenheit, als zeichnete sie ihre Konturen. Sie reichte es dem Polizisten, und der nickte, als er einen Blick darauf warf.

»Wir müssen Sie bitten, die Leiche zu identifizieren, Mr. Hennessy. Oder gibt es jemanden, der das für Sie tun kann?«

Robert stöhnte und klang dabei wie ein Bär.

»Ich kann das übernehmen«, sagte Eleanor.

»Nein«, sagte Robert. »Das sollte ich machen.«

Ihre Blicke begegneten sich, und panische Angst erfasste Eleanor, als sie begriff, dass Nancys Tod schlimmer war als jeder andere Todesfall irgendwo auf der Welt. Sie würden alle leiden, und nichts würde jemals mehr so sein, wie es einmal war.

Während sie auf den kalten Plastikstühlen vor dem Aufbahrungsraum auf Robert wartete, konnte sie sich nicht mehr erinnern, wie sie beide zum Leichenschauhaus gekommen waren. Sie versuchte sich den Ablauf der Fahrt zu vergegenwärtigen, einen Zusammenhang herzustellen, aber ihr fiel nichts ein. Robert war schnell wieder zurück, doch sein Blick war unstet, und er zitterte.

»Hast du etwas dagegen, wenn ich hineingehe?« Eleanor war selbst überrascht von ihrer Frage, Robert machte allerdings eine winkende Handbewegung zu dem Raum hin, sodass sie sich verpflichtet fühlte.

Der Raum war künstlich dunkel gehalten, zumindest war das Licht gedämpft, mit Plastikblumen in verstaubten Vasen und einem dunkelblauen Samtstuhl in einer Ecke. Auf einem Bett waren unter einem Laken die Umrisse eines Körpers zu erkennen, von dem Eleanor annahm, dass es Nancys war. Daneben stand eine Frau und nickte ihr zu, also erwiderte Eleanor das Nicken. Die Frau beugte sich vor und zog das weiße Laken zurück, und Eleanor begriff erst, was sie tat, als es schon zu spät war und ihr keine Zeit mehr blieb, sich auf den Anblick, der sie erwartete, vorzubereiten. Sie konnte nichts anderes tun, als vorzutreten, um ihre Freundin zu betrachten. Umgehend verspürte sie ungeheure Erleichterung, denn hier war zweifellos ein Fehler unterlaufen, das war nicht Nancy. Das war nur eine Reproduktion von Nancy, eine Wachsfigur oder eine aus

Pappe. Eleanor wollte die Hand ausstrecken und Nancys Haut berühren, die bereits jegliche Strahlkraft verloren zu haben schien. Ihre Schönheit, im Leben so präsent, war längst verschwunden, als hätte sie gewusst, was kommen würde, als ob sie es nicht ertragen könnte, zu verwelken und von Würmern zerfressen zu werden. Eleanor musste nach Atem ringen angesichts ihrer eigenen Gedanken, doch die Frau mit dem Laken in der Hand mied ihren Blick, und außerdem musste sie in diesem schrecklichen Raum schon alles gesehen haben. Was für ein Job. Es schien ihr unmöglich, dass irgendjemand diese Tätigkeit machen wollte.

Eleanor trat näher, weil etwas nicht stimmte oder vielleicht auch fehlte, aber sie wusste nicht, was es war. Nancys linker Wangenknochen war geschwollen, und eine gelbliche Prellung zog sich bis unter die seltsame, turbanähnliche Kopfbedeckung, die sie trug. Auch ihr Kiefer sah merkwürdig aus, so als wäre sie beim Zahnarzt gewesen und hätte noch die Watteballen von der Behandlung im Mund. Eleanor wollte sich abwenden, denn es sah danach aus, als wäre ihrer Freundin etwas sehr Hässliches zugestoßen, und sie konnte den Gedanken an die Gewalt, die diese Prellungen bewirkt hatten, nicht ertragen. Ihre letzten Momente waren schmerzvoll gewesen, das war offensichtlich.

Doch das Seltsamste war, dass Nancy keine Haare hatte, zumindest waren ihre Locken vollkommen von dieser Art Turban verdeckt. Nancys Gesicht war immer eingerahmt von ihren goldblonden Haaren, lang und glatt in Universitätstagen, jetzt trug sie einen welligen Bob bis knapp zu den Schultern. Kürzer würde sie sich ihre Haare nie schneiden lassen, durchfuhr es Eleanor jäh, Nancy würde nie eine andere Frisur haben. Aber unter all diese Gedanken mischte sich das Wissen, dass Nancy auf dem Weg zu ihrem Liebhaber gewesen war. Was, wenn dieser Mensch ihr das hier angetan hatte? Was, wenn Eleanor das Richtige hätte sagen können, um sie davon abzuhalten, zu ihm zu gehen, und es nicht getan hatte? Sie hatte es nicht einmal versucht, begriff sie nun. Übelkeit stieg in ihr auf, und ihre Wut auf diese Frau, mit der sie so viel im Leben geteilt hatte, löste sich in Luft auf. Ihr blieb nur ein Gefühl: Sie schämte sich für sich selbst. Eleanor hatte Nancy wahnsinnig gerngehabt, aber sie hatte zugelassen, dass ihr dies zugestoßen war.

»Warum hat sie das um den Kopf gewickelt?« Eleanor zeigte auf den Turban, als ob das wichtig wäre.

»Sie hat eine klaffende Wunde am Hinterkopf, der Verband gibt dem Ganzen Halt«, antwortete die Frau.

»Wird es eine Obduktion geben?«

»Ich denke, ja.«

»Dann wird man sie also aufschneiden? Sie wird nie wieder so wie jetzt aussehen?« Eleanor verstand selbst nicht, warum irgendetwas davon wichtig sein sollte, doch es befeuerte eine wachsende Verzweiflung in ihrem Inneren. Sie hatte den starken Wunsch, sich hinunterzubeugen und Nancys bleiche Wange zu küssen, aber das wagte sie nicht, nicht nur, weil sie beobachtet wurde, sondern auch, weil sie sich vor den Gefühlen fürchtete, die die Berührung in ihr auslösen würde.

»Die machen ihren Job sehr gut. Und in Fällen wie diesem ist es wirklich wichtig, um sämtliche Beweise aufzuspüren.«

Eleanor nickte, denn etwas anderes blieb ihr kaum übrig. Sie hörte, wie die Frau das Laken wieder über die Leiche legte, als sie hinausging.

Ein Polizist fuhr sie heim, zumindest bis zu Nancys Haus, das sich bereits leer anfühlte ohne sie oder das Wissen, dass sie zurückkehren würde. Dort waren noch mehr Polizisten, drinnen wie draußen, in den Räumen war es voll und laut. Und draußen lungerten ein paar Leute herum, einige mit Kameras um den Hals. Einer kam auf sie zugerannt und fragte Robert, ob er einen Kommentar abgeben wolle, bevor er zur Seite gedrängt wurde. Als sie im Haus waren, sprach eine Polizistin Robert darauf an, wer von ihnen Zara informieren solle. Sie sagte, dass man eine Psychologin zur Universität schicken könne, die sich um sie kümmern würde. Doch Robert lehnte ab, er meinte, er müsse das selbst tun, auch wenn er nicht so aussah, als wäre er dazu fähig. Er überlegte, ob er hinfahren und es ihr persönlich sagen sollte, aber Eleanor brachte ihn davon ab, und sie einigten sich darauf, dass die Psychologin bei Zara sein sollte, sobald Robert mit ihr telefoniert hatte. Eleanor ließ ihn allein und ging mit einem anderen Polizisten in die Küche, wo sie anfing, Tee zuzubereiten. Sie war sich bewusst, dass sie nichts Sinnvolles tun konnte und alle Aufgaben von nun an zwecklos erscheinen würden.

Es war nichts anders als sonst, was absurd war: Man musste immer noch einen Teebeutel aus der Schachtel nehmen, ihn in den Becher hängen, Wasser in den Kessel füllen, anschalten, dem Pfeifen des Kessels lauschen, Wasser eingießen, den Beutel herausfischen, Milch hinzufügen. Sie sah sich selbst dabei zu, wie sie einen Schritt nach dem anderen ausführte, aber sie hatten so wenig mit ihr zu tun wie der gebrauchte braune Teebeutel, den sie in den Abfalleimer warf.

Sie setzten sich hin und tranken in der Küche ihren Tee, und Eleanor dachte, dass es nicht mehr als ein weiterer schrecklicher Moment in ihrem Leben war. Und sie hatte viele schreckliche Momente erlebt. Vielleicht keinen, der so schrecklich oder unwirklich war wie dieser gerade, dennoch war auch dies einfach nur ein Moment, den man aushalten musste wie all die anderen auch. Es war wichtig, nicht aus den Augen zu verlieren, dass es hier um Nancy, Robert und Zara ging. Sie durfte nicht an ihr Essen mit Nancy am Vorabend denken, oder daran, was gesagt oder nicht gesagt wurde. Sie durfte nicht zusammenbrechen, jetzt noch nicht.

»Haben Sie etwas dagegen, wenn ich Ihnen ein paar Fragen stelle?«, unterbrach der Polizist ihre Gedanken. Draußen hatte sich der Himmel zu einem matten Grau aufgehellt, und als sie durch das Fenster schaute, konnte sie die kahlen Bäume auf der Straße und kleine Regenspritzer auf der Fensterscheibe sehen. »Mein Name ist DS Daniels. Wir haben festgestellt, dass wir bessere Erfolge erzielen, wenn wir solche Fälle so schnell wie möglich bearbeiten.«

»Wie meinen Sie das? Welche Fälle?« Für einen Augenblick wusste Eleanor nicht, was er meinte.

»Verdächtige Todesfälle.« Der Polizist sah angespannt

aus, und Eleanor begriff, dass die Ereignisse inzwischen zu einem offiziellen Fall geworden waren.

»Glauben Sie denn, dass sie ermordet wurde? Könnte es nicht sein, dass sie hingefallen ist oder so?« Sie hatte Nancy gesehen, und ihr Gesicht widersprach dieser Überlegung, doch sie hielt stur daran fest, denn von allen furchtbaren Varianten war es immer noch die erträglichste.

»Zu diesem Zeitpunkt ist alles möglich«, sagte DS Daniels ruhig. »Aber es gibt Anzeichen dafür, dass dies kein Unfalltod war.«

»O mein Gott.« Es war, als würden ihr die Dinge entgleiten, als würden sie alle in eine neue Sphäre vordringen.

»Wir wissen, dass Sie gestern Abend mit Mrs. Hennessy gegessen haben.«

»Ja.«

»Dann ist das, was Sie uns zu sagen haben, von höchster Bedeutung.«

»Vermutlich schon.« Sie konnte sich selbst sprechen hören, doch es kam ihr alles so unwirklich vor.

»Welchen Eindruck hatten Sie von Mrs. Hennessy? Wissen Sie, wo sie nach dem Essen hingegangen ist? Wann haben Sie das Restaurant verlassen?«

Eleanor holte tief Atem, weil sie wusste, dass nun der Moment gekommen war, in dem ihre Worte alles verändern würden. »Wir sind gegen zehn Uhr gegangen, und Nancy wollte sich noch mit ihrem Liebhaber treffen.«

DS Daniels beugte sich vor, unfähig, seine Aufregung unter Kontrolle zu behalten. »Ihr Liebhaber? Wer ist das?«

»Das weiß ich nicht.« Plötzlich fühlte sich Eleanor so

müde, dass sie Angst bekam, sie könnte einschlafen. Es gab so viel zu sagen, und es blieb nur wenig Zeit.

»Weiß Mr. Hennessy von dem Liebhaber?«

»Ja. Zumindest weiß er jetzt von ihm. Er rief mich um vier Uhr morgens an, weil Nancy nicht nach Hause gekommen war, und ich kam hierher und erzählte es ihm. Aber er hatte es bereits vermutet.«

»Was hat ihn dazu veranlasst, das zu vermuten?«

Sie blickte zu dem Mann, der eifrig in sein Notizbuch schrieb, und ihr kam in den Sinn, dass das hier für ihn bloß ein Job war und er höchstens befördert wurde, wenn es gut lief. »Ich bin nicht sicher. Er hat gesagt, dass sie Probleme hatten, und in solchen Momenten überlegt man, ob der andere eine Affäre hat.«

»Aber die Identität dieses Liebhabers ist Ihnen nicht bekannt?«

»Nein. Nancy schämte sich sehr dafür, dass sie ihren Mann betrog. Sie hat sich mir nur anvertraut, weil sie so ein furchtbar schlechtes Gewissen hatte, aber sie hat mir nie Näheres erzählt.« Eleanor erinnerte sich daran, wie es zu Beginn der Affäre gewesen war, als sie Nancy praktisch jedes Wort aus der Nase ziehen musste. Doch sie wollte Nancy auch beschützen vor dem, was alle über sie denken würden, denn das Bild, das die anderen von ihrer Freundin hatten, entsprach nicht der Wahrheit. »Sie hat mir bloß erzählt, dass er David heißt und sie ihn über die Arbeit kennengelernt hat.«

»Mehr nicht? Keinen Nachnamen?«

»Selbstverständlich würde ich es Ihnen sagen, wenn ich den Nachnamen wüsste.«

»Aber Sie sind sicher, dass er David heißt?«

»Ja, das war die einzige konkrete Information zu ihm. Und sie hat es mir nur verraten, weil ich unzählige Male gefragt habe. Sie hat gesagt, dass ich ihn nicht kennen würde, daher sei es sinnlos, mehr über ihn zu erzählen.« Doch dann fiel Eleanor etwas vom Vorabend ein, der schon eine Ewigkeit her zu sein schien. »Oh, ich wollte gestern von Nancy wissen, ob er verheiratet sei und Kinder habe, und sie meinte Ja.«

»Das war alles? Sie hat Ihnen nicht den Namen der Ehefrau genannt oder gesagt, wie viele Kinder er hat?«

»Nein.« Eleanor richtete den Blick auf den Ausschlag seitlich am Kinn des Polizisten, der wahrscheinlich vom Rasieren herstammte.

»Wissen Sie, wie lange das schon mit den beiden lief?«

»Etwas über ein Jahr, soweit ich weiß.«

»Es könnte also auch länger gewesen sein?«

»Möglich, ja.« Aber da Nancy nichts mit sich allein ausmachen konnte, hielt Eleanor das für unwahrscheinlich.

»Und hat Nancy noch mit jemand anderem darüber gesprochen?«

»Das weiß ich nicht. Ich denke, nein. Vielleicht mit unserer Freundin Mary, aber wenn sie das getan hätte, wüsste ich es.« Sie dachte an Mary, die jetzt einfach so weitermachte wie bisher, und es erschien ihr unmöglich, dass nicht auch ihre Hoffnungen bereits zerbrochen waren.

»Nancy hatte große Angst, dass Robert hinter die Affäre kommen würde, deshalb glaube ich nicht, dass sie noch jemandem davon erzählt hat.«

DS Daniels schrieb auf seinen Notizblock. »Und sie hat gesagt, dass sie ihn über die Arbeit kennengelernt hat?«

»Ja, ich glaube, sie erwähnte eine Party.«

»Wo hat Mrs. Hennessy gearbeitet?«

»Nun, eigentlich meistens zu Hause. Sie spricht fließend Französisch und ist als freie Übersetzerin für Buchverlage tätig.«

Eleanor dachte, dass der Polizist deprimiert aussah, denn diese Antwort brachte eine Vielzahl von Richtungen mit sich, in die ermittelt werden konnte.

»Und als Sie gestern Abend das Restaurant verlassen haben, hat Ihnen Nancy da gesagt, wo sie diesen David treffen wollte? Haben Sie vielleicht gesehen, in welche Richtung sie fortgegangen ist?«

Eleanor spürte, wie ihr bei der Erinnerung an ihren Abschied die Röte ins Gesicht stieg. »Offen gestanden ist Nancy vor mir gegangen. Ich blieb noch, um zu bezahlen, daher habe ich nicht gesehen, wohin sie gegangen ist.« Eleanor fragte sich, ob der Polizist verstand, was für eine schlechte Freundin sie war.

»Haben Sie bezahlt, weil Nancy kein Geld bei sich hatte?«

»Nein, also, ich habe sie nicht gefragt, ich habe nur angeboten, die Rechnung zu übernehmen.« Dass sie bezahlt hatte, gab ihr zumindest ein klein wenig ein besseres Gefühl. »Aber Nancy ging nie ohne Geld aus dem Haus.«

»Glauben Sie, dass sie Bargeld bei sich hatte?«

»Ich weiß es nicht. Warum fragen Sie das?«

Er sah aus, als wollte er ihr den Grund nicht verraten, doch dann sagte er: »Als man sie fand, lag ihr Geldbeutel offen neben ihr, und es waren keine Bankkarten und kein Bargeld darin.«

»Sie hatte bestimmt zumindest eine Bankkarte bei sich.«

»Und hatte sie ein Handy?«

»Ja, natürlich. Ist das auch verschwunden?«

»Wir haben keines gefunden. Haben Sie gesehen, dass sie ihr Handy gestern Abend benutzt hat?«

Eleanor durchforstete ihr Gedächtnis, doch sie sah nur Nancys flehentliches Gesicht. »Nein, tut mir leid. Aber ich bin vollkommen sicher, dass sie es dabeihatte.«

»Ja, die meisten Menschen haben ein Handy dabei.«

»Aber der Mann, den sie getroffen hat, hat sie doch bestimmt nicht ausgeraubt, oder?« Es war auf jeden Fall besser, wenn Nancy nicht von ihrem Liebhaber umgebracht worden war, als ob Eleanor dann weniger Verantwortung für ihren Tod trüge.

Der Polizist nickte zustimmend, sprach jedoch gleich darauf die schockierenden Worte: »Raub ist nicht der einzige Grund, warum jemand diese Dinge an sich nimmt.«

»Ach du lieber Gott, weil auf dem Telefon Nachrichten von ihm sein könnten? Können Sie das Handy nicht orten oder auch ohne das Gerät die Nachrichten lesen?«

»Wir haben ein Team von Leuten, die daran arbeiten, aber das ist nicht so leicht, wie es im Fernsehen aussieht.« Er lehnte sich entspannt zurück und hielt dann jäh in der Bewegung inne. »Wie dem auch sei, Miss Meakins, Sie haben uns sehr geholfen.«

Eleanor blieb bei Robert, bis Zara nach Hause kam, dann überließ sie die beiden ihrer Trauer – denn Vater und Tochter heulen zu sehen gab ihr das Gefühl, ein Eindringling zu sein. Außerdem war Nancys Mutter Pearl auf dem Weg, und Eleanor fühlte sich nicht imstande, sie in diesem Moment zu sehen. Sie versprach, am nächsten Vormittag wiederzukommen, unsicher, ob man sie brauchte oder ihre Anwesenheit erwünscht war, doch Robert blickte sie voller Dankbarkeit an. Es war schon wieder dunkel, als Eleanor ging, und dieses Mal hielt sie nichts auf. Es hätte eine Wiederholung des frühen Morgens sein können, Nancy wäre nicht tot gewesen, und die Zeit hätte zurückgedreht werden können, aber von welcher Seite aus man es auch betrachtete, es würde nie wieder so werden wie früher.

Sie saß im Wagen, die Hände auf dem Lenkrad, und ihr Körper fühlte sich vollkommen zerschmettert an, als ob ein Auto sie überfahren hätte und dann auch noch zurückgesetzt. Ihr Mund war trocken, und ihr Herz schlug gegen ihre Rippen, Schweiß bedeckte ihre Achselhöhlen, und ihr eigener Körpergeruch stieg ihr in die Nase. Mary wusste es immer noch nicht. Sie hatte nicht die Kraft gehabt, ihr am Telefon von Nancys Tod zu erzählen, aber der Polizist hatte sie gewarnt, dass die Abendnachrichten darüber berichten würden. Bald war es sechs Uhr, und auch wenn sie bezweifelte, dass Mary so früh Nachrichten schaute, konnte sie nicht sicher sein. Sie ließ den Motor an und fuhr in Richtung Kilburn, kämpfte sich durch den Feierabendverkehr, rechts und links Männer und Frauen, jeder in seinem eigenen Leben eingeschlossen, nichts Außergewöhnliches.

Marys Gartentor hing immer noch schief in den Angeln, wie schon seit Jahren. Ihr Garten war voller Unkraut, wie seit Jahren, und die zerbrochene Scheibe in der Glastür wurde wie eh und je notdürftig von Klebeband zusammengehalten. Sie klingelte, und Maisie öffnete die Tür, also durfte Eleanor sich nichts anmerken lassen.

»Hallo, Ellie.« Maisie lächelte, ihre neu gesprossenen Pubertätspickel waren herzerweichend. »Ich wusste gar nicht, dass du zu Besuch kommst.«

»Tu ich nicht. Also, ich bin hier, aber ich habe vorher nicht Bescheid gesagt.«

»Mum«, rief Maisie, »Ellie ist hier!«

Mary kam aus der Küche und wischte sich die Hände am Rock ab. Ihre Haare hingen strähnig herunter, und Eleanor ertappte sich bei dem Gedanken, dass Mary dringend zum Friseur musste, als ob das irgendetwas besser machen würde.

»Ellie, was für eine nette Überraschung.« Sie trat auf sie zu. »Ist alles in Ordnung? Du siehst nicht gut aus.«

Eleanor spürte einen Kloß im Hals, und obwohl sie den Mund öffnete, fing sie nur an zu weinen. »Mimi«, rief Mary nach oben, »komm bitte herunter!«

Dumpfes Poltern, und dann war Mimi da, starrte Ellie zusammen mit ihrer kleinen Schwester an, und Eleanor wusste, dass sie alles falsch machte.

»Nimm Maisie, und dann seht ihr beide am besten fern«, sagte Mary. »Kommt nicht in die Küche.« Danach fasste sie Eleanor am Ellbogen und führte sie in den heißen, dampfigen Raum, wo es nach gebratenem Hackfleisch roch. »Setz dich«, bot sie ihr an, und Eleanor tat wie ihr geheißen, denn sonst würde sie in Ohnmacht fallen. »Möchtest du etwas trinken?«

»Wein. Whiskey, oder was du dahast.«

Mary öffnete den Kühlschrank. »Hier ist ein Bier von Howard. Wie wär's damit?«

»Das ist okay.«

Mary reichte ihr die kalte schwarze Dose und setzte sich neben sie. »Was zum Teufel ist passiert, Ellie?«

Eleanor suchte nach den passenden Worten, aber es gab keine. »Nancy ist tot. Die Polizei nimmt an, dass sie ermordet wurde.« Das Bier schmeckte nach Hefe und erinnerte sie daran, warum sie es nicht mochte, doch zumindest hatte sie aufgehört zu weinen.

»Was in aller Welt soll das heißen?« Die Augen weit hinter ihren Brillengläsern aufgerissen, sah Mary aus wie eine Comicfigur.

»Mein Gott, Mary, sie ist tot.«

Mary sank auf dem Stuhl in sich zusammen und fing heftig an zu schluchzen, so heftig, wie Eleanor sich zu weinen wünschte, auf eine reine, unverfälschte Art, laut, tränenreich und schniefend. Sie schob ihren Stuhl näher und legte den Arm um ihre Freundin, die sie schon ewig kannte. So saßen sie zusammen, während Mary schluchzte und stöhnte.

Schließlich verstummte Marys Weinen, und als sie sich aus der Umarmung löste, waren ihre Augen geschwollen und ihre Wangen rot gefleckt. »Aber wie? Ich meine, warum? Wann?«

»Sie wurde heute am frühen Morgen gefunden, auf einem Fußweg am Fluss in Hammersmith, direkt neben der Brücke. Sie hatte eine große Wunde am Hinterkopf, an dieser Verletzung ist sie gestorben.«

Mary hielt sich die Hände vor den Mund, als ob ihr übel wäre. »Ach du lieber Gott. Aber wer hat das getan? Und weiß man, warum?«

»Nein.« Eleanor fühlte die Last aller Gespräche, die sie an diesem Tag geführt hatte.

»Wurde sie vergewaltigt?«

Die Frage war ein Schock. »Meine Güte, ich weiß es nicht. Ich glaube nicht. Ich meine, das hätte die Polizei doch sicher erwähnt.« Vielleicht hatten sie allerdings Robert etwas gesagt. Bei dem Gedanken drehte sich ihr der Magen um.

»Aber was war es dann? Ein fehlgeschlagener Überfall?«

»Könnte sein. Ihre Tasche lag neben ihr, doch ihr Geld und ihr Handy sind verschwunden.«

»Aber man kann sie doch nicht wegen eines iPhones umgebracht haben.«

Eleanor nahm die Hand ihrer Freundin. »Wusstest du, dass sie eine Affäre hatte?«

»Nein, gütiger Himmel, hatte sie es dir erzählt?«

Eleanor durchfuhr der Gedanke, dass es in jeder Freundschaft selbst nach so langer Zeit die Möglichkeit gab, dass einer eifersüchtig wurde. »Ja, aber ich glaube, nur, weil sie verzweifelt war.«

»Also glaubt die Polizei, dass ihr Liebhaber es getan hat?«

»Ja, möglicherweise. Ich war gestern Abend mit Nancy essen, und sie wollte ihn anschließend noch treffen. Sie hatte bereits seit einigen Monaten vor, die Beziehung zu beenden, aber er hat ihr das sehr schwer gemacht.«

»Wer ist er?«

»Ich weiß es nicht. Das hat sie mir nie gesagt.«

»Wie lange weißt du das schon?«

»Ungefähr ein Jahr.«

»Dann geht das also bereits ein Jahr lang mit den beiden?«

»Ich weiß es nicht. Aber ich denke schon, so ungefähr.«

Mary war nicht die Erste, die sie an diesem Tag fassungslos ansah. Sie wusste seit einem Jahr, dass eine ihrer besten Freundinnen eine Affäre hatte, und hatte nicht nachgebohrt, wer das war? Was war sie für eine Freundin? Was war sie für ein Mensch? Sie hatte das Gefühl, dass sie bald fortschweben würde.

»Sie muss dir doch etwas gesagt haben.«

»Sie hat nicht viel über ihn erzählt. Ich weiß, dass er David heißt und sie ihn über die Arbeit kennengelernt hat, aber das bringt uns nicht viel weiter.«

»Armer Robert«, sagte Mary schließlich. »Wie geht es ihm? Und Zara?«

»Furchtbar, wie du dir vorstellen kannst.«

Mary fing wieder an zu weinen. »Oh, ich kann den Gedanken an die beiden gar nicht ertragen.«

Eleanor nahm noch einen Schluck aus der Dose und zwang sich, das dickflüssige Bier hinunterzuschlucken.

»Ich kann es einfach nicht fassen«, sagte Mary.

»Mary Mary Mary.« Es gab keine Pause zwischen den Wörtern. Sie rollten einfach die Treppe herunter und durch die Küchentür.

»Was macht Howard zu Hause?« Eleanor gab sich keine Mühe, den schroffen Tonfall ihrer Stimme zu unterdrücken.

»Er war schon den ganzen Tag hier. Irgendein Bazillus.«

Marys Name donnerte weiterhin gegen die Tür, und Eleanor beobachtete, wie ihre Freundin automatisch aufstand. »Um Himmels willen, sag ihm, dass er damit aufhören soll«, sagte sie in einem für sie so ungewohnten Ton, dass Mary auf dem Weg zur Tür stehen blieb. Schließlich setzte sie sich wieder hin. »Das hättest du bereits vor Jahren tun sollen.«

»Was?«

»Nicht auf ihn eingehen.«

»Aber er ist krank.«

»Nun ja, heute ist er krank. Ich meine, im Allgemeinen.«

Mary beugte sich über den Tisch, ihr fettiges Haar fiel ihr über die Arme. »Mein Gott, Ellie, bitte nicht jetzt. Zuerst müssen wir das hier durchstehen.«

Letztlich war Eleanor recht früh zu Hause, kurz nach halb acht, obwohl sie jegliche Bodenhaftung verloren hatte und ihr die Zeit vollkommen unwirklich erschien. Sie hatte gemerkt, dass sie nicht bei Mary bleiben konnte, denn sie fand es grotesk, wie ihre Freundin sich, selbst im tiefsten Elend, immer noch antrieb und sich um andere Dinge kümmern musste. In dem vollen Haus war es unmöglich, nicht wahrzunehmen, dass das Leben weiterging und vieles beim Alten bleiben würde. Und Howard brauchte fortlaufend die verschiedensten Dinge, die Mary Eleanors Meinung nach ihm viel zu schnell besorgte, auch wenn ihre Freundin recht hatte, dass dies nicht der richtige Zeitpunkt war, um jetzt etwas daran zu ändern. Außerdem war ihre Abneigung gegen Howard verglichen mit ihrem Schmerz über Nancys Verlust völlig unbedeutend.

Also hatte Eleanor sich entschuldigt und war mit dem Versprechen, sich am nächsten Morgen zu melden, gegangen. Doch als sie die Haustür aufschloss und von der Straße in den dunklen Flur trat, den sie sich mit Irena, ihrer Nachbarin, im Erdgeschoss teilte, verspürte sie panische Angst bei dem Gedanken, sich allein in ihrer leeren Wohnung aufzuhalten. Sie hatte bei Irena Licht brennen sehen, und nun stand sie mit erhobener Hand vor ihrer Tür, unsicher, ob sie klopfen sollte.

Eleanors Wohnung war im oberen Stockwerk eines Hauses, das früher einmal Irena allein gehört hatte, ein Haus, in dem sie mehr als fünfzig Jahre gelebt hatte, seit sie vor langer Zeit mit ihrem frisch angetrauten Ehemann aus Polen nach England gekommen war, wo sie ihre Kinder großgezogen und sich ein Leben aufgebaut hatte. Ein Leben, das seinen eigenen Anteil an schmerzhaften Verlusten und harten Schlägen hatte – ihre Eltern wurden während des Krieges ermordet, und sie pflegte ihren schwer kranken Ehemann bis zu seinem Tod, als ihre beiden Kinder noch klein waren. Eleanor zögerte, Irena ihre eigene Traurigkeit aufzudrängen, doch gleichzeitig sehnte sie sich nach dem Verständnis und Feingefühl dieser Frau.

Während sie noch vor Irenas Tür stand, dachte sie an den Tag vor fünfzehn Jahren zurück, als sie ein Gebot für ihre jetzige Wohnung abgegeben hatte und der Immobilienmakler ihr mit verlegener Miene gesagt hatte, dass sie erst die Besitzerin kennenlernen müsse, bevor dieses akzeptiert werden könne. Andere Interessenten seien dadurch bereits abgeschreckt worden, sagte er, aber Eleanor gefiel die Idee, und sie stimmte augenblicklich zu. Am nächsten Tag besuchte sie Irena und saß mit ihr in ihrer warmen, nach Zimt duftenden Küche. Sie redeten und lachten, sodass sie anschließend wie ein aufgeregtes Schulmädchen, das sich sehnsüchtig fragte, ob seine Gefühle erwidert wurden, auf den Anruf wartete.

Irena und sie waren immer mehr als nur Nachbarinnen gewesen, mehr als nur zwei Menschen, die ein paar höfliche Worte wechselten, wenn sie sich zufällig begegneten. Sie halfen sich bei Problemen, sie brachten einander Milch und Medikamente und luden sich gegenseitig zu Geburtstagsfesten und Familienfeiern ein. Vor einigen Jahren hatte Sarah, Irenas Tochter, Eleanor angerufen und erzählt, dass sie sich um ihre allein lebende Mutter sorge, da sie selbst und ihr Bruder je mehr als eine Stunde Autofahrt entfernt wohnten, dass Irena sich aber weigere umzuziehen. Eleanor hatte Irenas Widerwillen gegen einen Ortswechsel verstanden, denn auch sie entsetzte die Vorstellung, dass sie nicht mehr im Haus wohnen würde. Also hatte sie Sarah gesagt, sie könne sie jederzeit anrufen, um sich nach ihrer Mutter zu erkundigen, und sie hatte ihr versprochen, dass sie mindestens einmal in der Woche nach Irena schauen würde. Seitdem aß sie jeden Donnerstag mit Irena zusammen zu Abend, außer sie war verreist oder beruflich zu sehr eingespannt. Diese Abendessen waren eine kleine Oase in ihrer hektischen Woche, und manchmal hatte sie den Eindruck, dass sie sie dringender brauchte als Irena.

Als Eleanor nun vor Irenas Tür stand und das Flurlicht sich mit einem Klicken selbst ausschaltete, verspürte sie eine starke Sehnsucht nach ihrer Freundin. Sie sehnte sich nach ihr, wie sie sich nach ihrer Mutter gesehnt hatte, die längere Zeit bei schwacher Gesundheit gewesen war und deren Verstand dann, vor fünf Jahren, so stark nachgelassen hatte, dass sie sie nicht mehr erkannte, selbst wenn sie noch hätte sprechen können. Eleanor klopfte und unterdrückte ihre Tränen. Doch als Irena, auf ihren Spazierstock gestützt, die Tür öffnete und Eleanor der süßliche Dunst ihrer Wohnung entgegenschlug, konnte sie sich nicht mehr zurückhalten. Die Kinnlade fiel ihr herunter, und Tränen flossen aus ihren brennenden Augen.

»Eleanor, Eleanor«, sagte Irena mit einem Akzent, der ihre polnischen Wurzeln verriet. »Kindchen, was ist denn los?«

Doch Eleanor konnte nicht aufhören zu weinen, sie brachte kein Wort heraus, also fasste Irena sie am Ellbogen, und sie ließ sich von der humpelnden kleinen Frau in die hinten gelegene Küche führen.

»Setz dich.« Irena deutete mit ihrem Stock auf einen Stuhl, und Eleanor sank dankbar darauf. »Brauchst du einen Tee? Oder Wodka?«

Eleanor lachte kurz auf. »Wodka, bitte.«

Irena öffnete den Küchenschrank und holte eine verstaubte Flasche und zwei schmierige Schnapsgläser hervor, die sie auf dem Tisch abstellte. Dann setzte sie sich. »Jetzt erzählst du mir, was passiert ist.«

Eleanor nahm das mit Fingerabdrücken und dem Schmutz der Jahre bedeckte Glas in die Hand und kippte die warme Flüssigkeit hinunter, die sogleich durch ihre Adern rauschte. »Du kennst doch meine Freundin Nancy?«

»Die ein großes Haus hat und sich immerzu beschwert.«

Eleanor schämte sich, dass Irena aufgrund ihrer Beschreibungen so von Nancy dachte. »Ja. Sie ist letzte Nacht gestorben.«

»Ach du lieber Himmel.« Irena verschränkte ihre knochigen Finger vor ihrer schmalen Brust. Eleanor musste an das Herz der älteren Freundin denken, das so viel Traurigkeit hatte erdulden müssen, und sie fragte sich, wie Irena das geschafft hatte. »Das tut mir so leid. Wie ist das geschehen?«

»Ich denke, vielleicht, ich meine, die Polizei nimmt anscheinend an, dass sie ermordet wurde.« Der Gedanke kam Eleanor immer noch unwirklich vor; ein Mord war etwas, das es nur in Krimis gab.

»Die Frau am Fluss? Ich habe davon in den Abendnachrichten gehört.«

»Ja.« Eleanors Tränen waren getrocknet, aber ihr Körper hatte tief im Inneren zu zittern begonnen. Sie goss Irena und sich selbst nochmals Wodka ein, und beide tranken die Gläschen in einem Zug leer. »Ich weiß nicht, was ich tun soll, Irena.«

»Heute Abend solltest du dieses Unglück nur beweinen. Und wenn du morgen aufstehst, fängst du an, etwas zu unternehmen.« Sie legte ihre Hand auf die von Eleanor, sie fühlte sich an wie Wachspapier.

»Du verstehst mich nicht. Ich habe sie gestern Abend getroffen, und ich war nicht nett zu ihr.« Beim Aussprechen dieser Worte gab es ihr einen Stich.

»Ihr habt gestritten?«

»Eigentlich nicht, nein. Wir hatten diese Auseinandersetzung schon seit Längerem. Ich war nicht damit einverstanden, wie sie ihr Leben führte, und ich war wütend auf sie, dass sie ihre Probleme nicht in den Griff bekam.«

»Ach so.« Eleanor zwang sich, Irena direkt anzusehen, und suchte in ihren Augen nach Missbilligung, aber im Blick der alten Dame lag nichts als Besorgnis und Freundlichkeit. »Weißt du, wir machen uns bloß die Mühe, mit Menschen zu streiten, die wir lieben.« Eleanor versuchte zu lächeln, aber ihr Gesicht schmerzte. »Wenn meine kleinen Kinder früher zu mir sagten, dass ich böse sei, weil ich sie wegen ihres frechen Benehmens angeschrien hatte oder weil sie vor dem Frühstück keine Süßigkeiten essen sollten oder all die anderen Dinge, die Mütter zornig machen, habe ich ihnen klargemacht, dass es sehr viel anstrengender ist, streng zu sein, als einfach nachzugeben, dass es für mich sehr viel leichter wäre, ihnen alles zu erlauben. Aber ich habe ihnen auch gesagt, dass ich mir die Zeit nahm, sie zu schimpfen und mit ihnen zu streiten, weil ich sie liebte. Damit sie lernten, was richtig und was falsch war. Hinter Wut steckt oft nicht Grausamkeit, Eleanor, sondern viel öfter tiefe Zuneigung.«

»Aber die letzten Dinge, die ich zu ihr gesagt habe, waren total gemein. Ich fühle mich schrecklich.«

Irena schüttelte den Kopf. »Ich weiß nicht, ob ich dir das je erzählt habe, Eleanor. Aber als mein Ehemann starb, wurde ich monatelang von Schuldgefühlen geplagt. Ständig zerbrach ich mir den Kopf darüber, dass ich die Situation für ihn nicht erträglicher gemacht hatte: Ich hätte ihm öfter sagen sollen, dass ich ihn liebe, oder ich hätte meine

Traurigkeit besser verbergen sollen. Ich quälte mich unendlich. Bis ich eines Tages erkannte, dass ich mich nur vor meiner Trauer versteckte. Denn meine Schuldgefühle erlaubten mir, immer bloß an mich zu denken und nicht daran, dass ich ihn verloren hatte.«

Eleanor versuchte, Irenas Worte aufzunehmen, doch sie fühlte sich leer, als ob die Trauer sie aushöhlen würde. Sie musste sich an etwas festhalten, etwas, das sie wieder aufrichten würde.

»Ich weiß nicht, wie ich weitermachen soll.« Sie hasste es, diese Worte Irena gegenüber auszusprechen, einer Frau, die so viele Schicksalsschläge verkraften musste, aber sie konnte sich nicht zurückhalten.

Irena streckte die Hände vor und umschloss Eleanors Gesicht, sodass sie ihr in die Augen sehen musste. »Du wirst weitermachen, weil du das musst.«

»Wie hast du das geschafft, Irena?« Eleanors Stimme war kaum mehr als ein Flüstern, und es war, als gäbe es nur noch sie beide auf der Welt. Sie starrte in Irenas runzliges Gesicht, als lägen in ihren Falten kostbare Geheimnisse verborgen.

»Ich denke daran, dass ich nichts Besonderes bin. In meinem Kopf taucht dieses Bild von der Welt mit all den hellen Lichtern auf, die überall leuchten. Überall gibt es diese Güte und Freundlichkeit. Und dann weiß ich wieder, dass das, was ich als eine große Tragödie erlebe, im Rahmen des großen Ganzen lediglich ein kleines Wehwehchen ist.«

»Wie meinst du das?« Eleanor konnte den Gedanken der eigenen Unbedeutsamkeit im Moment nicht nachvollziehen.

Irenas Augen wurden wie so oft feucht. »Leiden ist ein wenig wie sich aufopfern. Wir Frauen nehmen den Kummer auf uns, damit andere das nicht tun müssen. Aber eines Tages treten wir zurück und sagen, dass wir genug geleistet haben, eine andere möge diese Last auf sich nehmen. So reichen wir den Kummer weiter an die nächste Frau, die vortritt, und es beginnt wieder von Neuem. Letztlich sind all unser Kummer und all unsere Opfer nicht der Rede wert, und das ist gut so. Das ist der Lauf der Welt.«

Am nächsten Morgen sprang Eleanors Radiowecker wie immer zu den Sieben-Uhr-Nachrichten an. Doch die Neuigkeiten ließen sie nicht kalt und machten sie auch nicht zornig oder nagten an ihrem Gewissen, so wie sonst. Sie ließen sie angsterfüllt aus dem Schlaf aufschrecken, ihr Herz pochte wild in der Brust, als der Nachrichtensprecher die Neuigkeiten über ihre Freundin berichtete, die ihr schon bekannt waren, Neuigkeiten, die durch die Tatsache, dass sie im Radio kamen, nochmals an Gewissheit gewannen. Schnell zog sie sich an und ging zum Supermarkt in der Nähe ihres Hauses, wo sie Nancys Gesicht auf den Titelbildern der meisten Zeitungen und Zeitschriften begegnete, ein strahlendes Lächeln auf den Lippen, als würde nichts auf der Welt ihr Sorgen bereiten. Die Presse schien längst alle Details zu kennen, und Eleanor fragte sich, wie es möglich war, dass nichts mehr verborgen oder privat blieb. Ihr Handy vibrierte in ihrer Manteltasche, als sie mit leeren Händen den Supermarkt verließ, weil sie kein Andenken an diesen schrecklichen Tag haben wollte – oder keines brauchte.

»Es kommt überall in den Nachrichten«, sagte Mary.

»Ja, ich weiß.«

»Wie kann die Presse schon von dem Liebhaber wissen? Und wie sind sie an ein Foto von ihr gekommen?«

»Das Foto ist ihr Profilbild bei Facebook, und im Haus wimmelte es gestern nur so vor Polizisten. Die Presseleute warteten da bereits draußen, ich nehme an, dass einer der Beamten ihnen etwas gesteckt hat.« Lebensbereiche, über die sie sich noch nie Gedanken gemacht hatte, schienen jetzt Teil einer neuen Ordnung zu sein.

»Gehst du heute wieder dahin?«

»Ja, ich bin gerade auf dem Weg.«

»Mist«, sagte Mary, und das drückte genau Eleanors Empfinden aus.

Die Anzahl junger Männer in schlecht sitzenden Anzügen und Frauen in billigen Kostümen, die vor Nancys Haus standen, hatte sich seit dem Vortag mindestens verdoppelt. Einige riefen ihr Fragen zu, als sie die Stufen zur Haustür hinaufstieg, und in ihrem Rücken flammte ein Blitzlicht auf. Doch im Inneren des Hauses schien die Zeit stehen geblieben zu sein. Nichts hatte sich verändert, es war immer noch alles furchtbar, absolut schrecklich. Nancys Mutter Pearl war gekommen. Eleanor hatte ein wenig Angst vor der Begegnung mit ihr. Das letzte Mal hatte sie Pearl bei der Beerdigung von Nancys Vater gesehen, das lag ungefähr zehn Jahre zurück.

Während Eleanor die Stufen zu Nancys Arbeitszimmer hinaufstieg, wo Pearl sich aufhielt, erinnerte sie sich, wie verärgert sie über die Leichtigkeit gewesen war, mit der Nancy fast ein Jahrzehnt nach Zaras Geburt in die Berufswelt zurückgefunden hatte. Sie war empört, als Nancy ihr das gemütliche Zimmer mit den in Entenei-Blau gestrichenen Wänden und einem hellen Holzschreibtisch zeigte, und musste an ihr eigenes düsteres, graues Büro in einem städtischen Gebäude denken, wo sie andere Menschen beschäftigte, oder daran, wie sie zu Hause am Küchentisch arbeitete, weil ihre Wohnung so klein war. Aber Eleanor erinnerte sich auch daran, dass Nancy sich immer sehr bewusst war, ihr Verhalten könnte andere erzürnen. Als sie an dem Tag die Treppe hinuntergingen, sagte sie: »Ich komme mir vor wie eine Betrügerin, mit einem perfekt eingerichteten Büro, wenn ich doch nur eine Handvoll Aufträge habe.«

Eleanor wusste auch noch, was sie darauf erwidert hatte und wie ehrlich ihre warmen Worte gemeint waren. »Nun, das solltest du nicht, es ist sehr hübsch.«

»Ich bin auch so froh, dass ich den Schritt mache«, sagte Nancy in ihrem Rücken. »Ich habe viel zu lange gebraucht. Ich wollte schon seit Langem wieder arbeiten, aber als Zara noch klein war, hatte ich ein schlechtes Gewissen. Später fehlte mir das Selbstvertrauen, und ich konnte mir nicht mehr vorstellen, dass irgendjemand mir Arbeit geben würde. Also, vielleicht bekomme ich jetzt auch keine Aufträge, aber zumindest versuche ich es. Weißt du, manchmal laufe ich durchs Haus und denke, dass ich verrückt werde, weil ich nichts zu tun habe. Zumindest nichts, das irgendeine Bedeutung zu haben scheint.« Sie waren am Fuße der Treppe angekommen. Eleanor drehte sich um und sah, dass Nancy rot geworden war. »Hilfe, es ist mir peinlich, das dir gegenüber zuzugeben, du mit deiner tollen Karriere.«

»Was meinst du?« Eleanor fiel auf, dass sie Nancys Verhalten in Gedanken verdammen konnte, doch wenn Nancy diese Gedanken aussprach, wollte sie sie vor ihnen beschützen. »Sprichst du davon, Mutter zu sein und ein gemütliches Heim zu schaffen?«

»Ja.«

»Aber natürlich ist das wichtig.«

Nancy sah aus, als wäre sie den Tränen nahe. »Ich weiß, doch du hast keine Ahnung, wie schwer das durchzuhalten ist, wenn du von lauter Frauen umgeben bist, die alles haben, wie man so schön sagt. Mütter, die im schicken Kostüm ins Meeting eilen, mit dem Baby auf der Hüfte. Häuslichkeit wurde noch nie besonders geschätzt.«

Es war schwer, bei Nancys Worten nicht an Mary zu denken, die unter dem Joch ihrer Familie so gefangen war, dass Eleanor sie manchmal wochenlang nicht sah, und wenn, dann hing eines der Kinder an ihrem Hals, und sie wurde von anderen Problemen abgelenkt. »Es ist schon komisch, aber ich habe in vielen Ländern gearbeitet, die wir als Dritte Welt betrachten, und dort wird Häuslichkeit sehr hoch geschätzt. Es ist richtig, dass unverheiratete junge Frauen in der sozialen Hierarchie meist ganz unten stehen, doch Mütter werden geradezu verehrt.«

»Ja, aber hier verehren wir Wohlstand, deshalb wird man umso mehr geschätzt, je mehr Geld man verdient.«

Eleanor merkte, wie sie sich schämte, als sie erkannte, dass auch sie Mary und Nancy aus diesem Blickwinkel betrachtete, obwohl das weniger auf Mary zutraf, denn sie hatte drei kleine Kinder und kein Geld, was ihr Tun wertvoller erscheinen ließ. Es war verwirrend, denn als sie zur Universität gingen, schienen sie alle drei vollkommen ebenbürtig, aber inzwischen hatten sie gesellschaftliche Positionen inne, die nichts mit den Menschen von früher zu tun hatten. Nichts war je einfach, wenn man eine Frau war, und Eleanor versuchte, Nancy das zu vermitteln. »Weißt du, ich komme jetzt in ein Alter, wo alle wissen wollen, ob ich Kinder habe, und wenn ich verneine, werde ich tatsächlich gefragt, warum ich keine habe und ob ich keine Kinder will, und solche Fragen würde man einem Mann niemals stellen. Und in dieser Frage steckt eine Art Stigmatisierung, dass ich meine Pflichten als Frau nicht erfülle, wenn ich nicht Mutter werde. Und ich arbeite mit vielen Frauen, die Kinder haben und ständig von Schuldgefühlen geplagt werden, weil sie nicht bei ihnen sind, und die eindeutig von den gleichen Menschen abgeurteilt werden, die über mich richten, oder über dich, weil du nicht arbeitest.«

»Wie konnten wir das zulassen?«, fragte Nancy. Eleanor dachte, dass sie echte Angst in ihren Augen sah, und am liebsten hätte sie ihre Freundin in die Arme genommen und ihr versichert, dass alles gut werden würde.

Sie trat vor und legte ihre Hand auf Nancys Arm. »Nancy, du bist großartig, der ganze Rest ist Schwachsinn. Echt, du kannst alles machen, was du dir wünschst. Und du solltest die Entscheidungen, die du getroffen hast, nicht bereuen.«

Doch Nancy schüttelte abrupt den Kopf, und Eleanor erinnerte sich, dass sie von einer tiefen Zuneigung für Nancy erfasst wurde, die alles andere in den Schatten stellte. Nancys Verletzlichkeit lag so nah an der Oberfläche, es war, als würde sie durchschimmern, als führte sie eine eigene Existenz in Nancys Innerem, nicht willens, sie jemals loslassen.

Pearl saß reglos da, die Hände auf Nancys Schreibtisch gelegt, den Blick fest aus dem Fenster in den Garten gerichtet. Das ganze Zimmer roch nach Nancy, wie ein von der Sonne gewärmtes Rosenbett. Sie wandte sich um, als Eleanor eintrat. Ihr Gesicht war schlaff und fahl, ihre Augen feucht und gerötet. Sie streckte ihre Hände aus, und Eleanor nahm sie, dann setzte sie sich in den kleinen Sessel neben dem Schreibtisch.

»Es tut mir so leid«, sagte Eleanor. »Es ist einfach furchtbar.«

Pearl nickte, und ihre Ohrringe und ihre Perlenkette schwangen zustimmend auf und ab. »Ich kann es einfach nicht glauben.« Ihre Stimme war leise, doch auch in ihrer tiefen Verzweiflung wurde wie immer deutlich, von wem Nancy ihre Schönheit geerbt hatte. »Wusstest du von diesem anderen Mann?«

»Ja, aber kaum etwas. Sie hat mir nie viel von ihm erzählt.«

»Nur dass er David heißt?«

»Ja.«

»Und du hast keine Ahnung, wer er ist?«

»Wirklich, so leid es mir tut, nein.«

Pearl lehnte sich zurück und nahm ihre Hände fort. »Was hat sie bloß getan, dieses dumme Mädchen?« Eleanor suchte nach Missbilligung in Pearls Worten, doch es gab keine. Allmählich hatte sie das Gefühl, sich mit Nancys Geheimnis angesteckt zu haben, als ob sie diejenige wäre, die sie alle betrogen hatte. »Hat Mary davon gewusst?«

»Nein.« Eleanor drehte ihren Silberring um den Finger. Sie hatte ihn vor fünfzehn Jahren in Jaipur gekauft, und die Bewegung wirkte beruhigend. »Sie hat versucht, mit ihm Schluss zu machen, weißt du.«

»Deshalb glaubt die Polizei, dass er es getan hat, oder?«, sagte Pearl. »Ein Eifersuchtsanfall oder etwas in der Art.«

»Gehen sie jetzt fest davon aus, dass er es war?« Eleanor wollte noch viele Fragen stellen, doch sie wusste, dass sie sich damit an die Polizei wenden musste.

»Sie sagen nichts Bestimmtes, aber ich finde, es liegt auf der Hand.«

»Nun, sie hat mir gesagt, dass er ihre Absicht, die Affäre zu beenden, nicht gut aufgenommen hat.« Am Morgen hatte der Polizist angerufen und gesagt, dass man sie noch einmal ausführlich vernehmen würde. Sie musste diese Geschichte für sich im Kopf in eine logische Reihenfolge bringen.

»Ich kann einfach nicht glauben, dass sie so etwas getan hat. Armer Robert.«

»Wie geht es ihm heute Morgen?«

»Schrecklich. Er ist jetzt bei der Polizei. Und natürlich ist Zara untröstlich.«

Eleanor dachte an alle Menschen, bei denen sie in den vergangenen Jahren miterlebt hatte, wie ihre Existenz zerstört wurde. Orte auf dieser Welt, wo die Erde sich unter den Menschen aufgetan oder das Meer sich aufgebäumt und sie restlos verschlungen hatte. Frauen und Männer, die alles Hab und Gut und alle geliebten Menschen verloren hatten. Sie erkannte, dass sie stets verächtlich auf den Kummer und das Leid der Menschen in der westlichen Welt herabgesehen hatte. Wenn sie eine Story über einen Mord las, oder über einen Teenager, der an einer Überdosis gestorben war, wunderte sie sich über die heftigen Reaktionen und wollte den Verfasser des Artikels mit an die Orte nehmen, die sie kannte, Orte, wo das Wort »Zerstörung« angebracht war. Doch sie hatte nicht gewusst, wie es war, solche Momente zu durchleben, wenn es keine Worte mehr gab, wenn es sich wirklich wie der Weltuntergang anfühlte.

»Ich bin so froh, dass Hank das alles nicht mehr miterleben muss«, sagte Pearl. »Wenn sie noch ein wenig gewartet hätte, wäre ich vielleicht auch nicht mehr da gewesen.«

Eleanor blickte zu Pearl, sie konnte ihre kläglichen Bemerkungen nicht nachvollziehen. Sie dachte an ihre eigene Mutter in dem Pflegeheim in Devon, die nicht mehr bei klarem Verstand war, und sie fragte sich, ob sie den Tod eines ihrer Kinder überhaupt begreifen könnte.

Seltsamerweise waren jeder Gedanke an ihre Mutter und der Schock, wenn sie realisierte, dass sie nicht mehr die Mutter war, die sie gekannt hatte, wie ein neuer Schlag ins Gesicht. Eleanor stellte sich vor, sie könnte sie jetzt anrufen, wie sie ihr von Nancy erzählen und ihre Mutter sie trösten würde. Ihre Mutter hatte immer diese große Gabe gehabt, Trost zu spenden, und Eleanors Schmerz war so allumfassend, dass er sie in das Zuhause ihrer Kindheit zu ihrer temperamentvollen, quirligen Mutter zurückversetzte. Sie hörte das tiefe Lachen ihrer Mutter, das die Stufen der Wendeltreppe ihres zugigen Hauses hinaufhallte, vorbei am Arbeitszimmer ihres Vaters, durch ihre unordentlichen Zimmer, über schmutzige Teller und staubige Oberflächen. Es gibt wichtigere Dinge im Leben als Saubermachen, pflegte ihre Mutter zu sagen, wenn sie von einem Treffen einer Wohltätigkeitsorganisation zum nächsten eilte, mit Eleanor und ihrer Schwester im Schlepptau, als die beiden noch zu klein waren, um allein zu bleiben. Ihre Mutter hatte Nancy immer gemocht, doch ihr Leben im Überfluss hätte ihr nicht gefallen. Eleanor meinte, dass diese Einstellung ihrer Mutter ihren eigenen Blick auf ihre Freundin beeinflusst hatte.

»Wir haben zehn Jahre lang versucht, ein Kind zu bekommen, bevor Nancy geboren wurde«, sagte Pearl, und Eleanor wünschte, sie würde nicht weitersprechen. »Und dann kam sie zur Welt, das süßeste kleine Mädchen, das man sich nur wünschen konnte. Aber da war immer diese Seite an ihr, die ich nie verstanden habe, dieser Drang, immer noch höher hinauszuwollen, meinst du nicht auch?«

»Ja, vermutlich.«

»Auch dass sie keine Lehre machen wollte. Ich kann mich nicht mehr erinnern, warum sie auf die Uni gehen wollte. Warum hast du studiert, Eleanor?«

»Weil ich...« Eleanor blickte wieder auf ihre Hände, die kleiner aussahen, als sie sie in Erinnerung hatte. »Weil ich noch mehr lernen wollte. Ich weiß es nicht.«

»Manchmal denke ich, es wäre einfacher, wenn Frauen das nicht tun würden.« Doch Pearl hielt inne, und Eleanor dachte, dass sie gelernt hatte, die Zeit, in die sie hineingeboren wurde, abzulegen und die Gegenwart wie einen kratzigen Pulli zu tragen. Sie wischte sich übers Auge und blinzelte die Tränen weg. »Und im Grunde weiß ich, woher sie das hat. Hank war genauso, ständig schloss er sich im Arbeitszimmer ein und verfiel in das, was wir seine Launen nannten. Nur ihm war es erlaubt, sich so zu verhalten, wir alle hielten es für einen Teil seiner Genialität. Dann sorgte ich dafür, dass er alles hatte, was er brauchte, und das Leben für ihn bereitstand, wenn er die Tür öffnen wollte. Aber Nancy war eine Frau und hatte diese Möglichkeit natürlich nicht.«

Eleanor war leicht verwundert über Pearls Gefühlsausbruch, daher sagte sie ein paar vollkommen harmlose Worte, die selbst in ihren eigenen Ohren irritierend klangen. »Warum gehen wir nicht nach unten und trinken eine Tasse Tee?«

Pearl stand seufzend auf. »Ich will nie wieder blöden Tee trinken.«

Zara war in der Küche. Sie saß im Schneidersitz auf dem Fußboden, den Hund auf dem Schoß, und weinte in sein Fell. Ihre Haare waren verfilzt, und ihr Körper war in etwas gehüllt, das Eleanor für Roberts Bademantel hielt. Sie heulte laut, als sie die Küche betraten, hievte sich auf die Beine und warf sich auf Eleanor, die stolpernd ein paar Schritte rückwärts machte. Sie streichelte Zaras Haar und murmelte ein paar belanglose, wirkungslose Worte.

»Ich kann das nicht ertragen, ich kann das nicht ertragen«, wiederholte Zara unentwegt, als wäre es eine Beschwörungsformel. Eleanor führte sie zu einem Stuhl am Küchentisch, wo sie sogleich zusammenbrach und den

Kopf ein paarmal auf die Holzplatte haute. Pearl setzte sich neben Zara, konnte sie aber auch nicht beruhigen. Eleanor stellte den Wasserkessel an. Sie hatte das Gefühl, in der Hölle zu sein.

Pearl und Eleanor hatten ihre Becher ausgetrunken, als Robert zurückkam, aber Zaras Tee war kalt geworden. Ihr Weinen war das Hintergrundrauschen zu Eleanors Gedanken geworden, die durch unzählige Erinnerungen sausten und diese in ihre verschiedenen Bestandteile zerlegten. Sie hatte einmal in einer Grube gestanden und zugesehen, wie ein Bagger unzählige zerfetzte Körper in der Mitte ablud. Menschen, die begraben werden mussten, damit die Ausbreitung einer Krankheit verhindert wurde, und deren Angehörige niemals erfahren würden, wo sie geendet waren. Sie kam damals gerade frisch von der Universität und war noch nicht durch den Anblick vieler Tragödien abgehärtet. Es war verblüffend, was der Verstand alles verarbeiten konnte. An diesem Abend hatte sie ihren Eltern geschrieben, der Brief hatte sie allerdings wahrscheinlich nicht mehr vor dem Tod ihres Vaters erreicht.

»Sie wollen als Nächstes mit dir sprechen«, sagte Robert zu Eleanor, die Mundwinkel nach unten gezogen und die Augen tief eingesunken.

»Mit mir?« Sie stand auf, auch wenn sie sich noch nicht bereit fühlte.

»Anscheinend haben sie im Wohnzimmer eine Art Verhörraum eingerichtet. Sie werden heute mit jedem von uns reden wollen.«

»Wozu?«

»Um einen Gesamteindruck zu bekommen.« Robert

sprach die Worte aus, als wären sie allesamt in Anführungszeichen gesetzt, so dicht brodelte seine Wut unter der Oberfläche. Eleanor meinte gar, seine Frustration wellenartig durch seinen Körper strömen zu sehen. »Und während die Polizisten Gespräche mit uns führen, steigt der Dreckskerl, der das getan hat, in ein Flugzeug nach Acapulco.«

»Ich bin sicher, dass sie wissen, was sie tun«, wandte Eleanor vorsichtig ein. Zara hatte einen Moment lang aufgehört zu weinen, sie hatte den Kopf erhoben und sah ihren Vater an.

Er machte eine Handbewegung in Richtung Treppe. »Sie warten auf dich.« Eleanor ging mit dem Gefühl, dass er wütend auf sie war, als wäre er allzu schnell bereit gewesen, sie aus ihrer Verantwortung für gestern Nacht zu entlassen.

Im Wohnzimmer wartete DS Daniels auf sie, doch der Polizist, der kein Wort gesagt hatte, war verschwunden, und an seinem Platz saß ein anderer, sehr viel strenger aussehender Mann in einer schicken Uniform statt eines grauen Anzugs.

»Miss Meakins«, begrüßte sie DS Daniels, als sie hereinkam, »bitte nehmen Sie doch Platz.«

Es fühlte sich seltsam an, in Nancys Wohnzimmer einen Platz angeboten zu bekommen. Eleanor setzte sich vorsichtig auf die Stuhlkante, den Männern gegenüber.

»Also«, er blickte auf seine Notizen, »wenn ich richtig sehe, kannten Sie Nancy Hennessy seit achtundzwanzig Jahren.«

»Ja, wir haben uns auf der Uni kennengelernt.«

»Und Sie standen sich immer nahe?«

»O ja, beinahe seit dem ersten Tag, Nancy, Mary und ich.«

»Mr. Hennessy hat Mary erwähnt.« Er sah wieder auf seinen Notizblock. »Mary Smithson. Wir werden sie heute kontaktieren.«

»Ich war gestern Abend bei ihr.« Sie fühlte, wie die Blicke der Männer auf ihr ruhten, und nichts, was sie sagte, hörte sich passend an. »Sie ist sehr bestürzt.«

Er ignorierte ihre Bemerkung. »Würden Sie sagen, dass Sie drei enge Freundinnen waren?«

Eleanor sah zu dem Mann in Uniform, aber sein Blick war undurchdringlich. »Ja, auf jeden Fall.«

»Dass sie einander alles erzählten?«

»Nun, ich denke...«

»Sehen Sie, es ist doch so...«, er beugte sich vor, »wenn meine Frau mit ihren Freundinnen loslegt, kann nichts sie aufhalten. Dann quatschen sie stundenlang, und ich denke nicht, dass sie irgendein Thema auslassen. Wenn eine von ihnen eine Affäre hätte, würde sie niemals damit hinter dem Busch halten.«

Eleanor spürte, wie sie vor Wut rot wurde. »Nicht alle Frauen sind gleich.« Der andere Mann hustete.

»Nein, natürlich nicht, entschuldigen Sie bitte, Miss Meakins. Meine Frau ist sehr geschwätzig.« Er versuchte seine Verlegenheit mit einem Lachen zu überspielen, doch es klang wie das Kichern eines Schuljungen. »Aber es fällt mir schwer zu glauben, dass Sie drei so gut befreundet waren, Nancy Ihnen aber kaum etwas über die Affäre erzählt hat. Vielleicht weiß Mrs. Smithson mehr darüber?«

»Mary wusste gar nichts davon. Und warum sollte ich lügen? Ich meine, wenn Sie wüssten, wer dieser Mann ist, könnten Sie ihn festnehmen, und das Ganze hier wäre vorüber.« Plötzlich hasste sie den Beamten und den Mann in Uniform, der unverkennbar ein dummes Machtspielchen spielte. Sie wandte sich zu ihm. »Entschuldigung, und wer sind Sie?«

Er hielt ihr die Hand hin. »Detective Chief Inspector Farrelly. Verzeihen Sie bitte, im Moment bin ich nur Beobachter.« Sie nahm die dargebotene Hand, sie war warm und schlaff.

»Was heißt das?« Sie hatte wieder das Gefühl, dass diese Situation als Trainingsübung benutzt wurde.

»Nun, das ist der Fall von DS Daniels, aber als leitender Ermittlungsbeamter trage ich gewissermaßen die Verantwortung. Im Moment ranken sich noch immer eine Reihe unbeantworteter Fragen um diesen Fall, daher hat er höchste Priorität für uns.«

Eleanor fand, dass er klang, als spräche er auf einer Vertreterkonferenz.

»Es ist zwingend erforderlich, dass wir die Identität des Mannes feststellen, mit dem Nancy eine Affäre hatte«, sagte DS Daniels. »Manchmal meinen wir das Richtige zu tun, indem wir Menschen decken, und das ist auch vollkommen verständlich.«

»Was in aller Welt reden Sie da?« Eleanor musste sich zusammenreißen, um nicht zu schreien. »Wen sollte ich denn decken?«

»Wie gut, meinen Sie, kennen Sie Mr. Hennessy?«

»Robert?« Sein plötzlicher Mangel an Taktgefühl traf

sie unvorbereitet. »Ich kenne ihn sehr gut, ich meine, ich kenne ihn fast so lange wie Nancy.«

»Natürlich, weil sie alle zusammen auf der Universität waren, nicht wahr?« Eleanor meinte einen höhnischen Unterton in seiner Stimme zu hören.

»Ja, aber wir arbeiten auch auf demselben Gebiet, Robert und ich, daher...«

Eleanor merkte, wie sie verstummte. Sie hatte ihre Beziehung zu Robert immer für etwas Besonderes gehalten; tatsächlich hatte sie oft ein besitzergreifendes Gefühl ihm gegenüber verspürt. Einmal, vor vielen Jahren, als Nancy nach Zaras Geburt eine schwere Zeit durchmachte, hatte Robert sie angerufen, und sie hatten mehr als eine Stunde lang darüber diskutiert, was mit Nancy los sein könnte. Anschließend war Eleanor sich niederträchtig vorgekommen, weil sie erkannte, dass sie viel zu schnell in Roberts entnervte Darstellung ihrer Freundin eingestimmt hatte, anstatt ihm klarzumachen, was es bedeutete, eine Frau zu sein. Frauen setzten sich nicht einfach ein Ziel, Mutter oder Karrierefrau, das sie dann zu erreichen versuchten. So vieles kam dazwischen, und oft fühlte sich das Leben wie eine Klinge an, die in die Haut schnitt.

»Was arbeiten Sie, Miss Meakins?«, fragte DS Daniels und unterbrach ihre Gedanken.

»Ich leite eine NGO, die Hilfsgüter ins Ausland bringt.«

Er nickte. »Und da Mr. Hennessy Menschenrechtsanwalt ist, haben Sie auch beruflich mit ihm zu tun. Ist es das, was Sie sagen wollen?«

»Ja, ich habe ihm in den letzten Jahren bei mehreren Fällen geholfen. Illegaler Menschenhandel und so.«

»Dann müssen Sie viel Zeit miteinander verbracht haben, Sie und das Ehepaar Hennessy?«

»Nun, ich war häufig im Ausland unterwegs. Doch ja, natürlich waren wir viel zusammen.«

»Und Sie haben nie ...« Er musste den Satz nicht beenden, doch Eleanor behauptete sich, wollte es dem Polizisten nicht leicht machen. Das tat sie schon seit Langem nicht mehr. »Ich meine, Sie hatten nie einen Ehemann?«

Sie musste fast lachen. »Nein, ich war noch nie verheiratet.«

»Sie sind also eine Karrierefrau.« Er lächelte, und ihr ging durch den Kopf, dass er sich bemühte, nett zu ihr zu sein, denn er hatte Mitleid mit ihr. Mitleid, weil kein Mann sie je zur Ehefrau gemacht hatte. Sie weigerte sich, auf seine Bemerkung einzugehen, daher fuhr er stotternd fort: »Wie würden Sie die Beziehung von Mr. und Mrs. Hennessy beschreiben?«

Sie spürte, dass sie rot wurde, obwohl sie den Grund dafür selbst nicht genau kannte. Ihre Antwort schien Gewicht zu haben, doch es war ihr schleierhaft, wie sie die Beziehung von Nancy und Robert in wenigen Sätzen zusammenfassen sollte. »Sie hatten ihre Höhen und Tiefen, so wie alle Paare. Aber letztlich waren sie sehr beständig, auch wenn das angesichts der Affäre unwahrscheinlich klingt. Ich glaube nicht, dass sie ihn jemals verlassen hätte.«

»Und warum hatte sie dann eine Affäre?«

»Ich weiß nicht. Nancy war so, impulsiv. Das harmonische Familienleben war ihr nie genug, obwohl sie Robert und Zara liebte.«

DS Daniels lehnte sich zurück und rieb sich den Nasenrücken. Eleanor dachte, dass sein Verhalten vollkommen aufgesetzt war. »Ich muss zugeben, dass ich das alles sehr verwirrend finde. Mr. Hennessy hat Ähnliches gesagt. Das ist schwer zu verstehen.« Eleanor saß still da. »Warum hat Mr. Hennessy Sie angerufen, als er bemerkte, dass Nancy nicht nach Hause gekommen war?«

»Weil Nancy und ich uns an dem Abend zum Essen getroffen hatten. Er hatte überlegt, ob sie vielleicht mit zu mir gekommen war.« Hitze stieg in ihr auf.

»Hatte sie das schon jemals zuvor getan?«

»Nicht in den vergangenen fünfundzwanzig Jahren.«

»Gestern haben Sie mir gesagt, dass Nancy das Restaurant vor Ihnen verließ und Sie noch dortblieben, um zu bezahlen. Sind Sie vollkommen sicher, dass es so war? Sie haben das Restaurant nicht zusammen verlassen?«

Eleanor lachte. »Was in aller Welt wollen Sie damit andeuten?«

Er schüttelte den Kopf. »Überhaupt nichts. Wir stellen nur immer wieder fest, dass Menschen in belastenden Situationen häufig etwas vergessen oder durcheinanderbringen.«

»Nun, mir passiert keines von beidem. Wie ich bereits sagte, verließ Nancy das Restaurant allein gegen Viertel nach zehn, ich blieb noch, um die Rechnung zu bezahlen, und ging ungefähr zehn Minuten nach ihr. Zu diesem Zeitpunkt war sie schon verschwunden.«

»Gestern haben Sie gesagt, Mr. Hennessy wusste, dass Nancy eine Affäre hatte.«

»Nun, ich habe nicht direkt ...« Sie stolperte über ihre

eigenen Worte aus Gründen, die ihr nicht klar waren. »Ich habe gesagt, dass er den Verdacht hatte.«

»Hat er je zuvor mit Ihnen über diesen Verdacht gesprochen?

»Nein.«

Der Polizist machte sich Notizen. »Sie sagten gestern auch, dass Mrs. Hennessy Angst hatte, ihr Ehemann könnte von der Affäre erfahren. Ich frage mich, was Sie damit gemeint haben.«

Eleanor sah von einem Mann zum anderen, doch keiner erwiderte ihren Blick. »Ich habe damit nur gemeint, dass Nancy ihre Ehe nicht zerstören wollte, und deshalb wollte sie nicht, dass Robert etwas herausfindet. Ich nehme an, für den Fall, dass er ihr nicht verzeihen könnte.«

DS Daniels zögerte einen Moment. »Aber Sie haben das Wort Angst benutzt. Würden Sie Mr. Hennessy als eifersüchtigen Ehemann bezeichnen?«

Vor ihren Augen begann der Raum an den Rändern zu verschwimmen. Es schien unmöglich, dass die Polizisten das in Betracht zogen, und doch war es offensichtlich der Fall. Sie erinnerte sich an eine Statistik, die sie vor vielen Jahren gelesen hatte. Sie besagte, dass an die neunzig Prozent aller Morde von jemandem aus dem engsten Umfeld des Opfers begangen wurden. »Nein, das würde ich nicht von ihm denken.«

Er blickte wieder auf und schlug einen gemäßigteren Ton an. »Kommen wir zum Schluss. Miss Meakins. Können Sie uns die Information bestätigen, die Sie uns über den Mann gaben, mit dem Mrs. Hennessy die Affäre hatte?« Er sah sie an, und sie nickte. »Er heißt David, sie hat ihn auf einer Party kennengelernt, wo sie beruflich war? Er ist verheiratet und hat Kinder?«

»Ja.« Die Informationen kamen ihr sehr spärlich vor, und sie wünschte, sie könnte mehr helfen, vor allem Robert und Zara, die tief gefangen in ihrem Schmerz im Raum unter ihr ausharrten.

»Sind Sie vollkommen sicher, dass sie Ihnen nichts Näheres erzählt hat? Zum Beispiel, was er arbeitete oder wo er wohnte oder etwas über seine Familie? Alles kann uns weiterhelfen, auch wenn es unbedeutend erscheint.«

Eleanor war total erschöpft. »Es tut mir leid, aber Sie hat wirklich nicht mehr gesagt.«

»Vielen Dank, Miss Meakins.« Der Kriminalbeamte schlug sein Notizbuch zu, zum Zeichen, dass das Verhör beendet war, aber Eleanor blieb sitzen, niedergedrückt von Fragen, auf die sie dringend eine Antwort brauchte. »Sie haben uns sehr geholfen«, sagte er, unverkennbar hoffend, dass sie aufstehen und gehen würde.

Eleanor fühlte, wie ihr die Röte ins Gesicht schoss, doch sie blieb sitzen und zwang sich zu sprechen, weil sie sich in dieser Situation sehr verloren fühlte. Unzählige Möglichkeiten und Variablen rankten sich um Nancys Tod, und sie konnte sich keinen Reim darauf machen, verstand nicht, womit sie es zu tun hatten. »Könnten Sie mir sagen, was genau Nancy zugestoßen ist?«

»Sie meinen ihre Verletzungen, woran sie starb?« DS Daniels blickte zu dem schweigenden Mann, der jetzt nickte.

»Ja.« Eleanor spürte einen Kloß im Hals und hätte sich am liebsten die Ohren zugehalten.

Sie vernahm ein kurzes Schnalzen, als er den Mund öffnete. »Mrs. Hennessy starb an einer schweren Verletzung am Hinterkopf. Im Moment können wir noch nicht sagen, ob ihr diese Wunde vom Schlag einer Waffe zugefügt wurde oder ob sie hingefallen ist. Aber die Kopfverletzung verursachte Hirnblutungen, von denen sie sich nie wieder vollständig erholt hätte.«

»War sie sofort tot?«

»Sie war bestimmt nach wenigen Minuten bewusstlos.«

Man bekam nur selten eine direkte Antwort auf eine Frage, dachte Eleanor. »Ich habe Spuren von Verletzungen in ihrem Gesicht gesehen.«

DS Daniels stotterte beim Sprechen. »Wir haben Beweise für einen Kampf gefunden. Sie hatte einige Verletzungen im Gesicht, als ob sie geschlagen worden wäre. An diesen Verletzungen allein wäre sie nicht gestorben, aber sie weisen eindeutig darauf hin, dass dies kein Unfall war.«

Eleanor verschränkte die Finger ineinander. »Und wurde sie, ich meine, wurde sie vergewaltigt?«

»Nein, das kann ich Ihnen versichern.« Er lächelte, als ob zumindest das eine gute Neuigkeit wäre, und sie vermutete, dass genau das zutraf.

Die Tage glichen einem Klischee. Wenn Eleanor gefragt worden wäre, wie sie sich fühlte, hätte sie geantwortet, dass eine Welt für sie zusammenbrach, dass sie keinen klaren Gedanken mehr fassen konnte, dass die Zeit jegliche Bedeutung verloren hatte. Doch niemand fragte Eleanor nach ihrem Befinden, alle erkundigten sich unentwegt nach Robert und Zara, worauf sie kaum eine Antwort hatte. Sie wusste nicht einmal, wie sie zu der Person geworden war, die sich ständig um die beiden kümmerte; sie war quasi bei ihnen eingezogen und schirmte sie vor den Reportern draußen auf der Straße ab. Eleanor sehnte sich nach ihrer kleinen Wohnung mit den glatten weißen Wänden, ihrem zusammengewürfelten Geschirr und der karierten Tagesdecke auf dem Bett, die früher einmal ihrer Großmutter gehört hatte. Sie sehnte sich danach, wieder ins Büro zu gehen und sich um die weit entlegenen Notfälle zu kümmern, die ihr immer realer als alles andere vorgekommen waren. Sie sehnte sich danach, das Buch von Doris Lessing, das sie zur Hälfte gelesen hatte, zu beenden, in ihrer wunderbaren tiefen Badewanne zu liegen, deren Installationskosten fast so hoch wie der Anschaffungspreis gewesen waren, in ihrem weichen Bett einzuschlafen, dabei BBC Radio 4 zu lauschen, eine Tasse Kamillentee neben sich.

Sie sehnte sich auch nach einer Zeit, in der Nancy nicht im Bewusstsein der gesamten Nation gewesen war. Nancy war schon immer die perfekte Anwärterin auf einen Promi-Status gewesen, vielleicht hatte sich das Leben dazu verschworen, und das Schicksal hatte entschieden, dass ihr schönes Gesicht Zeitungen und Fernsehbildschirme pflasterte und Kommentatoren unaufhörlich über ihr Leben diskutierten. Eleanor erinnerte sich daran, wie sie Nancy im Debattierclub der Universität beobachtet hatte. Ihre Präsenz schien den ganzen Saal zu beherrschen. Sie erinnerte sich, wie Nancy beim Sprechen mit den Händen die Luft durchschnitt, wie ihre Augen gefunkelt, wie ihr Körper voller Überzeugung gebebt hatte. Der Saal hatte sich wie erstarrt angefühlt, als ob sie alle gemeinsam den Atem anhalten würden, damit sie jedes von Nancys Worten hören und begeistert einstimmen konnten. An dem Tag war sie so stolz gewesen, ihre Freundin zu sein, in Wahrheit hatte ihre Freundschaft mit Nancy sie oft mit Stolz erfüllt.

Robert hatte sich in gewissen gesellschaftlichen Kreisen bereits einen Namen gemacht, und Eleanor meinte, eine gewisse Schadenfreude in der Berichterstattung zu entdecken, dass so ein schäbiges Verbrechen auch scheinbar unantastbare Menschen treffen konnte. Die Affäre der Ehefrau und die Kratzer im Image des perfekten Lebens lieferten eine brillante Story.

»Nancy Hennessy«, las Eleanor in unzähligen Variationen, »war während eines nächtlichen Überfalls auf einem dunklen Treidelpfad brutal ermordet worden.« Man hatte ihr die Kleider vom Leib gerissen und sie ins Gesicht geschlagen. Laut der Polizei war dieser Angriff »einer der gewalttätigsten der vergangenen Jahre«, eine Beschreibung, die nicht auf den Zustand von Nancys Leiche passte, die Eleanor in der Leichenhalle gesehen hatte. Ein Insider sagte, dass »dieser Mord alle Merkmale eines Verbrechens aus Leidenschaft trüge«. Im Mittagsfernsehen erörterten Frauen ausführlich die Gefahren einer Liebesaffäre und gingen dann zu Diskussionen über Internet-Dating-Plattformen und Websites für Casual Sex über, als ob Nancy solche Seiten frequentiert hätte. Studiogäste wunderten sich laut, ob ihr Liebhaber Nancy ermordet hatte, als sie versuchte, die Affäre zu beenden, oder ob ihr Ehemann sich vielleicht an ihr rächen wollte. Es war wie ein Hintergrundrauschen, ein kreischendes Geschrei, das Eleanor nicht abstellen konnte.

Doch das Leben konnte nicht weitergehen, ehe Nancys Leiche nicht von der Gerichtsmedizin freigegeben wurde. Dann plante Eleanor mit Zara, die dünner geworden war und nun eine frappierende, fast unheimliche Ähnlichkeit mit Nancy besaß, die Beerdigung. Zara tat viele Ansichten kund, was ihre Mutter sich für ihre Beerdigung gewünscht hätte, doch Robert wischte alle Vorschläge seiner Tochter mit einer Handbewegung vom Tisch und sagte, dass jede ihrer Ideen, egal welche, wunderbar geeignet sei. Eleanor fand Nancys Adressbuch in ihrer Schreibtischschublade und rief jeden Menschen, der darin stand, an, lud ihn zur Beerdigung ein und war auf einmal dankbar, dass bereits alle durch die Presse von Nancys Tod erfahren hatten.

Die ganze Zeit über verfolgte Eleanor ein Gefühl, als hätte man sie ins Höllenfeuer geworfen. Jeden Morgen erwachte sie mit einem Engegefühl in der Brust und dumpfen Kopfschmerzen, die im Laufe des Tages immer stärker wurden. Und der Grund dafür war nicht allein der Verlust eines geliebten Menschen, sondern der Zustand höchster Emotionalität, in dem sie sich fortwährend befand. Ihre Tage waren strukturlos, es gab keine Gewissheit mehr, keinen Schutz vor Einsamkeit und Verzweiflung, die drohten, sie zu ersticken.

Eleanor hatte immer geglaubt, dass sie ihr Leben ohne eine feste Beziehung und Kinder führte, damit sie jederzeit die Möglichkeit hatte, ihre Sachen zu packen und einer unbekannten Zukunft entgegenzugehen. Aber ihr früheres Leben hatte sich niemals so angefühlt wie das hier, als befände sie sich im freien Fall. Es war unmöglich, vorherzusagen, wie sie sich in der nächsten Stunde fühlen würde. Sie hatte sich in Ländern behauptet, wo die Erde bebte, Orkane tobten oder Kriege wüteten, und doch hatte sie nie wie jetzt das Gefühl gehabt, dass sie sich jeden Moment in Luft auflösen könnte.

Zum ersten Mal in ihrem Leben musste Eleanor fortwährend an den Tod ihres Vaters denken, der vor fünfundzwanzig Jahren gestorben war, gerade als sie mit dem Studium fertig war. Zusammen mit ihrer Familie hatte sie zugesehen, wie ihr Vater dahinsiechte und schließlich vor ihren Augen an Krebs starb. Eleanor konnte wieder das Zischen der Sauerstoffpumpe und das Piepen des Geräts hören, das Morphium ausschüttete, als wären es Süßigkeiten, stets überlagert von dem Weinen ihrer Mutter, das von diesem Moment an ihr herzliches Lachen ersetzte. Wenn Eleanor abends im Bett lag und weinte, vergaß sie manchmal, um wen sie eigentlich trauerte.

Es war leichter, ständig beschäftigt zu sein, und daher verbrachte sie so viel Zeit wie möglich in Nancys Haus. Dort wurde sie gebraucht, und es gab immer etwas zu tun.

Robert nahm sich einen Anwalt. Eines Tages kam er von einem Verhör bei der Polizei zurück und tat diese Absicht kund, laut und anklagend, als würde Eleanor seine Aussagen anzweifeln, und nicht die Polizei.

»Sie haben es zwar nicht direkt gesagt, aber es ist offensichtlich, dass ich ein Verdächtiger bin«, sagte er zu ihr, während sie ein fades Take-away-Gericht aßen. »Sie fragen mich immer wieder, ob ich von der Affäre gewusst und wie ich mich gefühlt habe.«

Jeder Atemzug fühlte sich wie körperliche Gewalt in ihrem Inneren an. »Was wollen sie damit andeuten?«

»Sie sind wohl der Meinung, ich hätte ein Motiv, Nancy zu ermorden, wenn ich von der Affäre gewusst habe, und auch, dass sie mich verlassen wollte.«

»Aber du wusstest nichts davon. Ich habe dir an dem Abend davon erzählt, als es passierte.« Er wirkte so angespannt, dass Eleanor ein Flattern in der Brust spürte. Er war schon seit Tagen nicht mehr er selbst, doch damit musste man rechnen, oder etwa nicht?

Er rieb sich die blutunterlaufenen Augen. »Ich weiß, ich bin mir allerdings nicht sicher, ob sie mir glauben.«

»Aber warum denn nicht?« Sie befanden sich in dem Kaninchenloch, wie Alice im Wunderland, alles war jetzt anders. »Die Polizei kann nicht ernsthaft glauben, dass du etwas damit zu tun hast.«

Robert beugte sich weiter über seine Plastikschale vor und schob orangefarbenes Essen in seinen Mund. »Ich habe kein Alibi«, sagte er schließlich. »Ich meine, niemand hat mich an dem Abend gesehen. Als ich von der Arbeit nach Hause kam, war Nancy schon unterwegs, um sich mit dir zu treffen, und ich habe mit niemandem gesprochen, bis ich dich um vier Uhr morgens anrief.«

Sag mir nur, dass du nichts mit alldem zu tun hast, wollte Eleanor ihn anschreien, in der Hoffnung, dass er ihr Unbehagen zerstreuen könnte. Aber dann vernahm sie ein Geräusch in ihrem Rücken, und als sie sich umdrehte, stand Zara in der Tür, ihr Gesichtsausdruck war starr und entschieden, die Stirn in tiefe Falten gelegt.

Am Tag der Beerdigung regnete es, der Himmel war so dunkel und bedrohlich, als würde die Welt in Trauer sein. Viele Leute waren gekommen, obwohl Robert beschlossen hatte, dass die Beerdigungsfeier in ihrem Landhaus in Sussex stattfinden sollte. Eleanor konnte nicht umhin zu denken, dass Nancy sehr erfreut über die große Trauergemeinde gewesen wäre, über ihren unbändigen Schmerz. Sie blickte über die vielen Reihen Frauen und Männer, alle in Schwarz gekleidet, die Augen gerötet, und sie fragte sich, woher Nancy so viele Menschen gekannt hatte. Unwillkürlich musste Eleanor an ihr eigenes Begräbnis denken, und wie wenige Menschen ihm beiwohnen würden, und dann dachte sie darüber nach, warum sie es immer vorgezogen hatte, sich abseits zu halten.

In der Kirche saßen Robert und Zara in der ersten Bankreihe. Der tiefe Schmerz war ihnen bereits anhand der eingezogenen Schultern anzusehen, aber dennoch kamen immer wieder Menschen zu ihnen, klopften ihnen auf den Rücken oder zwangen sie, aufzustehen und sich von ihnen umarmen zu lassen. Eleanor begriff, wie sehr Nancy Teil einer Gemeinschaft gewesen war. Und bei diesem Gedanken erfasste sie wieder die Panik, die sie schon glaubte besiegt zu haben. Ein Gefühl der Schwerelosigkeit stieg in ihr auf, trat aus ihrem Kopf aus, und sie drohte, sich in Luft aufzulösen.

Sie spürte eine Hand auf ihrem Arm, und als sie sich umwandte, setzte Mary sich neben sie. Ihre Freundin küsste sie auf die Wange, und die warme Berührung konnte sie für eine Weile erden. Sie nahm Marys Hand und drückte sie.

»Bist du allein hier?«, fragte Eleanor.

»Nein, die Mädchen sitzen mit Howard hinten. Er ist immer noch ziemlich krank, vielleicht muss er früher gehen.«

Eleanor drehte sich um und entdeckte Howard in einer Bankreihe nahe der Tür.

Er sah erschreckend schlecht aus, ein Abklatsch des Mannes, den sie kannte, abgemagert und eingefallen. Sein Bart war grau geworden, und er sah um viele Jahre gealtert aus. »Meine Güte, er sieht schrecklich aus. Ist er seit dem Abend krank, als ich bei dir war, um dir von Nancy zu erzählen?« Eleanor wurde bewusst, dass sie sich während der vielen Gespräche mit Mary seit diesem Tag nicht ein einziges Mal nach ihm erkundigt hatte.

Mary nickte. »Ihm ist ständig übel. Die Ärzte wissen nicht, was ihm fehlt. Jetzt meinen sie sogar, er könnte Krebs haben. Nächste Woche muss er ins Krankenhaus, um sich einigen Tests zu unterziehen.«

»Oh, Mary, das tut mir leid. Ich hatte keine Ahnung, dass du auch noch mit so etwas fertigwerden musst.« Es kam ihr sehr ungerecht vor, dass Mary nicht richtig um Nancy trauern konnte, dass sie wieder von anderen Sorgen geplagt wurde. Auch wenn es schäbig war, so zu denken, denn nicht einmal Howard konnte geplant haben, zu diesem Zeitpunkt zu erkranken. Eleanor versuchte, etwas Sympathie für ihn aufzubringen, aber sie wusste zu viel über ihn, als dass ihr Mitgefühl vollkommen aufrichtig gewesen wäre.

Im Laufe der Jahre hatte sie sich immer wieder mit Nancy über Howard gestritten. Nancy konnte nicht verstehen, warum Eleanor sich so sehr über ihn ärgerte, was

Eleanor sehr wohl einleuchtete, da Howard sich in der Öffentlichkeit stets von seiner besten Seite zeigte. Es wäre leichter für ihre Freundschaft gewesen, wenn Mary auch Nancy anvertraut hätte, wie Howard sich im letzten Jahrzehnt benommen hatte. Aber Eleanor verstand auch, dass es Mary schwerfiel, Nancy gegenüber, die alles hatte, was man sich nur wünschen konnte, zuzugeben, dass ihr eigener Lebensentwurf dabei war zu scheitern.

Mary flüsterte ihr ins Ohr. »Ich habe wirklich Mitleid mit ihm, es geht ihm so schlecht.«

»Mitleid? Ehrlich?« Sofort bereute Eleanor ihre Worte. Vielleicht sollte sie sich ein Beispiel an Nancy nehmen und großzügiger gegenüber Howard sein, damit würde sie ihre Freundin unterstützen. Sie blickte sich wieder um und sah die Töchter von Mary und Howard rechts und links neben ihrem Vater sitzen, aber ihren Sohn konnte sie nirgends entdecken. »Wo ist Marcus?«

»Keine Ahnung.«

»Aber war Nancy nicht seine Taufpatin, so wie ich?«

Mary traten Tränen in die Augen. »Ja, ich weiß nicht, was mit ihm los ist. Du weißt doch, dass es im letzten Jahr immer schwieriger mit ihm geworden ist, oder? Nun, plötzlich ist sein Betragen noch viel schlechter. Gestern hat er gesagt, er käme mit zur Beerdigung, aber dann ist er abends nicht nach Hause gekommen und geht seitdem auch nicht an sein Handy.«

Dann wurde allgemeines Schweigen angemahnt, und der Vikar stellte sich vor die Trauergemeinde. Eleanor konnte hören, wie Zara tief einatmete und die Luft dann wieder langsam schluchzend ausstieß.

»Nancy hätte sich sehr gefreut, so viele von euch hier zu sehen«, sagte Robert, und Eleanor konnte nicht glauben, dass sie schon bei diesem Teil der Zeremonie angekommen waren. Sie musste die sorgsam ausgewählten Kirchenlieder gesungen haben, konnte sich aber nicht daran erinnern. »Sie liebte Feste jeglicher Art, und sie wird sich sehr ärgern, dass sie dieses hier verpasst.« Verhaltenes Lachen erklang, und Mary drückte ihre Hand. »Ehrlich gesagt habe ich Nancy auf einer Party kennengelernt. Sie war mir schon Monate zuvor aufgefallen, und ich fand, dass sie zweifellos das schönste Mädchen war, das ich je gesehen hatte. Irgendwann brachte ich schließlich den Mut auf, sie anzusprechen. Und ich begriff sehr schnell, dass Nancy noch viele andere Qualitäten hatte als ihre äußere Schönheit.« Er senkte den Blick und schluckte schwer. Eleanor wäre am liebsten zu ihm gegangen und hätte ihre Arme um ihn gelegt. »Sie war klug, lustig und aufgeschlossen, man hatte immer Spaß mit ihr.« Seine flackernden Augen richteten sich auf seine Tochter, und er versuchte zu lächeln. »Sie war Zara auch eine wunderbare Mutter, und dafür werde ich ihr auf ewig dankbar sein.« Eleanor konnte sehen, dass Zaras knochige Schultern unter Nancys schwarzem Samtmantel bebten. »Ich weiß noch, wie stolz Nancy war, als Zara in ihre Fußstapfen trat und nach St. Hilda's ging.« Er hielt inne und legte sich die Hand an die Stirn. Eleanor hatte mitbekommen, wie er in den vergangenen Nächten unruhig in seinem Zimmer auf und ab gelaufen war, während seine Stimme leise und eindringlich durch die Wand gedrungen war. Sie erkannte, dass er diese Ansprache geübt haben musste. Mit dem Unterschied, dass er jetzt verloren aussah, beinahe als hätte er nicht nur seine Worte vergessen, sondern auch, wo und sogar wer er war. Er ließ seinen Blick durch den Saal schweifen, sie fing ihn auf und lächelte ihm freundlich zu, aber vielleicht sahen seine Augen einfach durch sie hindurch. »Es scheint bloß eine Minute her zu sein, und doch ... doch ist es nun vorbei.« Er stockte, und sein Gesichtsausdruck war furchtbar traurig. »Wir alle werden sie schrecklich vermissen«, sagte er noch, dann stolperte er an seinen Platz zurück.

Eleanor konnte nicht mitansehen, wie der Sarg ins Grab hinabgelassen wurde, deshalb trat sie ein kleines Stück zurück und stand hinter einem großen Mann, der ihr die Sicht versperrte. Auch an dem Tag im Leichenschauhaus war Nancy bereits lange tot gewesen, und doch schien es unmöglich, dass ihr Körper jetzt in der Erde verwesen sollte, auf der sie standen. Pearl stand am Fuße des Grabes, Zara untergehakt, ein zutiefst erschütternder Anblick.

Nach der Bestattung liefen sie wie ein Schwarm schwarzer Schwäne den Weg von der Kirche zum Haus, der Wind peitschte ihnen ins Gesicht, und Schlamm spritzte hinten auf ihre Hosenbeine und ihre Strumpfhosen, sodass sie aussahen wie die Mitglieder eines Geheimbunds. Jeder zufällige Passant hätte diese seltsame Prozession angestarrt und sich dann abgewandt, um sich nicht von dem Kummer des Trauerzugs anstecken zu lassen.

Der Trubel und die Hitze im Haus waren unerträglich, obwohl es draußen eiskalt war. Robert und Zara standen an der Haustür, nahmen Beileidsbekundungen, Umarmungen sowie Einladungen entgegen und lauschten Anekdoten. Beide hatten sich zweifellos einen Drink genehmigt, denn zum ersten Mal seit Nancys Tod hatten sie Farbe im Gesicht. Einige Gäste hatten feuchte Augen, doch im Allgemeinen herrschte Erleichterung, und das Raunen der Gespräche ähnelte allmählich dem einer Cocktailparty.

Mary fand sie in dem Gedränge, sie hatte ihren Mantel nicht abgelegt. »Ich werde nicht bleiben. Ich möchte nur noch mit Robert und Zara sprechen.«

»Ich wünschte, ich könnte auch gehen«, erwiderte Eleanor. »Aber ich glaube nicht, dass ich die beiden allein lassen kann.«

»Wie lange wirst du bleiben?«

Das hatte sich Eleanor auch gerade gefragt. »Ich weiß es nicht.«

Mary legte ihre Hand auf den Arm ihrer Freundin. »Ich muss los. Howard wartet schon im Auto, und es geht ihm nicht gut. Lass uns morgen telefonieren.« Sie beugte sich vor, und ihre Lippen streiften Eleanors Wange. »Hab dich lieb.«

»Ich dich auch.«

Nancy hatte diese Gepflogenheit eingeführt, dachte Eleanor, als sie Mary nachsah, die sich zwischen den Gästegruppen hindurchzwängte. Keine von ihnen wäre so mutig gewesen zu sagen, dass sie einander liebhatten oder gar liebten, aber für Nancy war das ganz selbstverständlich. Ehrlich, manchmal denke ich, dass ich euch beide mehr liebe als Robert, hatte sie oft gesagt.

In den nächsten Tagen kreisten Eleanors Gedanken um die Frage, wie lange sie noch bei Robert und Zara bleiben sollte. Sie begann wieder zu arbeiten, aber nur für ein paar Stunden am Tag, und ihr Team musste weiterhin die meisten ihrer Aufgaben erledigen. Ihre Mitarbeiter versicherten ihr, dass sie gern für sie einsprangen, doch Eleanor war der Meinung, dass man den Kummer eines anderen Menschen nicht auf Dauer mittragen konnte, denn jeder von ihnen hatte ein eigenes Leben mit den dazugehörigen Verpflichtungen. Sie verbrachte die eine oder andere Nacht zu Hause, und einmal verabredete sie sich mit einer Freundin zum Essen, obwohl sie dabei ein schlechtes Gewissen hatte. An einem Sonntag traf sie sich mit Mary zum Spazierengehen, aber diese wollte bloß darüber sprechen, wie schlecht es Howard ging, obwohl die Untersuchungen im Krankenhaus keinen negativen Befund ergeben hatten, zumindest litt er an keiner tödlichen Krankheit. Dennoch hatte Eleanor weiterhin häufig das Gefühl, zu Nancys Haus, wie sie es insgeheim immer noch nannte, und zu dem Kummer, der dort herrschte, zurückgezogen zu werden, als ob sie Robert und Zara etwas schuldete, als ob ihr Verschweigen von Nancys Affäre sie dazu verdammt hätte, ihnen auf ewig zu dienen. Es war nicht so, dass Robert und Zara ihr dieses Gefühl gaben, sie behandelten sie wie ein Familienmitglied, als ob sie der einzige Mensch wäre, in dessen Gegenwart sie sich nicht verstellen müssten, als ob sie ihnen etwas bedeutete. Und dieses Gefühl war berauschend, sogar gefährlich.

Neun Nächte nach der Beerdigung schloss sie die Haustür auf, und die Atmosphäre hatte sich verändert. Zara kam aus dem Wohnzimmer, nahm sie an der Hand und zog sie mit sich, bevor sie Gelegenheit hatte, ihren Mantel abzulegen. Robert stand in der Mitte des Zimmers, die Arme vor der Brust verschränkt, und starrte auf den Fernseher. Eleanor brauchte einen Moment, bis sie sich auf die verschwommenen Bilder eines Mannes konzentrieren konnte, der, von unzähligen Blitzlichtern bedrängt, in ein Polizeiauto bugsiert wurde. Dann wechselte die Kamera zu einem jungen Reporter mit strengem Blick, der mit tropfnassen Haaren im Regen stand.

»Der fünfundfünfzigjährige französische Autor Davide Boyette wurde heute um sechzehn Uhr im Rahmen der laufenden Ermittlungen im Mordfall von Nancy Hennessy letzten Monat verhaftet. Mrs. Hennessy, die im vergangenen Jahr eine Affäre gehabt hatte, war auf einem Fußweg nahe der Themse gefunden worden, sie starb an den Folgen eines Überfalls, den die Polizei als brutal und grausam beschreibt. Nancy Hennessy arbeitete als Übersetzerin und übertrug französische Bücher ins Englische. Vermutlich hat sie einige Romane von Mr. Boyette übersetzt. Sie war die Tochter des verstorbenen Sir Hank Rivers, des berühmten britischen Komponisten, und hinterlässt ihren Ehemann, den Menschenrechtsanwalt Robert Hennessy, und ihre neunzehnjährige Tochter Zara. Davide Boyette ist mit einer Britin verheiratet, Wendy Harper. Das Paar lebt mit seinen beiden Töchtern in Harrogate. Die Polizei gibt keine Stellungnahme ab.«

»Was?« Eleanor fühlte, wie ihre Knie weich wurden, und musste sich aufs Sofa setzen.

»Sie haben den Mann gefunden, mit dem Mum eine Affäre hatte«, sagte Zara mit weit aufgerissenen, fiebrigen Augen.

»Aber ich meine, wer ist er?« Sie sah zu Robert, der immer noch mitten im Zimmer stand, den Blick nun fest auf den Boden gerichtet.

»Also«, sagte Zara, »du hast bestimmt schon von ihm gehört, er schreibt unter dem Namen D. H. Boyette. Diese Krimis.«

»Ach du meine Güte, natürlich.«

Robert schaltete den Fernseher aus, sein Gesicht war grau und abgespannt.

»Heute Morgen war die Polizei bei uns«, berichtete er. »Anscheinend haben sie alle Autoren überprüft, mit denen sie gearbeitet hat. Sie hat vier seiner Romane übersetzt und ihn einige Male über den Verlag getroffen. Letztes Jahr waren beide auf der Weihnachtsfeier des Verlags, zeitlich passt das. Außerdem heißt er David, also Davide, aber das hätte sie dir nicht erzählt, denn dann wäre es offensichtlich gewesen, wer er ist. Und er ist verheiratet und hat zwei Kinder.«

Unerklärlicherweise war sie verletzt, dass Robert sie nicht gleich angerufen hatte, um ihr das zu berichten. »Und die Polizei ist sicher, dass er es war?«

»Wer weiß das schon.«

»Aber hat er die Tat gestanden?« Eleanor hatte das Gefühl, gleich in Ohnmacht zu fallen.

»Nein, er streitet alles ab. Sagt, dass er sie kaum gekannt habe. Gibt allerdings zu, dass sie sich ein paarmal im Verlagshaus begegnet sind. Und auch, dass er auf der Weihnachtsfeier war, aber er habe sie dort nicht einmal gesehen, ganz zu schweigen davon, dass er mit ihr geredet hätte. Die Polizei befragt jetzt noch mehrere Gäste, ob sie die beiden zusammen gesehen haben, doch bisher hat das niemand bestätigt.«

»Aber wie? Ich meine, was heißt das?«

»Er ist gerade auf Lesereise«, antwortete Zara, »und in der Nacht, als es passierte, war er in Richmond im Hotel, und nach neun Uhr hat ihn niemand mehr gesehen. Er sollte zu einem Abendessen gehen, aber er sagt, er habe Kopfschmerzen gehabt und sei früh ins Bett gegangen. Und er hatte bereits früher Affären, meint seine Frau.«

Eleanor blickte an Zara vorbei zu Robert, der sich mit jedem Wort mehr in seine Gedanken zu vertiefen schien. »Hol deinem Dad einen Drink«, sagte sie, dann stand sie auf und fasste ihn am Arm. Sie führte ihn zu einem Sessel, und er setzte sich gehorsam hinein. Zara reichte ihr zwei Whiskey-Gläser. Sie alle tranken ihr Glas in einem Zug aus, und die warme Flüssigkeit rauschte durch ihre Adern.

»Er sieht aus wie ein verdammter Idiot«, sagte Robert.

In der Diele klingelte das Telefon, und Zara ging ran. Eleanor stand mit dem leeren Glas in der Hand da und schaute auf Roberts Kopf.

»Ellie«, rief Zara, »Mary ist dran!«

Die Polizei hatte nicht genügend belastende Beweise gegen Davide Boyette. Noch gab es ausreichend Beweise gegen Robert. Es gab keine Fingerabdrücke und keine Zeugen, was wenig verwunderlich war, denn selbst Amateurverbrecher trugen Handschuhe, und in der Nacht von Nancys Tod war es so kalt gewesen, dass man entweder verrückt oder abgrundtief schlecht sein musste, um sich draußen aufzuhalten. Der Liebhaber hatte ein Prepaid-Handy benutzt, das noch nie mit dem Internet verbunden war, daher konnte er nicht aufgespürt werden, und in Nancys Kontakten tauchte er nur als D auf. Auch ihr eigenes Handy war seit der Mordnacht nicht mehr in Gebrauch gewesen, und in ihren Textnachrichten hatten die beiden sich nicht beim Namen genannt. Bei Robert fand man keine Sachbeweise, die ihn mit dem Geschehen am Flussufer in Verbindung brachten. Er blieb dabei, dass er nicht sicher von der Affäre gewusst habe, bis Eleanor seinen Verdacht in jener Nacht bestätigt hatte. Zu diesem Zeitpunkt war Nancy bereits tot gewesen. Abgesehen davon hielt niemand von Roberts Freunden oder Kollegen ihn einer solchen Aggression fähig, und es hatte nie auch nur den Hauch einer Andeutung auf Gewalt in der Ehe mit Nancy gegeben.

Doch die Polizei tat unmissverständlich kund, dass einer von beiden, entweder der Ehemann oder der Liebhaber, der Täter sein musste. Die Öffentlichkeit verfolgte die Ermittlungen mit großem Interesse, denn zu diesem Zeitpunkt war das Thema in aller Munde. Auf den Titelseiten der Zeitungen erschienen Tag für Tag Fotos von allen in den Fall verwickelten Personen, und die Möglichkeit, dass dieses Verbrechen bald wieder vergessen sein würde, schwand. Das Leben von Robert und Zara wurde, zumindest teilweise, Gemeingut. Reporter verfolgten Zara bis nach Oxford, und sie vertraute Eleanor an, dass sie glaubte, jedes Mal in Ohnmacht zu fallen, wenn sie das Haus verließ. Die Ehefrau von Davide Boyette trat im Fernsehen auf und sagte, dass Davide mit Sicherheit niemanden umgebracht habe, ihr Leben mit diesem Fremdgeher aber die Hölle auf Erden gewesen sei. Sie würde dafür sorgen, dass er seine beiden Töchter nie wiedersähe. Das Publikum applaudierte, Menschen, die keinem von beiden je begegnet waren. Kommentatoren machten versteckte Andeutungen und zweifelten Roberts Fähigkeiten an, eine so schöne Frau wie Nancy glücklich zu machen, oder spekulierten über den angeblichen Zorn in seinen kalten blauen Augen. Es hatte den Anschein, als würde diese Geschichte kein Ende finden, als könnte es nichts Gutes mehr im Leben geben. Die ganze Zeit über empfand Eleanor einen tiefen Schmerz über den Verlust ihrer Freundin, dessen Intensität sie selbst überraschte, auch wenn er ihr ständiger Begleiter geworden war.

»Möchtest du heute Abend mit mir in die Oper gehen?«, fragte Robert sie eines Tages am Telefon.

»Ich dachte, Zara geht mit dir.« Sie rieb sich die Stirn, wo sich pochende Kopfschmerzen anbahnten. Sie musste heute lange in der Arbeit bleiben, um einige Berichte fertig zu schreiben.

»Sie hat gerade abgesagt.« Sie hörte ihn am anderen Ende Luft holen und stellte sich vor, dass er allein in seinem Büro war. »Ehrlich gesagt kommt sie dieses Wochenende überhaupt nicht nach Hause.«

»Wahrscheinlich hat sie viel zu tun.«

»Nein, da ist noch etwas anderes. Sie ist wütend auf mich.«

»Nun, dazu hat sie kein Recht.« Eleanor beugte ihr Kinn auf die Brust, um den Spannungen im Nacken- und Schulterbereich entgegenzuwirken.

»Sie gibt mir die Schuld an dem, was geschehen ist,

und wahrscheinlich hat sie recht. Ich meine, wenn ich liebevoller zu Nancy gewesen wäre, hätte sie mit diesem schrecklichen Mann keine Affäre anfangen müssen.« Eleanor schloss die Augen bei der Vorstellung von Robert an seinem Schreibtisch und dem großen, leeren Haus, das auf ihn wartete. »Na ja, vielleicht gibt sie mir wirklich die Schuld. Genügend Leute tun das. Wenn ich jetzt in ein Meeting gehe, blicken mich die meisten Frauen mit zusammengekniffenen Augen an. Dann weiß ich, dass sie ihr Urteil über mich schon gefällt haben.«

»Hör auf, Robert. Natürlich denkt Zara nicht so über dich. Also gut, ich komme mit. Wann sollen wir uns treffen?«

»Um halb acht am Eingang der U-Bahn-Station Covent Garden.«

»In Ordnung. Bis später.«

»Danke, Ellie«, sagte er, und ihr Atem ging schneller, denn er hatte sie noch nie bei ihrem Kosenamen genannt.

Am Ende ihres zweiten Studienjahres hätte sie Nancy beinahe erzählt, dass sie Robert auf einer Party, wo sie zusammen mit Mary waren, zuerst kennengelernt hatte. Nun fragte sie sich, wie ihr Leben wohl verlaufen wäre, wenn sie Nancy gegenüber damals offen gewesen wäre, denn sie wusste, dass ihre Freundin ihr niemals im Weg gestanden hätte, im Gegenteil.

Mary und Nancy tanzten im Wohnzimmer, und sie hatte sich gerade in der Küche einen Drink gemixt, als Robert zur Tür hereinkam. Er war ihr bereits aufgefallen, mit seiner hellen Haut und den blonden Haaren stach er aus dem schummrigen Partyambiente heraus. Er trug ein hellblaues Hemd, Chinos und Slipper, und sie konnte sich ein Lächeln nicht verkneifen, das er als Aufforderung verstand, sich ihr vorzustellen. Er schien ein wenig verloren, daher fragte sie ihn nach seinem Studienfach. Als er »Jura« antwortete, schnaubte sie laut und zog die Augenbrauen in die Höhe.

»So nicht«, sagte er und fuchtelte mit den Händen vor dem Gesicht.

Sie lachte und drehte sich um, lehnte sich wieder gegen die Spüle und nippte an ihrem Drink. »Ich wusste gar nicht, dass es verschiedene Arten gibt, Jura zu studieren.«

Er wurde auf liebenswerte Weise rot. »Na ja, der Abschluss ist der gleiche. Ich meine damit, dass ich nicht die Absicht habe, so ein Spitzenanwalt zu werden, der die Verursacher der nächsten Ölpest verteidigt und einen Promi vor einer Anklage wegen Vergewaltigung befreit. Ich möchte mit meinem Wissen Gutes tun.«

Jetzt wurde sie rot, denn seine Worte klangen wie ihre eigenen tief verborgenen und geheimen Wünsche. Sie versuchte, ihrer Stimme einen beiläufigen Ton zu geben. »Ich weiß, was du meinst. Ich studiere Anglistik, aber eigentlich möchte ich für eine Hilfsorganisation im Ausland arbeiten. Ich kann den Gedanken an all die Not nicht einfach abschütteln und möchte etwas bewirken.«

Er strahlte über das ganze Gesicht. »Ja, genauso denke ich auch. Wenn ich in der Vorlesung sitze und mich umblicke, meine ich manchmal die Pfundzeichen über den Köpfen meiner Kommilitonen zu sehen.«

Sie unterdrückte ein Lächeln angesichts seiner Worte,

und ihr Magen fühlte sich an, als hätte sie ein ganzes Päckchen Brausepulver verschluckt. »Möchtest du?« Sie hielt ihm die Flasche hin, die sie ins Wohnzimmer zu Mary und Nancy bringen wollte.

»Danke, gern.«

Als sie seinen Plastikbecher entgegennahm, berührten sich ihre Finger, und es fühlte sich an wie ein leichter elektrischer Schlag. Sie sah ihm in die Augen, als sie ihm den gefüllten Becher zurückgab, und sie war sich sicher, dass auch er das Knistern zwischen ihnen spürte.

Mehrere Stunden lang blieben sie an die Küchenschränke gelehnt stehen und unterhielten sich, tranken klebrigen Bourbon und lachten zu dem wilden Partylärm aus dem Nachbarraum. Sie bewegte sich nicht von der Stelle, bis Nancy in die Küche kam, um ihr zu sagen, dass sie nach Hause gehen würden. Sie stellte Robert und Nancy einander vor, aber Nancy beachtete ihn kaum. Eilig verließen sie die Party, ohne dass Eleanor und Robert ihre Telefonnummern ausgetauscht hatten. Auf dem Nachhauseweg unterließ es Eleanor, Mary und Nancy von Robert zu erzählen, weil sie die Begegnung mit ihm als etwas Besonderes empfunden hatte, das sie lieber für sich behielt.

Am nächsten Tag saß sie die ganze Zeit an ihrem Schreibtisch und dachte darüber nach, wie Robert die Telefonnummer ihrer Wohngemeinschaft ausfindig machen könnte. Sie überließ sich vollkommen ihrem Tagtraum, wohin er sie ausführen und worüber sie sich unterhalten würden. Gegen fünf Uhr klingelte endlich das Telefon, und sie hielt den Atem an, als sie hörte, wie Nancy hinlief und abnahm. Doch das Gespräch dauerte eine ganze Weile, und als Nancy später in ihr Zimmer kam, war Eleanor nicht auf die Worte ihrer Freundin vorbereitet.

»Das war der Typ von der Party, Robert«, sagte Nancy und ließ sich auf Eleanors Bett fallen. »Du weißt schon, du hast mich ihm vorgestellt, als ich dich holen kam, weil wir nach Hause wollten.«

Eleanor blickte ihre Freundin an, ihr schlanker Körper war wie der einer Katze zusammengerollt, während sie an ihrer Nagelhaut nagte, das blonde Haar fiel über ihre Schultern und erinnerte Eleanor daran, dass es nicht Nancys Schuld war, von Natur aus so schön zu sein. »Was wollte er?« Sie gestand sich noch einen kurzen Moment zu, schließlich war es möglich, dass er sich nach ihr erkundigt hatte.

»Im Grunde war es etwas merkwürdig. Er hat mich gefragt, ob ich etwas mit ihm trinken gehen will. Ich meine, wir haben kaum miteinander gesprochen. Aber du hast dich doch länger mit ihm unterhalten. Ist er nett?«

Plötzlich funkelten Eleanors Augen. »Ja, er ist total sympathisch.«

Nancy blickte auf. »Meine Güte, gefällt er dir? Dann treffe ich mich selbstverständlich nicht mit ihm.«

»Nein, nein. Mach dir keinen Kopf, natürlich nicht. Er ist überhaupt nicht mein Typ.«

Eleanor fühlte, wie Hitze in ihr aufstieg. Sie überlegte, ob sie etwas sagen sollte, doch sie wollte nicht die zweite Geige spielen, ein lächerliches Gefühl, wenn sie zu der Schönheit auf ihrem Bett schaute. Sie neigte den Kopf wieder über ihren Schreibtisch. »Du solltest hingehen, er ist echt nett.«

Eleanor unterbrach ihren eigenen Gedankenfluss, indem sie Zara anrief, die den Anruf fast augenblicklich entgegennahm. Im Hintergrund konnte sie den Fernseher laufen hören. »Hast du gar kein Seminar?« Sie bereute die Frage, sobald sie sie ausgesprochen hatte.

»Doch, aber ich habe gerade keinen Nerv für die Uni. Außerdem schreibe ich ein Buch.«

Eleanor stellte fest, dass sie sich bei Zaras Worten genauso benommen fühlte, wie das früher oft bei Nancy der Fall gewesen war. »Ein Buch?«

»Einen Roman.«

»Wirklich?«

»Es ist das Einzige, was mich im Moment vom Weinen abhält.«

»Nun, das ist gut. Dein Dad hat gerade angerufen. Er meinte, du würdest nicht mehr nach Hause kommen.«

»Nein.« Vor ihrem geistigen Auge konnte sie sehen, wie Zara die Unterlippe vorschob.

»Er ist enttäuscht.«

»Er wird darüber hinwegkommen.«

»Du bist nicht fair zu deinem Dad. Er ist ein guter Mensch.«

»Du warst nicht dabei. Du hast nicht mit uns zusammengelebt.«

»Was meinst du?« Auf einmal war ihr kalt, und ihr Magen schmerzte, genauso wie ihr Kopf.

»Er hat pausenlos an ihr herumgenörgelt. Er hat ihr ständig vorgehalten, dass sie alles falsch machen würde. Und er wollte nie etwas unternehmen, was ihr Spaß machte. Er wollte immer nur nach Sussex fahren und in Ruhe Zeitung lesen.« Eleanor erinnerte sich, exakt die gleiche Beschwerde bereits von Nancy gehört zu haben, und es ärgerte sie, dass sie sich anscheinend auch bei Zara beklagt hatte, was ihr sehr illoyal vorkam.

»Das ist ein wenig ungerecht. Er arbeitet sehr viel.«

Zara schnaubte, und einen Augenblick lang musste Eleanor das Handy vom Ohr weghalten, denn diese Reaktion erinnerte sie sehr an Nancy, sie hätte dieses Gespräch auch mit ihr führen können.

»Deswegen kannst du ihm doch nicht böse sein. Und deine Mutter hat ihn geliebt.«

»Was ist, wenn es nicht Davide war? Ich meine, sie hat doch gesagt, er heiße David.«

»Ja, aber sie hätte es mir nicht gesagt, wenn er Davide hieße. Das hätte zu viel über ihn verraten. Doch du hast recht, vielleicht war er es nicht. Es könnte ein ganz anderer David gewesen sein.«

»Oder nicht der Liebhaber.« Es entstand eine Pause, und Eleanor meinte, Zara schwer schlucken zu hören. »Weißt du, warum die Polizei Dad so häufig verhört hat?«

»Weil das ihr Job ist.«

»Aber er konnte richtig wütend werden. Mum und er haben sich ganz schön oft gestritten.« Zaras Stimme war leise geworden, und sie klang wie zehn.

Einen Moment lang musste Eleanor die Augen schließen, denn ihr schwirrte der Kopf. Es durfte nicht sein, dass all ihre Gewissheiten ins Wanken gerieten, das würde sie nicht verkraften. »Alle Ehepaare streiten, Zara. Und jeder wird mal wütend. Das hat nichts zu bedeuten.«

»Manchmal kann ich beinahe verstehen, was Mum

an Davide Boyette gefunden hat.« Für einen Augenblick schwiegen beide, denn Zaras Worte waren sehr verletzend.

»Egal«, sagte Eleanor schließlich. »Mach dir keine Gedanken, ich begleite deinen Vater heute Abend in die Oper.« Dann beendete sie das Gespräch, aber sie begann sofort, Davide Boyette zu googeln, was sie in den letzten Wochen sorgsam vermieden hatte. Es gab unzählige Bilder von ihm im Internet, stylishe Autorenfotos, Clips, die ihn bei Lesungen und Gesprächen zeigten, sowie Porträts in verschiedenen Zeitschriften. Auf den Fotos funkelten seine Augen, als hätte er gerade einen schmutzigen Witz erzählt. Sie konnte sich vorstellen, dass Nancy ihn attraktiv gefunden hatte, schließlich war er das genaue Gegenteil von Robert, und Nancy hatte fast ihr ganzes Leben damit verbracht, nach etwas anderem zu suchen.

Eleanor war seit Jahren nicht mehr in der Oper gewesen, und sie hatte vergessen, wie erhebend die Musik sein konnte, sowie das Gefühl, von ihr fortgetragen zu werden. Ein paarmal blickte sie zu Robert hinüber, aber sein Gesichtsausdruck war unbeweglich, der Kiefer fest zusammengepresst, und die Augen glänzten. Sie versuchte nicht länger zuzuhören, sondern sich den Klängen zu überlassen, sie mit jeder Faser ihres Körpers zu spüren, tief und sinnlich. In der Pause tranken sie Champagner, wobei andere Besucher sie aus den Augenwinkeln beobachteten. Der Alkohol stieg Eleanor sofort in den Kopf, sodass sie während der zweiten Hälfte der Vorstellung noch verträumter war.

»Hast du Lust, noch auf einen Drink mit zu mir zu kommen?«, fragte Robert, als sie nach der Vorstellung draußen in der Kälte standen. »Ich möchte nicht in eine

Bar gehen, weil mich dann bestimmt jemand auf Nancy anspricht.«

»Das wäre schön«, erwiderte Eleanor und schob ihren perfekt geschnittenen Bob hinter die Ohren, weil sich ihre Hände plötzlich nutzlos anfühlten. *O Gott, du bist so stylish*, hatte Nancy einmal zu ihr gesagt, als sie sich beide vor den Spiegel drängelten, und Eleanor war völlig erstaunt gewesen, dass jemand wie Nancy neidisch sein konnte, besonders auf sie. *Aber du bist so schön*, hatte sie geantwortet, *du musst nicht stylish sein. Ich muss an mir arbeiten, du kannst einfach so bleiben, wie du bist.* Nancy hatte stirnrunzelnd in den Spiegel geschaut. *Ist dir aufgefallen, dass Professor Sutcliffe direkt zu mir gesehen hat, als er heute über Keats sprach?* Eleanor hatte es nicht bemerkt. *Nun, er hat mich angesehen*, sagte Nancy, *weil er weiß, dass Schönheit ebenso ein Fluch wie ein Segen sein kann.*

Nach der nächtlichen Kälte war es im Haus angenehm warm, aber es fühlte sich immer noch leer an, als ob eine Bombe die oberen Stockwerke zerstört hätte. Robert schenkte ihnen beiden Drinks ein, und sie setzten sich nebeneinander aufs Sofa.

»Hübsches Kleid übrigens«, sagte er.

Eleanor blickte an dem braunen Seidenkleid hinunter und sorgte sich, dass es an ihrer rundlichen Figur formlos aussehen würde. »Danke.« Sie fragte sich, was Nancy an Opernabenden getragen hatte, zweifellos hatte sie perfekt ausgesehen.

»Es ist jetzt beinahe zwei Monate her«, sagte Robert. »Neulich dachte ich, wie froh ich bin, dass es erst nach Weihnachten passiert ist. Stell dir vor, wir hätten das auch noch durchstehen müssen.«

»Und bald wird das Wetter auch schöner. Ich glaube, es wird dir besser gehen, wenn du wieder viel Zeit in Coombe Place verbringen kannst.«

Er nickte und lächelte. »Weißt du, Nancy und ich hatten darüber gesprochen, dass ich in Frührente gehen und wir nach Sussex ziehen könnten. Wir hätten das Haus hier verkauft und nur eine kleine Wohnung in der Stadt behalten, wer weiß?«

»Nein.« Das konnte sie sich nicht vorstellen, Nancy war kein Landmensch.

»Vielleicht hat sie es bloß gesagt, um mich in Sicherheit zu wiegen, aber sie schien es wirklich ernst zu meinen. Vor allem in letzter Zeit.«

Eleanor legte ihre Hand auf die von Robert. »Sie war immer sehr kompliziert, Nancy. Ich denke schon, dass sie es ernst gemeint hat.«

Er drehte sich zu ihr um, der Blick seiner Augen war verzweifelt. »Hat sie dir wirklich erzählt, dass sie es beenden wollte, die Sache mit...« Er sah aus, als hätte er einen schlechten Geschmack im Mund. »...nun, Davide? Ich würde lieber die Wahrheit erfahren.«

»Es kann sein, dass Davide Boyette nicht der Täter war, das weißt du. Die Polizei konnte ihm nichts nachweisen.« Er war wie ein kleiner Junge, und sie wollte, dass er sich besser fühlte.

»Oh, das weiß ich. Aber hat sie allen Ernstes davon gesprochen, mit ihrem Liebhaber Schluss zu machen?«

Sie würde Robert niemals erzählen, wie sehr Nancy zu Beginn der Affäre gestrahlt hatte, sie war zielstrebig und energiegeladen gewesen, und Eleanor hatte sie noch nie so glücklich gesehen. Doch am Ende hatte sich die Situation vollkommen gewandelt, und sie schien verzweifelt zu versuchen, den Mann loszuwerden, für den sie alles aufs Spiel gesetzt hatte. »Ja, sie wollte die Sache wirklich beenden, aber er hat sie nicht gelassen. Genau das ist in jener Nacht passiert. Sie hat ihm unmissverständlich erklärt, dass es vorbei wäre, und dann haben sie sich heftig gestritten.«

Robert beugte sich vornüber, und ein gellender Schrei entfuhr ihm, bevor er sich die Hand vor den Mund legte. Eleanor hatte das Gefühl, einem Ertrinkenden zuzuschauen, einem Menschen, den man mit körperlicher Kraft ins Leben zurückziehen musste. Sie umarmte ihn, und er umfasste ihre Taille, klammerte sich, den Kopf gegen ihre Brust gelehnt, an sie, während heftiges Schluchzen seinen Körper erschütterte. Sie küsste ihn auf den Kopf und streichelte seinen Rücken, so wie man ein verwundetes Tier streichelte. Und plötzlich stieg wieder Wut auf Nancy in ihrem Inneren auf, kribbelte und stichelte direkt unter ihrer Haut. Er richtete sich auf, und sie sahen einander an, seine Lippen waren rot und geschwollen, sein Gesicht blass und schmal.

Sie wusste nicht, dass sie ihn küssen würde, bis sie es tat, doch sobald ihre Lippen seine berührten, war ihr klar, dass dies kein keuscher Kuss war. Seine Reaktion war begierig, seine Zunge fuhr in jeden Winkel ihres Mundes. Er schob seine Hand unter ihren Hintern und zog sie zu sich heran, sodass sie, sehnsüchtig und erwartungsvoll, unter ihm lag. Das Seidenkleid ließ sich leicht nach oben schieben, sie hörte, wie er seinen Hosenschlitz öffnete, und dann fühlte sie ihn in sich. Es war, als würde sie endlich ankommen, es war alles, was sie sich je gewünscht hatte, sie musste sich in den Handrücken kneifen, um nicht zu vergessen, dass sie den Ehemann ihrer verstorbenen Freundin vögelte und dass ihr das unmöglich Lust bereiten konnte.

»O Gott«, rief er, als er kam. Er hatte die Augen geschlossen, und sein Ausdruck war so zerknirscht, dass sie nicht wusste, wie er es gemeint hatte.

»Es tut mir leid«, sagte er, als sich ihre Körper voneinander lösten.

»Muss es nicht«, antwortete sie.

Sie saßen nebeneinander auf dem Sofa. Robert nahm wieder ihre Hand, und sie lehnte den Kopf an seine Schulter. Sie schwiegen, aber Eleanor fragte sich, ob auch er zu den Fotos von Nancy auf dem Kaminsims blickte.

Das kann nichts bedeuten, sagte Eleanor Hunderte Male am Tag zu sich. Dieser Mann trauert um deine beste Freundin. Sie sitzt an deinem Bettende. Sie wird nie von dort weggehen. Du willst nicht, dass sie fortgeht. Du kannst ihn unmöglich lieben.

Eines Tages brachte sie ihn zum Lachen. Ein spontanes, natürliches Lachen, daher wusste sie, dass es echt war, sie wusste, dass er es für eine Sekunde vergessen hatte. Sie gingen im Wald in der Nähe von Coombe Place spazieren, und sie zeigte auf eine Blaumeise, die sie an Winston Churchill erinnerte.

Doch an anderen Tagen hatte sie das Gefühl, kaum zu ihm durchdringen zu können. Als ob er sich hinter eine hohe

Mauer gestellt und das Tor zugeschlossen hätte. Sie plauderte über das Weltgeschehen oder das Wetter oder welches Gemüse er angepflanzt hatte, aber seine Miene blieb verschlossen, seine Antworten knapp und einsilbig.

Sie glaubte, nicht mehr das Recht zu haben, über Nancy zu sprechen, als ob ihre Worte sie beschmutzen würden. Zara wusste nichts von dem Verhältnis zwischen ihr und Robert und wollte immerzu über ihre Mutter sprechen. Sie rief Eleanor fast jeden Tag an, manchmal spätabends, meist in Tränen aufgelöst. Nancy wurde, wie viele Verstorbene, verherrlicht, das war Eleanor schon oft aufgefallen, und eine verstorbene Mutter wurde umso mehr glorifiziert. Doch manchmal hätte Eleanor Zara am liebsten an den Schultern gepackt und geschüttelt, um sie daran zu erinnern, dass Nancy alles andere als perfekt gewesen war, dass sie nicht vollkommen unschuldig war. Letztlich konfrontierte sie Zara nicht mit der Wahrheit, denn das hätte bedeutet, dass sie ihre Freundin noch mehr hintergehen würde, als sie es ohnehin bereits tat.

Die ganze Zeit über träumte sie von Nancy. Von den Dingen, die sie zusammen unternommen hatten, und denen, die sie nicht gemacht hatten, worüber sie gesprochen hatten, und worüber nicht. Sie fand sich in undenkbaren Situationen mit Nancy wieder, sie schrie sie an und wurde von ihr angeschrien. Sie tanzten Wange an Wange, sie zerkratzten sich gegenseitig das Gesicht, sie tauschten ihre Körper, Nancy stahl ihre Kinder, nur dass es ursprünglich ihre gewesen waren. Sie sangen, lachten und weinten zusammen. Es tut mir leid, sagte sie einmal laut beim Aufwachen, doch sie bekam immer mehr den Eindruck, dass das Nancy egal war.

Dann war es plötzlich Frühling, als ob sie alle die Augen geschlossen und sich etwas gewünscht hätten, und endlich war ihr Flehen – von wem auch immer – erhört worden, und man gönnte ihnen eine kurze Atempause. Der Fall wurde nicht länger in der Presse breitgetreten, und auch die Polizei hatte sich schon eine Weile nicht mehr gemeldet. Und selbst wenn der Fall noch nicht abgeschlossen war, gab es doch keine neuen Beweise, und die Ermittlungen waren immer wieder ins Leere gelaufen.

Eleanor fühlte sich, als wäre sie von einer äußeren Kraft mitgerissen worden, in ihrem Inneren breitete sich dieses unbekannte Gefühl aus, das es ihr zunehmend schwerer machte, sich auf ihr eigenes Leben zu konzentrieren. Ihr war klar, dass Mary sie brauchte, weil es Howard nach wie vor nicht besser ging, obwohl er unzählige Male untersucht wurde und den Ärzten zufolge an keiner schweren Krankheit litt, aber sie besuchte ihre Freundin nicht so oft, weil Robert sie stets dringender brauchte.

Die einzige Gewohnheit, die sie beibehalten hatte, waren die Donnerstagabende mit Irena, ihrer Nachbarin. Und wenig überraschend war es Irenas Tochter Sarah, die Eleanors Aufmerksamkeit wieder auf ihr eigenes Leben lenkte. An einem Montagnachmittag rief Sarah an, weil ihre Mutter am Telefon krank geklungen hatte, und bat Eleanor, am Abend bei ihr vorbeizuschauen. Eleanor war mit Robert zum Abendessen verabredet gewesen, und sie lechzte nach diesem Treffen, so sehr, dass sie daran dachte, Sarah gegenüber zu lügen. Doch sie wusste auch, dass Irena es nicht zugeben würde, wenn sie krank war, und dass man sie dazu überreden musste, sich gesund pflegen zu lassen.

Auf dem Nachhauseweg von der Arbeit kaufte sie frische Suppe und Brot, Milch und Eier sowie einen Schokoladenkuchen. Sie ging nicht zuerst in ihre eigene Wohnung, sondern klopfte direkt, nachdem sie durch die Haustür getreten war, bei Irena an. Es dauerte lange, bis ihre Nachbarin die Tür öffnete, und Eleanor spürte bereits einen stechenden Schmerz in der Brust. Sie stellte die Einkaufstaschen auf den Boden und suchte ihr Schlüsselbund, als endlich Irenas Wohnungstür aufging. Die alte Dame schien noch etwas magerer als sonst, und ihre Haut hatte eine helle, gelb-bräunliche Farbe angenommen, die weißen Haare, sonst am Hinterkopf zusammengesteckt, hingen ihr strähnig ins Gesicht.

»Sarah hat angerufen«, sagte Eleanor zur Begrüßung. »Sie hat gesagt, du würdest dich kränklich anhören, deshalb habe ich dir Abendessen mitgebracht.«

»Ach, dieses Mädchen«, erwiderte Irena, doch Eleanor sah, dass sie einen Schritt rückwärts machte. Es passte nicht zu ihr, dass sie anderen Menschen erlaubte, sich um sie zu kümmern.

Eleanor ignorierte die Angst, die sie bei dem Gedanken befiel, dass ihre ältere Freundin ernsthaft krank sein könnte, und eilte durch die Wohnung in die Küche. Drinnen war es unangenehm warm, obwohl es draußen nicht kalt war, und Eleanor spürte sofort, wie ihr der Schweiß ausbrach. »Setz dich hin. Ich mache schnell die Suppe warm und bringe sie dir dann.«

»Das musst du nicht«, widersprach Irena, wandte sich aber bereits zum Wohnzimmer.

Eleanor ging in die Küche, zog ihre Jacke aus und begann die Lebensmittel einzuräumen. Die spärlichen Vorräte in Küchenschränken und Kühlschrank deprimierten sie, als wäre Irenas Leben auf das kleinstmögliche Angebot zusammengeschrumpft. Eines Tages wird es in meiner Küche genauso aussehen, fuhr es ihr durch den Kopf, als sie einen Topf auf die Herdplatte stellte und sich insgeheim wünschte, es gäbe dann einen Menschen wie sie, der das bemerkte. Sie bestrich eine Scheibe Brot mit Butter, während sie darauf wartete, dass die Suppe heiß wurde, bereitete eine Tasse Tee zu und schnitt ein großes Stück Kuchen ab, auch wenn sie wusste, dass Irena es nicht essen würde. Dann richtete sie alles auf einem Tablett an und trug es ins Wohnzimmer zu Irena, die in ihrem Ohrensessel saß und aus dem Fenster schaute.

»Der Flieder blüht«, sagte sie, als Eleanor das Tablett abstellte.

Eleanor blickte zu dem duftenden lilafarbenen Busch mit den wunderschönen Blütenköpfen, die jeweils aus unzähligen winzigen Blüten bestanden. Es war faszinierend, dass die Natur dieses Wunder jedes Jahr aufs Neue vollbrachte. »Möchtest du, dass ich dir ein paar Fliederzweige pflücke?«

Irena machte eine wegwerfende Handbewegung. »Jetzt nicht. Setz dich.« Eleanor setzte sich, und Irena begann, kleine Bissen zu nehmen, wie ein Spatz. Ihr Gesicht war vor Kälte angeschwollen, ihre Nase rot, und auch die Wangenknochen schimmerten rötlich.

»Ich wünschte, du würdest mir Bescheid geben, wenn es dir nicht gut geht. Ich kann dir gern helfen, Essen kochen oder Besorgungen machen, das weißt du.«

»Mir geht es gut. Sarah macht sich zu viele Sorgen.«

»Hast du Fieber gemessen?«

Irena schüttelte leicht verärgert den Kopf, also schwieg Eleanor und blickte stattdessen wieder zu dem sich im Wind wiegenden Fliederbusch vor dem Fenster. Sie musste daran denken, dass auch in Coombe Place, wo sie am Wochenende mit Robert hinfuhr, der Flieder zu blühen beginnen würde. Und auch wenn dieser Gedanke sie mit Traurigkeit erfüllte, weil Nancy niemals mehr einen Fliederbusch sehen würde, überwog doch ihre Freude, Zeit allein mit Robert zu verbringen.

»An wen denkst du gerade?«, fragte Irena, und Eleanors Aufmerksamkeit wandte sich sofort wieder der älteren Freundin zu.

Sie rang sich ein Lachen ab. »An niemanden.«

»Du hast gelächelt.«

Eleanor errötete. »Ich habe tatsächlich an jemanden gedacht.«

»Aber du hast auch versucht, nicht an ihn zu denken?«

»Woher weißt du das?«

Irena zuckte die Achseln. »Ich blicke schon auf ein langes Leben zurück.«

»Ich weiß nicht, was ich tue.« Eleanor sah wieder zu dem Fliederbusch. »Ich glaube, ich habe mich verliebt.«

»Aber das ist doch schön, oder?« Irena hatte nur wenige

Löffel von der Suppe und etwas Brot dazu gegessen. Jetzt nippte sie an ihrem Tee, als ob sie ihre Mahlzeit beendet hätte.

»Kannst du noch etwas essen?«

»Erzähl mir von deiner Liebe, Eleanor, das wird mich mehr aufbauen als jede Suppe.«

Irena hat ein zauberhaftes Lächeln, dachte Eleanor und verspürte wieder das verzweifelte Verlangen, über Robert zu sprechen. »Anscheinend habe ich, ich weiß nicht, wie ich es sagen soll, also, anscheinend habe ich eine Art Beziehung mit Robert. Nancys Ehemann.«

Augenblicklich erstarb Irena das Lächeln auf den Lippen, ihre Gesichtszüge entgleisten ihr, und ihre Augen verengten sich zu Schlitzen. Eleanors Herz zog sich zusammen, und sie wünschte sich, sie hätte nichts gesagt. Sie spürte sogar Wut auf diese sanfte Frau in sich aufsteigen, die unmöglich verstehen konnte, was diese Worte bedeuteten.

»Es tut mir leid, dass ich dir einen Schock versetzt habe«, sagte Eleanor schließlich.

Doch Irena schüttelte den Kopf. »Wenn du so alt bist wie ich, kann dich nichts mehr wirklich schockieren. Aber man erkennt sofort, wenn etwas falsch ist.«

»Es ist nicht falsch.« Ihre Stimme klang schroffer als beabsichtigt. »Es tut mir leid, allerdings kenne ich ihn schon sehr lange. Beinahe so lange wie ich Nancy kannte. Es ist nicht das, wonach es klingt. Das zwischen uns ist keine schäbige Affäre.« Sie merkte, wie sie rot wurde, und ihr Herz pochte so wild in der Brust, dass sie den Herzschlag in ihrem Hals spüren konnte.

»Vielleicht benehmt ihr euch nicht schäbig, dennoch ist es falsch.« Irenas Stimme klang sanft, doch der Blick ihrer Augen war unerbittlich. »Es ist für ihn falsch und auch für Nancy, aber vor allem, und das ist viel wichtiger, ist es für dich falsch, Eleanor.«

Sie dachte, sie würde zu weinen anfangen, doch sie schluckte ihre Tränen wieder hinunter. Es war dumm von ihr gewesen zu glauben, dass eine alte Frau sie verstehen könnte, dass Irena sich erinnern könnte, wie es war, wenn man vollkommen erfüllt von einem anderen Menschen war, wenn es nur eine Möglichkeit im Leben gab.

»Ich verstehe, dass er dir sehr viel bedeutet«, sagte Irena, doch Eleanor gelang es nicht, den Kopf zu heben und sie anzublicken. »Aber du bedeutest mir sehr viel, Eleanor, und ich möchte, dass du vorsichtig bist. Ich möchte, dass du auf dich aufpasst. Sei gut zu dir selbst.«

Eleanor ließ ein schallendes Lachen ertönen, ein harscher Klang, der Irenas Gefühle verletzte. Sie stand auf, weil sie fürchtete, sonst in Ohnmacht zu fallen. »Ich denke, du solltest ein Bad nehmen, solange ich da bin. Ich mache inzwischen den Abwasch.«

»Ich muss nicht wie ein kleines Baby ins Bett gebracht werden«, erwiderte Irena, trotzdem erhob sie sich aus dem Sessel und schlurfte ins Badezimmer.

Voller Nervosität machte sich Eleanor an den Abwasch, das Blut rauschte in ihren Adern, ihr Verstand weigerte sich, sich auf das einzulassen, was Irena gesagt hatte. Als die Wohnung etwas später wieder sauber war, hatte sich ein neues Gefühl der Ruhe über Eleanor und Irena gelegt, wie eine Staubschicht auf einem Möbel.

»Es tut mir leid, wenn ich zu offen war und zu viel gesagt habe«, sagte Irena, als sie es sich wieder in ihrem Sessel bequem machte. Sie weigerte sich, ins Bett zu gehen, und behauptete, später noch eine Fernsehsendung schauen zu wollen.

»Du sagst niemals zu viel«, entgegnete Eleanor, die plötzlich von einer Welle der Zärtlichkeit für Irena erfasst wurde. »Ich schaue morgen früh vor der Arbeit bei dir vorbei.«

»Eleanor.« Irena rief sie zu sich zurück, als sie bereits in der Wohnzimmertür stand. Sie musste kehrtmachen, obwohl sie wünschte, sie wäre allein in ihrer kühlen Wohnung, mit einem Glas Wein in der Hand, in Gedanken an Robert versunken. »Eines musst du mir versprechen.«

»Alles, was du willst.«

»Denk daran, dass du etwas Besonderes bist.«

Das war ein unsinniger Gedanke, aber zu Irena sagte sie: »Wenn du das sagst«, und bei diesen Worten fing die alte Frau an zu lächeln.

Eleanor beeilte sich, aus der Wohnung zu kommen, doch im Flur blieb sie mit dem Fuß hängen, verlor das Gleichgewicht und fiel beinahe hin. Sie kniete sich auf den Boden und erkannte, dass der Teppich aus zwei zusammengesetzten Stücken bestand, von denen eines lose war und in die Höhe ragte. Sie strich die Teppichecke wieder glatt, nahm sich aber vor, die Stelle bald auszubessern. Und sie beschloss, Sarah auf ein Alarmarmband für Irena ansprechen, wie sie es in der Fernsehwerbung gesehen hatte.

Früh am Morgen rief Robert an. Er hatte von Nancy geträumt, die ihm blutüberströmt Worte entgegenschrie, an die er sich nicht erinnern konnte. Eleanor sprach lange beruhigend am Telefon auf ihn ein, und als sie das Gespräch beendet hatte, fiel ihr auf, dass sie für ihr erstes Meeting im Büro bereits sehr spät dran war. Wenn sie jetzt noch bei Irena vorbeischaute, würde ihr Zeitplan vollkommen durcheinandergeraten. Mit gesenktem Kopf schlich sie an der Wohnungstür ihrer Nachbarin vorbei, in dem Glauben, dass Irena am ehesten gesund werden würde, wenn sie sich ausschliefe und Eleanor sie nicht störte.

Am Nachmittag rief Robert wieder an und sagte, dass er Theaterkarten besorgt habe, da er gern unter Menschen sein wolle. Eleanor wusste, dass sie die Nacht bei ihm verbringen würde. Da sie aber einige Unterlagen, die sie am nächsten Tag benötigte, in ihrer Wohnung gelassen hatte, verließ sie früher ihr Büro, um sie zu holen. Irena saß in ihrem Sessel am Fenster, als Eleanor den Weg zum Haus entlanghastete. Die Nachbarin bedeutete Eleanor, zu ihr hereinzukommen, und Eleanor zog sich der Magen zusammen.

Irena stand an ihrer Wohnungstür, als Eleanor durch die Haustür trat, deshalb folgte sie der alten Frau in die warme, stickige Wohnung.

»Möchtest du eine Tasse Tee?«, fragte Irena, als sie an der Küche vorbei ins Wohnzimmer gingen.

»Ich kann nicht lange bleiben. Ich gehe ins Theater.«

Irena setzte sich in ihren Sessel, und Eleanor setzte sich ihr gegenüber auf die Kante, um bald wieder gehen zu können. »Gehst du mit Robert hin?«

Die Frage traf Eleanor unvorbereitet, es kam ihr unwahrscheinlich vor, dass Irena sich auch nur an seinen Namen erinnerte. »Ja, ich gehe mit ihm.« Sie spürte, wie sie rot wurde, und hasste sich dafür.

Irenas Augen glänzten, ihre Wangen waren gerötet, und Irena hoffte, dass das an der Erkältung läge. »Ich habe darüber nachgedacht, seit du mir gestern davon erzählt hast.« Eleanor nickte, der Drang zu weinen schnürte ihr den Hals zu. »Eleanor, du darfst das nicht tun.«

»Ich glaube nicht...« Sie stolperte über ihre eigenen Worte und unterdrückte den Wunsch, die alte Frau anzuschreien. »Also wirklich, du weißt gar nichts über die Situation.«

»Aber ich muss gar nichts über die Situation wissen. Du bist mir wichtig, und ich möchte nicht, dass du verletzt wirst.«

»Irena, bitte.« Eleanor spürte, wie Übelkeit in ihr aufstieg. »Ich weiß, dass die Situation schrecklich kompliziert scheint, und auch falsch, aber mir geht es gut. Glaub mir, es ist alles in Ordnung.«

Irena schüttelte den Kopf. »Es gehört zu den wenigen Vorteilen des Altwerdens, dass man offen seine Meinung sagen kann. Du bist meine Freundin, Eleanor, und deshalb ist es meine Aufgabe, dir manchmal Dinge zu sagen, die du nicht hören willst. Ich hasse es, mich in das Leben anderer Menschen einzumischen, aber bei dieser Sache kann nichts Gutes herauskommen.«

Eleanor hätte sich am liebsten die Ohren zugehalten, weil Irenas Worte wie ein Fluch klangen. Stattdessen blickte sie auf ihre Armbanduhr. »Ich muss gehen, sonst verpasse ich den Anfang der Vorführung.«

Sie wollte gerade aufstehen, als Irena die Hand auf ihren Arm legte. »Weißt du, Eleanor, meistens ist die Liebe wunderbar. Magisch und wunderbar. Doch manchmal ist die Liebe gefährlich. Manchmal reißt sie dir das Herz aus dem Leib und tritt dein Leben mit Füßen. Manchmal ist sie es einfach nicht wert.«

Eleanor stand auf, und Irenas Hand fiel von ihrem Arm herunter. »Tut mir leid, ich werde jetzt gehen.«

Irena nickte. »Dann sehe ich dich morgen zum Abendessen, so wie immer?« Doch Eleanor brachte es nicht über sich, sich zu ihr umzudrehen. Ihr verzweifeltes Bedürfnis, Irenas Wohnung zu verlassen, war so stark, dass sie sich auf nichts anderes konzentrieren konnte. Sie warf die Wohnungstür nicht krachend hinter sich zu, aber sie hätte sie gern aus den Angeln gerissen und in tausend Stücke zerbrochen.

Am nächsten Tag zur Mittagszeit rief Mary Eleanor an und fragte, ob sie nach der Arbeit bei ihr vorbeikommen wolle. Man konnte ihr anhören, dass sie niedergeschlagen war, also sagte Eleanor zu und fuhr direkt vom Büro zu Marys Haus. Es war ein milder Abend, und Eleanor dachte, dass es zweifellos Frühling geworden war, was bedeutete, die Welt hatte sich auf wundersame Weise weitergedreht.

»Was ist mit dir los?«, fragte Mary sie, sobald sie sich mit einem Glas Wein in der Hand in den Garten gesetzt hatten.

»Was? Nichts.« Eleanor fiel auf, dass sie viel zu sehr von Schuldgefühlen geplagt wurde. »Was meinst du?«

Doch Mary blieb keine Zeit zu antworten, da Marcus in

diesem Moment durch das hintere Gartentor trat. Eleanor wandte sich in ihrem Stuhl um und erschrak bei seinem Anblick. Er sah aus, als hätte er sich aufgegeben, als wollte er der Realität entfliehen, während er die Handfläche an die Stirn legte, um seine Augen vor dem hellen Abendlicht zu schützen. Seine Haut war grau, um den Mund hatte er grellrote Flecken, die mit den schwarzen Rändern unter seinen Augen kontrastierten. Seine Kleidung sah ungewaschen aus, und seine Haare fettig. »Hast du Geld, Mum?«

»Hallo, Marcus«, sagte Eleanor.

Er blickte in ihre Richtung. »Ach ja, hi.«

»Wie geht es dir?« Sie spürte, wie Mary neben ihr unruhig wurde.

»Na ja, geht so.«

»Was macht die Schule?«

»Ich breche ab.«

»Oh, das wusste ich nicht. Wieso?«

Er blickte wieder zu seiner Mutter, und sie sagte: »Mein Geldbeutel ist in der Küche.«

Im Inneren des Hauses ertönte eine Klingel, und Mary wollte bereits aufstehen, als Marcus zu ihr sagte: »Ich mach das, Mum. Ich glaube, er will nur eine Tasse Tee.«

»Okay, danke, Marcus. Gehst du heute aus?«

»Ja. Ich koche noch schnell den Tee, dann hau ich ab.«

»Wann kommst du nach Hause?«

»Keine Ahnung. Bis dann.«

Eleanor blickte Mary an und wartete darauf, dass ihre Freundin etwas sagte, aber sie blieb still. »Ist mit Marcus alles in Ordnung?«, fragte sie schließlich. Mary machte sich schon längere Zeit um ihren Sohn Sorgen, und Eleanor wurde klar, dass sie sich nicht genügend dafür interessiert hatte. Sie hatte zugelassen, dass andere Dinge in den Vordergrund rückten, obwohl Marcus' Entwicklung eindeutig ein wichtiges Thema war.

»Wie meinst du das?« Marys Stimme klang abwehrend.

»Nun, du hast bereits öfter gesagt, dass du dir Sorgen um ihn machst. Er sieht nicht besonders gut aus.«

»Ich weiß.« Mary nippte an ihrem Wein. »Ich weiß einfach nicht, was mit ihm los ist. Letzten Sommer hat es angefangen. Er ging ständig aus und blieb lange weg, und ich weiß, dass er raucht und trinkt. Aber jetzt scheint es eskaliert zu sein, und ich weiß nicht, was ich machen soll.«

»Hast du mit seiner Schule gesprochen?«

»Nur insofern, als dass sie mich ständig anrufen, weil er im Unterricht fehlt. Er muss bloß noch seine Abschlussprüfungen machen, doch er ist fest entschlossen, die Schule abzubrechen.«

»Und wenn du mit ihm zum Arzt gehst?«

»Ja, das sollte ich tun, aber ich weiß nicht, was ich ihm sagen soll, und es war in letzter Zeit wirklich viel mit Howard.«

»Ich glaube nicht, dass ich je zuvor mitbekommen habe, dass Marcus Howard seine Hilfe anbietet.«

Mary rieb ihren Zeh in den unebenen Rasen. »Er ist wirklich toll, eine große Hilfe. Ich habe dann das Gefühl, dass der liebe alte Marcus noch irgendwo in ihm steckt. Ich glaube, das macht es mir derart schwer. Er war immer so ein netter, vernünftiger Junge, und plötzlich ist aus ihm diese Parodie eines Teenagers geworden.«

»Natürlich ist er nach wie vor ein netter Junge. Das ist

bestimmt nur eine Phase.« Während sie sprach, erkannte Eleanor, dass Marcus und Zara nun offiziell erwachsen waren. Diese Erkenntnis machte sie seltsam nervös, am liebsten wäre sie eine Runde durch den kleinen Garten gerannt.

Mary zog lautstark Luft ein, sodass Eleanor zu ihr hinüberblickte. Ihre schöne Haut hatte eine gräuliche Blässe angenommen, und sie hatte lilafarbene Flecken um die Augen. Manchmal fragte sie sich, was aus ihnen allen geworden war.

»Können deine Eltern dir helfen und sich ein wenig um Howard kümmern?« Abgesehen von Marys Hochzeit war sie bloß einmal in Marys Elternhaus zu Besuch gewesen, und sie erinnerte sich an ein gemütliches Heim voller Lachen und Wärme. Sie erinnerte sich an Marys Mutter mit ihrer hellblonden Dauerwelle und ihren bangladeschischen Vater, dessen Currys so schmeckten, als säße man am Meeresufer. Eine brennende Sehnsucht nach ihren eigenen Eltern erfasste sie, die schon seit Jahren tot oder zumindest unerreichbar für sie waren, und sie empfand diesen Streich, den ihr Gehirn ihr spielte, als höchst unfair.

»Sie rufen oft an. Aber sie werden alt und sind nicht mehr so mobil. Und Naomi ist mit ihrem Job und den Kindern vollauf beschäftigt. Wenn ich völlig am Ende wäre, würden sie kommen, ganz sicher, aber es ist keine gute Lösung.«

»Haben die Ärzte denn herausgefunden, was Howard eigentlich fehlt?«

»Nein. Sie haben ihm nur Antidepressiva verschrieben. Ich halte das für ihren allerletzten Versuch.«

»Was ist mit seiner Arbeit?«

»Er kann sich nächstes Jahr frühpensionieren lassen, jetzt muss man schauen, was bis dahin passiert. Sein Vorgesetzter hat sich sehr anständig verhalten.«

Eleanor vergaß leicht, dass Howard mehr als zehn Jahre älter als sie alle war. Früher war das nicht aufgefallen. Sie blickte zu Mary, die an einer Haarsträhne zupfte, und fragte sich, ob sie sich je darüber Gedanken gemacht hatte, dass Howard krank werden könnte, solange sie noch jung war. Ein dummer Gedanke, denn natürlich hatte Mary nie darüber nachgedacht. Sie musste an Robert denken, an die vielen Möglichkeiten, verletzt zu werden, die sie bisher ausgeblendet hatte, und dass sie sich zum ersten Mal in ihrem Leben auf viele Weisen verwundbar gemacht hatte.

»Wie alt ist er noch mal?«

»Neunundfünfzig. Obwohl er im Augenblick wie hundertneunundfünfzig aussieht.«

»Herrgott noch mal, ich finde es schrecklich, was du durchmachen musst.«

Eine Weile schwieg Mary, und Eleanor fürchtete, dass sie zu weit gegangen war, doch dann sagte Mary: »Weißt du, es ist seltsam, aber seit er krank ist, habe ich etwas Ruhe und Zeit für mich selbst. Das hatte ich noch nie in unserer Ehe. Und ich fülle diese Lücke mit Erinnerungen, was gar nicht gut ist. Ich fühle mich seltsam, als ob ich mich selbst von außen betrachten würde.«

»Aber was wirst du tun?« Eleanor wünschte sich, dass sie Mary helfen könnte, so wie sie anderen Menschen auf der Welt half. Doch die Situation war wie ein Labyrinth, und sie sah keinen Ausweg.

»Ich weiß es nicht. Es klingt sehr egoistisch, aber wenn es ihm nicht bald besser geht, glaube ich nicht, dass ich so weiterleben kann.«

»Das ist überhaupt nicht egoistisch. Selbst wenn Howard der perfekte Ehemann gewesen wäre, fände ich das nicht egoistisch. Außerdem hat er dir nicht immer Grund gegeben, sich aufopferungsvoll um ihn zu kümmern, oder? Er war nicht unbedingt der beste Ehemann, oder?«

Eine Träne entschlüpfte Mary, und sie schlug sie so heftig mit der Hand weg, als würde sie sich wehtun wollen. »Am Anfang war er wundervoll.«

Eleanor ergriff eine tiefe Traurigkeit für ihre Freundin. »Ich weiß, meine Liebe. Aber die letzten zehn Jahre waren nicht wirklich wundervoll.«

Mary lachte kurz auf. »Es entbehrt doch nicht einer gewissen Ironie, dass ich ausgerechnet jetzt so fühle, oder? Ich habe sogar schon darüber nachgedacht, ob ich ihn verlassen könnte.«

»Vielleicht ist es genau so, wie du sagst: Es ist das erste Mal, dass du in dieser Ehe etwas Freiraum hast.« Sie wusste nicht, welchen Rat sie Mary geben sollte, weil sie sich nicht vorstellen konnte, ihr Leben über so lange Zeit mit jemandem zu teilen. Ihre Gedanken wanderten weiter zu Nancy und Robert. Sie hatte das Gefühl, dass alle ihre Nervenenden offen lagen, sogar die Zähne schmerzten.

»Ich habe das Gefühl, am Ende nicht mehr richtig für Nancy da gewesen zu sein«, sagte sie in dem Versuch, sich zu erklären.

»Ich weiß, was du meinst. Wir haben im letzten Jahr nicht mehr so viel miteinander gesprochen wie früher.«

Marys Finger war fest in ihre Haare eingedreht, und sie hatte Tränen in den Augen. »Erinnerst du dich an die dumme Idee von uns beiden, sie solle sich ehrenamtlich in einer Wohltätigkeitsorganisation engagieren? Das muss ungefähr ein Jahr her sein, ein bisschen länger, denn wir sprachen darüber bei unserem Weihnachtsessen, und letztes Jahr fiel das doch aus, wenn ich mich recht erinnere. Dann muss es vorletztes Weihnachten gewesen sein.«

»Nancy hat unser letztes Weihnachtsessen abgesagt, oder nicht?«

»Ja.«

»Ich glaube, das hat sie getan, weil sie damals versuchte, die Affäre zu beenden, und in Schwierigkeiten steckte.«

»Vielleicht hat sie sich immer noch über uns geärgert. Weißt du noch, wie du ihr bei dem Essen im Jahr zuvor erzählt hast, dass du jede Woche mit Irena zu Abend isst? Du hast ihr vorgeschlagen, sie könnte einen älteren Menschen besuchen, aber sie hat dir das übel genommen.«

»Ja.« Die Erinnerung ließ Eleanor zusammenzucken.

»Ich habe neulich Abend darüber nachgedacht, und ich glaube, dass sie nach diesem Essen nicht mehr mit mir geredet hat. Ich meine, offen geredet. Vielleicht hat sie mir deshalb nichts von der Affäre erzählt. Und ich denke, wir haben sie weit mehr verletzt, als wir dachten.«

Eleanor erinnerte sich, wie unangenehm dieses Gespräch gewesen war, aber sie bezweifelte, dass es Nancys Verhalten ihnen gegenüber so stark beeinflusst haben konnte. Schließlich hatte Nancy sich ihr später doch anvertraut, auch wenn es oft den Anschein hatte, als wünschte sie, sie hätte es nicht getan. »Ich glaube nicht, dass das der Grund war. Ich meine, wir haben uns entschuldigt, und sie muss doch gewusst haben, dass wir es gut mit ihr meinten.«

Mary nickte. »Vermutlich ja. Weißt du, auf gewisse Weise hatte ich immer das Gefühl, nicht gut genug für Nancy zu sein.«

»Nicht gut genug?« Eleanor sah Mary fragend an, obwohl sie wusste, was ihre Freundin meinte.

»Ja, als ob ich nicht zu den Menschen gehörte, mit denen Nancy befreundet sein sollte. Als ob wir uns nur angefreundet hatten, weil wir uns am ersten Abend an der Uni trafen. Sonst wären wir drei einander nie begegnet. Hattest du nie dieses Gefühl?«

Eleanor griff nach dem Glas, das zu ihren Füßen stand, und nahm einen großen Schluck. »Doch, ein wenig schon.«

»Wenn du dich nicht mehr bei mir gemeldet hättest, hätte ich so lange an deine Tür gehämmert, bis du mir aufgemacht hättest. Aber ich habe schon immer vermutet, dass Nancy sich distanzieren würde, auf die eine oder andere Weise.«

Eleanor blickte in den orangefarbenen Himmel hinauf, der von Hunderten Chemiestreifen durchzogen war, die heimlich Gift auf sie herabregneten. »Ich schlafe mit Robert.«

»Das dachte ich mir bereits.«

Marys Antwort schockierte sie, anscheinend hatte sie sich ihr mehr geöffnet, als ihr bewusst gewesen war. »Woher?«

»Das ist offensichtlich.«

»O mein Gott.«

»Also nicht für die anderen, nur für mich.«

Ein Polizeiwagen raste mit heulender Sirene die Straße hinunter. »Ich bin ein schlechter Mensch.«

Mary drehte den Kopf zur Seite, sodass sie Eleanor direkt ansah. »Nein, das bist du nicht. Aber das mit Robert kann niemals gut ausgehen.«

Bei ihrem wissenden Blick wollte Eleanor am liebsten weinen. »Ich hätte das nie getan, wenn Nancy noch am Leben wäre. Er auch nicht.« Doch ihre Gefühle für Robert waren so stark, dass sie alles andere verdrängten und sie nicht sicher sein konnte, die Wahrheit zu sagen. Vielleicht hatte Nancy ebenso für ihren Liebhaber empfunden, Eleanor hatte sie allerdings wie ein dummes Schulmädchen verurteilt.

Einen Moment lang schwiegen sie, dann sagte Mary: »Er hat sie sehr geliebt, Els. Das weißt du doch, oder?«

»Natürlich weiß ich das«, erwiderte sie ein wenig voreilig, denn in Wahrheit trafen sie Marys Worte, sie zwangen sie, sich etwas einzugestehen, das sie lieber vergessen wollte.

»Ich möchte nur nicht, dass du verletzt wirst. Ich meine, Els, und bitte sag mir die Wahrheit: Hast du noch nie gedacht, dass er es gewesen sein könnte?«

»Nein, natürlich nicht. Warum fragst du das überhaupt?«

»Weil er sie so sehr geliebt hat. Ich glaube nicht, dass er es ertragen hätte, sie an einen anderen Mann zu verlieren.«

Eleanors Magen zog sich zusammen. Es war wahr, dass ihr manchmal, wenn er im Bett seine Arme um ihren Körper gelegt hatte, der Gedanke gekommen war, wozu diese kräftigen Hände noch fähig wären und wie viel sie nicht von ihm wusste. Der Boden wankte unter ihrem Stuhl.

»Aber er wusste nichts von der Affäre.«

»Er hat dir gesagt, dass er es vermutet hatte. Und du kannst mir glauben, man weiß so etwas immer, selbst wenn man es sich nicht eingesteht.«

Ein Klingeln ertönte aus dem offenen Fenster von Howards und Marys Schlafzimmer im Obergeschoss des Hauses, wie gerufen. »Verdammter Mist«, entfuhr es Eleanor. »Macht dich das nicht verrückt?«

»Weniger verrückt als früher, da wusste ich nicht, wo und mit wem er zusammen war. Es war schlimmer, wenn diese anonymen Anrufe kamen oder eine Studentin vor unserer Haustür stand und ich so tun musste, als hätte ich sie nicht weinen gehört.«

»Das klingt ziemlich krank, Mary.«

»Vielleicht, doch ich schätze, dass wir uns alle so gut es geht mit unserem Leben arrangieren. Aber im Ernst, Els, du musst das nicht tun. Selbst eine einfache Beziehung ist ein steiniger Weg, und ich möchte nicht, dass du an einem Felsen zerschellst.«

»Ich spiele nicht in einer deiner griechischen Tragödien.« Eleanor versuchte zu lachen, aber der Klang erstarb auf ihren Lippen.

»Wir spielen alle in einer verdammten griechischen Tragödie«, entgegnete Mary.

Wieder drang das Klingeln aus dem Fenster, ein gespenstischer Aufruf, und diesmal stand Mary auf. »Ich sehe lieber nach, was er braucht.«

Eleanor beobachtete, wie die kleine Gestalt ihrer Freundin in der dunklen Küche verschwand. Sie hatte Marys Gründe, bei Howard zu bleiben, immer verwirrend gefunden, aber nun begann sie ihre Freundin zum ersten Mal zu verstehen. Robert war der letzte Mann, in den sie sich hätte verlieben sollen, und dennoch war es passiert. Sie würde ihre Gefühle niemals erklären können, nicht einmal sich selbst. Sie wollte es auch gar nicht versuchen, sie wollte nur ihr Glück genießen.

Sie erinnerte sich, dass sie Mary, zusammen mit Nancy, kurz nach Maisies Geburt vor dreizehn Jahren besucht hatte. Damals schien es Eleanor, dass immerzu ein Baby in Marys rundem Bauch heranwuchs, das sie dann zu Hause zur Welt brachte, weil Howard nichts von Krankenhäusern hielt, und das sie anschließend ständig mit sich herumtrug, da Howard an Trennungsängste glaubte.

Die Schwangerschaft war anstrengend für Mary gewesen, ihr Körper hatte sich noch nicht richtig von Mimis Geburt erholt, trotzdem fing Howard an fremdzugehen. Während dieser neun Monate rief Mary Eleanor häufig spätabends verzweifelt an, weil Howard entweder nicht nach Hause gekommen war oder sie angebrüllt oder wegen Nichtigkeiten heruntergemacht hatte. Und dann hatte kurz vor der Geburt eine junge Frau vor der Tür gestanden, die nicht älter als neunzehn oder zwanzig gewesen sein konnte, und für Mary war sofort klar gewesen, dass die beiden etwas miteinander hatten.

Nichts davon hatte Eleanor wirklich überrascht. Zwar hatte sie bis zu diesem Moment keine Abneigung gegen Howard gehabt, aber sie hatte sich in seiner Nähe auch nie sehr wohlgefühlt. Sie hatte immer geglaubt, es läge daran, dass Howard verheiratet gewesen war, als Mary ihn kennengelernt hatte, und als sie mit Marcus schwanger geworden war, hatte es eine ganze Weile gedauert, bis er seine Frau verlassen hatte. Außerdem schien er sich stets anderen Menschen überlegen zu fühlen, was Eleanor störte.

Nancy hatte einen Obstkorb mitgebracht, und Eleanor erinnerte sich, wie Howard über dieses Gastgeschenk in Begeisterung ausbrach. Er hielt Mimi im Arm, schwang sie immer wieder spielerisch durch die Luft und zeigte ihr die Farben der Obstsorten. Er machte den Eindruck eines sehr beschäftigten und abgelenkten Vaters und Ehemannes, der verzweifelt versuchte, alle Fäden in der Hand zu behalten, und Eleanor dachte, dass er seine Rolle sehr gut spielte. Er sagte ihnen, Mary würde sich schon sehr darauf freuen, sie zu sehen. Also stiegen Nancy und sie über Spielsachen, Zeitungen und Kleidung, die auf jeder Treppenstufe lagen, in den ersten Stock hinauf, wo Mary in einem unordentlichen Bett lag. Sie sah erschreckend blass und erschöpft aus, während Maisie an ihrer großen, von blauen Adern durchzogenen Brust trank. Im Zimmer war es heiß und stickig, ein erdiger Geruch nach Eisen lag in der Luft, sodass Eleanor sich umsah, bis ihr Blick an einem Stapel blutbefleckter Bettlaken in der Ecke hängen blieb.

»Ist das Marcus, der da weint?«, fragte Mary und schaute an ihnen vorbei zur Tür.

»Ich weiß es nicht«, antwortete Eleanor.

»Mein Gott, ich kann es nicht ertragen.« Ihre Stimme stockte, und ihre Augen füllten sich mit Tränen.

»Soll ich nach ihm sehen?«, bot Eleanor an. »Möchtest du eine Tasse Tee? Ich könnte diese Laken in die Waschmaschine tun.«

Mary wandte ihre Aufmerksamkeit eilig wieder ihren Freundinnen zu, und tiefe Röte schoss ihr in die Wangen. »Oh, Entschuldigung, würdest du das tun?«

Eleanor hob die schmutzigen Laken auf, während Nancy sich zu ihrer Freundin ans Bett setzte. Nancy würde die richtigen beruhigenden Worte finden, dachte Eleanor, als sie das Zimmer verließ und nach unten in die Küche ging. Heftige Wut stieg in ihr auf. Marcus saß am Tisch, und Howard beugte sich, mit Mimi auf seiner Hüfte, über ihn.

»Meine Güte, Marcus«, sagte Howard. »Sie hat gerade ein Baby bekommen, sie will nicht, dass du sie ständig störst.« Er blickte auf, als Eleanor zur Tür hereinkam, aber sein Gesichtsausdruck blieb gleichgültig, als wollte er sie warnen, den Mund aufzumachen. Eleanor nahm an, er konnte sich denken, dass Mary ihr von der jungen Studentin erzählt hatte, und deshalb verabscheute er sie jetzt, doch sie beide würden ihre blutrünstigen Gedanken sorgsam verbergen und so tun, als wäre alles in Ordnung.

»Mary braucht einen Tee«, sagte Eleanor und weigerte sich, den Blick abzuwenden. »Und diese Laken müssen gewaschen werden.«

Sie starrten einander ein paar Sekunden lang an, in denen alles möglich schien, sogar Gewalt. Aber schließlich lächelte Howard und deutete zur Waschmaschine. »Leg sie dorthin, ich mach das.« Er wandte ihr den Rücken zu, und seine Stimme klang höher. »Ich habe keine Ahnung, wie Mary das alles schafft. Ich weiß kaum mehr, wo oben und unten ist.«

Sie ließ die Laken auf den Boden fallen, dann spülte sie drei Becher ab und machte Tee. Sie nahm die Becher in die Hand und sagte: »Marcus, möchtest du mit mir nach oben kommen? Ich würde gern mit dir plaudern.«

Marcus blickte zu seinem Vater auf, an seiner Nase klebte Rotz, und seine Unterlippe bebte. Howard lächelte schmallippig, doch er nickte seinem Sohn zu, setzte Mimi ab und ging zur Waschmaschine. Eleanor sah Marcus aufmunternd an, er rutschte vom Stuhl herunter und rannte vor ihr die Treppe in den ersten Stock hinauf.

Als Mary nach Howard geschaut hatte und wieder in den Garten zurückkam, war die Dunkelheit hereingebrochen, und die Luft war kühl. Sie brachte eine neue Flasche Wein mit und goss Eleanor nach, nachdem sie sich wieder hingesetzt hatte.

»Meine Güte, wie spät ist es?«, fragte Eleanor.

»Kurz nach acht.«

»Mist.«

»Musst du irgendwohin?«

Sie war mit Irena verabredet, wie jeden Donnerstag, nur dass sie den Gedanken, wieder in dieser muffigen Wohnung zu sitzen, nicht ertragen konnte. Nichts von dem, was Irena am Vorabend gesagt hatte, hatte sie vergessen. Sie konnte sich diese Worte nicht noch einmal anhören, denn sie glaubte nicht, dass sie sich ein zweites Mal zurückhalten konnte.

»Sollen wir so dekadent sein, uns etwas zu essen zu bestellen?«, fragte Mary.

»Ja«, antwortete Eleanor, und bei dieser Entscheidung entspannte sie sich augenblicklich.

Ein Lichtstrahl drang unter Irenas Tür hervor, als Eleanor ein paar Stunden später nach Hause kam, doch sie war müde, und ihr Kopf fühlte sich schwer an, vom Wein und von den Gedanken an Robert. Auf der Hälfte der Treppe blieb sie zögernd stehen, denn sie konnte die Nacht nicht vergessen, in der Nancy gestorben war, und wie Irena sie damals aufgefangen hatte, wie sie verhindert hatte, dass die Ereignisse Eleanor überwältigten. Aber was, wenn Irena recht hatte und sie den größten Fehler ihres Lebens beging? Sie konnte unmöglich erst Nancy und dann auch noch jegliche vernünftige Selbsteinschätzung verlieren.

Nachdem sie in ihre Wohnung gekommen war, ging sie direkt ins Bett, musste allerdings feststellen, dass sie nicht einschlafen konnte. Die Schatten der sich wiegenden Bäume vor ihrem Fenster tanzten über ihre hellen Vorhänge, und etwas nagte an ihr, als ob sie etwas Wichtiges vergessen hätte. Sie atmete tief durch, und die Luft strömte ungehindert durch ihren Körper. Sie erkannte, wie ruhig, wie sorglos sie sich fühlte. Und dann wusste sie, was sie vergessen hatte: Sie hatte vergessen, wie es sich anfühlte, ängstlich und besorgt zu sein, sie hatte vergessen, dass das Leben im Grunde furchterregend war.

Eleanor setzte sich auf, ihr Herz raste, als wollte es die verlorene Zeit aufholen. Robert, das wurde ihr jetzt bewusst, war so hypnotisierend wie der Anblick der sich wiegenden Bäume. Er hatte sie in ein falsches Gefühl von Sicherheit gehüllt, tatsächlich befand sie sich in einem Zustand vollkommener Trägheit. Aber was, wenn sie die ganze Zeit über richtiggelegen hatte und die Liebe ein gefährlicher Irrtum war, der dunkle, in der Tiefe liegende Wahrheiten verbarg? Sie dachte an Nancy und Mary, ihre Mutter, sich selbst und fragte sich, ob allen Frauen letztlich das Gleiche widerfuhr, diese Unterwerfung unter einen Mann, diese völlige Selbstaufgabe, bis sie nicht mehr wussten, was wichtig im Leben war.

Eine Panikwelle, so hatte sie das Gefühl in den letzten Jahren insgeheim genannt, durchspülte sie und spritzte aus ihrem Kopf heraus. Was war, wenn Zara recht hatte und der Liebhaber, wer auch immer das gewesen war, nichts mit Nancys Tod zu tun hatte? Und Mary hatte sicher recht, wenn sie sagte, dass Robert Nancy angebetet hatte, viel zu sehr, um sie jemals gehen zu lassen. Was unweigerlich zu der Frage führte, was Robert und sie zusammen taten, was sie sich von dieser seltsamen Beziehung erhoffte. Oder auch, auf den Punkt gebracht, was ihm diese Situation nutzte.

Sie hatten bereits entschieden, dass sie das Wochenende in Sussex verbringen würden, und als Eleanor am nächsten Morgen aufwachte, verspürte sie immer noch denselben Wunsch. Vielleicht war diese Beziehung falsch oder sogar gefährlich, doch sie war auch berauschend. Wenn das Liebe war, dann war sie mächtiger als all ihre Schuldgefühle und Zweifel. Sie hörte, wie unten in Irenas Wohnung eine Tür zugeschlagen wurde, ein deutlicher Wink, dass sie sich noch für das verpasste Abendessen entschuldigen musste. Aber sie wusste auch, dass sie der älteren Freundin dann von ihren Wochenendplänen erzählen müsste; das würde Irenas Missfallen erregen, und Eleanor würde sich schämen. Eleanor suchte nach einem Kompromiss. Im Küchenschrank fand sie einen Walnusskuchen und schrieb ein paar Zeilen auf eine Postkarte: **Bin übers Wochenende fort, dachte, der Kuchen könnte Dir schmecken. Komme am Sonntagabend bei Dir vorbei. Alles Liebe, E.** Sie stellte Kuchen und Karte vor Irenas Haustür und versuchte den negativen Beigeschmack zu ignorieren, der ihrem Tun anhaftete. Am Sonntagabend würde nichts sie von einem Besuch bei Irena abhalten, und Eleanor würde ihrer Freundin in Ruhe erklären können, warum ihre Beziehung zu Robert nicht falsch war. Sie musste nur erst noch selbst eine Antwort auf diese Frage finden.

Robert holte sie vom Büro ab, und schnell fuhren sie auf schmalen Autobahnen zu dem Haus, das sie von Anfang an geliebt, aber noch nie zuvor richtig in Augenschein genommen hatte. Jetzt nahm Coombe Place immer mehr Platz in ihren Gedanken ein, und ihre Überlegungen gingen in eine gefährliche Richtung. Eleanor fand, dass das Küchendesign schlecht gewählt war, sie hätte sich niemals für die Farbtöne entschieden, die Nancy ausgesucht hatte, sie wirkten geziert, dabei war das Haus offen und großzügig. Die Wände, dachte sie, verlangten nach Grau- und Weißtönen und die Böden nach Teppichen. Sie versuchte sich ihre persönlichen Dinge in diesem Haus vorzustellen, sah einige ihrer Fotografien bereits an der Wand hängen.

Während sie sich immer noch mit der Inneneinrichtung befasste, als sie hinter Robert ins Haus ging, drang das gedämpfte Klingeln ihres Smartphones aus ihrer Handtasche, noch bevor sie ihren Mantel abgelegt hatte. Irenas Tochter Sarah war dran.

»Hallo, Eleanor. Tut mir leid, wenn ich dich schon wieder störe, aber ich kann Mum nicht erreichen, und ich wollte fragen, ob du sie heute Abend gesehen hast. Könntest du vielleicht kurz bei ihr klingeln?«

Eleanor versuchte, unbeschwert zu klingen. »Also, ich war noch gar nicht zu Hause. Ich komme direkt von der Arbeit.«

»Bist du übers Wochenende weggefahren?«

»Ja.« Sie hätte früh aufstehen und bei Irena vorbeischauen sollen, oder sie hätte nach der Arbeit nochmals nach Hause fahren können, sie hatte sogar daran gedacht, aber sie wusste, dass Robert gern zeitig aufbrach, um nicht in einen Stau zu geraten.

»Oh, mach dir keine Sorgen.« Sarahs Stimme klang gekünstelt. »Ich bin sicher, dass alles in Ordnung ist. Sie geht öfter nicht ans Telefon. Ich bin nur nervös, weil sie diese Woche krank war.«

»Es schien ihr wirklich schon wieder besser zu gehen«, sagte Eleanor, obwohl sie daran denken musste, dass sie Irena bei ihrem letzten Treffen nicht einmal nach ihrem Befinden gefragt hatte. Sie hatte sich nur für die Gefühle interessiert, die Irenas Worte in ihr ausgelöst hatten.

»Hast du sie denn wie üblich gestern Abend gesehen?«

»Ja.« Eleanor musste beinahe laut nach Luft schnappen angesichts ihrer dreisten Lüge. Sie wusste selbst nicht, was sie zu erreichen versuchte, warum sie immer als guter Mensch dastehen wollte. »Es ging ihr gut.«

»Oh, nun, sicher mache ich mir bloß unnötig Sorgen. Ich möchte mich übrigens bei dir bedanken, dass du jeden Donnerstag zu ihr gehst. Sie liebt deine Besuche.«

Ein Schwall Säure sank tief in Eleanors Magen. »Ich bin auch sehr gern mit ihr zusammen.«

»Also, danke für alles.«

»Wir hätten etwas zu essen besorgen sollen«, sagte Eleanor, als sie ihr Handy wieder in die Tasche fallen ließ, denn plötzlich fiel ihr auf, wie hungrig sie war.

Robert hatte die Post auf dem Tischchen in der Diele durchgesehen, jetzt kam er zu ihr und zog sie fest an sich, sodass kein Quäntchen Luft mehr zwischen sie beide passte. Sie sah zu ihm auf, und er schob ihr den Pony aus dem Gesicht. Sie konnte den Blick seiner Augen nicht entziffern. »Komm mit«, sagte er und ging mit ihr die Treppe hinauf.

Bisher hatten sie immer in einem der Gästezimmer übernachtet, doch diesmal führte er sie in das Zimmer, das er früher mit Nancy geteilt hatte.

»Nein, das kann ich nicht.« Sie blieb in der Tür stehen.

»Es ist nur ein Zimmer. Ich hasse die Matratze auf dem anderen Bett. Diese hier hat genau meine Dellen.« Sie lächelte, rührte sich aber nicht. Sie konnte sich nicht auf Nancys Bettseite legen. »Es bedeutet rein gar nichts.« Er trat auf sie zu, knöpfte ihre Seidenbluse auf, seine Hand glitt unter ihren BH, und sie musste stöhnen.

Der Sex mit ihm war immer drängend, beinahe zügellos. Eleanor gab Geräusche von sich, die sie noch nie zuvor bei sich vernommen hatte. Mit Robert fühlte sich ihr Körper lebendig an. Sie wollte sich ihm vollends hingeben, sie machte sich nichts aus dem Vorspiel, sie wollte ihn tief in sich spüren, sie wollte sich entzweireißen und ihr Innerstes nach außen kehren. Auch Robert schien von dem gleichen verzweifelten Verlangen erfüllt zu sein. Seine Bewegungen waren energisch und ruckartig, er biss ihr in die Halsseite und zog sie in seltsame Positionen.

Anschließend lagen sie beide da, die Laken um ihre Körper gewickelt, und Eleanor fragte sich, ob Robert die Bettwäsche seit Nancys Tod gewechselt hatte. Sie setzte sich auf und griff nach ihrer Kleidung, sie streckte sich und wusste selbst nicht genau, warum sie das tat. Irisches Leinen, hörte sie Nancy sagen, und ich bin sogar so dekadent, sie in die Wäscherei zu geben. Sie hatte Angst, dass Nancy neben dem Bett stehen und auf Robert und sie herabblicken würde, wenn sie den Kopf wandte.

Sie fühlte Roberts Hand auf ihrem Rücken. »Geht es dir gut?«

»Hast du nie Schuldgefühle?« Sie drehte sich nicht zu ihm um. Im Zimmer roch es nach Rosen.

»Ich habe jede Menge Gefühle.«

»Ist das hier ein Versuch, es ihr heimzuzahlen?« Eleanor sprach die Worte aus, bevor sie den Gedanken zu Ende gedacht hatte.

Er zog sie zu sich hinunter, sodass sie beide auf dem Rücken lagen und sich in die Augen blickten. »Natürlich nicht.«

»Nein, aber im Ernst...« Sie wollte ihm Fragen stellen wie ein kleines Schulmädchen. Bin ich besser als sie? Ich weiß, dass ich nicht so schön bin wie sie, aber bin ich netter, klüger? Sie drehte sich auf den Rücken und hätte am liebsten laut geschrien.

»Ellie, du weißt, dass das mit uns nichts mit alldem zu tun hat.«

Sie presste sich die Fäuste auf die Augen, bis sie Lichtblitze sah. »Ich weiß gar nichts. Ich habe keine Ahnung, was wir beide hier tun. Ich meine, stell dir vor, Zara findet es heraus.«

»Das wird sie nicht.«

Und das war fast das Schlimmste, was er hätte antworten können. »Aber was ist es dann zwischen uns?«

»Ich weiß es nicht, warum fragst du mich das? Ich habe vor fünf Monaten meine Frau verloren, und ich bin vollkommen fertig, wenn du die Wahrheit wissen willst. Du weißt, dass ich dich wunderbar finde, das habe ich schon immer. Aber wenn du mich fragst, ob das hier passiert wäre, wenn Nancy noch am Leben wäre, dann lautet die Antwort: Nein, das wäre es nicht.«

»Das habe ich selbstverständlich nicht gefragt.«

Sie nahm die Hände vom Gesicht und drehte sich wieder auf die Seite, sodass sich ihre Nasen fast berührten. »Glaubst du, dass du ihr verziehen hättest?«

»Das weiß ich nicht. Das ist beinahe das Schlimmste, dass ich die Details nicht genau kenne, dass ich nicht weiß, ob sie mich verlassen wollte oder nicht.«

»Kannst du dich an unser erstes Treffen erinnern?«

Er verzog das Gesicht, und Eleanor wusste, dass sie diesen Moment in Erinnerung behalten sollte, denn nun erfuhr sie, was sie wissen musste. »Ich glaube, das war mit Nancy. Ich meine, natürlich weiß ich, dass du auch an der Uni warst.«

Sie lachte so leichthin, wie sie konnte. »Ich bin froh, dass du dich an mich erinnerst.«

»Nein, du weißt doch, wie ich das meine. Tatsächlich habe ich neulich darüber nachgedacht, und es hat mich glücklich gemacht.«

»Was?«

»Ich habe daran gedacht, dass ich dich vorher nie wirklich wahrgenommen hatte. Ich mochte dich, und ich habe mich gefreut, dich zu sehen, aber du warst Nancys Freundin, also war da immer eine Distanz zwischen uns.«

»Das stimmt.« Sie konnte kaum glauben, dass er sich nicht an die Party erinnerte, an den Augenblick, als sich ihre Hände berührt hatten, an das, was sie sich erzählt hatten. Sie hatte diese Erinnerung so viele Jahre im Gedächtnis behalten, doch wenn er sie nicht teilte, konnte es sein, dass sie gar nicht wahr war. Sie musste sich diesen Moment gut einprägen, das wusste sie, denn entweder log Robert, oder er hatte wirklich alles vergessen, weil sie ihm nie etwas bedeutet hatte.

»Nein, aber ich meine, auf gewisse Weise ist das sehr schön, oder nicht?«

»Was ist schön?«

»Dass ein Mensch, den man kannte und mochte, einem plötzlich so viel mehr bedeutet. Das macht mir Hoffnung für die Zukunft.«

Welche Zukunft, wollte sie fragen. Doch sie wusste, dass die Worte, einmal ausgesprochen, pathetisch klingen würden. Sie hatte das Gefühl, dass jemand ihr Herz zusammendrückte, sodass es ihre Brust hinuntertröpfelte.

Am nächsten Tag war Robert mit einem Ehepaar aus der Nachbarschaft, das fünfzehn Minuten Autofahrt entfernt wohnte, zum Mittagessen verabredet. Wenn Eleanor mit ihm in Sussex war, kam es häufig vor, dass Bekannte sich um den einsamen Witwer scharten. Sie verstand, dass es schwierig für Robert war, sie zu diesen Essen mitzunehmen, es war einfach noch zu früh, aber sie vermutete, dass bald schon eine Single-Frau neben ihm sitzen würde.

Nachdem er gegangen war, legte sie sich auf der Terrasse auf eine Sonnenliege. Sie atmete die vom Duft des Grases erfüllte Luft ein und ließ sich von der Sonne wärmen, während sie vergeblich versuchte, ein Buch zu lesen. Der Garten ähnelte einem Paradies, dennoch erschienen ihr die Stunden, die vor ihr lagen, endlos. Eine wissende Einsamkeit setzte sich in ihrem Inneren fest, und sie war so nervös, dass sie sogar mit dem Gedanken spielte, Robert eine Nachricht zu schicken, wann er denn nach Hause käme. Sie empfand sich selbst als schwach, denn sie hatte die meisten Wochenenden ihres Erwachsenenlebens auf die eine oder andere Weise allein verbracht. Sie hatte immer gewusst, wie sie sich die Zeit vertreiben konnte: Sie hatte Galerien besucht, mit Freunden zu Mittag gegessen, Spaziergänge im Park unternommen und an verregneten Nachmittagen zu Hause Filme geschaut. Männer waren gekommen und gegangen, aber nie war einer geblieben, keiner schien der Richtige zu sein, bis sie mit Robert zusammen war.

Und diese Erkenntnis ließ sie an sich selbst zweifeln, denn sie war nicht der Meinung, dass sie fast dreißig Jahre lang den Mann ihrer Freundin begehrt hatte. Nur hätte sie jetzt nicht mehr schwören können, dass sie nicht doch die Verbindung zu ihm gesucht hatte, dass sie ihren Blick manchmal einen Moment zu lange auf ihm hatte ruhen lassen, sich zu viel auf ihre erste Begegnung eingebildet hatte. Sie nahm an, dass sie diese Gedanken niemals zugelassen hatte, weil sie mit Nancy so eng befreundet war, aber ihre starken Gefühle für Robert konnten nicht aus dem Nichts gekommen sein. Und wenn das wahr war, was war sie dann für ein Mensch, im tiefsten Inneren?

Eleanor ließ das Buch von ihrem Schoß auf den Steinboden fallen und machte sich nicht die Mühe, es aufzuheben. Sie musste verrückt gewesen sein zu denken, dass sie in dieser Welt bestehen konnte. Einer Welt, die sie jahrelang als Außenstehende beobachtet hatte, einer Welt, an deren Spitze Nancy und Robert wie ein goldhaariges Götterpaar thronten. Sie waren einer das perfekte Spiegelbild des anderen, mit ihrer Schönheit und Klugheit, ihrem Geld, ihrer Macht, ihren Freunden, ihrem Einfluss. Nancy hatte sie stets miteinbezogen, das erkannte sie nun, Nancy hatte tiefe Zuneigung für sie empfunden, und Robert hatte mitgespielt, da auch er ihre Gesellschaft genoss, doch vor allem, weil er Nancy viel zu sehr liebte, um ihr einen Wunsch abzuschlagen. Plötzlich war ihr klar, warum er sich nicht mehr daran erinnerte, dass er sie zuerst kennengelernt hatte – für Robert hatte Nancy alles andere in den Schatten gestellt.

Eleanor stand auf, auf eine unangenehm vertraute Weise

kämpfte ihr Körper mit ihren Gedanken. Große, elegante Pappeln wiegten am Ende des Gartens hin und her, dahinter sah sie die Turmspitze der Kirche, wo sie Nancy vor nur fünf Monaten begraben hatten. An diesem Ort war sie nichts anderes als eine Betrügerin, ein Eindringling in das Leben, das Nancy und Robert sich aufgebaut hatten. Sie drehte sich um und ging zurück in das kühle Haus, doch während sie durch die Zimmer wanderte und mühsam die Tränen zurückhielt, schien nirgends der richtige Platz für sie zu sein. Schließlich gab es bloß noch einen Raum, den sie noch nicht betreten hatte, und vielleicht war es der Ort, auf den sie die ganze Zeit über zugesteuert hatte: Roberts Arbeitszimmer.

Sie öffnete vorsichtig die Tür, drinnen war es muffig, als würde der Raum nicht genutzt und nicht gebraucht. An den Wänden standen unordentliche Bücherregale, Hefter, Aktenordner und Bücher waren anscheinend zufällig irgendwo reingestopft worden. Der alte Holzschreibtisch mit der Lederauflage am Fenster war voller Papierstapel und Teebecher, und an einigen hatte sich ein weißer Rand gebildet. Auf dem Boden waren noch mehr Papiere verstreut, und in der Ecke lagen ein Paar Damenschuhe. Sie setzte sich an den Schreibtisch und entdeckte sofort einen silbernen Rahmen mit einem Foto von Nancy, die sie strahlend anlächelte. Es war weniger das Foto, das sie innehalten ließ, schließlich gab es überall im Haus solche Bilder von Nancy, sondern sie fand es merkwürdig, dass Robert es auf seinem Schreibtisch hatte, wo er doch nur ins Nebenzimmer hatte gehen müssen, um die echte Nancy zu sehen. Es sei denn, er hatte das Foto dort nach ihrem Tod hingestellt, aber das hielt Eleanor für unwahrscheinlich. Sie konnte sich nicht erinnern, dass er diesen Raum je an ihren gemeinsamen Tagen in Sussex betreten hatte.

In der Ecke stand ein Sessel neben einem Bücherregal, von wo aus man sich gut mit der Person am Schreibtisch unterhalten konnte. Die Sitzfläche war eingebeult, und ein zur Hälfte gelesenes Buch lag über der Sessellehne. Eleanor nahm das Buch in die Hand und drehte es um, sodass sie den Titel lesen konnte – *Tiefe Wasser* von Patricia Highsmith. Sie konnte sich nicht vorstellen, dass Robert diesen Krimi las, doch sie wusste auch so, dass Nancy in dem Sessel gesessen und das Buch gelesen hatte. Augenblicklich wurde ihr klar, warum Robert nie in dieses Zimmer kam und warum die Tür immer verschlossen blieb. Ein Anflug von Übelkeit stieg in ihr auf, als sie begriff, dass dieser Raum, mehr noch als ihr Schlafzimmer, ihr gemeinsamer Ort gewesen war. Es war leicht, sich Nancy in dem Sessel vorzustellen, die Beine untergeschlagen, die Stirn beim Lesen in Falten gelegt, Robert, der über ein Detail in einem Fall stöhnte. Hin und wieder sahen sie auf und lächelten sich an, eine kleine Geste der Anerkennung genügte ihnen.

Sie fühlte sich gefangen, beinahe als würden Nancy und Robert zusammen über sie lachen. Am liebsten hätte sie etwas entzweigebrochen, ein Buch in der Mitte auseinandergerissen und das Foto aus dem Fenster geworfen. Doch stattdessen öffnete sie die Schreibtischschublade und tat das einzig Fahrlässige, was ihr gerade einfiel: Sie durchwühlte Roberts Unterlagen.

Ganz unten in einer der Schubladen lag eine Karte mit

einem zusammengefalteten Papier darin. Mit zitternden Händen zog sie das Blatt heraus, ihr Atem ging flach und schnell. Auf der Vorderseite war ein Aquarell der Kirche am Ende des Gartens, und auf der Innenseite stand in Nancys Handschrift: **Es tut mir leid, geliebter Robert, es tut mir so unendlich, unglaublich leid. Es ist nicht meine Absicht, Dich so wütend und traurig zu machen. Ich weiß, dass ich mir mehr Mühe geben muss, denn ich bin eine große Enttäuschung für Dich. Ich glaube, ich habe vergessen, was wir einmal einander bedeutet haben, wie glücklich wir miteinander gewesen sind. Bitte sei nachsichtig mit mir.**

Eleanor las die Zeilen ein zweites Mal, doch die Worte klangen immer noch nicht richtig. Bisher hatte sie Nancy nie als eine demütige Bittstellerin gesehen. Am liebsten hätte sie mit den Fingern über die Wörter gekratzt, um zu sehen, ob sich unter ihnen ein geheimer Code verbarg, aber sie erschienen unverändert fest und stabil. Die Zeilen trugen kein Datum, daher wusste sie nicht, wann sie geschrieben wurden – es konnte zwanzig Jahre oder auch nur wenige Monate her sein. Für Eleanor ergab das keinen Sinn, sie konnte sich nicht erinnern, dass Nancy sich in ihrer Beziehung mit Robert jemals reumütig oder besorgt gezeigt hätte.

Sie faltete den Brief auseinander, um Roberts Antwort auf Nancys Entschuldigung zu lesen. Doch dieser Brief war auf einer alten Schreibmaschine getippt worden. Eleanor konnte sich nicht vorstellen, dass Robert so etwas Altmodisches benutzte, und es befand sich auch keine in seinem Arbeitszimmer.

Ach, meine Geliebte, es gibt so viele Dinge, die ich Dir noch sagen wollte, nachdem Du heute gegangen warst. Manchmal habe ich das Gefühl, dass Du mir nicht richtig zuhörst und vor Deinen eigenen Gedanken fortläufst. Bitte lies diese Zeilen aufmerksam und denke gut über meine Worte nach.

Ich liebe Dich dafür, dass Du Deine Schuld so tief empfindest, aber wenn alles gesagt und getan ist, sind Schuldgefühle letztlich langweilig. Es gibt Dinge, die außerhalb des üblichen moralischen Rahmens existieren, weil sie vollkommen sind. Doch wir leben in einer unvollkommenen Welt, die kleinliche Regeln und Kodizes benötigt, weil es der Masse der Menschen an jeglicher Form von Intelligenz mangelt. Du und ich stehen über diesen Gefühlen, das hat uns zusammengebracht, und daher mussten wir uns ineinander verlieben. Was uns verbindet, kann nicht falsch sein – aufgrund der Tatsache, dass es so richtig ist.

Eleanor hielt inne und hob den Blick auf den Garten. Plötzlich ging ihr ein Licht auf: Diese Worte konnte Robert nicht geschrieben haben, das war unmöglich. Sie las einen Brief von Nancys Liebhaber, einen Brief, den Robert gefunden haben musste, und anschließend hatte Nancy sich bei ihm entschuldigt.

Mir ist klar, dass es Dir schwerfällt, die Schuldgefühle abzuschütteln, besonders wenn Du an unsere Familien denkst. Aber vielleicht werden auch sie auf lange Sicht von den Umbrüchen, die wir herbeiführen, profitie-

ren? Du sprichst immerzu von Deiner Angst, dass Zara etwas herausfinden könnte, aber ich glaube, dass genau das gut für sie wäre. Sie ist letztlich faul und verwöhnt, genau wie meine Kinder auch. Sie alle sollten mit der Realität konfrontiert werden, damit sie sich von den Nichtigkeiten lösen können, die sie für wichtig halten.

Wenn sie von uns erfahren, werden sie Zetermordio schreien, weil sie es nicht verstehen. Doch mit der Zeit werden sie es begreifen. Wir müssen nur Ruhe bewahren. Wir könnten der Welt zeigen, wie man liebt. Mit unserer Liebe könnten wir Kriege beenden und Krankheiten heilen.

Sei stark und mutig, meine vollkommene Lady, meine Heldin, meine über alles Geliebte, denn das bist Du.

Lange Zeit nachdem Eleanor den Brief zu Ende gelesen hatte, saß sie reglos da und blickte auf das Foto von Nancy vor ihr auf dem Schreibtisch. Zuerst war sie überrascht, dass Nancy sich mit einem Menschen eingelassen hatte, der mit Worten so umging wie dieser Mann, als wären sie auf Kriegsboden vergrabene Landminen. Dann tauchte ein anderer Gedanke in ihr auf: Zweifellos hatte Robert diesen Brief vor Nancys Tod gelesen, denn sie hatte sich bei ihm schriftlich dafür entschuldigt.

Sie stand auf, ihr Kopf drehte sich, und sie musste sich über Roberts Schreibtisch beugen. Der Sessel, Nancys Stammplatz, sprach von der unvorstellbaren Nähe zweier Menschen zueinander, und auf einmal schien der Raum voller Geheimnisse, die ihr die Luft zum Atmen nahmen.

Wie mussten sie sich gestritten haben; sicher hatten sie geschrien und getobt. Doch sie mussten sich auch geliebt haben, so leidenschaftlich und unbeirrbar, dass sie sich trotz des in dem Brief offengelegten Betrugs aneinandergeklammert hatten. Eleanor wusste nicht viel über die Liebe, aber sie verstand, dass bei einer so tiefen Leidenschaft der Hass zum Greifen nah war.

Ihre Gedanken rasten, sie musste sich beruhigen, wenn sie herausfinden wollte, was hier vor sich ging. Einige Tatsachen waren jetzt offensichtlich. Robert hatte vor Nancys Tod von ihrer Affäre gewusst. Als er Eleanor in jener Nacht angerufen und sie dazu gebracht hatte, ihm von der Affäre zu erzählen, hatte er ihr etwas vorgespielt. Aber auch Nancy hatte sie angelogen. Als ihr Liebhaber sie gegen Ende der Affäre zunehmend drangsaliert hatte, hatte Eleanor ihr geraten, zur Polizei zu gehen, doch Nancy hatte den Vorschlag ihrer Freundin unter dem Vorwand, dass Robert dann alles erfahren würde, abgelehnt. Warum hielt Robert diesen Brief des Liebhabers zurück, der vielleicht wichtige Hinweise oder sogar einen DNA-Beweis enthielt? Was hatte er davon, Davide Boyette als Verdächtigen dastehen zu lassen, außer dass er dann nicht selbst im Mittelpunkt des öffentlichen Interesses stand? Sie holte ihr Handy aus der Hosentasche und machte ein Foto von dem Brief. Sie wusste nicht, warum sie das tat, sie war sicher, dass sie den Brief niemals jemandem zeigen würde, doch sie brauchte einen Beweis, und sei es nur für sich selbst.

Als Robert nach Hause kam, lag Eleanor wieder auf der Sonnenliege, das Buch auf dem Schoß. Er sah müde aus, als er sich schwerfällig auf einem Stuhl neben sie sinken ließ. Sie behielt ihre Sonnenbrille auf. »Hattest du ein nettes Essen?«

Er rieb sich die Augenbrauen. »Sie sind sehr sympathisch.« Er stand wieder auf, und sie erkannte sofort sein Bedürfnis, in Bewegung zu bleiben. »Mann, ich brauche einen Drink. Möchtest du auch einen?«

»Ja, bitte.«

Er ging in das dunkle Wohnzimmer, und sie konnte das Zischen der Flaschen beim Öffnen und das Klirren der Eiswürfel im Glas hören. Mit zwei großen Gläsern Gin trat er zurück in den Sonnenschein, und das Tannin kitzelte ihr in der Nase, als sie den ersten Schluck nahm.

»Was hast du so allein gemacht?«, fragte er.

»Oh, nicht viel. Nur ein bisschen gelesen.«

Robert ging ans Ende der Terrasse und blieb mit dem Rücken zu ihr stehen. »Es tut mir leid, Ellie«, sagte er schließlich.

Ihr blieb fast das Herz stehen. »Was tut dir leid?«

Er drehte sich um und setzte sich ans Fußende der Liege. Als er ihre nackten Füße in die Hände nahm, schossen ihr kleine Funken des Verlangens die Beine hinauf. »Ach, wirklich alles. Es ist scheiße, nicht wahr?«

»Ich weiß nicht, vielleicht nicht alles.«

»Aber es ist so ein Chaos. Wir verstecken uns die ganze Zeit, Nancy ist tot, und Zara hasst mich. Das ist ein Gefühl, als wäre ich im freien Fall und wüsste nicht, was passiert.«

Sie setzte sich vor, sodass ihre Körper einander näher waren und sie ihre Hand an seine Wange legen konnte. Sie hatte vernichtende Gedanken über ihn gehabt, aber jetzt, wo er bei ihr war, spürte sie, wie sie nachließen. Sie musste es falsch verstanden haben, sie musste etwas übersehen haben.

»Du hattest noch nicht genügend Zeit, um wieder klar denken zu können. Gönn dir eine Pause.« Doch dann sah sie, dass er weinte, die Tränen tropften von seiner Nase und landeten wie Sommerregen auf den heißen Steinen zu seinen Füßen. »Ach, Robert.« Sie zog sich auf die Knie, sodass ihre Arme seinen Körper umschlingen konnten.

Er legte sein Gesicht auf ihre Schulter, und sie spürte, wie die Tränen ihr T-Shirt durchnässten und sich in der Vertiefung ihres Schlüsselbeins sammelten.

»Ich vermisse sie, ich vermisse sie so schrecklich.«

Eleanor musste die Augen schließen, denn sie hatte das Gefühl, auf einem schmalen Grat zu stehen, mehrere Hundert Meter über dem Boden, und der Wind pfiff ihr um die Ohren.

Das Abendbrot aßen sie im Bett, nach dem Sex. Sie gingen in die Küche und bereiteten Käsesandwiches zu, die sie dann, zusammen mit einer Flasche Wein, wie Teenager im Bett verzehrten, ohne sich Gedanken um die Krümel zwischen den bereits schmutzigen Laken zu machen. Das Fenster stand offen, und ein schwerer Tabakgeruch hing in der Luft. Nancy hatte rund ums Haus Sträucher gepflanzt, um Sommerabenden diesen Duft zu verleihen. Die Sonne war schon untergegangen, aber der Himmel war noch hell, der Horizont schimmerte lachsrosa.

»Du weißt doch, dass du deine Gefühle nicht vor mir verstecken musst«, sagte Eleanor. »Es tut mir nicht weh, wenn du über Nancy sprichst.«

»Die Situation ist einfach beschissen.«

»Du hättest sie nicht verlassen, oder?« Eleanor legte ihr Sandwich auf dem Nachttisch ab, denn es schmeckte allmählich staubtrocken.

»Nein, wahrscheinlich nicht.«

»Hast du mit ihr über die Affäre gesprochen? Ich meine, über deinen Verdacht?« Sie konnte ihn nicht ansehen und sehnte sich danach, dass die hereinbrechende Dunkelheit sie wie eine Menschenmenge umschloss.

»Nein.«

Seine Lüge schmerzte. »Warum nicht?«

»Weil ich zu große Angst vor dem hatte, was sie vielleicht sagen würde.«

Draußen in den Bäumen sangen die Vögel füreinander ein letztes Abschiedslied an diesem Tag. »Wie kamst du darauf, dass sie eine Affäre haben könnte?« Sie hielt den Atem an, sie gab ihm eine weitere Chance, sie wollte von ihm hören, dass sie sich irrte.

»Oh, das war nur so ein Gefühl. Wenn sich zwei Menschen so lange kennen wie Nancy und ich, dann weiß man so etwas. Es ist ein bisschen wie Telepathie.«

Sie wickelte das Leinenlaken um ihren Finger und spürte einen heftigen Druck im Kopf. »Dann hast du also niemals einen Beweis gehabt?«

Er wandte ihr den Kopf zu und lachte leichthin, dabei wirkte er so überzeugend, dass sich ihr Magen zusammenzog. »Nein. Was meinst du?«

Seine Lüge ließ ihr Herz weit oben in der Brust pochen. »Ich weiß nicht. Ich kann es immer noch nicht fassen. Wenn ich beinahe dreißig Jahre lang verheiratet wäre und vermuten würde, dass mein Partner eine Affäre hat, dann würde ich ihn damit konfrontieren. Ich könnte das nicht einfach runterschlucken.«

»Ja, weil du so bist, Eleanor.« Unausgesprochene Andeutungen hingen in der Luft. Er seufzte. »Nancy und ich hatten keine heftigen Auseinandersetzungen. Wir hatten eine Art, Dinge zu sagen, ohne sie auszusprechen.«

»Du hättest sie auch nicht gehen lassen, oder?«, sagte Eleanor schließlich.

Robert streckte sich auf dem Bett aus, und sein blonder Kopf auf dem Kissen vermischte sich mit den weißen Laken. Plötzlich war es beinahe dunkel im Raum, und sie konnte den gerade aufgegangenen Mond sehen, dessen Profil stolz am Himmel leuchtete. »Vermutlich nicht«, sagte er und drehte sich auf die Seite, sodass sie nur noch die hervorstehenden Knochen seiner Wirbelsäule sah.

Als sie am nächsten Tag nach London zurückfuhren, rief Sarah wieder an, aber Eleanor ließ den Anruf direkt zur Mailbox durchstellen und hörte auch die Sprachnachricht nicht ab, als diese ihr auf dem Display angezeigt wurde. Sie hatte starke Kopfschmerzen, die von ihrem angespannten Kiefer aus pulsierten, doch sie freute sich auf Irena, die sie sofort nach ihrer Ankunft besuchen wollte. Vielleicht könnte sie noch einmal mit ihr über Robert sprechen. Vielleicht könnte sie ihr sogar von dem Brief erzählen, denn mit Sicherheit war Irena der einzige Mensch, der ihr die Beweggründe hinter diesen Zeilen erklären konnte.

Robert fuhr zu schnell, und die Landschaft seitlich der Autobahn verschwamm vor ihren Augen. Es war erst kurz nach vier, als sie in ihre Wohnstraße einbogen. Der ganze

Tag hatte sich auf unheilvolle Weise wie ein Countdown angefühlt, und sie fragte sich, ob Nancy die Sonntage in Sussex ebenso empfunden hatte.

»Lass mich hier aussteigen«, sagte sie. »Dann musst du nicht extra am Ende der Straße wenden.«

»Was ist da los?« Er blickte an ihr vorbei, also folgte sie seinen Augen und entdeckte am Ende der Straße Blinklichter. »Ist das nicht direkt vor deinem Haus?«

»Nein«, log sie.

»Soll ich mit dir kommen und nachsehen, ob alles in Ordnung ist?«

»Nein, mach dir keine Sorgen. Das ist bestimmt keine große Sache.« Doch als sie die Worte aussprach, zog sich ihr Herz zusammen, und sie konnte spüren, wie ihre Hände feucht wurden.

»Nun gut, wenn du sicher bist. Ruf mich später an und erzähl mir, was da los ist.«

Sie öffnete die Tür und stieg aus. »Das mache ich. Danke für das schöne Wochenende.«

Er lächelte, als sie die Tür zumachte. Sicher vor Erleichterung, dachte Eleanor. Doch sie konnte nicht lange bei diesem Gedanken verweilen, denn als sie sich ihrem Haus näherte, erkannte sie, dass dort die Polizei stand. Sie lief den Weg zur Haustür entlang und sah zwei Polizistinnen in der Eingangshalle stehen, eine sprach in das Funkgerät an ihrer Schulter, die andere hatte ihren Arm um eine weinende Frau gelegt.

»Entschuldigen Sie bitte«, sagte eine Stimme in ihrem Rücken, deshalb wandte sie sich zu einer weiteren Polizistin um, »kann ich Ihnen helfen?«

»Ich wohne hier.«

Bei diesen Worten drehte sich die weinende Frau um, und Eleanor erkannte Sarah. Ihr Gesicht war zerknittert, Tränen und Kummer ließen sie hässlich aussehen. Es war offensichtlich, was passiert war, und das Wissen drang wie Gift in Eleanors Körper.

Sarah löste sich von der Polizistin und kam auf Eleanor zu. »Vor ein paar Stunden habe ich versucht, dich anzurufen. Ich konnte Mum das ganze Wochenende nicht erreichen, und als sie heute Morgen immer noch nicht ans Telefon ging, beschloss ich herzufahren. Und als ich ankam, o mein Gott...« Die Worte blieben ihr im Hals stecken.

»Geht es ihr gut?«

Sarah schüttelte den Kopf. »Nein. Sie ist tot.«

Es fühlte sich an, als hätte man sie geschlagen, ihr eine Ohrfeige verpasst. »O Gott.« Eleanor spürte, wie ihr Körper sich vorneigte, und einen Moment lang dachte sie, sie würde gleich umfallen. »Was ist passiert?«

»Man nimmt an, dass es ein Schlaganfall war. Ich habe sie im Flur gefunden. Anscheinend ist sie über eine lose Teppichkante gestolpert, war aber nicht sofort tot. Wahrscheinlich hat sie den Schlaganfall erst einige Zeit nach dem Sturz erlitten.«

Die Welt um sie herum drehte sich, und eine Welle der Übelkeit stieg in Eleanor auf. »Oh, Sarah, es tut mir so leid. Weiß man, wann es passiert ist?«

Sarah putzte sich die Nase. »Die Rettungssanitäter sagen, irgendwann in den vergangenen Tagen. Ein Kuchen von dir stand vor der Tür, also hat sie die Wohnung vermutlich das ganze Wochenende über nicht verlassen. Wann hast du ihn dorthin gestellt?«

»Am Freitagmorgen, bevor ich zur Arbeit ging.« Eine eisige Kälte jagte durch ihren Kopf.

»Am Donnerstagmorgen ging sie zum Gemeindetreffen, und am Donnerstagabend hast du sie gesehen, also muss es in der Nacht oder am Freitagmorgen passiert sein, denn am Freitagnachmittag habe ich vergeblich versucht, sie anzurufen.« Sarahs Gesicht verzog sich wieder vor Schmerz. »O Gott. Ich weiß nicht, warum ich nicht gestern gekommen bin. Oder sogar schon Freitag. Vielleicht hat sie stundenlang hier gelegen, oder gar Tage. Ich kann den Gedanken nicht ertragen.«

Sarah stand da, die Arme um den eigenen Körper geschlungen, als wollte sie sich selbst Halt geben. Eleanor streckte die Hand aus und berührte Irenas Tochter vorsichtig am Arm. »Das hätte keinen Unterschied gemacht, ich meine, wenn du früher gekommen wärst.«

Sarah wischte sich mit dem Handrücken die Nase ab. »Vielleicht doch. Es ist eine furchtbare Vorstellung, dass sie ganz allein war, als sie starb.«

»Wahrscheinlich hat sie das gar nicht mehr mitbekommen«, sagte Eleanor. Doch es war nicht ausgeschlossen, dass Irena die ganze Zeit über bei Bewusstsein gewesen war. Vielleicht hatte sie stundenlang auf dem Teppich gelegen und darauf warten müssen, dass sie vom Tod erlöst wurde. Es war schrecklich, dass das Leben einer so wunderbaren Frau wie Irena so schändlich geendet hatte.

»Ich hoffe nicht, wirklich, ich hoffe, sie hat nichts mitbekommen. Sie sah merkwürdig aus, wie sie da auf dem

Teppich lag, ich meine, ich wusste sofort, dass sie tot war. Man hat gesehen, dass kein Leben mehr in ihr war.« Eleanor nickte und erinnerte sich an Nancy. »Ich bin echt froh, dass du sie am Donnerstag noch besucht hast. Sie fand es wunderbar, dass du im Stockwerk über ihr wohntest. Wir alle fanden das. Das hat uns sehr beruhigt, solange Mum hier allein lebte.«

»Ich war auch immer gern mit ihr zusammen. Deine Mutter war eine großartige Frau. Ich werde sie sehr vermissen.« Das war die schauerliche, unabänderliche Wahrheit. Und diese Wahrheit war viel grausamer, als Sarah es sich vorstellen konnte. Eleanor erinnerte sich an den dumpfen Knall einer zuschlagenden Tür, den sie am Freitagmorgen aus Irenas Wohnung gehört hatte. Sie hoffte inständig, dass das nicht Irena gewesen war, die zu Boden stürzte. Das durfte nicht sein.

Plötzlich fühlte Eleanor sich benommen, als wäre sie zu lange in der heißen Sonne gewesen. »Kannst du mir bitte Bescheid geben, wann die Beerdigung stattfindet?« Sie wollte so schnell wie möglich in ihre Wohnung, sie hatte das Gefühl, als drücke ein großer Stein auf ihren Kopf. Sie setzte weiterhin ein Lächeln auf, aber im Inneren begann sie bereits zu beben und hatte Angst, selbst gleich umzufallen und in Tränen auszubrechen.

»Das mache ich selbstverständlich.«

Eleanor nickte und ging an ihr vorbei. In ihrer Wohnung roch es muffig, die Luft war abgestanden, fast wie in einem alten Gemäuer, und der Ort erinnerte sie so stark an sie selbst, dass ihr beinahe übel wurde. Auf einmal wusste sie, dass sie es nicht ertragen könnte, mitanzusehen, wie Irenas Kinder die Wohnung verkauften, was sie früher oder später zweifellos tun würden. Sie würde es nicht aushalten, mitanzusehen, wie das Leben weiterging, neue Menschen in die Wohnung zogen, als ob nichts real oder konkret wäre.

Eine Weile stand sie in der Mitte ihres Wohnzimmers und beobachtete, wie der Ahornbaum sich sanft im Wind bewegte. Der dahinterliegende Himmel war azurblau mit kleinen bauschigen Wolken. Sie glaubte nicht an Gott, den Himmel oder die Hölle, dennoch erschien es ihr unmöglich, dass Nancy nicht irgendwo hier wäre. Dass sie nicht auf einer Wolke saß und den Engeln die Zeit vertrieb, dass sie nicht über alles Bescheid wusste, was passierte.

Sie ging zum Fenster, um zum Himmel hinaufzublicken, wo Nancy sich befand, aber ein Geräusch vor ihrem Haus lenkte sie ab. Irena war dort vor der Eingangstür, die Augen nach oben gerichtet, wie immer, wenn sie das Haus betrat und Eleanor zuwinkte, wenn sie sie am Fenster erblickte. Doch diesmal konnte Eleanor nur die Umrisse von Irenas Gestalt in dem schwarzen Leichensack sehen, den zwei schwitzende Männer den Weg hinunter zu dem unauffälligen Wagen einer Privatfirma trugen. Eleanor fragte sich, ob auch Nancy auf diese Weise vom Flussufer fortgebracht wurde.

Eleanors Beine fühlten sich an, als wären ihre Knochen zersplittert und könnten sie nicht mehr tragen. Sie wandte sich vom Fenster ab und ging zum Sofa hinüber. Sie setzte sich gerade rechtzeitig, bevor sie umgefallen wäre. Alles schien ihr sehr weit weg, ihre Gedanken huschten im Kopf umher und ließen sich nicht beruhigen. Sie spürte, wie ihre Muskeln hart wurden, und wusste, dass jede Bewegung bald abgehackt und unbeholfen sein würde. Ihr Herz pochte wild gegen ihre Brust, wie in einem schlechten Horrorfilm, und ihre Augen brannten. Eine seltsame Empfindung stieg in ihr auf, als ob zwischen ihr und der Welt ein Gazevorhang zugezogen würde und es sie unheimlich viel Mühe kostete, ihn wieder zu öffnen.

Sie hatte Sarah gesagt, dass sie nicht schuld an Irinas Tod war. Das war die Wahrheit, dennoch konnte sie sich nicht von aller Verantwortung freisprechen. Und wenn sie ehrlich war, traf das auch auf Nancys Tod zu. Tatsächlich war es nicht ausgeschlossen, dass sie für beide Todesfälle Verantwortung trug. Sie war zu sehr in ihren eigenen Problemen gefangen gewesen, in ihren Ansichten oder Vorurteilen, um innezuhalten und diesen beiden Frauen zu helfen, die ihr so viel bedeuteten, die ihre Zuneigung erwiderten und die beide ihre Hilfe benötigt hatten.

»Ich ruf dich morgen an und erzähl dir, wie es gelaufen ist«, waren die letzten Worte, die Nancy zu ihr gesagt hatte. Eleanor war sich bewusst, dass sie den Kopf gesenkt und so getan hatte, als würde sie etwas in ihrer Tasche suchen, während ihre Freundin mit ihr gesprochen hatte. Sie hatte Nancys Bedürfnis nach Unterstützung geradezu körperlich spüren können, wie eine durch die Luft schwingende Schnur. Und dennoch hatte sie nicht aufgeblickt, sondern zugelassen, dass ihre Verärgerung über ihre Freundin im Vordergrund gestanden hatte.

»O mein Gott«, sagte sie, aber dann presste sie die flache Hand fest auf den Mund, damit sie sich nicht mehr selbst betrügen konnte. Doch die Gedanken hatten schon Besitz von ihr ergriffen, sie hatten sich in ihr festgesetzt, während sie mit Nancys Ehemann geschlafen hatte, und nun drängten sie nach draußen, und ihre zackigen Ränder bohrten sich in ihre Haut. Du hast gewollt, dass das passiert, schienen sie zu ihr zu sagen, du hast die Gelegenheit ergriffen, um an Robert heranzukommen. Du warst dumm und eitel genug zu glauben, dass er sich in dich verlieben würde. Du hast wirklich geglaubt, dass du die Erinnerung an seine große Liebe Nancy auslöschen könntest. Du wolltest ihren Platz einnehmen, oder nicht? Du hast ihr absichtlich nicht geholfen, damit du dein erbärmliches, trauriges Leben gegen ihr glanzvolles eintauschen konntest. Doch dieses Leben passt nicht zu dir. Du bist nicht besser als die hässlichen Schwestern in *Aschenputtel*, die versuchen, ihre Füße in den Glasschuh zu pressen. Du hast versucht, etwas zu bekommen, was dir nicht gehört, du jämmerliches Betthäschen. Und als Irena die Situation durchschaut hat, wolltest du nichts davon hören und hast dich von ihr abgewandt. Du warst so verzweifelt, dass du die Wahrheit nicht hören wolltest, und du warst bereit, die Freundschaft zu Irena für dein geheucheltes Glück zu opfern.

Das Sofa fühlte sich zu hoch an, daher legte sich Eleanor auf den Fußboden und hoffte, dass ihr Rücken auf dem harten Holz wieder stark und steif würde. Der Tag ging vorüber, und der Himmel verdunkelte sich, aber Eleanor zog weder die Vorhänge vor, noch erlaubte sie sich, auf die Toilette zu gehen, obwohl ihre volle Blase schmerzte. Ihr Körper begann zu protestieren, doch das war nichts im Vergleich zu der Flutwelle, die sich in ihren Gedanken aufbäumte. Sobald sie sich bewegte, so fürchtete sie, würde sie in tausend Stücke zerbrechen und könnte sich nie wieder selbst zusammensetzen.

Eleanor konnte den Gedanken nicht abschütteln, dass Irena allein und verängstigt auf dem Boden gelegen hatte, genau unter der Stelle, wo sie jetzt lag. Aber sie konnte sich bewegen, wenn sie das wollte, konnte den Druck in ihrem Körper lindern, wenn auch nicht die Angst in ihrem Herzen. Irena hingegen war sicher hilflos gewesen, wahrscheinlich hatte sie Schmerzen gehabt, gebrochene Knochen und Prellungen. Vielleicht hatte sie nach Eleanor gerufen, hatte sogar gehört, wie sie die Treppe heruntergekommen war und den Kuchen vor ihrer Tür abgestellt hatte. Ein einfaches Klopfen an der Tür hätte genügt, ein Schlüsselumdrehen, ein einziger Moment. Selbst wenn sie Irenas Leben nicht mehr hätte retten können – sie hätte bei ihr sein können, als sie starb. Sie hätte ihren zarten Kopf in den Händen gehalten und ihre faltige Stirn geküsst. Sie hätte dieser klugen und feinen Frau herzliche Worte ins Ohr geflüstert, denn sie hatte etwas Besseres als diesen würdelosen Tod verdient.

Eine Weile weinte sie leise vor sich hin, aber auch das Weinen fühlte sich zu nachgiebig ihr selbst gegenüber an. Also schluckte sie ihre Tränen hinunter, starrte an die rissige Decke und zwang sich, sich selbst ihre Fehler einzugestehen. Plötzlich war ihr klar, dass Irena mit ihrer Meinung über Robert richtiggelegen hatte – sie hatte sich mit all ihrer Leidenschaft ausschließlich auf ihn konzentriert und gar nicht gemerkt, wie ungesund diese Verbindung oder was für ein Mensch er in Wirklichkeit war. Sie dachte an die Karte und den Brief in seiner Schreibtischschublade, und ihr Magen zog sich zusammen. Sie musste diesen Wahnsinn beenden, doch ohne Robert kam ihr die Welt groß und beängstigend vor. Sie konnte nicht glauben, dass sie so lange Zeit allein zurechtgekommen war, dass sie sich vorgemacht hatte, sie führe ein erfülltes Leben. Dunkle Abgründe taten sich in ihrem Kopf auf, jeder drohte, sie in die Tiefe zu ziehen und ihr Innerstes nach außen zu kehren. Sie überlegte, wen sie anrufen könnte, obwohl ihr die Kraft dafür fehlte. Sie konnte sich nicht mehr daran erinnern, wer sie genau war, denn wenn sie vom Grund aufblickte, sah es aus, als hätte sie eine Scheinperson konstruiert, die keinerlei Verbindung zur wirklichen Eleanor besaß.

Wenn man ihren Beruf in Betracht zog, schien sie ein fürsorglicher Mensch zu sein, doch diese Art von Fürsorge war sehr abstrakt. Sie half Tausenden von Menschen gleichzeitig, kein Einzelner kam ihr je so nah, dass er sich bei ihr bedankte, und auch sie war diesen Menschen niemals nah genug, dass sie sie bis zum Ende der Katastrophe begleitet hätte. Sie hatte Nancy nicht geholfen am Ende ihrer Affäre, sie hatte Mary nicht geholfen, als ihre Ehe zerbrach, sie hatte ihrer Mutter nicht geholfen, als sie ihre geistige Gesundheit verlor, sie hatte ihrer Schwester nicht geholfen, als ihr Mann sie verließ und sie mit zwei kleinen Söhnen allein blieb, sie hatte Irena nicht geholfen, als sie jemanden brauchte, der ihren Teppich ausbesserte und ihr täglich eine Suppe brachte. Und jetzt half sie weder Robert noch sich selbst, sie zog sie beide nur tiefer in die dunklen Gewässer der Angst und der Ungewissheit. Sie wusste nicht einmal mehr sicher, ob Robert überhaupt

Hilfe brauchte oder ob sie das alles bloß völlig missverstanden hatte.

Zwangsläufig wurde es Morgen, und es gelang ihr, ihren steifen Körper aufzurichten, sich zu duschen und frische Sachen anzuziehen. Sie aß auch eine halbe Scheibe Toast und trank eine Tasse Tee. Doch immerzu schien sie sich selbst zu beobachten, als wäre jede Bewegung eine schwer erkämpfte Leistung, als ob ihr Gehirn ihrem Körper hinterherhinkte. Sie rief in der Arbeit an und sagte, dass sie sich kränklich fühle und deshalb nicht ins Büro komme. Allerdings konnte sie nicht den ganzen Tag allein in ihrer Wohnung verbringen, wie ihr kurz darauf klar wurde, daher rief sie Mary an und gab Bescheid, sie würde sie besuchen.

Weniger als eine Stunde später befand sich Eleanor in Marys vollgestopftem, unordentlichem Haus, das ihr inzwischen wie ein Körperteil ihrer Freundin vorkam, fast wie ein wuchtiges Schneckenhaus. Heute war es jedoch sehr ruhig, die Mädchen waren in der Schule, Marcus schlief noch, und Howard saß apathisch in seinem Sessel. Sobald Eleanor in die erstickende Atmosphäre trat, hätte sie am liebsten auf dem Absatz kehrtgemacht. Aber dann sah sie, dass sich ihre eigene Einsamkeit in Marys Augen spiegelte, also ging sie in die Küche, um mit ihrer Freundin eine Tasse Tee zu trinken.

»Geht's dir gut?«, fragte Eleanor, als sie sich ihr gegenüber an den Küchentisch setzte, auf dem sich Zeitschriften, Bücher, Stifte und etliche andere Dinge stapelten, die nicht in eine Küche gehörten.

»Ich könnte es nicht einmal mehr sagen.« Mary rieb sich mit den Fingerknöcheln über den Nacken.

Eleanor war noch nicht bereit, über Robert zu sprechen, deshalb stellte sie eine weitere Frage. »Wie geht es Howard? Haben die Antidepressiva gewirkt?«

Mary schüttelte den Kopf. »Die Ärzte sprechen jetzt davon, dass es ein Nervenzusammenbruch gewesen sein könnte. Oder eine seltene bipolare Störung, die plötzlich in den mittleren Lebensjahren auftritt. Die Krankheit ist bizarr, sie greift den Körper ebenso wie den Geist an. Sie kann durch enorme Stressbelastung ausgelöst werden, und als er den Fachbereich Politik an der Uni geleitet hat, war er furchtbar gestresst. Ich meine, vielleicht hat es ihn da erwischt.«

»Vielleicht.«

»Er war auch immer so unbeständig, findest du nicht? Ich habe oft gedacht, dass ich ihn verärgere oder ihm die Laune verderbe, aber in letzter Zeit frage ich mich, ob er nicht tatsächlich psychische Probleme hat. Wenn man auf sein Verhalten in den letzten zehn Jahren zurückblickt, könnte man sagen, dass er eine ganze Dekade lang am Rande eines Nervenzusammenbruchs war.«

»Mein Gott, Mary.«

»Ich weiß.« Marys Mundwinkel zuckten nach unten, und Eleanor konnte sehen, wie sich ihr Schlüsselbein unter ihrem T-Shirt abzeichnete. »Aber ich mache mir mehr Sorgen um Marcus, um ehrlich zu sein. Er ist die meiste Zeit high.«

»Immer noch? Was ist mit ihm los?«

»Ich weiß es nicht. Aber im Moment will er sich anscheinend selbst zugrunde richten.« Mary schluckte schwer, und Eleanor erkannte, dass sie die Tränen unterdrückte. Auf einmal konnte sie sich vorstellen, wie ihre Freundin allein an diesem Tisch saß und weinte. »Es ist nicht gut, dass ich so viel allein bin. Ich habe zu viel gegrübelt, über unser Leben und über alles andere auch. Ich hätte Marcus von Howard fortbringen sollen, als er noch jünger war. Ich hätte alle drei fortbringen sollen.«

»Es bringt nichts, jetzt so darüber zu denken.«

»Ich kann gar nichts anderes denken. Ich glaube, dass Howards ständige Verachtung sie tief geprägt hat, das ist fast schlimmer, als wenn er sie geschlagen hätte. Und Marcus hat am meisten abbekommen. Ich fange an zu glauben, dass er ihn niemals wirklich geliebt hat. Tief im Inneren muss Marcus das gewusst haben.«

»Aber das kann nicht wahr sein.«

»Ach, ich weiß nicht. Wir hatten nicht geplant, Kinder zu bekommen. Was, wenn Howard sie im Grunde seines Herzens nie wollte? Denn nun wird mir klar, wie selbstsüchtig er ist. Und man darf nicht selbstsüchtig sein, wenn man Kinder hat. Als es in unserer Ehe zu kriseln begann, hat er oft gesagt, dass die Kinder ihn davon abgehalten hätten, mehr aus seinem Leben zu machen.«

Familien machten Eleanor schwindelig, die Art und Weise, wie sie sich aneinanderklammerten und miteinander vermengten. Im Lauf der Jahre hatte sie sich immer wieder gefragt, ob sie ihren Beruf ergriffen hätte, wenn ihre Mutter sich während ihrer Kindheit nicht in zahlreichen Wohltätigkeitsorganisationen engagiert hätte, und bei diesem Gedanken fühlte sie sich klein und unbedeutend. Es war richtig gewesen, stets auf Abstand zu bleiben, und es war wenig verwunderlich, dass ihre Welt zusammenbrach, seit sie sich in Robert verliebt hatte. »Das ist doch nicht deine Schuld.«

»Natürlich ist es das.«

Hinter dem Herd war ein roter Spritzer an der Wand zu sehen, der wie Blut aussah, wahrscheinlich war es Tomatensoße. »Was hältst du davon, wenn er bei mir in der Hilfsorganisation mitarbeiten würde?« Sie machte das Angebot, bevor sie es gründlich durchdacht hatte, aber einmal ausgesprochen, klang die Idee nicht schlecht.

»Marcus?« Mary schüttelte den Kopf. »Er ist nicht zuverlässig.«

»Wir könnten ihn langsam an die Aufgaben heranführen. Zurzeit haben wir einige Projekte in London laufen. Vielleicht ist es genau das, was er braucht.«

Marys Augen leuchteten, und Eleanor erkannte, wie viel ihr Vorschlag ihrer Freundin bedeutete. »Ach, Els, das wäre wunderbar. Glaubst du wirklich, das geht?«

»Natürlich. Ich weiß nicht, warum ich nicht schon früher daran gedacht habe.« Die Worte trafen Eleanor wie der Schlag, und sie fing an zu weinen.

»Eleanor, was ist los?« Tiefe Besorgnis klang in Marys Stimme.

»Ich bin so schrecklich egoistisch«, sagte Eleanor. »Ich denke immer nur an mich, nie an die anderen.«

»Wovon redest du?«

»Irena ist gestern gestorben.« Sie fühlte, wie ihr die Worte ins Herz schnitten.

»Deine Nachbarin Irena? Das tut mir leid. Aber ich glaube nicht...«

»Es war meine Schuld.«

»Deine Schuld, dass sie gestorben ist?« Marys Stimme klang ungläubig.

»Du weißt doch noch, dass ich letzten Donnerstag hier bei dir war?« Mary nickte. »Normalerweise besuche ich donnerstags immer Irena, aber letzte Woche bin ich länger hiergeblieben, um mit dir über Robert zu sprechen. Als ich nach Hause kam, hatte ich keine Lust mehr, bei ihr zu klingeln. Und auch nicht am Freitagmorgen, obwohl ich am Wochenende nach Coombe Place fahren wollte. Ich wusste, dass sie in den vorangegangenen Tagen krank gewesen war. Und als ihre Tochter mich am Freitagabend anrief, weil sie ihre Mutter nicht erreichen konnte, habe ich sie angelogen und gesagt, ich wäre am Donnerstag bei ihr gewesen. Aus dem Grund ist Sarah erst am Sonntag zu ihr gefahren – da war Irena schon tot.«

»Das ist furchtbar und sehr traurig, aber es ist nicht deine Schuld.«

Eleanors Weinen wurde stärker, sie wirkte aufgelöst und theatralisch, was ihr selbst peinlich war. »Doch, das ist es. Ich war so sehr mit Robert beschäftigt, dass ich für alles andere den Sinn verloren habe. Dadurch habe ich erkannt, wie egoistisch ich im Grunde bin.«

»Du bist der am wenigsten egoistische Mensch, den ich kenne.«

»Nein, das denkst du nur. Das bin ich in Wirklichkeit gar nicht.«

Mary rieb sich mit den knochigen Fingern übers Gesicht und schloss einen Moment lang die Augen. »Worum geht es hier eigentlich, Els?«

»Genau darum.«

»Und Robert?«

»Ich weiß nicht, was das mit ihm ist. Irgendwie ist es Wahnsinn.«

»Das ist doch immer so, wenn man verliebt ist, oder nicht?«

»Ich weiß es nicht.«

»Das klingt, als würdest du dir das Leben zurzeit sehr schwer machen.«

Eleanor brannte darauf, Mary von dem Brief zu erzählen, den sie in Roberts Arbeitszimmer gefunden hatte, aber dieser Fund war so belastend, dass sie die Worte nicht über die Lippen brachte und ihrer Freundin stattdessen nur die halbe Wahrheit erzählte. »Als ich am Wochenende mit Robert zusammen war, habe ich eine Karte gefunden, die Nancy ihm geschrieben hat. Sie klang in diesen Zeilen ganz anders als sonst. Ihr Ton war entschuldigend, als ob sie ihn richtig wütend gemacht hätte oder so. Beinahe als hätte sie Angst vor ihm.«

»Ihr Leben kann nicht so perfekt gewesen sein, wie es aussah.«

»Das weiß ich natürlich auch. Aber diese Karte... sie klang überhaupt nicht nach Nancy.«

»Eheleute sind seltsam. Sie hassen sich genauso sehr, wie sie sich lieben. Wir können nicht wissen, was zwischen einem Paar vorgeht, wenn die Türen geschlossen und die Vorhänge zugezogen sind.«

Eleanor überlegte, ob Mary auch über sich selbst und Howard sprach. Sie konnte sich nicht vorstellen, dass die beiden je zärtlich zueinander waren, und doch musste es so gewesen sein, sonst hätten sie nicht drei Kinder bekommen, und Mary würde schon längst nicht mehr in diesem Haus sitzen.

»Womit ich nicht sagen will, dass du dich weiter mit ihm treffen sollst«, sagte Mary. »Du wirst nur verletzt werden.«

»Er hat mir bereits wehgetan.«

»Diese Mistkerle.« Sie blies die Backen auf. »Sie bekommen jedes Mal, was sie wollen, und wir müssen dann damit fertigwerden.«

»Es ist nicht Roberts Schuld. Ich glaube, er ist halb wahnsinnig vor Kummer. Nicht mehr lange, und er wird von meinem Anblick morgens neben sich im Bett angeekelt sein.«

»Ach, Els.«

Ihr blieb immer noch Zeit, um Mary von dem Brief zu erzählen, aber was würde das ändern? Der Brief bewies gar nichts, und es gab viele Gründe, warum Robert niemandem erzählt hatte, dass er sich in seinem Besitz befand. Vielleicht hatte er sogar vergessen, dass er in seiner Schreibtischschublade lag, dachte sie verzweifelt. Nein, sie musste andere Wege finden, ein besserer Mensch zu werden, und Marcus war ein guter Anfang. Obwohl es sicher noch vieles gab, was sie für Mary und auch Nancy tun konnte.

Mary rückte ihren Stuhl heran, sodass sie direkt neben Eleanor saß, und legte ihr den Arm um die Schulter. Sie war sehr klein, nur Haut und Knochen, dennoch fühlte sich die Umarmung gut an. Eleanor lehnte ihren Kopf an Marys Schulter und weinte leise.

Später, als Eleanor nach Hause kam, rief sie Zara an und fragte sie, ob sie sich am nächsten Tag mit ihr zum Mittagessen treffen wolle. Sie benutzte einen Vorwand und sagte, sie habe eine Konferenz in Oxford. Zara sollte nicht glauben, dass sie bloß ihretwegen käme. Doch sie freute sich so sehr über ihren Vorschlag, dass Eleanor wieder Gewissensbisse bekam, weil sie Zara, wie Mary und Irena, wegen Robert vernachlässigt hatte.

Sie trafen sich in einem Restaurant, das Zara ausgewählt hatte. Es war laut und voll, an allen Wänden hingen Spiegel, und Eleanor spürte, wie sie aus dem Gleichgewicht geriet. Zara saß bereits in einer Nische, die wie ein russisches Hotel der 1940er Jahre gestaltet war. Sie nippte an einem Glas Wein und fuhr mit dem Finger über das Display ihres Handys.

»Du siehst gut aus«, sagte Eleanor zur Begrüßung, als sie sich setzte, denn was Zara anging, war das nie gelogen.

»Ich glaube, bei dem ganzen Stress habe ich abgenommen.« Zara versuchte zu lächeln, aber ihre Mundwinkel zuckten nach unten.

»Ich hoffe, du passt gut auf dich auf.«

Zara zuckte die Achseln. »Ach, ich sehe keinen Sinn darin.«

»Zara, das ist dumm. Das musst du tun. Wie läuft es im Studium?«

Zara schenkte Eleanor Wein ein und goss sich selbst nach. »Gut. Was denkst du über mein Buch?«

Eleanor dachte an die vielen Dokumente in ihrem Computer, die neuesten noch ungelesen, denn sie hatte es nicht über sich gebracht, sie zu öffnen. Was sie gelesen hatte, klang entweder nach lautem Wehgeschrei oder nach einem Katalog elterlichen Versagens. »Ich verstehe, warum du das Buch schreibst. Bist du schon fertig?«

»Magst du es nicht, weil ich nicht nett über Dad schreibe?«

»Es ist nicht nur das. Ich denke, du solltest vorsichtig sein. Du könntest deinen Vater tief verletzen.«

Zara seufzte. »Es geht immer nur um ihn, oder? Hast du ihn in letzter Zeit gesehen?«

Sie schüttelte den Kopf. »Einiges von dem, was ich gelesen habe, würde ihm sehr wehtun.«

Zara sah auf, und ihre Augen glichen so sehr Nancys, dass Eleanor den Blick senken musste. »Ich glaube immer noch das meiste von dem, was ich geschrieben habe«, sagte sie in herausforderndem Ton.

»Du bist genau wie sie«, entfuhr es Eleanor, die sich nicht zurückhalten konnte.

Aber Zara lächelte. »Wirklich?«

»Ja, das weißt du doch bestimmt.« Eleanor blickte sie an. »Aber vielleicht kennen wir unsere Mütter nicht, wenn wir jung sind, erst wenn wir älter werden. Oder auch niemals. Meine Güte, Zara, ich hätte nicht gedacht, dass ausgerechnet Nancy jung sterben würde.« Doch schon während sie die Worte aussprach, fragte Eleanor sich, ob sie wahr waren. Nancy hätte so viele verschiedene Versionen ihrer selbst sein können, und auf sie und Mary und die anderen traf das immer noch zu. Nur dass sie alle tatsächlich im Hier und Jetzt existierten, wohingegen Nancy jedes Mal, wenn sie über sie sprachen, erschaffen wurde, neu und aufregend. Und auf die gleiche Weise, wie es leichter war, seinen Partner zu lieben, wenn er nicht da war, war es weniger schwer, gut über die Verstorbenen zu denken.

Ein Kellner brachte ihr Essen, aber Zara nahm nicht einmal die Gabel in die Hand. »Ich weiß nicht, was ich mit meinem Leben anfangen soll.«

»Komm schon«, sagte Eleanor schmeichelnd, um gegen die Trostlosigkeit der Unterhaltung anzukämpfen. »Du hast ein wunderbares Leben vor dir. Du studierst in Oxford, du schreibst ein Buch. Du wirst jemanden kennenlernen, dich verlieben und Kinder bekommen.«

Zara zuckte die Achseln. »Ich glaube, ich bin beziehungsunfähig.«

Eleanor spürte die gleiche flatterhafte Unruhe, die auch Nancy in ihr hervorgerufen hatte, sie wollte Zara unbedingt aufmuntern, doch sie wusste nicht, wie. »Ach, Zara, das ist nicht wahr.«

»Ich wünschte, sie wäre noch hier.« Zara hatte Tränen in den Augen, war kurz davor, bitterlich zu weinen.

Eleanor musste tief durchatmen, ehe sie erneut sprechen konnte. »Natürlich vermisst du sie. Wir alle tun das.«

»Ich weiß, dass das schrecklich klingt, Ellie, aber ich bin wirklich böse auf sie. Und auf Dad.«

»Inwiefern böse?«

»Ich bin böse auf sie, weil sie es so weit kommen ließ, dass sie umgebracht wurde, und ich bin böse auf Dad, weil er sie entweder umgebracht oder zumindest nicht genügend geliebt hat.« Zara stotterte angesichts der schrecklichen Dinge, die sie über ihre Eltern sagte.

»Du glaubst doch nicht im Ernst, dass dein Vater deine

Mutter getötet hat, oder?« Der Brief tauchte in ihren Gedanken auf.

Zara lehnte sich vor. »Ich weiß nicht, eigentlich nicht. Aber ich habe das Gefühl, dass die beiden meine Fähigkeit ruiniert haben, Menschen zu beurteilen. Ich vertraue niemandem mehr. Und wie wird sich das auf meine Beziehungen auswirken? Was, wenn dieser verdammte Kreislauf ewig so weitergeht?« Sie hielt inne, und eine Träne rann ihr über die Wange.

Eleanor blickte über den Tisch zu der jungen Frau, die mit sich kämpfte und auf der Suche war, die Tochter der Frau, die ihr so viel bedeutet hatte. »Sprich mit mir, Zara«, sagte sie. Das hätte sie an jenem letzten Abend zu Nancy sagen sollen, sie wünschte sich von ganzem Herzen, dass sie das getan hätte, denn plötzlich durchströmte sie eine tiefe Zuneigung für ihre Freundin, ein Gefühl der Verbundenheit, das sich weit in die Vergangenheit erstreckte und alles Wichtige mit sich zog.

Zara errötete. »Wirklich, Mum war genauso schlimm wie Dad. Ich meine, sie hat uns alle für diesen dämlichen Davide, oder wen auch immer, geopfert.«

Eleanor lehnte sich über den Tisch, über die Teller, die sie nicht angerührt hatten, und nahm Zaras feuchte Hand. Sie hatte den starken Wunsch, Nancy zu verteidigen, als würde sie sie zum ersten Mal richtig verstehen, als ob all die vergangenen Jahre auf einmal mehr bedeuteten, als ihr bisher bewusst gewesen war. »Weißt du, deine Mutter war sehr kompliziert. Wir sind alle sehr kompliziert, Zara, keiner von uns bekommt einen Freifahrschein. Nancy war sehr intelligent, aber sie hat vieles falsch verstanden, und sie schaffte es nicht, ihr Leben richtig zu strukturieren, und der Frust darüber hat sie wahnsinnig gemacht. Ich glaube nicht, dass die Affäre große Bedeutung hatte, ich glaube, es war für sie nur eine Möglichkeit, etwas Neues auszuprobieren.« Zara sah aus wie ein Kind, sie musste noch viel lernen, also fuhr Eleanor fort. »Ich habe zwar keine Kinder, aber ich glaube, man wird nicht plötzlich allwissend, wenn man welche bekommt. Man macht weiterhin viele Fehler. Was allerdings nicht heißt, dass man seine Kinder nicht über alles liebt. Es heißt bloß, dass man sich selbst nicht liebt.«

Ein Schluchzer entrang sich Zara, wie eine Explosion in ihrer Brust, und Eleanor bekam Angst, dass sie etwas Falsches gesagt hatte. »Nach der Schule bin ich oft sofort in mein Zimmer gelaufen oder habe beim Abendessen kein Wort mit ihr geredet und nur die Augen verdreht. Sie muss furchtbar einsam gewesen sein, und das ist das schlimmste Gefühl auf der ganzen Welt.«

»Ich glaube, dass viele Frauen so empfinden«, räumte Eleanor ein. Sie fragte sich, ob es gut war, junge Frauen damit zu belasten, bevor sie ihren eigenen Weg gefunden hatten.

»Aber du doch sicher nicht, ich meine, du hast eine fabelhafte Karriere.« Zara sah sie an, und Eleanor fühlte sich zehn oder zwanzig Jahre in die Vergangenheit zurückversetzt, als Nancy bei einem Abendessen fast genau die gleichen Worte zu ihr gesagt hatte. Ihre Sicht verengte sich, trübte sich ein, und das Gesicht vor ihr verschwamm. Damals hatte sie nicht gewusst, was sie darauf sagen sollte, doch nun hatte sie eine Antwort.

»Natürlich fühle ich auch so. Ich denke, dass Frauen

sich zu viele Gedanken über das Leben machen, wir analysieren es, sind immer auf der Suche und leuchten in alle dunklen Ecken. Bisweilen ist das toll, doch manchmal ist es schrecklich. Wir sollten Männer nicht dafür hassen, dass sie das nicht tun, genauso wenig wie sie uns für unser ständiges Suchen hassen sollten. Es ist wirklich sehr, sehr schwer, einen Sinn in dem Ganzen zu sehen, das Gefühl zu haben, dass etwas im Leben Bedeutung hat. Aber wenn ich dir einen Rat geben darf: Fühl dich nicht schuldig, weil du so empfindest. Damit verschwenden wir Frauen nur unnötig viel Energie.«

Es kam ihr vor, als würde sie die Rolle der Erwachsenen spielen, doch vielleicht bestand das Erwachsensein genau darin, in der Fähigkeit, so zu tun, als wüsste man es besser. Denn Eleanor beherzigte ihre Worte nicht für ihr eigenes Leben, für ihre eigenen Gefühle. Zara wischte sich hektisch die Tränen von den Wangen, ihre Nase war rot geworden. Eleanor spürte, wie eine Erkenntnis in ihr zu reifen begann. Ihre Gedanken fühlten sich immer noch weit entfernt an, als ob sie sie, sosehr sie auch die Hand nach ihnen ausstreckte, nicht erreichen könnte, aber sie wusste jetzt, was sie als Nächstes sagen musste.

»Was deine Mum getan hat und was ihr zugestoßen ist, Zara, hat nichts mit dir und deinem Vater zu tun. Sie liebte euch beide von ganzem Herzen. Aber die Wahrheit ist, dass sie sich selbst nicht liebte, und deshalb hat sie ein paar wirklich dumme Sachen gemacht. Ich bin nicht deine Mutter, und ich kann sie auch nicht ersetzen, doch du bist mir wichtig, und ich werde immer für dich da sein. Bitte denk immer daran.«

Tränen traten ihr in die Augen, und sie erinnerte sich an einen Satz, den Robert vor Kurzem zu ihr gesagt hatte: dass das Wunderbare an der Liebe sei, dass sie sich immerzu ausweiten und mehr Menschen einschließen könne. Und das war wahr, dachte sie nun, als sie über den Tisch hinweg Zaras Hand hielt, die Liebe war wahrhaftig unendlich, sie konnte wirklich großzügig sein.

Robert rief an, während sie am nächsten Morgen das Frühstück zubereitete, und fragte, ob sie am Abend mit ihm essen gehen wolle. Er erkundigte sich nicht, warum die Polizei in ihrer Straße gewesen war, als er sie am Sonntag abgesetzt hatte.

»Ich kann nicht«, sagte sie. »Meine Nachbarin aus dem Erdgeschoss, Irena, ist am Sonntag gestorben.«

»Das tut mir leid. Standet ihr euch nahe?«

»Ja.«

»Es könnte dir guttun, zum Essen auszugehen, meinst du nicht?«

Sie lachte kurz auf. »Ich kann nicht, Robert. Ehrlich, mir ist nicht danach. Ich hätte mich mehr um sie kümmern sollen, und das hat viel in mir ausgelöst.«

»Was meinst du?«

»Ich habe öfter nach ihr gesehen, und ich wusste, dass sie erkältet war. In ihrer Diele hatte sich eine Ecke des Teppichs gelöst, und ich hätte das ausbessern oder zumindest ihre Tochter anrufen sollen. Deswegen habe ich Schuldgefühle.«

Er schnaubte. »Wieso solltest du Schuldgefühle haben? Du bist doch dafür nicht verantwortlich.«

Sie öffnete den Mund, um sich zu erklären, aber dann erkannte sie, dass das sinnlos war. Frauen, dachte Eleanor, tragen Schuld und Verantwortung wie eine zweite Haut, sie tragen so schwer daran, dass es sie niederdrückt und sie daran hindert, ihre Ziele zu erreichen. Sie wusste auch, dass ein Mann, dem man mit dem wahren Ausmaß weiblicher Schuldgefühle konfrontierte, überzeugt war, diese Frau müsste verrückt sein, das konnte sie schon aus Roberts Tonfall heraushören. Wahnsinn, Neurose, übersteigerte Emotionen wurden Frauen schnell nachgesagt, doch nach nur wenigen Monaten in einer Liebesbeziehung wurde Eleanor allmählich klar, dass diese Urteile von Männern stammten, die nicht bedachten, dass Frauen anders waren als sie selbst.

»Sieh mal, ich melde mich in ein paar Tagen bei dir«, sagte sie stattdessen.

Manchmal, dachte sie, verbargen sich da draußen Antworten, man musste bloß fragen. Und sie wünschte sich jetzt, mehr als alles andere, echte, konkrete Antworten. Es war nicht schwer, die Agentin von Davide Boyette ausfindig zu machen, und diese erklärte sich einverstanden, Eleanors E-Mail an den Autor weiterzuleiten. Wenige Stunden später erschien seine Antwort auf ihrem Bildschirm: Er war gern bereit, sich mit ihr zu unterhalten, vorausgesetzt, sie würde zu ihm kommen. Die vergangenen sechs Monate seien anstrengend gewesen, und er fühlte sich noch nicht in der Lage, lange Strecken zurückzulegen.

*

Sie dachte oft daran, wieder umzukehren, doch sie fuhr weiter. Wenn man eine Entscheidung getroffen hatte, das hatte sie im Leben gelernt, musste man dabei bleiben und die Sache zu Ende bringen. Die Autobahn war beinahe ausgestorben, grau und schnurgerade lag sie vor ihr, und ein leichter Regen fiel auf die Windschutzscheibe. Bald würde sie von der Autobahn abfahren, dann, hatte der Krimiautor ihr erklärt, fuhr man noch eine gute Stunde durch die Yorkshire Moors. Manche Besucher kehren beim ersten Mal um, hatte er in den kurzen E-Mails geschrieben, die sie am Vortag ausgetauscht hatten. Diese Menschen können nicht glauben, dass ich irgendwo in der Einöde lebe, und sie haben Angst, sich zu verirren. Man braucht keine Moore, um sich zu verirren, hatte Eleanor gedacht, den Gedanken aber für sich behalten.

Während sie Meile um Meile zurücklegte, dachte sie an Howard und was es bedeutete, den Verstand zu verlieren. Wohin das führte und was an seine Stelle trat. Doch auch wenn der Verstand intakt blieb, der Körper blieb nicht unversehrt, vor allem nicht das Herz. Sie dachte an Robert, und ein schneidender Schmerz ließ ihr eigenes Herz wie einen gefangenen Vogel gegen ihre Brust schlagen. Eine Hitzewelle strömte durch ihre Adern, und ihre Hände am Lenkrad fühlten sich feucht und glitschig an.

Ein flüchtiger Blick aus den Augenwinkeln erregte ihre Aufmerksamkeit. Sie konnte sich nicht zurückhalten und drehte sich um. Der Anblick glich einem alten Gemälde – satanische Hügel und darüber ein wirbelnder violetter Himmel, durchbrochen von hellen Lichtstrahlen, die in perfekten Bögen durch die Wolken stachen, so wie ein Suchscheinwerfer den Weg zur Erde leuchtete. Auch wenn sie nicht gläubig war, fühlte es sich wie ein Gottesgeschenk an, wie ein Zeichen, eine Botschaft. Obwohl sie nicht wusste, wofür dieses Zeichen stand.

Eine Hupe ertönte in ihren Gedanken. Sie wandte den Kopf und sah gerade noch rechtzeitig, dass sie auf die Überholspur geraten war, als ein schnittiger Wagen hinter ihr beschleunigte. Sie lenkte den Wagen wieder auf die richtige Fahrbahn, verlangsamte das Tempo und atmete tief durch. Vieles im Leben wurde im Bruchteil einer Sekunde entschieden, wenn man gerade in die andere Richtung blickte und mit den Gedanken bereits woanders war. Alles unterlag einer Willkür, und diese Vorstellung ängstigte sie.

Davide hatte nicht gelogen, als er schrieb, dass sein Haus in der Einöde lag, doch nach langer Fahrt erreichte sie ein offen stehendes Tor, und der anschließende schmale Weg führte wie im Märchen zu einem kleinen grauen Steinhaus. Rauch stieg aus dem Schornstein empor, und ein verbeulter Fiat parkte vor der Haustür. Erneut fragte sich Eleanor, warum sie hierhergekommen war.

Eine Zeit lang blieb sie im Auto sitzen und nahm die düstere Szenerie in sich auf. Angst befiel sie, und am liebsten wäre sie umgekehrt und sofort wieder heimgefahren. Doch dann wurde die Haustür geöffnet, und ein Mann trat heraus, der eher einem gestrandeten Seemann als dem erfolgreichen Autor glich, dessen Foto sie im Internet gesehen hatte. Er hatte die Haare und den Bart lang wachsen lassen, die Augen funkelten nicht mehr, die Haut war schlaff und fahl. Er kam auf ihren Wagen zu, also musste sie die Tür öffnen, aussteigen und in seine Atmosphäre eintauchen. Sie musste dem Menschen ins Gesicht schauen, den Nancy vielleicht als Letzten gesehen hatte.

Das Innere des Hauses war sehr viel ordentlicher, als der äußere Eindruck vermuten ließ. Es war gemütlich, wenn auch heiß und stickig, denn der Kamin brannte, obwohl es draußen warm war. Zudem trug Davide einen dicken Pullover, und Eleanor fragte sich, ob er immer noch unter Schock stand. War er in schlechter Verfassung, weil er Nancy verloren hatte, weil er ihr etwas angetan hatte? Oder weil er einer Tat beschuldigt wurde, die er nicht begangen hatte? Der große alte Labrador kuschelte sich an Eleanors Beine, als sie sich hinsetzte, und die Uhr tickte laut und regelmäßig.

»Es war sehr freundlich von Ihnen, unserem Treffen zuzustimmen«, sagte sie schließlich, nachdem sie alle Förmlichkeiten hinter sich gebracht hatten.

Er lächelte, und Eleanor fand, dass er warme Augen hatte. »Das macht gar keine Umstände. Wie Sie sich denken können, bekomme ich nicht viel Besuch.« In seiner Stimme schwang immer noch der Anflug eines französischen Akzents, der von einem leichten rollenden R überlagert wurde, das typisch für die Gegend Yorkshire war, sodass er letztlich klang, als wäre er nirgendwo heimisch.

»Ich lebe auch allein.« Sie wusste nicht genau, warum sie das gesagt hatte.

»Gefällt es Ihnen?«

Sie zuckte die Achseln. »Ja, ich denke schon. Und Ihnen?«

Er schüttelte energisch den Kopf. »O nein, ich mag es gar nicht.«

Eleanor blickte unwillkürlich aus dem Fenster, auf die Weite des Moors, das sich dort erstreckte. »Aber ich meine, warum leben Sie dann hier? Warum nicht in einer Stadt?«

Davide beugte sich zu dem Hund hinunter, der zu ihm zurückgekehrt war, und kraulte ihn hinter den Ohren. »Oh, ich mag Menschen nicht besonders, bis auf die, die ich wirklich gernhabe.«

»Stimmt es, dass Sie Kinder haben?«

»Ja, zwei Töchter, sie sind vierzehn und zwölf.« Er lächelte wieder. »Sie leben in Harrogate bei ihrer Mutter. Es ist nicht weit, ich sehe sie mehrmals pro Woche.«

Dieser Gedanke munterte Eleanor auf. »Nun, das ist schön.«

Er nickte. »Aber es wäre besser, wenn sie alle hier bei mir leben würden.«

Eleanor nippte an ihrem Tee. Es könnte für jeden besser laufen, nahm sie an. »Das tut mir leid.«

»Oh, das muss es nicht«, sagte er in irritierendem Tonfall, als hätte er eine Emotion in ihr hervorrufen wollen, nur um dann vor ihr zurückzuschrecken. »Ich bin selbst schuld, nehme ich an.« Er griff nach einer Zigarettenschachtel auf dem Tischchen neben ihm. »Haben Sie etwas dagegen?«

»Natürlich nicht.« Sie schüttelte den Kopf, als er ihr eine Zigarette anbot.

Davide sprach, während er seine Zigarette anzündete. »Ich bin froh, dass Sie mir geschrieben haben. Ich habe schon darüber nachgedacht, ob ich Nancys Ehemann kontaktieren soll.«

»Er ist ein sehr netter Mann. Aber ich bin nicht sicher, ob das eine gute Idee wäre.«

Er lachte kurz auf. »Sind Sie sicher, dass er nicht der Täter ist?«

»Oh, vollkommen sicher. Robert könnte keiner Fliege etwas zuleide tun. Und er hat Nancy sehr geliebt, wissen Sie.« Ihre Stimme klang vollkommen überzeugt, obwohl der Brief immer noch ihre Gedanken beherrschte. Ihre Täuschung machte ihr bewusst, dass Davide sie genauso gut anlügen könnte.

Davide lehnte sich vor und warf seine halb aufgerauchte Zigarette ins Feuer. »Was wollten Sie mich fragen, Eleanor? Ich meine, warum fahren Sie nach all dieser Zeit mehr als dreihundert Kilometer, um mir gegenüberzusitzen?«

Es fühlte sich an, als wären alle Augenblicke zwischen damals und heute zusammengepresst worden, bis nichts mehr übrig geblieben war. »Ich weiß es nicht genau«, gab sie zu. Davide stand auf und ging zu einem Tisch unter dem Fenster, wo er ihnen beiden einen Whiskey einschenkte, den Eleanor dankend entgegennahm. »In letzter Zeit bin ich sehr durcheinander. Ich habe das Gefühl, dass wir alle Nancys Tod hingenommen haben und nie mehr erfahren werden, was ihr zugestoßen ist.«

»Da werde ich Ihnen keine große Hilfe sein.« Davide stocherte mit einem Kupferstab im Feuer.

Es war leichter, ihm diese Frage zu stellen, wenn er in die Flammen blickte. »Ich glaube, ich wollte von Ihnen persönlich hören, dass Sie nie eine Affäre mit ihr hatten.« Ihr kam der Gedanke, dass er ihr mit diesem Kupferstab auf den Kopf schlagen könnte.

Davide stöhnte. »Herrgott noch mal, Sie klingen wie meine Frau.«

Eleanor blickte auf und erkannte, dass seine Augen sich verengt hatten und eingesunken waren. Es erschreckte sie, wie weit Nancy vorgedrungen war, wie sie selbst im Tod mehr Einfluss hatte als die meisten Menschen im Leben. »Das tut mir leid.«

»Es ist nur so, wenn Sie diesen Gedanken logisch zu Ende führen, dann fragen Sie mich im Grunde, ob ich sie umgebracht habe.«

»Nicht unbedingt.«

Davide setzte sich wieder hin. »Doch, das tun Sie. Nur sehr wenige Menschen werden zufällig von Fremden getötet, und die Polizei hat bestätigt, dass ihr Tod sämtliche Merkmale eines Verbrechens aus Leidenschaft aufwies. Und wenn ihr Ehemann sie nicht umgebracht hat, als er herausfand, dass sie ihn betrog, dann muss es der Liebhaber gewesen sein, denn sie wollte ihn verlassen. Sie sind doch diejenige, die der Polizei erzählt hat, dass Nancy versuchte, die Affäre zu beenden, oder nicht?«

»Ja.«

»Und Sie haben der Polizei gesagt, dass der Liebhaber David heißt und dass die beiden sich über die Arbeit kennengelernt haben, habe ich recht?«

Eleanor blickte auf die bernsteinfarbene Flüssigkeit, die in ihrem Glas schwappte. Wahrscheinlich war es töricht, sich überhaupt mit diesem Mann zu unterhalten. »Ja, das hat sie mir erzählt.«

Davide lehnte sich zurück, und die Atmosphäre wurde angespannt. »Ich mache Ihnen keinen Vorwurf. Tatsächlich mache ich niemandem einen Vorwurf. Es ist nur einer dieser unglücklichen, aber dennoch einschneidenden Zufälle im Leben, dass ich Davide heiße, dass sich unsere Wege beruflich kreuzten und dass ich kein wasserdichtes Alibi für diesen Abend habe.«

»Wie sah Ihr Alibi noch aus? Bitte erzählen Sie es mir noch einmal.«

»Ich war auf einer Lesereise. Ich hatte eine Lesung, danach ging ich ins Hotel und legte mich ins Bett. Normalerweise gehen wir noch alle zusammen zum Abendessen, aber ich hatte Kopfschmerzen und war müde. Ich rief nicht einmal mehr meine Frau an. Wir hatten an dem Tag schon telefoniert, deshalb wusste ich, dass unsere ältere Tochter Fieber hatte, und ich wollte nicht riskieren, dass das Klingeln sie aufweckt. Der letzte Mensch, der mich an dem Tag gesehen hat, war der Empfangschef im Hotel. Natürlich wurde der Zeitpunkt überprüft, es war halb neun. Und natürlich ist Richmond nicht weit entfernt von Hammersmith, daher hatte ich mehr als genug Zeit, mich aus dem Hotel zu stehlen, Nancy auf den Kopf zu schlagen und am nächsten Morgen mit meinem Verleger zu frühstücken.«

Eleanor war entsetzt über seine brutale Ausdrucksweise, doch genau das machte ihr Mut. »Aber das haben Sie nicht getan.«

»Natürlich habe ich das nicht getan. Ich kannte sie kaum. Wir wurden einander vorgestellt, als wir beide zufällig bei meinem Verleger waren. Und ich habe sie öfter auf Veranstaltungen gesehen. Wenn sie nicht so hübsch gewesen wäre, könnte ich mich wahrscheinlich gar nicht mehr daran erinnern.«

Eleanor nickte. »Ich frage mich, warum sie Ihren Namen ausgewählt hat.«

Er blickte sie an, als ob sie dumm wäre. »Ich bin sicher, dass es nichts mit mir zu tun hatte. David ist kein ungewöhnlicher Name. Als Sie Nancy nach ihrem Liebhaber fragten, hat sie wahrscheinlich David gesagt, weil es ihr gerade einfiel. Einen Namen, den sie an dem Tag in der Zeitung gelesen hatte oder der auf dem Namensschild des Kellners stand. Wer zum Teufel weiß das schon.«

Eine Weile saßen sie still da. Es sah aus, als würde Nebel hereinziehen, und sie bekam das Gefühl, dass nichts, was sie in diesem Raum tat oder sagte, von Bedeutung wäre. »Aber warum hat Ihre Frau es in Betracht gezogen?«

»Wendy hat nie geglaubt, ich hätte sie umgebracht. Doch sie hat angenommen, dass ich der Mann war, mit dem Nancy eine Affäre hatte, vor allem, nachdem sie Fotos von ihr in der Zeitung gesehen hatte. Ich bin sicher, Sie haben darüber gelesen, was für ein mieser Ehemann ich war, und das meiste von dem, was Wendy erzählt hat, stimmt. Aber ich habe sie und die Mädchen immer sehr geliebt, keine andere Frau hat mir jemals etwas bedeutet.«

Eleanor musste beinahe lachen, denn sie konnte sich vorstellen, wie Davide Wendy mit dieser Entschuldigung kam, die so schwach und abgedroschen war, dass sie den Wunsch verspürt haben musste, mit einem scharfen Küchenmesser auf ihn loszugehen. »Aber Nancy war nicht eine Ihrer Geliebten?« In ihrem Ton schwang zu viel Bitterkeit.

Er zuckte zusammen. »Sie müssen nicht verbergen, was Sie von mir halten.«

»Es tut mir leid.«

Er lächelte. »Sie entschuldigen sich ganz schön oft.«

Eleanor wusste, dass sie gleich zu weinen anfangen würde. »Es ist nur so...« Doch die Tränen kamen, und sie musste sie mit dem Handrücken abwischen. Sie wollte etwas sagen, was im Grunde nichts mit diesem Gespräch zu tun hatte, dennoch würde sie es aussprechen, denn sie würde nie wieder mit Davide in diesem kleinen Zimmer sitzen. »Es ist nur so, dass ich nicht sehr nett zu ihr war, als wir uns das letzte Mal gesehen haben.« Sie konnte kaum glauben, dass sie das einem fremden Menschen gegenüber zugab, auch wenn es ihr bei Irena schwerer gefallen war.

»Ich verstehe.«

Tränen liefen ihr über die Wangen. Sie würde fortfahren, erkannte sie, sie konnte spüren, wie die Worte in ihrem Inneren Raum einnahmen. »Im Laufe der Jahre habe ich schreckliche Dinge von ihr gedacht. Und seit sie tot ist, gebe ich ihr quasi die Schuld an ihrem eigenen Tod.« Eleanor atmete tief durch, denn das Geständnis hatte sie benommen gemacht. »Aber im Grunde ist es meine Schuld. Eine gute Freundin hätte ihr davon abgeraten, sich an jenem Abend mit David zu treffen, oder wie immer er auch heißen mag. Doch ich war verärgert. Offen gestanden hat sie mich oft aufgeregt, obwohl ich sie auch sehr gernhatte. An jenem Abend habe ich mir fast gewünscht, dass ihr etwas zustößt. Nichts Schlimmes natürlich, aber ich wollte, dass jemand sie anschrie und ihr klarmachte, wie egoistisch sie war. Also habe ich zugesehen, wie sie in der Nacht verschwand, während ich mein Glas Wein austrank und mir vornahm, sie am nächsten Morgen anzurufen.«

Eleanor sprach hastig, als würden die Worte sie jeden Moment mit sich in die Tiefe ziehen.

Davides Stimme war ruhig und freundlich. »Ich bin sicher, sie würde Sie verstehen. Ich war noch nie sehr überzeugt von dramatischen Totenbettszenen, die denken sich nur Leute wie ich aus. Die meisten Menschen sterben unerwartet, und es ist kaum möglich, dass die letzten Worte ihrer Angehörigen immer lieb oder bedeutsam waren. Ich glaube, es ist nicht wichtig, was Sie zuletzt zu ihr gesagt, sondern wie gut Sie ihr im Leben zur Seite gestanden haben.«

Eleanor errötete, denn natürlich war die Situation sehr viel schlimmer, als Davide sich das vorstellen konnte. Und dann wurde ihr übel, denn plötzlich schämte sie sich abgrundtief für ihre Beziehung mit Robert, als käme dadurch eine Wahrheit über sie ans Tageslicht, mit der sie sich nicht konfrontieren wollte.

Davide stützte seine Ellbogen auf den Knien ab und faltete die Hände vor der Brust. »Es entbehrt nicht einer gewissen Ironie, dass ich ein Verdächtiger in Nancys Ermordung bin, finden Sie nicht?«

»Wegen der Bücher, die Sie geschrieben haben?«

»Ja. Solange dieser Albtraum andauerte, dachte ich immerzu, was für eine verdammt gute Story es wäre, wenn ich sie ermordet hätte. Aber mir ist noch etwas anderes aufgegangen. Der Tod von Menschen wie Nancy ist für uns eine große Sache. Denken Sie nur an die Aufmerksamkeit, die ihr Fall in den Medien bekommen hat. Aber ist ihr Tod wirklich so viel tragischer als der eines niedergestochenen Teenagers oder der von zwanzig Opfern eines Bombenanschlags oder der eines alten Mannes, dessen Herz plötzlich aufgibt?«

Eleanor fühlte ein Wirbeln in ihrem Inneren, als ob ein Gedanke in ihrem Gehirn landen wollte, als ob sie eine Erkenntnis haben könnte, wenn sie ihn bloß zu fassen bekäme. Es ging um mehr als nur um Nancy, aber es war, als könnte sie nicht an ihr vorbeisehen. »Meine Nachbarin, die mir unglaublich viel bedeutet hat, ist vor einer Woche gestorben. Ihr Tod war ganz anders als der von Nancy. Ich meine, sie war Ende achtzig und hat zu Hause einen Schlaganfall erlitten. Doch ich komme mir total schlecht vor, weil sich ihr Tod nicht so tragisch anfühlt wie der von Nancy. Vielleicht war keiner der Todesfälle tragisch. Ich blicke da einfach nicht durch.«

»Genau das meine ich. Wir fragen uns etwas, und Google liefert die Antwort, aber mit dem Tod ist das nicht so einfach.«

»Mit der Liebe auch nicht«, sagte Eleanor und dachte an Robert.

»Das ist wahr.« Davide lächelte.

»Wollen Sie damit sagen, ich solle mir Nancys Tod nicht so sehr zu Herzen nehmen?«

Davide seufzte und lehnte sich wieder zurück. »Nein. Sie war eine sehr gute Freundin von Ihnen, selbstverständlich geht Ihnen ihr Tod nahe. Ich meine das eher allgemein. Im Grunde will ich Ihnen sagen, dass Sie sich nicht zu sehr quälen sollen. Denken Sie nicht, Sie hätten den Lauf der Dinge verhindern können oder den Ereignissen einen Sinn abgewinnen müssen. Manchmal ist das Leben beschissen, und wir müssen einfach nur weitermachen.«

»Aber es ist trostlos zu denken, dass das alles keine Bedeutung hat. Oder dass wir die Dinge nicht ändern können.« Eleanor fühlte Verzweiflung in sich aufsteigen, ihr Blick wanderte zum Fenster, wo der Nebel einen Eindruck von Zeitlosigkeit heraufbeschwor.

»Ich glaube, dass Veränderung immer möglich ist, aber wir müssen verstehen, was wir verändern wollen. Zumindest ist es das, was ich in den letzten sechs Monaten gelernt habe.« Davide blickte auf seine Armbanduhr. »Ich habe so viel geredet, dass Sie rührselig geworden sind. Verzeihen Sie mir.«

Es stimmte, sie war sentimental, doch Davides Worte waren nicht der Grund dafür. Nancy und Irena waren beide tot. Möglich, dass sie etwas daraus lernen konnte – oder auch nicht. Möglich, dass alles Zufall war – oder es steckte ein Sinn dahinter, wenn man nur lange genug danach suchte.

Als Eleanor am nächsten Tag in ihre Wohnung zurückkehrte, war ihr eine bittere Kälte in die Knochen gekrochen, und sie wickelte sich in mehrere Decken, obwohl ihr der Schweiß aus allen Poren drang. Ihre Muskeln fühlten sich schwach an, und sie zitterte wie ein kleines Kind, sogar ihre Zähne klapperten. Ihr fehlte die Kraft, um Essen zu kochen, und sie verspürte auch keinen Hunger, deshalb ging sie ins Bett, wo sie unruhig schlief. Sie beobachtete das Verstreichen der Zeit an den Schatten vor ihrem Fenster, die Leere aus der unteren Wohnung drang herauf, als wollte sie sie verschlingen. Ihr Handy klingelte mehrere Male, und sie wusste, dass es Robert oder Mary waren, die sie anriefen, doch sie konnte sich nicht aufraffen, den Anruf entgegenzunehmen, denn Nancy beherrschte all ihre Gedanken, und sie war von einer übermächtigen Schuld erfüllt.

Schließlich schlief sie ein, in dem Wissen, dass sie am nächsten Morgen wieder halbwegs gesund sein müsse, schließlich war es der Tag von Irenas Beerdigung, und sie wollte sie nicht ein weiteres Mal enttäuschen. Doch das Tageslicht brachte kaum eine Veränderung ihrer Stimmung, obwohl das Wetter heiter und strahlend war. Allerdings war ihr Fieber gesunken, und sie schaffte es, aus dem Bett unter die Dusche zu kommen, wo sie genügend Energie sammelte, um sich anzuziehen und zur U-Bahn zu laufen.

Die Zeremonie fand im örtlichen Krematorium statt, einem öffentlichen Gebäude auf einem Friedhof im Norden von London, das sie nicht gekannt hatte. Es waren nur wenige Trauergäste erschienen, verglichen mit den Scharen, die zu Nancys Beerdigung gekommen waren, doch Eleanor sagte sich, dass Irena beinahe doppelt so alt wie Nancy gewesen war. Sie weinte, als Irenas Sarg durch die offenen Türen in die Flammen geschoben wurde, aber sie fühlte nicht die qualvolle Verzweiflung, die sie an Nancys Grab befallen hatte, obwohl Irena ihr viel bedeutet hatte und sie eine erdrückende Schuld fühlte, wann immer sie an sie dachte.

Der Beerdigungstee fand in Sarahs kleinem Haus in einem weit entfernten Vorort statt. Die Gäste unterhielten sich über ihr Leben, jeder hatte traurige Momente verkraften müssen, doch sie alle hatten es gemeistert, und die allgemeine Stimmung war von Wärme und Heiterkeit geprägt, ohne schmerzliches Bedauern. Als Eleanor kurz allein mit einer Tasse Tee und einem Stück Kuchen dastand, kam ihr der sonderbare Gedanke, dass hinter Irenas und Nancys Beerdigung nicht das gleiche Ereignis stehen konnte. Irenas Familie und ihre wenigen noch lebenden Freunde schienen ihr Ableben als einen natürlichen Lauf der Dinge zu akzeptieren, das, wenn auch traurig, dennoch gefeiert werden sollte. Kurz fragte sich Eleanor, ob Irena ungerechterweise weniger geliebt wurde als Nancy oder ob ihr Tod weniger wichtig genommen wurde, weil er nicht so tragisch wie Nancys war.

Als Eleanor ihren Mantel in der Diele holte, kam Sarah aus dem Wohnzimmer, wo sich immer noch Gäste unterhielten. Ihr Gesicht war gerötet, und ihre Augen glänzten vom vielen Weinen. »Ich wollte noch zu dir, Eleanor«, sagte sie. »Mum hat dir etwas vererbt, das wollte ich dir gern geben.«

»Mir?« Tiefe Angst befiel Eleanor, was dieses Erbe sein könnte.

»Es ist nur eine Kleinigkeit«, sagte Sarah, während sie die Treppe hinauflief. Einen Augenblick später war sie zurück, in der Hand hielt sie ein Holzkästchen. »Das hat mein Vater für meine Mutter angefertigt, als sie sich kennenlernten. Sie hat es stets in Ehren gehalten.«

»Oh, ich kann unmöglich...« Eleanor hielt abwehrend die Hände hoch, als wollte sie Sarah das Kästchen zurückgeben. »Ich meine, es gehört dir und deinem Bruder.«

»Mum hat uns viele Sachen hinterlassen. Und sie wollte ausdrücklich, dass du das hier bekommst. In den letzten

Jahren hat sie mir immer wieder gesagt, ich solle auf keinen Fall vergessen, dir das Kästchen zu geben. Sie hatte es sogar mit in ihr Testament aufgenommen.«

Daraufhin streckte Eleanor die Hand aus, denn Irena hatte Einwände nie gelten lassen. Sarah legte ein winziges Kästchen in Eleanors Hand, kaum größer als eine Streichholzschachtel. Das Holz war honigfarben, die Seiten waren glatt und eben, nur auf der Oberseite waren einige, wie Eleanor annahm, polnische Worte eingraviert. »Was heißt das?«, fragte sie Sarah, während ihre Finger über die fremden Buchstaben fuhren.

»Du wirst geliebt.«

»Oh.« Vor Überraschung über diese Antwort hätte sie das Kästchen beinahe fallen lassen, aber dann fühlte sie bloß eine tiefe Traurigkeit, die jede Faser ihres Körpers erfasst hatte. Sie wollte Sarah sagen, dass sie das Kästchen und all die Güte, die es in sich trug, nicht verdiente. Sie wurde nicht geliebt und war auch nicht besonders liebenswert. »Es ist wunderschön.«

»Mum hat das immer zu uns gesagt.« Eleanor blickte auf und sah, dass sich Sarahs Augen erneut mit Tränen füllten. »Sie sagte, dass diese Worte mehr ausdrücken als *Ich liebe dich*, denn so muss der geliebte Mensch selbst entscheiden, was das Gefühl, geliebt zu werden, bedeutet. Die Worte erinnern uns an die Verantwortung, die mit dem Lieben und Geliebtwerden einhergeht. Sie hat oft gesagt: Wenn dich jemand liebt, musst du gut zu dir selbst sein, um diese Investition der Gefühle nicht zu beschädigen.« Sie lachte hell auf. »Typisch Mum. Aber, weißt du, sie hatte recht. Ich erzähle meinen Kindern heute das Gleiche.«

»Ich habe deine Mutter geliebt«, sagte Eleanor, denn das war die Wahrheit.

»Sie hat dich auch geliebt«, erwiderte Sarah.

In dieser Nacht schlief Eleanor den Schlaf der Gerechten, so hatte ihre Mutter das genannt, und als sie aufwachte, konnte sie sich zunächst nicht erinnern, wer sie war, noch, wo sie sich befand, und sie fragte sich nach dem Grund ihres Daseins. Doch das war nur eine flüchtige Empfindung, dann erkannte sie schlagartig die Realität um sich herum. Ihr Körper fühlte sich steif an, und sie schwankte, als sie ihre Beine aus dem Bett hob, deshalb ging sie direkt unter die Dusche.

Sarah hatte gesagt, dass man gut zu sich selbst sein müsse, wenn man geliebt würde, aber wie sollte ihr das gelingen, wenn sie selbst nicht gut zu den Menschen war, die sie liebte? Sie wandte ihr Gesicht zum Wasserstrahl und spürte das dringende Bedürfnis, sich vollkommen im Inneren zu reinigen. Sie brauchte eine Buße, eine Art Abrechnung mit sich selbst. Und dann wusste sie es: Sie musste sich bei Nancy entschuldigen. Sie würde sich vor ihr Grab stellen und ihrer Freundin die Wahrheit sagen und sie um Verzeihung bitten. Es war Samstag, also sprach nichts dagegen, dass Eleanor in ihr Auto stieg und zum Friedhof fuhr. Sie drehte das Wasser ab und trocknete sich ab. Rasch zog sie sich an und suchte ein paar Sachen für die Fahrt zusammen. Ihre Gedanken rasten, und sie überlegte bereits, was sie Nancy sagen wollte.

Es war zu warm für einen Mantel, doch als sie zu dem kleinen Tisch in der Diele ging, um ihre Autoschlüssel zu holen, sah sie Irenas Kästchen dort liegen. Es sah aus wie ein Talisman, wie etwas, das sie beschützen könnte. Sie trug einen gestreiften Rock mit einer Knopfreihe auf der Vorderseite. Sie wusste, dass sie rundlich darin aussah, aber heute freute sie sich darüber. Der Rock hatte zwei tiefe Taschen auf der Vorderseite, und sie ließ das Kästchen in eine hineingleiten, wo es sich unauffällig an ihr Bein schmiegte.

Während sie zu ihrem Wagen ging, dachte Eleanor darüber nach, dass Nancy bisweilen egozentrisch und ausschließlich mit sich selbst beschäftigt gewesen war, doch sie war auch liebenswürdig und großzügig gewesen und hatte nie jemanden verurteilt. Sie war sicher, dass es stimmte, was sie Zara beim Essen über ihre Mutter erzählt hatte. Der Grund für Nancys Verhalten war ihr Selbsthass, kein Charakterfehler. Eleanor musste sich bei ihrer Freundin entschuldigen, nicht nur für all das, was sie in den vergangenen sechs Monaten getan hatte, sondern vor allem für das, was sie über sie gedacht hatte. Nancy hatte erst sterben müssen, damit Eleanor eine ihrer ältesten und besten Freundinnen verstand.

Auf der Fahrt hielt sie an einem Blumenstand am U-Bahn-Eingang. Der Stand leuchtete berauschend in vielen Farben, aber nichts schien zu Nancy zu passen. Lilien erinnerten zu sehr an ein Begräbnis und Rosen zu sehr an einen Liebhaber. Sie entschied sich für einen Strauß hellgelber Tulpen. Sie erinnerte sich, dass sie vor Jahren einmal im Frühling bei Nancy in Sussex gewesen war und angesichts der Tulpen, die überall in den Blumenbeeten sprossen, Begeisterungsrufe ausgestoßen hatte. Nancy hatte ihr erzählt, dass sie die Blumen bewusst so angepflanzt hatte, wild und frei. Sie war zu Eleanor ans Küchenfenster getreten, und zusammen hatten sie hinausgeschaut, bis Nancy schließlich gesagt hatte: »Ich glaube, Tulpen sind meine Lieblingsblumen, weil sie mir so viel Hoffnung schenken, wenn sie so strahlend hell aus dem Boden sprießen, in einem Moment, in dem man den Glauben daran, je wieder etwas Schönes zu sehen, bereits fast aufgegeben hat.«

Eilig bezahlte Eleanor die Blumen und nahm sie mit zum Auto, wo sie sie aus dem Papier wickelte. Sie suchte die drei schönsten Tulpen aus, die schon voll aufgeblüht waren, und legte sie vorsichtig neben sich auf den Beifahrersitz. Sie würde sie auf Nancys Grab legen, eine für jede von ihnen, Nancy, Mary und sie selbst. Drei Tulpen, in heiterem Hellgelb, sollten gegen die Trostlosigkeit des Lebens anstrahlen.

Es war wenig Verkehr auf den Straßen und daher auch noch früh am Tag, als Eleanor mit den Blumen in der Hand aus dem Wagen stieg. Ein schneidender Wind war aufgekommen, und sie fragte sich, ob Nancy vielleicht wütend wäre. Warum auch nicht? Sie musste in dieser kalten Erde liegen, während ihr Leben über ihr weiterging und ihre Freunde vergaßen, ihr Grab zu besuchen, während alle Welt über sie redete und sich niemand die Mühe machte, herauszufinden, was in jener Nacht tatsächlich passiert war, während ihr Ehemann mit ihrer besten Freundin schlief.

Eleanor folgte dem Weg auf der Rückseite der Kirche und gelangte zum Rand des Friedhofs. Robert hatte ihr einmal erzählt, dass sein Sarg in derselben Grabstelle über dem von Nancy beigesetzt würde. Möglicherweise aber würde Robert eines Tages wieder heiraten, erkannte Eleanor jetzt, und diese Verbindung könnte länger dauern als seine Ehe mit Nancy. Wenn sie alle noch etwa vierzig weitere Jahre lebten, dann wäre Nancy nur ein Abschnitt von Roberts Leben, nur mehr eine Phase. Und wenn das auf Nancy zutraf, was machte es dann erst aus ihr: ein kurzer Ausreißer, der eines Tages vergessen sein würde.

Kurz bevor sie das Meer von Gräbern durchqueren würde, um zu Nancys am hinteren Ende des Friedhofs zu gelangen, blieb sie stehen, denn es sah so aus, als hätte Robert etwas auf den Grabstein gestellt. Doch nach einigen Schritten erkannte sie, dicht gedrängt, drei kreischende Elstern auf dem Grabstein, die mit den Schnäbeln nach einander hackten und mit den Flügeln flatterten, um nicht das Gleichgewicht zu verlieren.

»Hallo«, sagte sie mit einem Lachen in der Stimme und ging in die Knie, um auf Höhe der Vögel zu sein, die sie mit ihren schwarzen Augen unweigerlich an Nancy, Mary und sie selbst erinnerten. Die Vögel blieben störrisch an ihrem Platz, und Eleanor sang stumm im Kopf ein altes Kinderlied, das ihr jedes Mal einfiel, wenn sie Elstern auffliegen sah. Sie verbeugte sich vor den Elstern, das hatte ihre Mutter ihr beigebracht. Die Verbeugung sollte das Unglück abwenden, das eine einzelne Elster auf ihren pechschwarzen Flügeln herbeitrug, aber die drei bewegten sich immer noch nicht. »Dann steht nicht eine einzelne, sondern drei für Kummer«, sagte sie, und in diesem Moment erhoben sie sich in den Himmel, als hätten sie verstanden, dass keine Freude darin lag, ihr Leid noch zu vergrößern.

Dann blickte Eleanor auf die Worte auf Nancys Grabstein, die Robert so perfekt ausgewählt hatte, die sie jetzt aber als eine schwere Last empfand, als ob niemand so viel Verantwortung tragen sollte.

NANCY LOUISE HENNESSY
Innig geliebte Mutter, Ehefrau, Tochter, Freundin
Sie geht in Schönheit, gleich der Nacht
In wolkenlosem Sternenlicht

Der Grabstein trug kein Datum, denn anscheinend war Nancy dagegen gewesen. Eleanor hatte angenommen, sie hatte nicht gewollt, dass irgendjemand ihr Alter erfuhr, doch Robert hatte ihre Meinung korrigiert: Auf Friedhöfen hatte Nancy stets das Alter der Verstorbenen ausgerechnet, und es hatte sie traurig gemacht, wenn ein Mensch früh von dieser Welt gegangen war. Sie hätte es gehasst, hatte Robert gesagt und mit der Hand über den Grabstein gestrichen, wenn ein Besucher dieses Friedhofs ihretwegen traurig geworden wäre.

Nun streckte Eleanor ihre Hand aus, fuhr mit den Fingern die Beschriftung entlang und spürte die Rillen im Stein. Plötzlich kam ihr das Leben unerträglich kurz und schlicht vor, es schien ihr unwahrscheinlich, dass es je viel bedeuten könnte. Ihre Beine fühlten sich schwer an und gaben nach, sie fiel nach vorn auf die Knie, dann drehte sie sich um, sodass sie ihren Rücken gegen Nancys Grabstein lehnen konnte. Sie streckte die Beine aus; die Wolken, aufgewühlt vom Wind, teilten sich, und ein Sonnenstrahl ließ sie die Augen schließen. Die Tulpen fielen neben ihr auf den Boden. Hell leuchteten sie auf dem dunkelgrünen Gras, doch sie sahen auch sehr klein aus, und der Anblick schnitt ihr ins Herz.

Sie dachte an Nancy, die unter ihr in der feuchten Erde lag, unfähig, Sonne, Regen, Wind oder die Berührung eines Menschen zu spüren. Sie wusste nicht mehr, in welcher Tiefe die Toten begraben wurden. Vielleicht ein Meter achtzig unter der Erde, meinte sie sich zu erinnern. Nancy war nicht weiter als Roberts Körperlänge entfernt; wenn sie zu graben anfinge, wäre sie innerhalb eines Tages bei ihr. Eleanor ließ sich am Grabstein hinabgleiten, bis ihr Kopf den Boden berührte und sie flach auf dem Rücken lag, genau auf Nancy. Sie legte die Hände auf die Erde, streifte die Schuhe ab, und ein schneidender Wind wehte um ihre Fußknöchel. Ihre Haare versanken im Gras, und der Geruch von feuchter, fruchtbarer Erde zog ihr in die Nase. Über ihr war der Himmel wieder kobaltblau, durchzogen von Schleierwolken, und Vögel, die sie nicht erkannte, kreischten lautstark.

Die Tränen brannten auf ihren Wangen und fielen zu beiden Seiten auf die Erde. Sie stellte sich vor, wie sie langsam tiefer sickerten, bis sie Nancy erreichten. Sie stellte sich vor, sie würde sie noch ein einziges Mal berühren.

»Es tut mir so leid«, sagte sie laut. »Es tut mir so furchtbar leid.«

»Ellie.«

Sie schlug die Augen auf und sah Robert über sich gebeugt, daher rappelte sie sich schnell auf, das Blut stieg ihr in den Kopf, und kleine weiße Punkte tanzten vor ihren Augen.

»Ich wusste nicht, dass du nach Sussex kommst«, sagte er. »Du hast gesagt, du würdest dich melden. Ich habe die ganze Zeit auf deinen Anruf gewartet und mir Sorgen um dich gemacht.«

»Entschuldige bitte.« Sie musste den Blick von ihm abwenden und auf das Gras richten, das von ihrem Körper platt gedrückt war. »Ich habe versucht, einen klaren Kopf zu bekommen. Es ist mir alles zu viel geworden.«

»Ist etwas passiert?« Er ging einen Schritt auf sie zu, und beiden war bewusst, dass sie einen Schritt rückwärts machte.

»Nein, ich meine, ja. Ich möchte endlich erfahren, was geschehen ist.«

Sie wagte es, ihm in die Augen zu sehen, doch er zuckte nur die Achseln. »Ich bin nicht sicher, ob es wichtig ist, wer sie umgebracht hat. Das habe ich in den letzten sechs Monaten begriffen. Wir wollen immer wissen, wer verantwortlich ist, wer die Schuld hat, aber dadurch kommt sie nicht zurück. Letztlich macht es keinen Unterschied.«

Eleanor wusste, dass sie ihn nach dem Brief fragen sollte, doch sie waren allein auf dem Friedhof, und auf einmal hatte seine Anwesenheit etwas Bedrohliches. »Ich kann nicht so weitermachen, Robert«, sagte sie stattdessen.

Tränen traten ihm in die Augen, aber er hielt sie zurück, indem er fest den Kiefer zusammenpresste. »Was meinst du?«

»Du bist noch nicht über Nancy hinweg.«

»Ich glaube nicht, dass ich das je sein werde.« Er schüttelte den Kopf, sein Blick wanderte über ihren Kopf hinweg. »Du hast recht, Ellie, du verdienst mehr als das. Du verdienst es, aus tiefstem Herzen geliebt zu werden.«

Sie konnte ihre Tränen nicht länger unterdrücken, sie fielen leise und gleichmäßig, denn ihr war bewusst, dass sie Robert liebte, egal was er getan hatte. So war die Liebe.

»Ich habe schreckliche Angst, allein zu sein«, sagte er schließlich.

»Allein zu sein ist nicht so schlecht.«

»Oh, nicht für einen so starken Menschen wie dich.« Eleanor war schockiert, dass er das von ihr dachte, sie war überrascht, in einem so ungewohnten Licht zu stehen. »Aber für mich funktioniert das nicht. Ich bin dafür nicht gemacht. Ich meine das nicht nur in praktischer Hinsicht, ich meine das ganz grundlegend.« Sie nickte, doch er ließ sich nicht mehr aufhalten und fuhr fort. »Ich mache mir viele Sorgen, was mit Zara passieren wird, jetzt ohne Nancy. Ich möchte nicht, dass sie sich allein fühlt.«

»Sie wird das schaffen. Ich habe ihr schon gesagt, dass ich helfe, wo immer ich kann.«

Er suchte ihre Augen und blickte sie eindringlich an. »Meine Güte, du hast immer die richtigen Worte gefunden, nicht wahr, Ellie?«

Sie hatte das Gefühl, als würden zwanzig Jahre von ihr abfallen. »Habe ich das?«

Er erwiderte nichts, blies seinen Atem aus, der an ihrer Wange vorüberstrich. »Du warst Zara und mir eine unglaubliche Hilfe. Ich habe dir nie gesagt, wie viel mir das bedeutet.«

Sie hörte den harten Unterton in ihrer Stimme, als sie sprach. »Du musst mir nicht dankbar sein.«

»Siehst du, genau deshalb habe ich nichts gesagt. Ich bekomme es nicht richtig hin.«

Eleanor hatte keine andere Wahl, als ihm die Wahrheit zu sagen. »Ich habe es nicht getan, weil ich Mitleid mit dir hatte. Ich habe mich in dich verliebt.«

Eine Minute lang sagte keiner von beiden ein Wort, dann sprach Robert. »Ich habe alles falsch gemacht. Ich habe dich verletzt, und das ist das Letzte, was ich wollte.« Ihr Herz schnürte sich zusammen, und sie hatte einen Kloß im Hals. »Ich hatte nicht erwartet, jemals wieder so für einen Menschen zu empfinden, vor allem nicht so schnell.« Robert trat mit dem Fuß nach etwas, das auf dem Boden lag. »Ich versuche dir zu sagen, dass auch ich dich liebe, aber ich liebe auch immer noch Nancy, und ich weiß, dass beides unvereinbar ist.«

Sie begegnete Roberts Blick und wusste, dass sie verzweifelt aussah. »Ich bin es nicht wert, geliebt zu werden, Robert.«

Er trat einen Schritt vor und packte sie am Arm, so fest, dass es wehtat. »Was? Sag so was nicht, Ellie.«

»Aber es ist wahr.« Sie hatte das Gefühl, dass sie nie mehr aufhören könnte zu weinen. »Ich bin kein guter Mensch. Ich bin dafür verantwortlich, dass Menschen schlimme Dinge zustoßen. Ich bin nicht gut in Liebesbeziehungen.« Es tat weh, diese Worte auszusprechen, doch es tat auch gut, als könnte sie alles zugeben, was über sie herausgekommen war, und dann ihr Inneres für immer verschließen.

Robert streckte die Hand aus und wischte mit dem Daumen ihre Tränen fort. Sie geriet ins Stolpern, und

Irenas Kästchen, das sie so kurz entschlossen in ihre Rocktasche gesteckt hatte, schlug gegen ihr Bein. Der Gedanke an die Güte, die das Kästchen enthielt, löste ein warmes Gefühl in ihr aus. Du wirst geliebt, dachte sie, du wirst geliebt, doch die Worte fühlten sich an wie kalter Schnee in ihrem Herzen.

»Ich bin auch kein guter Mensch«, sagte er. »Und bestimmt ebenfalls nicht gut in Liebesbeziehungen.«

Sie forschte in seinem Gesicht nach der Bedeutung seiner Worte, aber es sah plötzlich verschlossen aus, wie von einer Wachsschicht überzogen.

Er bewegte sich hinter ihr auf Nancys Grab zu, dorthin, wo sie gelegen hatte. »Ich habe das auch schon gemacht, viele Male.« Er wartete, und das Kreischen der Vögel zog über ihre Köpfe hinweg. »Sie hat dich geliebt, Ellie.«

Am liebsten hätte Eleanor seine Worte mit den Händen gefangen und zum Andenken in ein Gefäß neben ihr Bett gestellt. »Ich habe sie auch geliebt.«

»Und das ist genug. Es ist an der Zeit, dass wir alle nach vorne schauen.«

Sie blickten einander an, und Eleanor hatte das Gefühl, auf eine Weise gesehen zu werden, die sie erzittern ließ. »Ich muss gehen.«

Er hob seine Hand, ließ sie dann aber wieder fallen. Die Atmosphäre war aufgeladen, als gäbe es unzählige Möglichkeiten, wie dieser Moment enden könnte. Ihre Beine wollten ihr kaum gehorchen, doch sie schaffte es, sich Schritt für Schritt von ihm zu entfernen. Sie spürte, dass er sie beobachtete, als wären seine Augen Messer, bis sie hinter der Kirche um die Ecke bog.

Während sie den Pfad entlanglief, konnte sie immer noch Irenas Kästchen an ihren Beinen spüren. Sie wünschte sich verzweifelt, die Worte darauf wären wahr. Doch es kam ihr nur wie eine neuerliche Aufgabe vor, an der sie scheitern würde. Sie hatte im Gegenteil das Gefühl, ohne Rettungsschirm aus großer Höhe zu fallen, als wäre ihr der Boden unter den Füßen fortgezogen worden.

Robert kam um die Ecke, sein Gesichtsausdruck war hart, und er hatte die Hände fest an die Körperseiten gepresst. Sie fummelte ungeschickt mit den Autoschlüsseln herum, und sie fielen hinunter, daher musste sie am Boden kriechen, um sie wiederzubekommen. All ihre Willenskraft zusammennehmend stieg sie mit zittrigen Beinen in den Wagen und betete, dass sie die Kraft besäße wegzufahren.

NANCY

Ihr Telefon klingelte wieder, und dieses Mal nahm Nancy den Hörer ab, denn der Ton bohrte sich durch ihren Kopf, und vielleicht würde er aufhören, sie anzurufen, wenn sie mit ihm sprach. Allerdings dachte sie das schon seit vielen Wochen, und nichts schien ihn je zufriedenzustellen.

»Warum bist du nicht rangegangen?« Seine Stimme klang rau, als hätte er Halsschmerzen.

»Weil ich es nicht wollte. Ich habe dir nichts mehr zu sagen.«

»Ich habe dir nichts mehr zu sagen.« Er ahmte ihre Stimme ziemlich gut nach. »Nun, ich bin grundsätzlich immer noch anderer Meinung und gegen das, was in deinem Brief stand, und ich denke, du hast mir noch keine hinreichende Erklärung gegeben.«

»Aber wir haben das alles bereits hundertmal besprochen.«

In diesem Moment brach seine Stimme, und der harte Unterton verflog. »Du kannst nicht klar denken.«

Nancy sah ihr blasses, angespanntes Gesicht in dem hohen Spiegel in der Eingangshalle und fragte sich, ob er recht hatte, ob sie überhaupt jemals einen klaren Gedanken gefasst hatte.

»Ich weiß, dass du mich liebst.«

»Das tue ich nicht. Ich liebe Robert.«

»Nein, das kann nicht wahr sein. Wenn du Robert lieben würdest, hättest du die Beziehung zu ihm nicht das ganze letzte Jahr hindurch aufs Spiel gesetzt.«

Sie schloss die Augen, angesichts dieses Jahres und ihrer Verzweiflung, angesichts der schrecklichen Demütigungen, die sie erleiden musste. »Ich habe gedacht, dass ich dich lieben würde, das stimmt. Vielleicht habe ich dich anfangs sogar wirklich geliebt.« Sie spürte, wie Tränen in ihr aufstiegen, und versuchte, sie hinunterzuschlucken, doch es half nichts, sie liefen ihr über die Wangen und drangen in ihre Stimme. Sie hasste sich dafür. »Aber es war Wahnsinn, ich kann nicht glauben, dass ich es jemals so weit kommen ließ.«

Ihre Tränen schienen seine zu trocknen, und sein Ton wurde sanfter. »Du hast nur Angst, mein Liebling, das ist verständlich. Aber jetzt ist der richtige Zeitpunkt, dass wir beide ein neues Leben beginnen. Zara studiert an der Universität, und meine Kinder sind auch schon größer.«

»Bitte, bitte, sprich nicht von Zara oder von deinen Kindern.« Ihre Tränen versiegten, und eiskalte Wut trat an ihre Stelle. »Deine Kinder leben immer noch zu Hause, und du kannst Mary unmöglich verlassen, selbst wenn du wolltest.«

»Sie wäre wohl kaum die erste alleinerziehende Mutter, und ich würde nicht den Kontakt zu ihnen abbrechen. Außerdem ist sie vollkommen auf ihre Kinder fixiert, sie würde kaum merken, dass ich nicht mehr da bin.«

Nancy hatte das Gefühl, sich gleich übergeben zu müssen. »Egal was du sagst, ich werde nie glauben, dass sie so ist, wie du es behauptest.«

»Du weißt nicht einmal die Hälfte.«

»Wenn du so weiterredest, lege ich den Hörer auf.«

»Mach das nicht.« Er sprach, bevor er sich beherrschen konnte, und Nancy nahm einen jammernden Unterton in seiner Stimme wahr, der Verzweiflung verriet.

Sie beschloss, den Vorteil auszuspielen. »Sieh mal, es geht dich zwar nichts an, aber Robert hört nächstes Jahr auf zu arbeiten, und wir haben beschlossen, nach Sussex zu ziehen. Dann werden wir nur noch eine Wohnung in London haben, und unsere Affäre wäre sowieso vorbei.« Sie versuchte, ihrer Stimme einen gleichbleibenden, ruhigen Klang zu geben, denn sonst würde sie ihm die Wahrheit sagen: dass sie ihn körperlich und emotional abstoßend fand.

Doch sobald er zu sprechen anfing, erkannte Nancy, dass sie ihn falsch eingeschätzt hatte – seine Stimme war hart und schneidend. »Darum ging es dir also die ganze Zeit? Du hattest deinen Spaß, aber wenn es hart auf hart kommt, willst du lieber Geld als jede Nacht einen Orgasmus.«

»Fick dich.«

»Du hast schon immer das Leben geliebt, das er dir gekauft hat, obwohl er nicht mehr als ein reicher High-Society-Trottel ohne Gewissen oder Ethos ist. Aber das ist keine Liebe. Was wir beide haben, das ist Liebe. Dieses Gefühl, dass man ohne den anderen nicht leben kann.«

Nancy glaubte ohnmächtig zu werden. Sie hatte alles versucht, doch nichts schien ihn umstimmen zu können, und sie war sehr erschöpft, ein Schatten ihrer selbst aufgrund dieser ständigen heimlichen Diskussionen. Selbst wenn sie den ganzen Tag Gespräche wie dieses geführt hatte, musste sie abends noch Essen kochen und Robert lächelnd zuhören oder mit Zara telefonieren. Manchmal konnte sie es kaum mehr ertragen, und doch konnte sie nur sich selbst die Schuld an ihrer Situation geben.

»Bitte, ich kann so nicht weiterleben.«

»Dann hör auf, dir selbst etwas vorzumachen. Sieh einfach ein, dass wir beide zusammengehören.«

»Ich mache weder dir noch mir etwas vor.« Ihre Stimme klang mitleiderregend, schon im Inneren ihres Körpers. »Ich sage die Wahrheit. Ich hasse mich für das, was ich getan habe, ich hasse und verachte mich, und ich weiß wirklich nicht, warum du etwas mit mir zu tun haben willst. Ich werde versuchen, das zu retten, was von meiner Ehe noch übrig ist, und ich wünschte, du würdest das Gleiche tun.« Dann legte sie den Hörer auf, sie zitterte am ganzen Körper, obwohl die Heizung angestellt war.

Augenblicklich klingelte das Telefon erneut, wie so oft, deshalb fauchte sie, ohne hinzusehen, in den Hörer. »Ja, was ist denn jetzt noch?!«

»Nancy.« Robert klang verblüfft.

Ihre Knie wurden weich, und sie konnte ihre angespannten Muskeln spüren. »O Gott, entschuldige.«

»Was zum Teufel ist bei dir los?«

In diesem Moment sehnte sie sich so sehr danach, ihn bei sich zu Hause zu haben, dass sie sogar bereit war, Robert zu erzählen, wie er sich verhielt, seit sie die Affäre mit ihm beendet hatte. »Ich schaffe das nicht mehr.«

»Was meinst du damit?«

»Er ruft mich ständig an. Ich verkrafte das nicht mehr.«

»Aber du hast gesagt, es wäre vorbei.«

»Das ist es, Robert. Versprochen! Aber er lässt mich nicht in Ruhe.« Angesichts der Bitterkeit ihrer Worte rang sie nach Luft.

»Verdammte Scheiße.« Sie stellte sich vor, wie er in seinem Büro saß und sie nur einer der bemitleidenswerten Menschen war, denen er helfen musste. »Du wirst mir sagen müssen, wer er ist. Ich muss das erledigen.«

»Das kann ich nicht. In dem Punkt musst du mir vertrauen.« Ein Gefühl flatternder Panik breitete sich in ihrem Magen aus, sie hatte sich wieder einmal sehr dumm angestellt. »Ich werde allein damit fertig.«

»Ich nehme mir ein Taxi. In einer halben Stunde bin ich zu Hause.«

Nancy ging ins Wohnzimmer und schlang die Arme um ihren Körper, der sie allmählich abstieß. In den letzten Monaten hatte sie sehr viel Gewicht verloren, sodass nun alle Knochen unter der angespannten Haut hervortraten. Sie konnte nicht aufhören zu weinen, obwohl es ihr so übertrieben selbstsüchtig vorkam, dass sie am liebsten ihren Kopf gegen die Wand geschlagen hätte. Ihr Körper war zu nervös, um sitzen zu bleiben, deshalb stand sie in der Mitte des Zimmers, ihre Haut juckte, ihr Inneres bebte, und nichts schien ihr noch real. Nichts würde je wieder gut werden.

Ob er ihre Entscheidung begreifen würde, wenn sie sich noch ein letztes Mal mit ihm traf? Vielleicht musste sie persönlich vor ihm stehen, ruhig und verständlich mit ihm sprechen? Natürlich hatte sie das schon mehrmals vergeblich versucht, aber vielleicht würde das nächste Mal anders verlaufen? Nur Robert durfte sie nicht von ihrem Vorhaben erzählen, denn er würde darauf bestehen, mitzukommen, ihr heimlich folgen oder sie gar abhalten. Und wenn er die Identität ihres Liebhabers herausfand, würde er ihr nicht mehr vergeben können. Dann würde alle Welt davon erfahren, und alle würden sie hassen, und ihr würde nichts anderes übrig bleiben, als von einer Brücke zu springen.

Aber dann fiel Nancy ein, dass sie am nächsten Abend mit Eleanor zum Essen verabredet war, und das schien ihr die einzige Möglichkeit, ihn zu treffen, ohne dass irgendjemand davon erfuhr. Sie hatte seine Nachrichten ignoriert, doch nun musste sie sie ansehen, weil sie ihm eine schreiben wollte. Sie las seine letzten Zeilen, obwohl es besser war, es nicht zu tun: eine Liste mit Gefühlsausbrüchen in Großbuchstaben, die sie nacheinander durchklickte. Beinahe hätte sie ihr Vorhaben aufgegeben, aber sie wusste, wie es enden würde, wenn sie ihn nicht wiedertraf. Irgendwann würde er vor ihrer Haustür stehen, denn letztlich würde sein Wunsch nach Rache schwerer wiegen als alles andere. Und während sie diesen Gedanken hatte, fragte sie sich, ob es jemals wieder anders werden würde oder ob sie sich den Rest ihres Lebens darum sorgen würde, was er sagen oder tun könnte, auch noch in vielen Jahren. Doch sie musste es versuchen, es gab keine andere Lösung, daher tippte sie Worte, die sie nicht meinte: **Komm morgen um 22 Uhr zu unserem Treffpunkt an der Brücke.** Er antwortete umgehend: **Ich werde da sein.**

Dann ging sie in die Eingangshalle und öffnete die Haustür, denn sie hörte, dass ein Taxi mit laufendem Motor auf der Straße stand, und war sicher, dass das Robert war. Er lief die Stufen zu ihr herauf, und Aufregung erfasste sie beim Anblick seines athletischen Körpers in dem blauen Anzug, der blonden Haare, die ihm vor den Augen wippten, der geröteten Wangen und vollen Lippen. Sie gingen ins Haus, und er zog sie an sich. Unter seiner Jacke schlang sie ihre Arme um seine Taille und spürte die Wärme seines Körpers.

»Ich habe nur eine Stunde«, sagte er.

Bei diesen Worten drehte sie sich um und führte ihn die Treppe hinauf, denn ihr leidenschaftliches Verlangen nach einander war unstillbar, so ging es bereits seit Wochen, seit sie ihm von der Affäre erzählt hatte. Sie schliefen schon beinahe dreißig Jahren miteinander, doch nie hatten sie sich mehr begehrt als jetzt. Es war eine seltsame Reaktion, das war Nancy bewusst, aber vielleicht konnte man sie erklären – sie hatten ihrem Verrat direkt in die Augen geschaut und beide entschieden, dass sie sich immer noch begehrten. Vielleicht fühlten sie sich deshalb stark oder vereint oder begehrenswert, sie konnte es nicht genau sagen, sie wusste bloß, dass sie den Körper ihres Ehemanns so oft wie möglich spüren wollte. Sie wusste auch, dass nichts von alldem passiert wäre, wenn sie schon früher so gefühlt hätte, denn es schien wie eine Antwort auf eine Frage, die sie gar nicht bewusst gestellt hatte.

Nancy erhaschte einen Blick auf sie beide in dem hohen Spiegel am Schrank, als sie quer auf dem Bett lagen, Robert zwischen ihren Beinen, die sie um ihn geschlungen hatte, ihr Körper wölbte sich nach oben, die Arme seitlich ausgestreckt, als hätte er sie niedergezwungen. Sie dachte, dass sie beide in diesem Moment schöner und vollkommener waren als je zuvor. Dass ihre Körper, verbraucht von fast fünfzig Lebensjahren, wunderbarer als mit zwanzig waren.

Anschließend lag Robert auf dem Rücken, und Nancy legte ihren Kopf auf seine Brust. Sie spürte, wie er seinen Arm um ihre Schulter legte.

»Ich liebe dich, Robert«, sagte sie. »Es tut mir so leid.«

»Das hast du oft genug gesagt. Wie oft ruft er an?«

Im vergangenen Jahr hatte sie so viel gelogen, dass es ihr nun nicht mehr schwerfiel, als ob ihr Gehirn sich neu vernetzt hätte. »Ach, nicht so häufig. Ein paarmal pro Woche. Heute Morgen war er nicht sehr nett, und du hast sofort danach angerufen.«

»Aber was sagt er dann zu dir? Bedroht er dich?«

»Meine Güte, nein.«

»Ich glaube wirklich, dass ich mit ihm reden sollte. Du musst mir sagen, wer er ist.«

»Nein, im Ernst, Robert. Ich möchte nicht, dass du irgendetwas mit ihm zu tun hast. Ich habe Angst, du könntest mir nicht mehr verzeihen, wenn du ihn siehst oder mit ihm sprichst.« Und das war gefährlich nah an der Wahrheit.

»Warum? Was ist mit ihm los? Kenne ich ihn?«

»Nein, sei nicht albern. Aber wenn du es wüsstest, wäre es noch konkreter für dich.«

»Es ist auch so schon konkret genug.«

Sie war sich bewusst, dass seine Zeit ablief, und bald würde er duschen und sich anziehen müssen, schließlich gab es viele Menschen, die seine Unterstützung brauchten. Sie wollte gern etwas Bedeutsames sagen, doch ihr fiel nichts ein.

»Was liebst du an mir?«, fragte sie schließlich.

Robert lachte, und seine Brust bewegte ihren Kopf auf und ab. »Solche Fragen hast du mir seit Jahren nicht mehr gestellt. Ich habe sie vermisst.«

»Hast du das? Ich dachte, diese Fragen würden dich ärgern.«

»Nein, sie zeigen mir, dass dir meine Gefühle wichtig sind.« Er zog sie enger an sich. »Ich würde sagen, dass ich vor allem deinen Optimismus liebe.«

Sie geriet ins Stottern. »Meinen Optimismus? Aber ich bin nicht optimistisch.«

»Doch, das bist du. Du machst dir über viele Dinge Sorgen, aber du kämpfst dich immer durch. Das ist Optimismus.«

Nancy konnte nichts erwidern, denn sie glaubte, gleich weinen zu müssen. Wie konnte Robert nach all den Jahren noch Dinge sagen, die sie vollkommen überraschten? Und wieso hatte sie all das beinahe weggeworfen?

»Siehst du, ich habe das Falsche gesagt.« Er küsste sie auf den Kopf.

»Nein, im Gegenteil, du hast genau das Richtige gesagt.« Sie erinnerte sich an einen Nachmittag vor einigen Monaten, als sie dem Mann, den sie David nannte, die gleiche Frage gestellt hatte, in einem ähnlichen Moment, als sie in seinen Armen auf dem Bett in der Wohnung lag, wo sie sich trafen. Zuletzt hatte sie diese Wohnung gehasst, wegen der Farne, die überall herunterhingen, sogar von der Decke. Ich liebe an dir, was jeder Mann bisher an dir geliebt hat, deine Vollkommenheit. Jetzt nahm sie an, dass dies für sie der Anfang vom Ende gewesen war, es hatte sich angefühlt, als würde sie sich abwenden, als ob der Nebel, der sie eingehüllt hatte, sich plötzlich gelichtet hatte.

»Hättest du es mir gesagt, wenn ich den Brief nicht gefunden hätte?«, fragte Robert.

»Nein.« Allerdings war Nancy nicht sicher, ob sie sich nicht unbewusst gewünscht hatte, dass er es erfuhr, und den Brief in ihrer Tasche gelassen hatte, damit er ihn fand. So wie es passiert war. »Ich konnte den Gedanken nicht ertragen, dass du es herausfindest, weil ich dich nicht verletzen wollte. Und ich wollte nicht, dass du mich verlässt.«

»Ich glaube nicht, dass ich dich verlassen könnte.« Seine Stimme klang ungewohnt schwach.

Sie stützte sich auf ihren Ellbogen, sodass sie auf ihn hinunterblickte. »Robert, du musst mir bitte etwas versprechen.«

»Was?«

»Erzähl niemals irgendjemandem von dieser Affäre. Ich könnte es nicht ertragen, wenn Zara es herausfände und noch schlechter von mir denken würde, als es ohnehin schon der Fall ist.«

Er streckte die Hand aus und schob eine lose Haarsträhne hinter ihr Ohr. »Zara denkt nicht schlecht von dir. Das ist nur ihr Alter.«

»Trotzdem, bitte. Sie würde mich hassen, wenn sie wüsste, was ich getan habe. Mein Gott, es wäre schrecklich, wenn sie jemals diesen Brief lesen würde. Ich meine, was er über sie geschrieben hat.« Unwillkürlich zitterte sie, was ihr selbst übertrieben vorkam, aber sie konnte es nicht kontrollieren.

Er sah sie fragend an. »Das würde ich sowieso nicht tun.«

Doch ihr kam der Gedanke, dass die Affäre eines Tages öffentlich werden könnte, dass das von seiner Rachsucht abhing. »Das ist mir unheimlich wichtig. Der Brief darf niemals in falsche Hände geraten«, wiederholte sie erneut. »Was auch immer passiert. Du musst mir versprechen, dass Zara den Brief niemals zu sehen bekommt, selbst wenn sie irgendwann von der Affäre erfährt. Sie soll sich nicht mit dem Gedanken quälen, dass ich mit einem Mann zusammen war, der so über sie denkt.«

»Nein, das will ich auch nicht«, sagte Robert mit trauriger Stimme, und sie strich mit der Hand über sein Gesicht.

»Robert, es tut mir so leid. Sie kann über mich denken, was sie will, bloß nicht, dass ich dem zustimme, was er über sie schreibt. Das musst du mir versprechen, bitte.«

»Wir können den Brief verbrennen, wenn wir das nächste Mal in Sussex sind.« Robert wollte vom Bett aufstehen, aber sie fasste ihn am Arm und hielt ihn zurück.

»Ellie ist der einzige Mensch, dem ich etwas erzählt habe. Und auch ihr habe ich nur sehr wenig anvertraut.«

Sein Körper fiel wieder zurück aufs Bett. »Ich wünschte, du würdest mir sagen, wer er ist.«

Nancy wurde plötzlich heiß. »Ich kann nicht, Robert. Er ist unwichtig, ein Niemand. Er ist absolut harmlos, wirklich«, log sie. »Er wird es bald verstanden haben und nicht mehr anrufen. Ich meine ihm schon anzumerken, dass er bald aufgibt.«

Es war der einzige Weg, wie sie mit sich leben konnte, sie musste David von allen anderen Menschen in ihrem Leben fernhalten, doch sie spürte bereits, dass ihr Konstrukt zu bröckeln begann. Wenn sich diese beiden Welten vereinigten, so fürchtete sie, wäre alles vorüber. Aber es fiel ihr zunehmend schwerer, die Fassade aufrechtzuerhalten, die sie geschaffen hatte, als ob die Realität ihr auf den Kopf schlug. Als er sich ihr zum ersten Mal vorgestellt hatte, hatte sie es romantisch gefunden, wie er seinen Namen benutzte, jetzt erkannte sie, dass es eine Notwendigkeit gewesen war, eine Manipulation, eine gerissene Masche, die er absichtlich angewandt hatte. Und sie war dumm genug gewesen, darauf hereinzufallen.

Robert wandte sich von ihr ab, stand auf und ging ins Badezimmer. Sie wusste, dass er jedes Recht hatte, sie zu hassen, und dennoch konnte sie es nicht ertragen, dass er sie nicht mit jeder Faser seines Herzens liebte.

Es war seltsam: Die Eigenschaften von Robert, die Nancy anfangs angezogen hatten, hatten sie später an ihm gestört, und nun schätzte sie sie am meisten an ihm. Robert war absolut verlässlich und immer für sie da gewesen, er würde sie niemals enttäuschen. Sie hatte diese Beständigkeit gebraucht, als sie beide sich kennenlernten. Ihre Jugend war von Extravaganz geprägt gewesen, in Ermangelung eines besseren Begriffs. Das Leben mit ihrem Vater hatte sie glauben gemacht, dass Männer verschlagen, unbeständig und unzuverlässig waren, in einem Moment trank er Champagner und lachte herzlich, im nächsten verschloss er seine Tür vor der Welt und aß tagelang nichts. Sie wollte nicht so enden wie ihre Mutter, die bezaubernde Pflegerin eines brillanten Mannes, auch wenn er sehr unterhaltsam sein konnte und sie ständig zu Partys eingeladen wurden. Sie hatte sich von Männern ferngehalten, bis sie Robert begegnete und keinen Fehler an ihm finden konnte. Sie konnte sich nicht vorstellen, dass er jemals eine Tür zwischen ihnen beiden schließen würde. Jetzt fragte sie sich, wie diese Sicherheit sich in das Gefühl wandeln konnte, von ihm gelangweilt zu sein, oder wie sie sich die Spontaneität herbeigewünscht hatte, die sie bei ihrem Vater so erschreckt hatte. Es schien verrückt, dass sie einen Mann wie ihren Vater gebraucht hatte, um sich daran zu erinnern, dass sie keine Extreme mochte, und auch keine Gefahr.

Sie hörte, wie die Dusche angestellt wurde. Ihr war kalt, deshalb kroch sie ins Bett und zog die Decke bis unter ihr Kinn, so wie ihre Mutter es getan hatte, als sie noch klein war. Das Gefühl stieg in ihr auf, dass sie Robert mit seinem Charme und seiner besonnenen Liebenswürdigkeit nicht verdiente. Er hatte sie nicht einmal angebrüllt, als er den Brief gefunden hatte, sondern schien stattdessen so tieftraurig, dass sie gefürchtet hatte, nicht wiedergutzumachenden Schaden angerichtet zu haben. Er hatte nie damit gedroht, sie zu verlassen, so wie sie es im umgekehrten Fall getan hätte. Er hatte sich mit ihr in Sussex ans Kaminfeuer gesetzt und mit ihr darüber gesprochen, was schiefgelaufen war, warum sie das Gefühl hatte, einen anderen Menschen zu brauchen. Und in seinen Worten hatte Nancy den Mann wiedererkannt, in den sie sich vor vielen Jahren verliebt hatte.

Natürlich war sie froh gewesen, dass der Brief ihre Absichten, die Affäre zu beenden, bewies, auch wenn sie sich für die abgedroschenen Klischees schämte, die Robert hatte lesen müssen. Sie erschauderte bei dem Gedanken, dass Robert einen ihrer früheren Briefe finden könnte, in denen David und sie sich mit schrankenloser Ausgelassenheit alles schrieben, was sie miteinander gemacht hatten und wie sie ihr Innerstes nach außen kehrten. Sie hatte diese Briefe noch an den Tagen verbrannt, an denen sie sie bekommen hatte, aber vorher hatte sie jedes Wort gierig in sich aufgenommen und sich gut eingeprägt. Doch jetzt sorgte sie sich, dass ihre Briefe an ihn noch existieren könnten. Der Mann, für den sie alles aufs Spiel gesetzt hatte, war nachlässig, er könnte die Briefe irgendwo liegen lassen haben, wo man sie eines Tages finden würde. Oder vielleicht würde er sie hervorholen und aller Welt zeigen, wenn sie ihn weiterhin zurückwies, er würde sie wie Trophäen herumreichen, die niemand sehen wollte. Sie stellte sich vor, wie die Menschen, die sie liebte, sie zu Recht stehen ließen, und es fühlte sich an wie ein Bauchschuss, der ihre Eingeweide auf den weißen Laken verteilte.

»Bist du okay?«

Sie hatte nicht gehört, dass Robert zurückgekommen war, aber nun zog er vor ihren Augen seine zerknitterten Sachen an, und sie fragte sich, was sie wohl von ihm nicht wusste. »Hast du jemals mit einer anderen Frau geschlafen? Ich meine, seit wir verheiratet sind?«

»Nein«, antwortete er und steckte sein Hemd in die Hose.

»Ich hasse mich.«

Er beugte sich hinunter und nahm sein Jackett vom Boden, schüttelte es gründlich aus, bevor er hineinschlüpfte. »Mach das nicht, Nancy.« Er blickte ihr direkt in die Augen. »Sei so anständig und nimm dich wenigstens einmal zurück. Es dreht sich nicht ständig alles nur um dich.« Sie sah ihn über den Rand der Bettdecke hinweg an und wusste, er hatte recht, dennoch wollte sie ihn um Dinge bitten, die ihm nicht möglich waren. Doch dann erkannte sie, dass er erweichte. Er kam zum Bett und setzte sich mit hängenden Schultern ans Ende. »Es ist nicht allein deine Schuld«, sagte er im Flüsterton. »Ich habe lange nachgedacht, und mir ist klar, dass ich nicht immer ein guter Ehemann war.«

»Sag das nicht, Robert ...«

»Nein, hör zu. Ich sage nicht, dass es richtig von dir war, eine Affäre zu beginnen, auch nicht, dass ich total mies zu dir war. Ich denke nur, dass ich dich nicht ganz richtig verstanden habe. Wir beide sind sehr verschieden, und ich glaube, dass mir das, ohne es zu merken, Angst gemacht hat. In meinem Kopf habe ich deine Andersartigkeit als etwas Negatives abgestempelt, dabei warst du einfach bloß anders als ich. Ich habe dir nicht bewusst ein schlechtes Gefühl geben wollen, aber ich glaube, das ist letztlich passiert. Du musst dich schrecklich gefühlt haben, und das tut mir leid.«

Sie sahen einander an, und Nancy hatte das Gefühl, als würden sie zum allerersten Mal ein richtiges Gespräch führen. Oder vielleicht war es das erste Mal, dass er sie wirklich verstand. Es war beinahe zu viel für sie, dieser schwache Halt eines Lebens, das so viel versprach, aber so angreifbar war mit David im Hintergrund. Er stand auf, und Nancy hatte das Gefühl, die Chance verpasst zu haben, ihm zu antworten. »Also, ich muss gehen. Wir sehen uns heute Abend.«

Nancy drehte sich auf die Seite, als sie die Haustür zufallen hörte, und zog die Beine hoch an ihre zusammengeschnürte Brust. Sie hatte das Gefühl, als würde ihr der Kopf platzen, und presste ihre Handballen gegen die Schläfen, um die dunklen Gedanken abzuwehren. Aber wir begleiten dich schon dein ganzes Leben lang, wieso sollten wir dir jetzt untreu werden?, lachten sie sie aus, und das war ein berechtigter Einwand.

Sie war erstaunt, wie sehr ihre Gedanken sie ängstigen konnten, wie sie sie niederdrückten, als hätte man eine Decke über ihren Verstand gelegt, sodass sie nicht mehr klar denken konnte, wie sie sich ausweiteten, bis sie größer schienen als die Summe ihrer Teile. Selbst als Kind war sie bereits von diesem Gefühl eingeholt worden. Es konnte sein, dass sie wie gewöhnlich mit ihren Puppen spielte, beim Abendessen saß oder ein Buch las, wenn sie äußerste Traurigkeit befiel, sie einhüllte, umschlang und mit sich in die Tiefe zog, bis sie glaubte, ersticken zu müssen. Dann blickte sie auf und richtete die Augen aus dem Fenster oder auf einen vertrauten Anblick, aber es war, als gäbe es zwischen ihr und der Welt einen Schleier, nichts war mehr klar, und sie war überzeugt, dass sie außerhalb der Realität existierte.

Robert hatte sehr um sie geworben, als sie sich auf einer Party in einem schäbigen Studentenheim begegnet waren, wo sie zu viel getrunken und geraucht hatte. Als er sie am nächsten Tag anrief, musste er sie erst daran erinnern, wer er war, und dann nahm sie an, dass er Ellie sprechen wollte, denn die beiden hatten den ganzen Abend über in der Küche miteinander geredet. Nein, sagte er etwas zu laut und verhaspelte sich mehrmals, während er ihr erklärte, dass er nur zu der Party gegangen war, um sie dort zu treffen. Da er nicht den Mut aufbrachte, sie anzusprechen, hoffte er, dass sie sich zu ihnen gesellen würde, wenn er sich mit ihrer Freundin unterhielt. Eleanor ist toll, sagte er, aber nicht auf diese Weise. Dann überredete Ellie sie, mit Robert auszugehen, obwohl Nancy sich fragte, ob er ihr gefiel, denn es wäre typisch für Ellie, ihr großzügig den Vortritt zu überlassen. Doch schon nach dem ersten Pub-Besuch mit Robert war Nancy froh, dass er sich für sie interessierte. Er erschien ihr so klug und anständig, seine Stimme stockte beim Sprechen, und seine Hand zitterte, als er eine Zigarette anzündete. Er rief zur verabredeten Zeit an, er sagte ihr, dass er sie liebe, er hatte eine genaue Vorstellung von der Zukunft und gab ihr darüber hinaus das Gefühl, dass das Leben auf sie wartete, dass es in der Welt da draußen noch so viel zu entdecken gäbe, so viele Herausforderungen zu meistern.

Bis zum letzten Jahr war Robert auch der einzige Mann gewesen, mit dem sie je geschlafen hatte, eine Tatsache, die ihr nun, während sie mitten am Tag in ihrem Ehebett lag, unwirklich vorkam. Sie konnte kaum begreifen, dass sie einmal das junge Mädchen gewesen war, das vor fast dreißig Jahren im Gästezimmer von Roberts Elternhaus gelegen hatte, in ein kitschiges Seidennachthemd gehüllt, die Beine sittsam glatt, mit sauberen und lieblich duftenden Haaren. Sie erinnerte sich jetzt, dass sie, während sie auf Robert gewartet hatte, damit er sie von ihrer Jungfräulichkeit befreite, an ihre letzte Vorlesung über John Keats gedacht hatte, an den Blick, den Professor Sutcliffe ihr zugeworfen hatte. Angst befiel sie, dass Robert nur an ihrer Schönheit interessiert sein könnte und dass er im Grunde besser zu Eleanor passte. Und wenn das stimmte, dann hatte Keats recht, ihre Schönheit würde verblassen und vergehen, so wie alles Lebendige, und was würde dann aus ihnen werden? Für einem Moment wünschte sie sich einen Unfall, der sie entstellte, bereute den Gedanken aber sofort. Sie fühlte sich noch schlechter, denn sie erkannte, dass auch sie selbst ihre Schönheit am meisten an sich schätzte, wo sie doch nur mehr eine Täuschung war.

Dann wurde allerdings die Tür einen Spalt geöffnet, und im Licht des Flurs erschien Roberts Gestalt. Er war so real, dass er alles andere auslöschte. Auf Zehenspitzen kam er zum Bett, schlug die Decke zurück und legte sich neben sie. Seine Füße waren eiskalt, aber er küsste sie auf die Schulter.

»Bist du okay?«, flüsterte er. »Wir müssen es nicht machen, weißt du.«

Doch sie hatte gedacht: Wenn ich es jetzt nicht tue, wann dann? Sie lag in einem bequemen Bett in einem schönen Haus neben dem Mann, den sie liebte, und Zeit, Macht und Schönheit waren auf ihrer Seite. Diese Tage mit Robert zwischen Weihnachten und Neujahr gaben ihr das Gefühl, in ihre Zukunft einzutreten. Eine Zukunft, die sie verdiente, eine Zukunft, die ihr gebührte. Es wäre Wahnsinn gewesen, ein Sabotageakt, sich von dieser Zukunft abzuwenden. Es hätte bedeutet, dass sie sich den Wahnsinn ihres Vaters zu eigen machte und den dunklen Gefühlen nachgab, die immerzu drohten, sie zu überwältigen. Also drehte Nancy sich auf die Seite, und ihre Lippen waren Roberts so nah, dass sie seinen Atem spüren konnte. Seine Hand fuhr über ihren Körper, und er sagte ihr, sie sei schön, und er würde sie lieben.

Er küsste sie. Seine Zunge in ihrem Mund schmeckte nach Minze, und sie schloss die Augen. Sie hatte das Gefühl, von den Wellen eines tiefen Meeres getragen zu werden. Sie rückte näher an ihn heran und drückte ihre Hüften gegen seine, denn sie wollte die Realität seines Körpers nicht verlieren, sie wollte nicht feststellen müssen, dass sie in einen unergründlichen Ozean fortgleiten konnte. Es hatte wehgetan, und sie hatte geblutet, aber sie hatte richtig vermutet, dass es sich nicht immer so anfühlen würde.

All das hatte sie hierhergeführt, zu diesem Moment, diesem geschmackvollen Zimmer, diesem eleganten Haus, diesem Leben, das um sie herum schimmerte. Jetzt schien es ihr absurd, dass es ihr nicht genug gewesen war, dass sie sich jahrzehntelang beklagt und beschwert hatte. Denn Nancy war ehrlich genug, sich selbst einzugestehen, dass sie niemals zufrieden gewesen war, dass der schale Geschmack auf ihrer Zunge ihr ständiger Feind war.

Ihr Therapeut vertrat die Theorie, dass ihre Eltern sie, das geliebte, außergewöhnliche Einzelkind, zu sehr unter Druck gesetzt hatten, und auch die außerordentlichen Leistungen ihres Vaters und sein manisches Wesen hatten sie geprägt. In ihrer Kindheit war sie stets von genialen Erwachsenen umgeben gewesen und hatte kaum Freundschaften geschlossen, bis sie Eleanor und Mary getroffen und begriffen hatte, dass auch junge Menschen ihrer Generation einen schnellen Verstand zu schätzen wussten. Doch sie hatte noch eine Tiefe in sich, zu der ihr Therapeut nicht vordrang, und sie konnte spüren, wie diese Dunkelheit an die Oberfläche stieg. In letzter Zeit hatte sie öfter daran gedacht, dass ihr im Leben alles zufiele, denn diese Worte hatte sie häufig zu hören bekommen, und im Unterbewusstsein hatte sie immer daran geglaubt. Einer Frau, die so schön, angesehen, reich und bewundert war wie sie, passierten zwangsläufig wundervolle Dinge. Aber was machte ein wundervolles Leben aus, wer entschied, was genug war, wer war der Schiedsrichter?

Manchmal hatte Nancy das Gefühl, dass ihr Verstand sie vollkommen verschlucken könnte, als gäbe es in ihrem Inneren einen Ort, an den sie für immer verschwinden könnte. In solchen Momenten konnten sie bloß ihre Freunde vom Abgrund wegziehen, deshalb griff sie nun, als die Dunkelheit gegen ihre Haut drückte, zu ihrem Handy.

Nach ein paarmal Klingeln ging Eleanor ran, doch ihr Tonfall klang gequält, und Nancy meinte, sie bei etwas Wichtigem unterbrochen zu haben. »Entschuldige, hast du kurz Zeit?«

»Geht es dir gut?« Die Stimme ihrer Freundin hatte etwas Brüskes, das Nancy gar nicht mochte.

»Ich weiß nicht. Ich bin ein wenig verängstigt.«

»Verängstigt? Ist etwas passiert?«

»Nein, nur ...«

Sie hörte Eleanor am anderen Ende der Verbindung

seufzen. »Oh, Nancy, ich habe in den letzten Monaten wirklich versucht, dir zu helfen, aber ich weiß nicht, was ich jetzt noch tun soll.«

»Ja, es tut mir leid.«

»Du musst dich dazu entschließen, dir selbst zu helfen, auch wenn es bedeutet, dass du es Robert erzählst oder die Polizei anrufst. Ich weiß nicht, was ich sonst noch sagen könnte.«

Eine Welle der Angst überkam Nancy bei dem Gedanken, Eleanor könnte herausfinden, dass sie Robert schon von der Affäre erzählt hatte, oder dass Robert all das herausfände, was er noch nicht wusste, oder dass die Polizei alle darüber informieren würde. Diese neue Angst mischte sich mit der Angst, die bereits in ihren Adern floss, und einen Augenblick lang glaubte sie, dass sie zu schreien anfangen würde. Doch sie schluckte alles hinunter und sprach mit beherrschter Stimme. »Entschuldige, ich rede Unsinn. Es ist alles in Ordnung, wirklich.«

»Bist du sicher?« Eleanor zögerte einen Moment. »Also, ich habe gleich ein Meeting, aber wir könnten uns hinterher unterhalten, oder ich komme später bei dir vorbei, was meinst du?«

»Nein, nein, ehrlich. Ich habe mich schlecht gefühlt, jetzt geht's mir allerdings schon besser.«

»Aber hat er etwas getan, ich meine, etwas Bestimmtes?«

»Lass uns morgen beim Abendessen darüber sprechen, einverstanden?«

»Wenn du dir sicher bist.«

»Ja, mach dich wieder an die Arbeit.«

Nachdem sie das Gespräch beendet hatte, musste Nancy ihren Kopf mit den Händen stützen. Sie verstand, dass Eleanor wütend auf sie war nach den vielen Monaten, in denen Nancy alle ihre Vorschläge zurückgewiesen hatte. Doch auch Eleanor kannte irrationale Gefühle, wenn man sich selbst nicht mehr ertragen könnte, wenn die dunkelste Seite des Inneren darauf wartete hervorzubrechen. Sicherlich wusste Eleanor noch gut, dass Nancy ihr geholfen hatte, solche Gefühlszustände zu überwinden, als sie vor sieben Jahren aus dem Ausland zurückgekehrt war und ihr altes Leben ihr Angst gemacht hatte.

Nancy hatte sich um sie gekümmert, sie mit nach Sussex genommen und ihr jedes Mal zugehört, wenn Eleanor noch spätabends anrief. Nie hatte sie ihr das Gefühl gegeben, dass sie kompliziert war oder keine Möglichkeiten mehr im Leben hatte.

»Aber was ist, wenn ich nicht die richtigen Entscheidungen getroffen habe?«, sagte Eleanor immer wieder. »Wenn ich die Chance verpasst habe, Kinder zu bekommen, wenn ich eines Morgens aufwache und es bitter bereue. Vielleicht ende ich als alte Jungfer, die niemand mehr besuchen kommt, und wenn ich sterbe, wird meine Leiche erst gefunden, wenn jemand den Gestank bemerkt.«

»Das wird Frauen nur eingeredet«, erwiderte Nancy dann und fügte oftmals hinzu: »Du glaubst an einen dummen Mythos, nämlich dass Frauen Mütter sein müssen.« Und manchmal auch noch: »Das ist doch gar nicht deine Meinung.«

Eines Tages hatte Eleanor Nancy mit glitzernden Tränen auf den Wimpern angelächelt. »Du hast recht. Eigentlich wollte ich nie Kinder. Oder zumindest war mein Kinderwunsch nicht stark genug. Andere Ziele waren mir wichtiger. Das, was ich gemacht habe, wäre mit Kindern nicht möglich gewesen.«

»Und du musst keine Angst haben, allein zu sterben«, sagte Nancy, während die tiefe Zuneigung zu ihrer Freundin sie durchströmte. »Du kannst bei mir leben, wenn du zu alt bist, allein zurechtzukommen.«

Eleanor lachte. »Ich wette, Robert wäre begeistert.«

»Oh, er ist dann entweder tot oder senil. Wir könnten nach Sussex ziehen und zwei bekloppte alte Damen werden, die sich am Kaminfeuer aus Büchern vorlesen und Gin zum Frühstück trinken. Vielleicht kommt Mary mit uns. Die Menschen werden uns exzentrisch nennen, und eines Tages wird eine kluge junge Frau ein Theaterstück über uns schreiben.«

Nancy fand diese Idee der Zukunft immer noch wunderbar, aber sie bezweifelte, dass sie Wirklichkeit würde, nach allem, was sie angerichtet hatte. Sie bezweifelte, dass Eleanor oder Mary mit ihr zusammenleben wollten, wenn sie wüssten, wer sie wirklich war.

Nancy musste all ihre Kräfte aufbringen, um aufzustehen und sich etwas überzuziehen, als Robert an diesem Abend nach Hause kam. Sie hatte ihr Haar gebürstet und etwas Make-up aufgelegt, damit er nicht glaubte, sie hätte den Nachmittag weinend im Bett verbracht oder würde von dunklen Gedanken gequält, sodass sie am liebsten laut geschrien hätte. Das zweite Glas Wein entspannte sie; sie hatte eine einfache Pastasoße und einen Salat zubereitet, und sie aßen am Küchentisch, auf dem in der Mitte eine Kerze stand.

Robert sah müde aus, fragte sie aber dennoch, wie ihr Nachmittag gewesen sei. Sie log, dass sie noch an der schwierigen Übersetzung weitergemacht habe, an der sie gerade arbeitete. Er erzählte, er hätte eine Auseinandersetzung mit seiner Kollegin Dido gehabt, wegen einer Gruppe syrischer Flüchtlinge, die sie vertraten. Er beschwerte sich darüber, dass sie es mit dem Gesetz bisweilen peinlich genau nahm, doch Nancy hörte kaum zu, denn Robert beklagte sich ständig über Dido, obwohl er sie auch bewunderte. Nancy wusste, dass seine Klagen nie eine Konsequenz nach sich ziehen würden. Wenn jemand auf dem Heimweg von der Arbeit in ihre Küche geschaut hätte, wäre ihm der Anblick gemütlich, vielleicht sogar beneidenswert erschienen.

»Ich gehe nach oben«, sagte Robert. »Ich habe morgen wieder einen langen Tag.«

»Okay. Ich komme bald nach.« Nancy wusste, dass ihr noch zu viel durch den Kopf ging, um schlafen zu können. Wenn sie allein war, konnte sie die Flasche Wein leeren und dann in den Schlaf sinken. Robert stand auf. »Oh, übrigens, morgen Abend bin ich mit Ellie zum Essen verabredet.«

Er drehte sich um, und sie sah den Zweifel in seinen Augen. »Ach ja? Wo denn?«

Sie versuchte, unbeschwert zu klingen. »Bei dem Griechen in der Nähe ihrer Arbeit.«

»Okay. Ich muss vielleicht sowieso länger arbeiten.«

»Sie scheint etwas niedergeschlagen, es könnte später

werden. Ich denke, so gegen elf bin ich zurück.« Nachdem sie das gesagt hatte, schwor Nancy sich, Robert niemals mehr anzulügen.

Er zuckte die Achseln, wandte sich um und ging hinaus. »In Ordnung.«

Vielleicht würde es jetzt immer so sein, dachte Nancy, als sie die Teller in die Spülmaschine räumte. Möglicherweise würde Robert ihr niemals mehr vertrauen, und der Gedanke gab ihr einen Stich ins Herz. Sie hatte vorgehabt, sich mit der Flasche Wein vor den Fernseher zu setzen, doch selbst das war ihr nun zu viel, deshalb setzte sie sich wieder an den Küchentisch und goss sich noch ein Glas Wein ein. Ein Außenstehender würde die Szene beneidenswert finden: eine Frau allein in ihrer Küche, eine halb leere Flasche Wein und eine brennende Kerze vor sich. Sie streckte die Hand aus, legte einen Finger in das flüssige Wachs und genoss den Schmerz, den die Hitze in ihrer Hand verströmte.

Sie war oft beneidet worden, dachte sie, während der Schmerz sie betäubte, in der Schule und an der Universität und auch später im Leben. Doch worum man sie beneidete, war der Aufregung kaum wert: ihr Aussehen, ihr Ehemann, ihre Häuser, ihre Urlaube, ihre Kleidung. Alles nur Oberflächlichkeiten, und sie machte sich Sorgen, dass sich unter dieser Oberfläche nichts mehr regte.

Sie erinnerte sich, dass sie sich einmal im Beisein von Ellie und Mary über die Frauen am Schultor von Zaras Schule lustig gemacht hatte. »Wir sollten uns die Gehaltschecks unserer Ehemänner auf die Stirn tätowieren lassen«, sagte sie. Ihre Freundinnen lachten, doch Nancy erkannte, dass die beiden nicht wussten, wovon sie sprach. Sie schämte sich, als hätte sie sich ihnen von ihrer hässlichen Seite gezeigt, und sie befürchtete, dass Mary und Ellie sich über die Banalität ihres Lebens wundern würden, sobald sie gegangen war. Sie wollte die beiden noch am gleichen Abend anrufen und ihnen versichern, dass sie nicht so wie diese Frauen war, dass sie immer noch die junge Studentin war, die bis zum Morgengrauen darüber gesprochen hatte, was einmal aus ihr werden würde, auch wenn sie bis jetzt noch nichts erreicht hatte.

Sie nahm an, dass Zara solche Gespräche inzwischen mit ihren Freunden führte, dass sie ihre Zukunft wie eine Linie auf einer Karte einzeichnete, der man nur zu folgen brauchte, damit sie sich erfüllte. Der Gedanke machte sie benommen, als wäre die Zeit eine Achterbahn, aus der sie nicht aussteigen konnte. Sie hätte ihrer Tochter eine bessere Mutter sein sollen, sie hätte Zara warnen sollen, dass Ehrgeiz verloren gehen konnte, während man gemütlich auf dem Sofa lag. Man sollte nicht glauben, dass es immer noch eine bessere Möglichkeit im Leben gäbe, dass man eine Wahl treffen und sie nicht bereuen könnte. Und, und, und. Sie hatte wirklich kein Recht, ihrer Tochter einen Ratschlag zu erteilen.

Nancy stand auf und holte Zigaretten aus dem Küchenschrank, die sie dort für den Notfall aufbewahrte. Sie öffnete ein Fenster und setzte sich auf eine Arbeitsplatte, denn sie wollte zumindest versuchen, den Rauch nach draußen zu pusten, auch wenn das sinnlos war und Robert sich am Morgen über den abgestandenen Geruch mokieren würde. Sie zitterte angesichts der kalten Luft, die durchs Fenster hereindrang, doch im Grunde war es ein innerliches Zittern, als versuchte ihr Körper alle Erinnerung an das vergangene Jahr abzuschütteln.

Sie hatte dieses letzte Jahr als eine Art Wahnsinn bezeichnet, und jetzt schien es ihr, dass genau das zutraf. Als wäre ihr Verstand von einer einzigen Idee gekidnappt worden, obwohl Nancy sich nicht mehr erinnern konnte, welche das gewesen war, und sich auch nicht sicher war, ob sie es überhaupt je gewusst hatte. Sie schnipste die bis zum Filter gerauchte Zigarette aus dem offenen Fenster, zündete sich sofort eine neue an und sog den tödlichen Rauch tief in die Lunge ein.

Nach der zweiten Zigarette fühlte sie sich benommen, deshalb glitt sie von der Arbeitsplatte, nahm ihr Weinglas und leerte es in einem Zug. Anschließend musste sie sich über die Spüle beugen, denn sie glaubte sich übergeben zu müssen. Doch sie verdiente es, dass es ihr schlecht ging – sie verdiente Pest und Cholera, ewige Verdammnis. Sie verdiente alles, wovor sie sich fürchtete, und noch mehr.

Ihr Verrat bohrte sich wie ein spitzer Pfeil zwischen ihre Rippen, sein Gift verteilte sich über die Blutbahnen im ganzen Körper. Sie hatte das Gefühl, den Verstand zu verlieren, und in Anbetracht der unzähligen Gehirnwindungen, die sie im Laufe des letzten Jahres vollziehen musste, um zu funktionieren, fand sie diese Vorstellung einleuchtend. David war für sie eine separate Einheit gewesen, und dadurch war ihr eigenes Handeln unwirklich geworden, doch von nun an wäre das nicht mehr möglich. Als sie sich wieder an den Küchentisch setzte, begriff sie, dass sie ihn fast wie ein Fantasiewesen gesehen hatte und nicht wie einen Menschen aus Fleisch und Blut, mit eigenen Gefühlen und Sehnsüchten. Sie musste sich nicht nur damit auseinandersetzen, wer er war, sondern auch, wozu er sie gemacht hatte.

Die Affäre ging seit etwas mehr als einem Jahr, denn jetzt war Januar, und es hatte auf einer Feier im Verlag vorletztes Weihnachten begonnen. Es stimmte, dass sie schon seit einigen Monaten versuchte, sich aus der Beziehung herauszuwinden, doch auch wenn man die abzog, blieb noch eine lange Zeit, in der sie sich für niemanden anders als für sich selbst und ihre eigene, verabscheuungswürdige Begierde interessiert hatte.

Auf der Party wurde der Überraschungserfolg eines Sachbuchs mit dem Titel *Die Politik des Verbrechens* gefeiert. Nancy hatte an diesem Buch nicht mitgearbeitet, aber der Verlag veröffentlichte viele französische Krimiautoren, die sie übersetzt hatte und die zu dem aktuellen Titel beigetragen hatten. Sie hatte nicht gewusst, ob diese Autoren bei der Party anwesend wären, die meisten hatte sie nie persönlich kennengelernt. Doch im Dezember war Roberts Terminkalender besonders voll, und sie saß Abend für Abend allein und gelangweilt zu Hause und fragte sich, warum sie so lange gebraucht hatte, sich selbst etwas aufzubauen. Die Einladung hatte sie mit Stolz erfüllt. Sie wurde in ihrem Beruf ernst genommen, und das Gefühl hatte bereits Tage vor der Veranstaltung ihre Stimmung gehoben.

Nancy, Ellie und Mary pflegten die Tradition eines ausgiebigen Mittagessens in den Wochen vor Weihnachten, und in diesem Jahr sollte es am gleichen Tag stattfinden wie die Verlagsparty. Aufgeregt und hoffnungsfroh war Nancy zu dem Essen mit ihren Freundinnen gegangen, aber je länger sie sich unterhielten, desto gedrückter wurde ihre Stimmung, denn ihr wurde bewusst, dass Marys und Ellies Leben viel reicher und erfüllter waren als ihr eigenes. Und statt sich für ihre Freundinnen zu freuen, gärte es tief in ihr, und abstruse Gedanken stiegen ihr in den Kopf.

Als die Rechnung kam, beugte sich Ellie zu ihr herüber und sagte: »Ich habe vorhin über dich nachgedacht.«

»Hast du das?«, fragte Nancy und war froh, dass sie einen kleinen Platz im Tag ihrer Freundin einnahm.

»Ja, ich habe Lebensmittel für Irena eingekauft, du weißt schon, meine Nachbarin aus dem Erdgeschoss. Wir essen jeden Donnerstagabend zusammen.«

»Ach ja, stimmt.«

»Ja, und ich dachte, dass das das Richtige für dich wäre. Alte Menschen zu besuchen, meine ich. Ich kann dir die Adressen von unzähligen Organisationen geben. Das ist wirklich eine tolle Sache. Du ziehst für dich genauso viel daraus wie die Menschen, zu denen du gehst.«

Nancy blickte zwischen Ellie und Mary hin und her und bemerkte, dass sie beide erröteten und sich bewusst nicht ansahen. Natürlich besuchte die stets tugendhafte Eleanor ihre ältere Nachbarin, doch für Nancy hörte sich der Vorschlag schrecklich an. Sie wollte auf keinen Fall Leidensgeschichten hören, sie wollte nicht daran erinnert werden, dass am Ende alles verfiel. Doch vor allem wollte sie nicht, dass sich ihre Freundinnen den Kopf darüber zerbrachen, wie sie ihre Tage füllen konnte.

»Habt ihr über mich gesprochen?«, fragte sie.

»Nein, natürlich nicht.« Aber Eleanors Antwort kam zu schnell, und Mary konnte ihr nicht in die Augen blicken.

»Und wofür haltet ihr mich?« Doch während sie die Frage stellte, wurde ihr klar, dass sie gern von einer der beiden eine Antwort hören würde.

»Es tut mir leid«, sagte Eleanor. »Wirklich, ich dachte, das würde dir gefallen.«

»Du bist unsere beste Freundin«, sagte Mary. »Aber manchmal wirkst du nicht besonders glücklich.«

Nancy blickte von einer Freundin zur anderen und wusste nicht, was sie sagen sollte. »Seid ihr beide glücklich?«

Mary zuckte die Achseln. »Meistens, denke ich.«

Nancy sah, dass Eleanor sich zurechtsetzte, bevor sie antwortete: »Natürlich bin ich nicht immer glücklich. Und ich hoffe, dass ihr mir in schwierigen Momenten helfen würdet. Also, ich meine, in der Vergangenheit habt ihr beide mich schon sehr unterstützt.«

Plötzlich hatte Nancy das Gefühl, als ob die sorgsam verzierte Fassade ihres Lebens eingebrochen wäre und alle wüssten, wie schwer sie zurechtkam. War sie noch bemitleidenswerter und trauriger, als sie selbst gemerkt hatte? Der Gedanke ängstigte sie. Vielleicht erkannten ihre Freundinnen dunkle Seiten an ihr, die ihr gar nicht bewusst waren. Sie hatte das Gefühl, den Halt zu verlieren. Alles schien möglich. »Ich sollte jetzt besser gehen«, sagte Nancy und nahm ihre Handtasche, die auf dem Stuhl gelegen hatte. »Ich gehe heute Abend auf eine Party, vom Verlag, und vorher muss ich noch einiges erledigen.«

Eleanor legte die Hand auf ihren Arm. »Es tut mir leid, Nancy, wirklich. Ich habe das falsch eingeschätzt. Es war nicht meine Absicht, dir ein schlechtes Gewissen zu machen.«

»Alles in Ordnung.« Sie zwang sich zu einem Lächeln.

»Ja, entschuldige, Nancy«, sagte Mary.

Sie hatte den verzweifelten Wunsch, von den beiden fortzukommen. »Ehrlich, keine von euch muss sich entschuldigen.« Sie verließ eilig das Lokal, überzeugt, dass Eleanor und Mary bei einem Kaffee alle ihre Probleme besprechen würden, auch solche, von denen sie selbst nichts wusste.

Der ganze Nachmittag war ihr verdorben, und es fühlte sich an, als ob ihre Fehler ihre Haut bedeckten und sie in die Tiefe zogen, an einen Ort, von dessen Existenz sie nichts geahnt hatte. Sie erwog, nicht zu der Party zu gehen, aber dann würde ihre Stimmung noch düsterer werden. Stattdessen probierte sie zahllose Outfits an und verwarf sie wieder, verpfuschte ihr Make-up und ihre Frisur, sodass sie sich sehr unwohl fühlte, als sie das verglaste Atrium des Verlags betrat.

Das Sachbuch hatte sich zweifellos sehr gut verkauft, denn drinnen war es brechend voll. Junge Frauen mit strengem Dutt reichten Champagner, und alle Gäste standen schon eng in fröhlichen Grüppchen zusammen. Nancy stürzte ein Glas Champagner hinunter und ging dann durch den Raum, auf der Suche nach einem Gespräch, dem sie sich anschließen konnte. Einige Anwesende waren freundlich und unterhielten sich mit ihr, doch sie kam sich wie ein Eindringling vor, und zudem noch uninteressant. Zusammen mit dem Mittagessen rief dieser Eindruck das Gefühl in ihr hervor, als hätte sie die gesamte vergangene Woche unter Größenwahn gelitten.

Sie beschloss, die Toilette aufzusuchen und sich dann auf den Heimweg zu machen, deshalb ging sie zum anderen Ende des Raums und anschließend einen Flur entlang, bis sie die Damentoilette fand. Sobald sie die Kabinentür geschlossen hatte, fing sie beinahe an zu weinen, denn sie fühlte sich wie eine Versagerin. Mit Ende vierzig hatte man entweder eine glänzende Karriere oder eben nicht. Sie war beruflich nicht erfolgreich, obwohl sie das zweifellos hätte erreichen können. Sie setzte sich schwerfällig auf die Toilette und spürte einen feuchten Fleck auf dem Oberschenkel, dann pinkelte sie geräuschvoll.

Sie knallte die Tür zu, als sie aus der Kabine trat, und hoffte, dass sie einen Kratzer in der makellosen weißen Wand hinterlassen hatte. Jetzt hatte sie nur noch den Wunsch, ins Taxi zu steigen und nach Hause zu fahren, wo sie eine Flasche Wein öffnen und sich eine Serie auf Netflix anschauen würde.

»Ich dachte mir schon, dass du das bist. Aber ich war nicht sicher.«

Sie drehte sich um und geriet leicht aus dem Gleichgewicht, als sie ihn hier so unerwartet sah. »Oh, hallo. Ich wusste nicht, dass du hier bist.«

»Ich habe an dem Buch mitgearbeitet.«

Sie fühlte sich auf dem falschen Fuß erwischt. »Entschuldige, das war mir nicht klar. Natürlich hast du daran mitgearbeitet. Das leuchtet ein.«

Er trat auf sie zu, und Nancy dachte, dass er gut aussah

für sein Alter, ein bisschen wie das zerknitterte blaue Hemd, das er trug. Seine Schuhe waren ausgetreten, und sein Bart war länger, als sie es in Erinnerung hatte, was seinem Aussehen etwas Wölfisches verlieh.

»Hübsches Kleid, übrigens.«

Sie blickte an dem roten Wollkleid hinunter und spürte, wie sie errötete. »Danke.«

»Aber du könntest auch einen Müllsack tragen, und es würde gut aussehen.«

Sie fühlte Hitze in sich aufsteigen, unsicher, was gerade vor sich ging, denn Flirten war niemals ein Teil ihrer Freundschaft gewesen, wenn man es so nennen konnte. Er sah sie direkt an, und sie erwiderte seinen Blick. Seine Augen waren klug und unergründlich, und sie bekam das Gefühl, dass er sie analysieren würde.

Die Atmosphäre war aufgeladen, und als er drei Schritte auf sie zutrat, war er ihr so nah, dass sie seinen Raucheratem riechen konnte. Er hielt ihr die Hand hin. »Ich heiße David. Freut mich, dich kennenzulernen.«

»David?« Sie versuchte zu lachen, aber es klang schief. »Was redest du da, Howard?« Denn es war der Ehemann ihrer besten Freundin, der vor ihr stand und ihr schmeichelte, auf eine Art, die sie nicht zulassen sollte, das wusste sie. Doch ein Bild von Mary und Eleanor blitzte in ihrem Kopf auf, ihre gequälten Gesichter beim Mittagessen, ihre unerträgliche Herablassung. Noch einen kurzen Augenblick, dann würde sie nach Hause fahren.

Er starrte sie unverwandt an. »David ist mein zweiter Vorname.« Er biss sich auf die Unterlippe, als wüsste er nicht, ob er reden oder schweigen sollte, und sie konnte sich nicht entscheiden, was sie sich wünschte. »Es war merkwürdig, dich hier zu sehen.« Mit einer Handbewegung deutete er auf den Partylärm. »Es hat mich auf dem falschen Fuß erwischt, ich hatte nicht damit gerechnet. Ich bin nicht daran gewöhnt, dich so zu sehen.«

»Wie zu sehen?«

Er kam ein winziges Stückchen näher, und sie konnte die Hitze seines Körpers spüren. »So verletzlich. Du hast ein wenig verloren gewirkt, und ich hatte dich immer für sehr selbstsicher gehalten.«

Sie befürchtete, dass sie gleich in Tränen ausbrechen würde, dabei hatte er tief in ihre Seele geblickt und gesehen, wer sie wirklich war. Es schien unsinnig, aber sie fühlte, dass er alles über sie wusste, auf eine vollkommen andere Art und Weise als alle anderen. »Ich war noch nie sehr selbstsicher«, sagte sie, doch die Worte waren kaum mehr als ein Flüstern.

»Um ehrlich zu sein, hat es mich sehr berührt, dich so verwundbar zu sehen.« Er hielt inne und fing ihren unsteten Blick auf, bevor er weitersprach. »Also, wie ich schon sagte, mein Name ist David, verrätst du mir auch deinen?«

Nancy sah Howard an und wusste, dass sie mit ihrer Antwort eine weitreichende Entscheidung fällen würde. Ihr ganzer Körper war voll unbändiger Energie, wie eine Erinnerung an etwas Aufregendes, ein Versprechen, etwas, das sie vergessen hatte. Sie nahm seine heiße Hand, noch blieb ihr die Zeit, ihn zu ihrer besten Freundin nach Hause zu schicken und die Person zu bleiben, für die sie sich immer gehalten hatte. Nur dass diese Person Nancy mit Abscheu erfüllte. Sie dachte an ihr Haus und die leere

Weinflasche, an die Hohlräume in ihrem Kopf. Schließlich war es nur ein Wort, ein Lufthauch. Sie verdiente einen Moment Verrücktheit, denn mehr würde es nicht sein.

»Louise.«

Er legte seinen Kopf zur Seite. »Passt zu dir.« Dann streckte er den Arm aus und fuhr mit der Hand ihr Bein hinauf, vom Knie, wo ihr Kleiderschlitz begann, bis zu ihrem Schritt.

Das Gefühl, außerhalb ihres Selbst zu existieren, das sie stets umgab, brach ab, und sie schien vollkommen bei sich zu sein, mehr als je zuvor. Bevor sie sich zurückhalten konnte, rang sie nach Luft. Sie wusste in diesem Moment, dass sie alles tun würde, worum er sie bat, wenn es nur bedeutete, diese Gegenwärtigkeit zu bewahren.

Er schob seine Hand um ihren Hintern, um sie näher an sich zu ziehen, doch sie konnte sie noch auf ihrem Bein fühlen, als ob er Nerven erweckt hätte, von denen sie gar nichts gewusst hatte. Dann war sein Gesicht auf ihrem, und seine Zunge war in ihrem Mund, sein Bart rieb an ihrer Haut, aber es war nicht unangenehm. Seine andere Hand umfasste ihre Brust, und sie konnte bloß an seine Lippen auf ihrer Brustwarze und an seinen Penis in ihr denken. Sie wollte sich hier und jetzt auf den Boden legen. Sie wollte sich von allen und allem losmachen. Sie wollte sich fortreißen lassen.

»Nicht hier«, sagte er. »Ich rufe dich morgen an.« Danach drehte er sich um und ging fort.

Sie musste sich an die Wand lehnen, denn sie zitterte am ganzen Körper und war sich nicht einmal sicher, ob es diese Berührungen überhaupt gegeben hatte.

Am nächsten Morgen erwachte sie mit dumpfen Kopfschmerzen und Erinnerungen, die ihr wie ein Albtraum erschienen. Auch nachdem sie aufgestanden war, sich geduscht und eine Tasse starken Kaffee getrunken hatte, hafteten sie an ihr wie ein billiges Parfüm. Sie vermied es, in den Spiegel zu schauen, Flashbacks irritierten ihr Gehirn. Sie nahm an, dass er ihre Telefonnummer leicht herausfinden könnte, doch sie bezweifelte, dass er sich die Mühe machen würde. Jedenfalls wollte sie ihn nicht anrufen. Das nächste Mal, wenn sie sich sahen, würde unangenehm werden, aber sie würde sich ruhig und gelassen bei ihm entschuldigen und ihm sagen, dass sie sehr betrunken gewesen sei. Doch sie ging nicht zu ihrer üblichen Sportstunde am Freitagmorgen, und selbst als sie den Müll hinausbrachte, steckte sie ihr Handy in die Gesäßtasche ihrer Jeans.

Kurz vor zwölf rief er an, als sie von Verlegenheit zu Wut und weiter zu Verlangen gewechselt war und anschließend wieder in die andere Richtung. Doch als sie die unbekannte Nummer auf ihrem Display aufleuchten sah, kribbelte ihre Haut dort, wo er mit seiner Hand ihr Bein entlanggefahren war, und sie hatte nur einen Gedanken: sein Körper, an sie gepresst, er tief in ihr.

»Wir treffen uns in einer Stunde. Geht das bei dir?«, fragte er.

»Ist das dein Ernst?« Seine Direktheit überraschte sie.

»Ich habe die Schlüssel zu der Wohnung von einem Freund. Er ist in Amerika. Wir könnten uns dort in einer Stunde treffen.« Die Heimlichtuerei war beinahe ein Eingeständnis einer Affäre.

»Wo ist die Wohnung?« Fast hätte Nancy zu kichern angefangen, weil die Situation so absurd war, als ob sie außerhalb ihres Selbst existierte.

»Baron's Court. Der schicke Wohnblock in der Nähe der U-Bahn.«

Sie legte die Finger an die Lippen und fühlte wieder seine Zunge. »Ja, ich könnte in einer Stunde da sein.«

»Wohnung C, Palliser Court 14.« Er beendete das Gespräch, noch bevor sie Gelegenheit hatte, die Adresse zu notieren. Als ihr alles vor den Augen verschwamm, musste sie sich hinsetzen und den Kopf in die Hände legen. Sie schloss die Augen, aber vor ihrem geistigen Auge sah sie immer nur Mary.

Dennoch hatte sie am Morgen unter der Dusche ihre Beine rasiert und farblich passende Unterwäsche angezogen. Brechreiz überkam sie, als sie sich das eingestand.

Sie vögelten miteinander, ehe sie sprachen. Wie Tiere, keuchend und schwitzend. Sie hatte so etwas noch nie zuvor gefühlt. Noch nie diese Wellen durch ihren Körper schwingen gefühlt. Noch nie Verlangen, leer und beängstigend, tief in der Kehle gespürt. Nie das salzige Sperma hinuntergeschluckt, das sie normalerweise in die Toilette spuckte. Nie gewollt, dass jemand sie umdrehte und ihre Hüften anhob. Nie ihre Augen geschlossen und vergessen, wo sie war, sogar wer sie war. Nie so ganz bei sich gewesen.

Erst später, als sie sich auf dem runden Bett mit den Farnen in Makrameetöpfen über ihren Köpfen eine Zigarette teilten, verschlang sie die Scham wie verzehrende Flammen.

»Wow, du bist echt geil«, sagte er, und sie fragte sich, ob sie sich gleich übergeben müsse.

»O mein Gott, was haben wir getan?«, fragte sie, als ob er eine Antwort wüsste.

Einen Moment lang war er still, und die Angst, dass er es bereuen könnte, wog schwer wie ein Stein auf ihrer Brust. »Ich glaube, wir haben etwas Unvermeidbares getan.«

Gegen ihren Willen war sie von seinen Worten elektrisiert.

»Ich bin auch verstört«, sagte er. »Ich weiß, dass das hier Wahnsinn ist. Aber du machst mich verrückt.«

Dann weinte sie, ihr Kopf lag auf seiner Brust, sodass ihre Tränen sich mit seinen Haaren mischten. Er schlang seine Arme um sie und küsste sie auf den Kopf, und sie fühlte eine tiefe, intensive Ruhe.

»Das darf nie mehr passieren«, sagte Nancy und sog seinen warmen Körperduft ein, in dem auch scharfer Schweißgeruch mitschwang. Sie wollte unbedingt wissen, ob das, was sie gesagt hatte, wahr war, dass sie ein zweites Mal verhindern würde, aber sie zweifelte bereits an ihrem Vorsatz.

Seine Finger fuhren ihre Wirbelsäule entlang, und es war, als würde er elektrischen Strom auf ihrer Haut hinterlassen. Dann befanden sich seine Lippen dort, wo zuvor seine Finger gewesen waren, und sie musste den Rücken durchbiegen, weil es so wohltat. Er drehte sie um, und seine Lippen waren auf ihren, sie konnte sich selbst auf seiner Zunge spüren.

Er rückte von ihr ab. »Ich habe das hier immer gewollt. Seit ich dich zum ersten Mal traf.«

»Red keinen Unsinn.«

»Nein, es ist wahr.« Er beugte sich wieder vor und küsste sie auf den Mund. Sie hatte das Gefühl, dass ihre Knochen sich durch seine Berührungen auflösten.

Dieses Mal zog sie sich zurück. »Ich kann nicht, ich meine...« Sie stellte fest, dass sie weder Roberts noch Marys Namen aussprechen konnte, also entschied sie sich für: »Unsere Familien.«

»Es bringt nichts, über sie zu sprechen. Das hier ist etwas anderes.«

Er rief ein verzweifeltes Gefühl in ihr hervor, und sie wollte ihm märchenhafte Versprechungen entlocken. »Hast du das schon einmal getan?«

»Ich nehme an, du kennst die Gerüchte?«

»Nein.« Doch plötzlich fragte sie sich, warum Eleanor ihn hasste, und der Gedanke, dass Mary sich Ellie anvertraute, aber ihr nicht, machte sie eifersüchtig. Eine Welle der Wut erfasste sie. Die beiden hatten immer ein wenig auf sie herabgeblickt, dachte sie, als wüssten sie etwas über das Leben, was sie nie erfahren könnte, dabei war es nicht ihr Fehler, in ein privilegiertes Leben hineingeboren worden zu sein, obwohl es vielleicht ihr Fehler war, dass sie nichts damit angefangen hatte.

Er legte sich zurück und verschränkte die Arme hinter dem Kopf, sodass sie einen Moment lang gezwungen war, seinen Bizeps und die Vertiefung seines Schlüsselbeins zu betrachten. »Wenn du die Wahrheit wissen willst, unsere Ehe war nicht einfach. Tatsächlich denke ich manchmal, dass es unnötig schwierig war.« Er zögerte, als würde er seine Worte sorgfältig wählen. »Sie ist von unseren Kindern besessen, das macht mich zur Randfigur, wenn du

verstehst, was ich meine. Es ist nicht ihre Schuld. Ich glaube, wir waren uns nicht bewusst, wie unterschiedlich wir sind und wie schwer das für eine Beziehung ist.«
Nancy war erleichtert, dass auch er Marys Namen nicht laut ausgesprochen hatte. »Und sie wird krankhaft eifersüchtig. Sie ist immerzu überzeugt, dass ich mit einer anderen Frau schlafe, das ist sehr ermüdend.«

»Aber hat sie denn Grund, das zu denken?« Nancy hielt den Atem an, denn sie wollte nicht eine von vielen sein.

»Meine Güte, nein, natürlich nicht.« Er streckte die Hand aus und strich mit dem Finger über ihren Arm, wobei er kleine Dellen einer Gänsehaut wie eine Spur hinterließ. »Ich hoffe, du denkst jetzt nicht, dass ich so etwas leichtfertig tue. Ich meine, es ist nicht meine Gewohnheit, alles aufs Spiel zu setzen. Und auch wenn wir uns auseinandergelebt haben, heißt das nicht, dass ich nichts für sie empfinde oder sie nicht respektiere.«

Nancys Herz flatterte, als könnte es den nächsten Schlag nicht fangen. Was sie beide taten, war so furchtbar, dass es jeden rationalen Gedanken kompensierte. »Ich habe sie auch sehr gern«, sagte sie. Aber er beschrieb auch eine Mary, die Nancy wiedererkannte, und sie fand, dass er das mit Bedacht und Achtsamkeit tat.

»Was ist mit dir? Führst du wirklich eine gute Ehe?«

Die Frage traf sie unvermittelt, und sie wusste nicht, was sie antworten sollte. »Ich denke, auch wir hatten so unsere Schwierigkeiten. Ich weiß, was du meinst, wenn du sagst, ihr seid verschieden, obwohl es in meinem Fall eher so ist, dass wir unterschiedliche Dinge wollen. Aber unsere Ehe ist nicht gut, überhaupt nicht.«

Nancy hatte das Bedürfnis, näher an ihn heranzurücken und ihr Kinn auf seine Brust zu legen, sodass sie zu ihm aufschaute. Ihre Gefühle für ihn waren schon jetzt besitzergreifend, beinahe war sie wütend, wie er an den Rand gedrängt wurde, und wünschte sich, sie könnte das ändern.

Er lächelte zu ihr herunter. »Im Lauf der Jahre hatte ich oft den Eindruck, dass du missverstanden wurdest, wenn das das richtige Wort ist. Als ob Robert nur eine Seite von dir sehen würde. Diese Verletzlichkeit, die ich gestern an dir gesehen habe, ich wette, die ist ihm noch nie aufgefallen.«

Sie schauderte bei seinen Worten, doch sie konnte ihm auch nicht zustimmen. »Er versucht es mindestens. Robert ist ein guter Ehemann. Ich glaube, er versteht meine Verletzlichkeit nicht, weil er das Gefühl nicht kennt.«

»Ja, und lange Ehen sind so verdammt schwierig. Ich bin wahrscheinlich auch kein guter Ehemann gewesen. Ich vermute, dass ich Mary ihre Unsicherheit vorgeworfen habe, obwohl ich vielleicht selbst unwissentlich dazu beigetragen habe. Ich glaube, ich habe meine Arbeit als Ablenkung benutzt. Aber wenn ich mich zu sehr in diese Seite des Lebens vertiefe, wird sie böse und wirft mir vor, ich hätte eine Affäre, und alles geht wieder von vorne los. Es ist ein Teufelskreis.«

»Das tut mir leid.« Plötzlich konnte Nancy nicht verstehen, wie Mary an diesem Mann zweifeln konnte, der derart verständnisvoll war und so eine positive Lebenseinstellung hatte.

»Die Ironie liegt natürlich darin, dass ich verheiratet

war, als ich sie kennenlernte, und sie daher die einzige Frau ist, mit der ich je eine Affäre hatte.«

»Vielleicht ist das der Grund, warum sie sich sorgt.« Nancy erkannte, dass sie bereits Howards Sichtweise auf Mary übernahm und das Gespräch in die falsche Richtung lief. Das durfte nicht passieren. Doch was er sagte, klang sehr vernünftig.

»Nancy, du bist schön«, sagte er und blickte auf sie herunter. »Ich möchte mich nicht mit dir über diese Dinge unterhalten. Weißt du noch, was wir gestern Abend gesagt haben, als wir uns vorstellten?« Sie nickte. »Von nun an wirst du bloß Louise für mich sein. So werde ich dich immer nennen. Und ich kann für dich bloß David sein. Auf diese Weise können wir beide fernab vom Rest des Lebens existieren. Wir können einander glücklich machen, furchtbar glücklich.«

Die Vorstellung war absurd, aber unbestreitbar schön. Er bot ihr eine kleine Insel inmitten eines Meeres von Problemen an, das sie umgab, und das hatte noch nie ein Mensch zuvor getan. Sie wusste, dass es falsch war, mit ihm zusammen zu sein, sehr falsch, dennoch hatte sich nichts je zuvor so lebensnotwendig angefühlt. Sie sah ihn direkt an, als sie sprach: »In Ordnung, David.« Und er hatte recht, diese Trennung, diese Abspaltung fühlte sich besser an. Augenblicklich wurde ihr klar, dass diese Verbindung lediglich auf diese Weise existieren konnte. Sie mussten nicht nur vorgeben, sondern sich auch fortwährend davon überzeugen, dass sie nicht die waren, die sie in Wirklichkeit waren.

Sie sahen einander wie verliebte Teenager an, die sich

nicht voneinander lösen konnten, und sein Blick war so intensiv, dass sie sich ihm vollkommen gefügig fühlte. Als ob seine Augen magisch wären und sie an einen Ort hinunterzögen, vor dem sie sich ängstigte und nach dem sie sich gleichzeitig sehnte. Wieder erfasste sie der Schwindel, den sie auch am Vorabend bei seinem Kuss gefühlt hatte. Das Gefühl, dass er allein etwas über sie wusste, was allen anderen verborgen blieb, etwas, das er ihr offenbaren würde; und dadurch könnte sie sich selbst besser verstehen, ihr Leben würde leichter werden, und ihre Angstgefühle würden verschwinden.

*

Nancy stand vom Tisch auf und drehte sich um. Sie stöhnte leise und ließ die Tränen fließen, denn es konnte nicht sein, dass sie prinzipiell ein schlechter Mensch war. Dennoch suchte ihr Verstand nach Möglichkeiten, sie zu trösten, und auch wenn das nichts änderte, sagte sie sich, dass sie Howard kaum gekannt hatte, bevor er David geworden war. Mary, Eleanor und sie hatten nicht viel Kontakt mit den Partnern ihrer Freundinnen gehabt, als wären sie sich selbst genug. Ellie hatte öfter Zeit mit Robert und ihr verbracht, doch mit Mary und Howard hatten sie sich fast nie zusammen als Paar verabredet.

Das einzige Treffen mit Partnern, an das sie sich erinnern konnte, war ein Abendessen, das über ein Jahrzehnt zurücklag. Sie hatten an dem Küchentisch gesessen, wo sie auch jetzt saß. Ellie war gerade von einer ihrer zahlreichen mehrmonatigen Reisen aus dem Ausland zurückgekehrt, und Nancy hatte alle zu sich eingeladen, damit sie wie früher wieder vereint wären, nur dieses Mal mit ihren Männern.

An diesem Abend war Robert spät nach Hause gekommen, und sie glaubte, dass er das absichtlich getan hatte, denn er stöhnte, als sie ihm von dem Essen erzählte. »Ich hab's total vergessen«, sagte er und lief die Treppe hinauf, um sich umzuziehen.

Während Nancy wutschäumend am Fuße der Treppe stand, erschien die achtjährige Zara an der obersten Stufe. »Kann ich etwas trinken?«, fragte sie.

»Schnell«, sagte Nancy. »Sie kommen gleich.« Doch dann änderte sie ihre Meinung, denn es wäre nett, wenn Ellie und Mary Zara wiedersähen, die über Nacht groß und schön geworden war, eine Miniaturausgabe ihrer selbst. »Du kannst auch einen Moment warten und Hallo sagen, ja?«, sagte sie, aber Zara zuckte nur die Achseln.

Nancy war sicher, dass Eleanor an diesem Abend Frederich mitgebracht hatte. Es war schwer, sich an die verschiedenen Männer zu erinnern, mit denen Eleanor von ihren Reisen zurückkehrte, doch die Beziehung zu ihm hatte länger gehalten als die meisten anderen. Sie waren die Ersten an diesem Abend, und ihren zusammengekniffenen Gesichtern waren noch die Nachwirkungen eines Streits anzusehen. Frederich zeigte sich sehr beeindruckt von ihrem Haus, und Nancy fühlte sich erbärmlich, weil sie so viel reicher war als er. Eleanor war begeistert von Zara und stellte ihr unzählige Fragen über Dinge, nach denen Nancy ihre Tochter nie gefragt hatte, und als sie sah, wie Zara sich über das Interesse an ihr freute, hasste sie sich selbst. Robert kam herunter, Drinks wurden eingeschenkt, Frederich schien sympathisch, und Nancy dachte, dass es ein netter Abend werden könnte.

Dann ging Zara nach oben in ihr Zimmer. Nancy sah nach dem Entenbraten, denn das Fleisch sollte nicht trocken werden. Es war schon Viertel vor neun, Mary und Howard waren so spät dran, dass es bereits unhöflich wirkte.

»Kann ich dir helfen?«, fragte Eleanors Stimme in ihrem Rücken, und Nancy zuckte zusammen, sodass sie sich die Hand leicht an der Ofentür verbrannte, als sie sich aus der Hocke erhob.

»Nein.« Sie drehte sich zu ihrer Freundin um. »Du siehst übrigens toll aus. Du hast abgenommen, und du bist schön braun.«

Eleanor lachte. »Das sind die Vorzüge des Jobs.«

»Frederich scheint sehr nett zu sein«, sagte Nancy und saugte an der verbrannten Hautstelle.

»Das ist er.« Doch Eleanor blickte auf den Boden, und sie dachte, dass diese Geste noch etwas anderes ausdrückte.

»Alles in Ordnung?«

Als Eleanor wieder sprach, klang sie fröhlich. »Ja, alles gut. Ich habe etwas Angst davor, die ganze nächste Woche mit seiner Tochter zu verbringen. Wir haben uns bereits getroffen, aber nur kurz und, na ja, du weißt schon.«

»Dann ist es also ernst mit Frederich?«

Eleanor zuckte die Achseln. »Eigentlich nicht, denke ich.«

Nancy wollte Eleanor fragen, wie es ihr gelang, die Distanz zu wahren, aber in diesem Moment klingelte es an der Tür. »Ach, das muss endlich Mary sein.«

Beide Frauen gingen zur Tür. Draußen schien eine Gruppe Wanderer in fließenden Gewändern zu stehen, die aussahen, als wären sie durch Schlamm gewatet. Marcus und Mimi weinten beide, und Nancy fuhr durch den Kopf, dass dieser Junge mit der rotzigen Nase im Grunde zu alt dafür war. Das Baby, wenn man eine Dreijährige noch so nennen konnte, war mit einem Stück Stoff an Marys Körper festgebunden. Nancy fand, dass dieser Anblick nicht ihrem Leben in einem wohlhabenden westlichen Land entsprach.

»Tut mir leid, dass wir zu spät sind«, sagte Mary, als sie in die Halle stürmten. Ihre Haare, die noch länger waren, als Nancy es je gesehen hatte, waren fettig, und ihre Brillengläser waren so schmutzig, dass man kaum ihre Augen sehen konnte. Eleanor kniete bereits auf dem Boden und half Marcus und Mimi beim Ausziehen ihrer Jacken.

Howard trat hinter einem Busch im Garten hervor und präsentierte mit breitem Lächeln eine Flasche Wein. »Es tut mir schrecklich leid, dass wir uns verspätet haben«, sagte er mit dem Ausdruck geduldiger Resignation im Gesicht. »Es war ein einziges Chaos, als ich nach Hause kam, daher hat es eine Weile gedauert.« Er lachte kurz, und Nancy erinnerte sich, dass sie ihn verstohlen angelächelt hatte, denn auch ihr war bereits aufgefallen, wie zerstreut Mary seit Maisies Geburt war. Es musste schwierig für Howard sein, alle Fäden in der Hand zu behalten. Vielleicht war das schon ihr erster Verrat gewesen, auch wenn es sich damals nicht so angefühlt hatte, gewiss hatte sie es nicht beabsichtigt.

»Ich wusste nicht, dass du die Kinder mitbringst«, sagte sie bemüht fröhlich.

»Nun, wir konnten sie schlecht allein zu Hause lassen«, entgegnete Mary, die anscheinend noch nie etwas von einem Babysitter gehört hatte.

»Bitte komm herein«, sagte Nancy zu Howard und deutete in Richtung Wohnzimmer. »Robert macht euch einen Drink.«

Anschließend dauerte es noch eine Weile, die älteren Kinder in den ersten Stock zu bringen und es ihnen dort auf dem Bett bequem zu machen. Maisie wollte nicht allein bleiben und hing wie eine Klette an Mary. Nancy fand dieses Verhalten leicht abstoßend, und es ging ihr durch den Kopf, dass diese ganze bindungsorientierte Elternschaft von Mary lächerlich und wahrscheinlich sogar schädlich war. Sie war sicher, dass das Abendessen verbrannt war und furchtbar schmecken würde, doch als sie die Speisen auf Servierplatten arrangierte und die Gäste in die Küche zum Essen rief, duftete es wunderbar.

Sobald sie sich hinsetzten, fummelte Maisie an Marys Oberteil herum, und Nancy spürte, wie sie wieder von Abscheu ergriffen wurde. Dann entblößte ihre Freundin eine Brust, und Maisie begann, daran zu trinken. Nancy blickte die anderen Gäste am Tisch an, aber niemand außer Robert schien überhaupt bemerkt zu haben, dass Mary ihre Tochter stillte. Er sah sie mit hochgezogenen Augenbrauen über den Tisch hinweg an, und sie musste wegschauen, weil sie fürchtete, sonst in Gelächter auszubrechen.

»Ein toller Raum«, sagte Howard und ließ seinen Blick durch die Küche wandern, was Nancy plötzlich peinlich berührte.

»Erzähl mir von deiner Arbeit«, sagte Eleanor zu Howard, und Nancy hätte sie dafür am liebsten geküsst.

Nancy hatte Frederich auf die gegenüberliegende Seite gesetzt, jetzt wandte sie sich zu ihm, und er fragte: »Und was machst du, Nancy?«

Sie spürte, wie ihr Gesicht heiß wurde, und begann zu stottern. »Oh, also, eigentlich gar nichts.«

»Unsinn«, entgegnete Robert. »Sie kümmert sich um uns. Und das ist nicht so einfach, wie es klingt.«

Nancy lächelte ihren Ehemann an. »Ja, aber das ist keine richtige Arbeit, oder?«

»Du meinst, weil du nicht dafür bezahlt wirst?«, fragte Eleanor, die auf der anderen Seite des Tischs neben Howard saß. »Das ist absurd. Ich habe einer Gruppe Frauen auf Sri Lanka beim Aufbau einer Genossenschaft geholfen, sie alle waren Mütter, und ich habe noch im Leben so hart arbeitende Menschen gesehen.« Doch Nancy fiel auf, dass sich ihre nächste Bemerkung an Mary richtete. »Ich weiß wirklich nicht, wie du das mit drei kleinen Kindern schaffst.«

Der Gedanke an eine Gruppe schlecht ausgebildeter, von Überschwemmungen geschädigter Frauen in Sri Lanka, die eine Genossenschaft gründeten, während sie in einem ihrer großen, schicken Häuser saß und versuchte, ihre Tage zu füllen, deprimierte Nancy.

»Ich glaube nicht, dass ich irgendetwas besonders gut mache«, erwiderte Mary.

»Ach, komm schon«, sagte Howard. »Hör auf, dir wegen des Hauses und solchem Kram Gedanken zu machen. Ich sage ihr immer, dass sie sich nicht mit sinnlosen Nebensächlichkeiten aufhalten soll. Sie zieht drei kleine Menschen groß, und das macht sie sehr gut. Da wäre jeder erschöpft.«

»Lieb von dir, dass du das sagst«, sagte Nancy und vermied es, Robert anzusehen, denn er hatte ihr nie solche Nettigkeiten gesagt.

»Also, Howard«, sagte Robert auf der anderen Tischseite, »was ist dein neuestes Thema, deine große Idee, von der wir alle wissen sollten?«

»Howard interessiert sich jetzt sehr für biologische Ernährung«, sagte Mary. »Und sie scheint sehr sinnvoll, wenn man sich darüber informiert. Wusstet ihr, dass die großen Bauernhöfe, die unsere Supermärkte beliefern, Dünger mit künstlichen Stickstoffen benutzen?«

Nancy bemerkte, dass die meisten am Tisch zu essen aufgehört hatten.

»In New York ist das bereits ein Thema«, sagte Frederich. »Ich war vor ein paar Monaten dort, und alle fragten ständig, woher die Nahrungsmittel kamen und wie sie angebaut wurden.«

»Die Soil Association nimmt an, dass wir in zwanzig Jahren genauso über nichtbiologische Nahrungsmittel denken werden, wie wir es heute über Rauchen tun«, sagte Howard. »Lasst euch das gesagt sein, biologische Lebensmittel werden der nächste große Hit, alle Supermärkte werden voll davon sein.«

»Das ergibt doch gar keinen Sinn, was du da erzählst«, sagte Robert, und Nancy erkannte, dass er etwas betrunken und auch gereizt war.

»Wieso nicht?« Howards Lächeln blieb schmal, und

am liebsten hätte Nancy sich für ihren ungehobelten Ehemann entschuldigt. Sie senkte den Blick und sah, dass ihre Beine sich beinahe berührten, so nah waren sie einander, der Hosenstoff spannte sich um seine Oberschenkel.

»Nun, es kann keine rein biologische Farm geben«, sagte Robert. »Es sei denn, du schließt sie in einer Blase ein oder lebst auf einer entlegenen Insel oder etwas in der Art. Weißt du, wie die Landwirtschaft funktioniert?«

»Ich weiß ein wenig darüber«, antwortete Howard.

»Also, wenn du etwas darüber wüsstest, dann wäre dir klar, dass die Saat von zwei Bauern, von denen einer Pestizide und Düngemittel verwendet und der andere nicht, sich so mischt, dass es zu Fremdbestäubung und letztlich zu einer Mischung der Ernte kommt.«

»Ich verneige mich vor deinem fundierten Wissen«, sagte Howard mit einem leichten Kopfnicken. »Aber ich bin eher der Meinung, dass man versuchen sollte, die Welt zu verbessern, anstatt sich mit dem stumpfsinnigen Status quo abzufinden.«

Robert und Howard starrten sich wütend an, und Nancy konnte sich vorstellen, wie sie sich beide über den Tisch hinweg aufeinander stürzten und kämpften, weil der Mensch sich nur wenige Schritte von der Tierwelt entfernt hatte. Sie stand auf. »Möchte jemand noch Nachschlag?«

Ihre Gäste schüttelten den Kopf und murmelten etwas davon, wie köstlich es geschmeckt habe, aber zumindest unterbrach das Einsammeln der Teller die angespannte Atmosphäre. Und als sie mit der traditionellen Mousse au Chocolat in die Küche zurückkam, unterhielten sich ihre Gäste wieder angeregt zu zweit oder zu dritt. Doch Nancy fiel es schwer, ihre Verärgerung über Robert abzuschütteln, und sie konnte ihm nicht in die Augen blicken, als sie ihm den Nachtisch reichte. Zweifellos war er mit den Gedanken noch bei einem Fall, es blieb niemals viel Raum für etwas anderes, deshalb benahm er sich oft wie ein Rüpel. Howard unterhielt sich angeregt mit Frederich über die Arbeit in Hilfsorganisationen, doch Nancy meinte seine Gedanken zu kennen. Er musste von Robert und ihr angewidert sein, wahrscheinlich dachte er, dass sie sich Geld und Status auf Gedeih und Verderb verschrieben hatten. Und das kam dem sehr nahe, was Nancy für den eigentlichen Fehler ihres Lebens hielt.

Nachdem sie sich wieder an den Tisch gesetzt hatte, schenkte sie sich noch ein Glas Wein ein, blickte auf ihre Portion Mousse au Chocolat und dachte, dass sie diese nicht mehr essen konnte. Sie hätte sich allein mit ihren Freundinnen treffen sollen, denn jetzt blieb keine Zeit mehr, sich in Ruhe mit ihnen zu unterhalten, und niemand wusste, wann sie sich wiedersehen würden. Sie hatte es für eine schöne Idee gehalten, nicht nur die zwei Frauen an ihrem Tisch zu haben, die ihr so viel bedeuteten, sondern auch die Menschen, für die die beiden sich entschieden hatten.

Sie blickte zu Mary hinüber, die angestrengt die Hand ihrer Tochter von den Knöpfen ihres Oberteils wegschob, und wunderte sich, was aus ihrer Freundin geworden war. Früher hatte Mary bis in die frühen Morgenstunden Vergil gelesen. Für jede Kostümparty hatte sie sich bunte Blumen in ihr tiefschwarzes Haar gesteckt und weiße Tücher um ihre schöne Haut gehüllt, die Nancy immer an einen rötlich-braunen Erdton erinnerte, den sie lediglich aus Australien kannte. Mary, die aus einem gewöhnlichen Leben ausgeschert war, weil sie das Außergewöhnliche liebte, bloß um dann diese Person zu werden, die nur noch für andere da zu sein schien.

Sie stellte fest, dass sie wiederum Mitleid mit Howard hatte, obwohl sie wusste, dass das falsch war. Mary war wunderbar, der Grund für ihr gestresstes Wesen lag in ihren Lebensumständen, es war nicht ihre Entscheidung gewesen. Sie beugte sich über Howard zu Eleanor, denn sie suchte nach einer Aufmunterung. »Bitte erzähl mir von deinem sensationellen Erfolg«, sagte sie. »Ich habe das Gefühl, dass ich gar nichts davon mitbekommen habe.«

Mary hatte Nancys Worte gehört. »O ja, bitte, Ellie.«

Eleanor errötete. »Es ist keine großartige Beförderung. Ich hatte einfach Glück, das ist alles.«

»Das kann nicht alles sein«, erwiderte Nancy und fragte sich, warum sie unbedingt wollte, dass Eleanor ihren Erfolg ihnen gegenüber zugab.

Eleanor rieb sich die Augen, als ob sie müde wäre. »Das ist nur Schall und Rauch. Ich bin sicher, dass es noch zwanzig andere Leute gibt, die genauso qualifiziert sind wie ich und den Job genauso gut machen würden.«

»Das würdest du nicht sagen, wenn du ein Mann wärst«, sagte Mary.

Eleanor lachte. »Wahrscheinlich nicht.«

»Und du musst das doch großartig finden, zumindest teilweise«, sagte Nancy, die den Gedanken nicht ertragen konnte, dass Eleanor ihre Arbeit und ihren Erfolg nicht genoss.

Eleanor lächelte. »Nein, natürlich ist das super, ja.«

»Ich bin immer erstaunt, was die Menschen als Erfolg ansehen«, sagte Howard.

»Ja, da stimme ich zu.«

»Es ist mir ein Rätsel, warum man Schauspieler nach ihrer Meinung fragt oder sie auf den Titelseiten von Zeitschriften erscheinen. Ich meine, wäre es nicht sinnvoller, dort Lehrer oder Ärzte abzulichten? Oder Entwicklungshelfer wie dich, Eleanor.«

»Vielleicht ist der Beruf gar nicht das Entscheidende«, erwiderte Eleanor. »Vielleicht sollten wir Erfolg durch Beziehungen definieren. Warum fragen wir nicht Mütter nach ihrer Meinung, oder Ehepaare, die fünfzig Jahre zusammen sind?«

Nancy war überrascht, dass Eleanor beim Sprechen errötete. »Das ist eine reizende Idee«, sagte sie mit ihrer freundlichsten Stimme zu ihrer langjährigen Freundin.

»Es ist das Einzige, worauf es ankommt«, bemerkte Frederich in knappem Tonfall, und alle wandten sich ihm zu. »Wenn man seine Beziehungen erfolgreich führt, findet sich alles andere von selbst.«

Nancy bemerkte, wie sich alle am Tisch betreten zurechtsetzten, und hätte am liebsten losgekichert. Doch Robert begann, die Gläser nachzufüllen, und die Atmosphäre kippte, schwenkte um wie ein Irrlicht.

»Nun, ich denke schon, dass man noch etwas anderes getan haben muss, als sich fortzupflanzen, um als wirklich erfolgreich zu gelten«, sagte Howard.

»Ich weiß nicht«, entgegnete Mary und gähnte beim Sprechen, das Baby immer noch an sich geklammert. »Auf deinem Totenbett wirst du an nichts anderes als an deine Kinder zurückdenken, oder?«

Unwillkürlich warf Nancy einen Blick zu Eleanor, die auf ihr Weinglas hinuntersah. Sie hatte nie den Mut aufgebracht, ihre Freundin direkt danach zu fragen, ob sie traurig war, dass sie keine Kinder hatte. Nancy hatte stets angenommen, dass Eleanor viel zu sehr damit beschäftigt war, die Welt zu retten, aber vielleicht traf das gar nicht zu, und sie hatte gar keine Entscheidung getroffen, vielleicht hatte es sich für sie einfach nicht ergeben, Mutter zu werden. Nancy war nicht der Überzeugung, dass Frauen für ein erfülltes Leben unbedingt ein Kind zur Welt bringen mussten, aber sie konnte sich nicht vorstellen, wie man über eine so weitreichende Frage eine endgültige Entscheidung fällte. Sie hatte sich nicht bewusst für ein Kind entschieden, deshalb fand sie es unwahrscheinlich, dass sich viele Menschen aktiv dagegen entschieden.

»Ich glaube, dass es am besten ist, wenn man beides hat«, sagte Nancy. »Also eine gute Beziehung und Erfolg im Beruf.« Sie schnaubte. »Es scheint nur so verdammt schwer zu erreichen. Zumindest für Frauen.«

»Du hast recht«, sagte Mary. »Ich weiß nicht, wer diese Idee hatte, dass Frauen alles haben können, aber ich wette, es war ein Mann. Ich meine, weiß der Himmel, wann ich wieder zu arbeiten anfangen kann. Ehrlich, ich möchte alles dafür tun, eine gute Mutter zu sein, aber mein Job an der Universität fehlt mir sehr.«

»Es ist allein deine Entscheidung«, sagte Howard. »Diese Wahl hatten unsere Mütter nicht, daher sollte man das als echten Fortschritt ansehen.«

»Was meinst du damit, wenn du sagst, es sei allein ihre Entscheidung?«, fragte Eleanor. »Oder hast du von Frauen im Allgemeinen gesprochen? Dann ist also die Vereinbarkeit von Beruf und Familie allein unsere Aufgabe?«

Howard wurde rot, und Nancy hoffte, dass Eleanor kein Streitgespräch beginnen würde. »Ich glaube, es geht darum, zu Hause Regeln einzuführen, Ordnung zu halten und sich wirklich gut zu organisieren. Dann muss man noch einen Blick auf die Finanzen werfen, also schauen, wer mehr verdient und wie viel die Kinderbetreuung kostet.«

Mary lachte, aber es klang gekünstelt. »Howard verwechselt Kindererziehung mit Vorlesungen halten und Babys mit Steuerrückzahlungen.«

Howard lehnte sich zurück und zuckte die Achseln. »Ich verstehe nur nicht, was wichtiger sein soll, als Kinder großzuziehen.«

Nancy dachte, dass das genau der Satz war, den Menschen sagten, die nicht für Kindererziehung zuständig waren, dennoch begrüßte sie diese Einstellung, und wieder kam ihr der Gedanke, dass Robert sie nie in dieser Weise bestärken würde.

Mary hatte vor Erregung rote Streifen auf den Wangen. »Ganz so einfach ist es aber nicht, Howard. Ich denke, wir Frauen können schon erwarten, dass man uns beides zutraut. Das ist nur fair.«

»Nun, dann muss man auch zu beidem fähig sein«, antwortete Howard. »Du findest die Hausarbeit bereits sehr stressig, und ich möchte nicht, dass du dich mit einem zusätzlichen Job vollkommen überanstrengst.«

Alle am Tisch waren still, und es war, als würde man einem abgedroschenen Ehestreit lauschen. Nancy überlegte, was sie sagen konnte, doch sie stellte fest, dass sie keine feste Überzeugung hatte. Letztlich sprach Eleanor mit gekünstelt fröhlicher Stimme. »Ich habe keine Kinder und kann mir deshalb keine Meinung erlauben, aber alle meine Freunde mit Kindern sagen, dass die Arbeit der leichtere Teil ist. Ich glaube, es würde dir guttun, wieder in den Job zurückzukehren, Mary.«

Howard lachte gezwungen. »Ich sagte es schon, Kinderbetreuung ist sehr kostspielig. Das zweite Gehalt muss diese Ausgabe rechtfertigen.«

»Vielleicht«, sagte Eleanor, »muss man danach entscheiden, was das Beste für Glück und Gesundheit aller Beteiligten ist. Die Hausarbeit sollte nicht nur auf den Schultern einer Person lasten.«

Nancy begriff, dass keine von ihnen das erreicht hatte, was sie sich früher in nächtelangen Gesprächen erträumt hatten, als sie sich darüber unterhielten, was sie mit ihrem Leben anfangen würden. Sie sah sie drei vor sich, als würde sie einen Film anschauen oder ein stilisiertes Foto betrachten; vor ihrem geistigen Auge waren sie alle jung und gut aussehend, sogar die Lichtverhältnisse waren hell und klar. Sie hatte diese Frauen an der Universität kennengelernt, als sie sich auf dem Höhepunkt ihrer Leistungsfähigkeit befanden, oder zumindest am Beginn einer Entwicklung, die sie zu etwas befähigen würde. Was war aus ihnen geworden, insbesondere aus ihr? Plötzlich fragte sie sich voller Schrecken, ob ihre Freundinnen sich je Gedanken über sie machten, ob sie sich über die Belanglosigkeit ihres Lebens und die Eintönigkeit ihrer Tage wunderten.

Robert stand auf, die Anspannung brach ab, und die anderen fingen wieder an, sich zu zweit zu unterhalten. Er kehrte mit dem Käse als Dessert zurück, das war immer seine Aufgabe, obwohl Nancy und er niemals über ihre Rollen bei Essenseinladungen gesprochen hatten. Aber über welche Aufgabenverteilung hatten sie je gesprochen? Sie fragte sich, wie er auf den Vorschlag reagiert hätte, er solle zu Hause bei Zara bleiben, als sie noch klein war, während sie zur Arbeit ging. Sie hoffte, dass sich die Situation für Zara, Mimi und die kleine Maisie ändern würde. Die Zeit schien sich im Freilauf zu befinden, als würden die Jahre an ihr vorüberrauschen, und bald wäre nichts mehr von ihnen übrig. Sie wandte den Kopf und versuchte, Anschluss an ein Gespräch zu finden, an ein Thema, das sie in die Gegenwart zurückholte. Doch nur Howard, der sich mit Eleanor unterhielt, fing ihren Blick auf.

»Das ist ein wichtiger Paragraf«, sagte er gerade. »Ich denke, dass wir unser Verhältnis zur herrschenden Klasse völlig neu bewerten müssen. Allein aufgrund der Tatsache, dass wir jetzt so viel mehr von ihnen sehen, sollten sie einer größeren Rechenschaftspflicht unterliegen.«

Eleanor antwortete einsilbig, nickte knapp, was geradezu unhöflich wirkte. Howard wandte sich an Nancy und lächelte, doch in diesem Moment erhob sich Eleanor und wunderte sich laut, wie spät es schon geworden sei. Mary sah erleichtert aus, und Nancy fiel ein, dass sie noch mit allen Kindern ins Taxi steigen und sie dann zu Hause ins Bett bringen musste. Sie nahm aber auch an, dass Howard ihr dabei half, und Neid erfasste sie, denn Robert war kaum je rechtzeitig zu Hause gewesen, um Zara ins Bett zu bringen.

Der Abschied zog sich in die Länge, und Nancy fand die Situation beinahe unerträglich. Sie verspürte das verzweifelte Verlangen, ihre Freundinnen festzuhalten, als sie das Haus verließen, und ihnen Versprechen abzunehmen, wie man sie nur einem Liebhaber abrang. Wann würden sie sich wiedersehen? Könnten sie häufiger telefonieren? Sie küssten und umarmten sich, dann gingen ihre Freundinnen hinaus in die kalte Nacht, zurück zu ihren Leben, zu Plänen und Zielen, an denen sie nicht teilhatte. Denn natürlich folgte ihr Leben seinem eigenen Pfad. Trotzdem fühlte sie sich verlassen, als sich die Haustür endgültig schloss. Sie setzte sich auf die unterste Treppenstufe und fing so heftig an zu weinen, dass ihre Schultern bebten und sie schwer keuchte.

»So schlimm war es nicht«, sagte Robert in scherzhaftem Ton. »Obwohl ich diesen Idioten Howard mit Freuden niemals mehr wiedersehen würde.«

Nancy wusste, dass sie etwas erwidern sollte, aber sie war nicht fähig, sich zusammenzunehmen. Robert setzte sich neben sie auf die schmale Treppe.

»Hey, was ist los?« Seine Stimme klang nun viel weicher.

»Ich weiß es nicht«, antwortete sie und blickte ihn an, denn sie hatte das Gefühl, dass sie das tun sollte. »Es ist nur alles so traurig.«

»Traurig?«

Sie suchte nach Worten für das, was sie ausdrücken

wollte, und wusste, dass sie es nie artikulieren könnte. »Früher war ich jeden Tag mit Mary und Eleanor zusammen.«

Robert legte den Arm um ihre Schulter. »Erwachsenwerden kann sehr schwer sein.«

Sie war überrascht. »Du empfindest das aber nicht so, oder?«

»Manchmal schon. Es macht nicht immer Spaß, jeden Tag in einem Büro voller Männer in Anzügen zu sitzen.«

»Wirklich? Ich dachte, du findest das toll.«

»Es macht mir nichts aus. Ich denke nicht viel darüber nach.«

Sie vermutete, dass das der grundlegende Unterschied zwischen Männern und Frauen war. Sie lehnte ihren Kopf gegen seine breiten Schultern, und er küsste sie auf die Stirn. Es war alles sehr verwirrend.

Nancy schüttelte sich, um ihre Träumereien abzustreifen. Die Weinflasche war geleert, und ein Blick auf die Uhr sagte ihr, dass es beinahe zwei Uhr morgens war. Plötzlich wurde ihr der Schmerz in ihrem Kopf bewusst, und auch, wie kratzig sich ihr Hals anfühlte. Nancy stand auf, und ihre Erinnerungen überspülten sie wie Wellen, sie brachen ihren Zauberbann, und die Situation lag klar und offen vor ihr. Das ganze vergangene Jahr über hatte sie eine Affäre mit dem Ehemann einer ihrer besten Freundinnen gehabt, und dieses Verhalten war so widerwärtig, dass sie keine Erklärung dafür hatte. Verzweifelt fragte sie sich, ob es noch einen Weg zurück gäbe und wie sie mit diesem Wissen über sich selbst weiterleben könnte.

Als sie aufstand, hatte sie Kreuzschmerzen, wie wenn sie zu lange auf einem harten Stuhl gesessen hatte, und sie versuchte, sich nicht von der Mutlosigkeit des Alters erdrücken zu lassen. Der Wein zumindest zeigte seine Wirkung, und sie war müde, als sie ins Bett ging. Ihre Kleidung ließ sie nur auf den Boden fallen, dann kletterte sie neben ihren schlafenden Ehemann.

Sie wachte mit Robert um sechs Uhr morgens auf und rollte sich in seinen warmen, schlaftrunkenen Körper. Sie liebten sich langsam und zärtlich, und als Robert aus dem Bett aufstand, rutschte sie an die Stelle, wo er die ganze Nacht über gelegen hatte, und fühlte die Dellen seines Körpers in der Matratze.

»Ich wünschte, du müsstest heute nicht ins Büro«, sagte sie, als er sich anzog.

»Ich auch.« Obwohl sie dachte, dass er abgelenkt wirkte.

»Ich kann es nicht ertragen, wie uns das Leben im Weg steht.« Sie verspürte ein schmerzliches Verlangen nach etwas, das sie nicht fassen konnte und das sie so sehr ängstigte wie ein Monster unter dem Bett.

Er lachte. »Mein Gott, das ist komplex, was in deinem Kopf vorgeht, nicht wahr?«

Nachdem Robert gegangen war, stand Nancy auf und machte sich einen Kaffee, den sie mit an ihren Schreibtisch nahm. Dann schaltete sie den Computer an. Sie übersetzte gerade ein schönes Buch von einer Autorin, die sie sehr bewunderte, und sie sorgte sich, dass sie nicht fähig sein würde, die Bedeutungen der Worte richtig zu verstehen. Sie quälte sich mit jedem Satz, und ihr Abgabetermin rückte bedrohlich näher, dennoch ließ sie sich leicht ablenken. Dann schloss sie die Tür zu ihrem Arbeitszimmer und schaltete den Radiator neben dem Schreibtisch ein, obwohl auch die Zimmerheizung an war, und bald war es im Raum gemütlich warm. Sie liebte ihr Büro über alle Maßen, denn für sie repräsentierte es einen Moment, in dem sie ihr Schicksal – zumindest teilweise – in die eigene Hand genommen und etwas Positives erreicht hatte.

Nach zwei Stunden tat ihr der Rücken weh, und sie stand auf. Sie hatte nichts Bestimmtes zu tun, und ihr Kopf war voller lyrischer Sätze, die sich um ihr Denken schlangen. Ihr Büro lag neben Zaras Zimmer, sie ging dorthin und setzte sich auf das Bett ihrer Tochter. Zara war nach den Weihnachtsferien erst vor einer Woche an die Universität zurückgekehrt, und ihr Geruch hing noch in der Luft. Nancy legte sich auf die gestreiften Kissen und sog den Pfirsichduft von Zaras Haarshampoo ein. Ihre Augen wurden feucht, und ihr Magen schmerzte, als wäre er leer, und sie hasste das Leben dafür, stets alles zu verkomplizieren. Sie erkannte, dass sie ihre Tochter niemals nicht vermissen würde, dabei war ihre Beziehung immer schwierig gewesen, und Nancy fand, dass sie Zara keine gute Mutter gewesen war. Sie hatte niemals genug Freude an ihrem Kind gehabt. Doch jetzt verließ Zara ihr Elternhaus in kleinen Schritten; es war, als würde man Nancy das Herz aus der Brust reißen, und damit hatte sie nicht gerechnet.

Ihre Gefühle für Zara waren immer kompliziert gewesen, grenzenlose Liebe auf der einen Seite und die erdrückende Last der Verantwortung auf der anderen. Momente, in denen sie unglaublich stolz auf sie war, und dann fühlte sie tagelang gar nichts. Sie schloss Türen und öffnete andere, ständig fühlte sie sich zurückgelassen, ohne je wieder aufholen zu können. Und obendrein, wie zur Zierde, ein allgegenwärtiges, bohrendes Schuldgefühl, dass nichts, was sie tat, je genügte.

Als Zara noch ein Baby gewesen und Robert morgens zur Arbeit gegangen war, hätte Nancy sich am liebsten vor ihm auf den Boden geworfen und ihn angefleht, zu Hause zu bleiben. Tatsächlich tat sie das ein paarmal. »Was hast du nur?«, fragte er sie dann. »Warum fällt es dir so schwer?« Und er gab sich kaum Mühe zu verbergen, wie sehr er sie in diesen Augenblicken hasste, fast so sehr wie sie sich selbst. Warum war es ihr so schwergefallen, sich um ihr Kind zu kümmern? Warum hatte sie manchmal, wenn sie Zara im Kinderwagen die Straße entlangschob, das Gefühl, als schrumpfte und verschwände sie, als fiele sie bald durch die Risse im Bürgersteig?

Alles fiel ihr schwer, von dem Moment, wenn sie die Augen öffnete, bis zu dem, wenn sie abends wieder einschlief. Sie war so müde, dass es sich wie eine Krankheit anfühlte; ihre Muskeln schmerzten, ihr Mund war trocken, und ihr Kopf hämmerte unaufhörlich. Sie war sicher, dass sie in Ohnmacht fallen würde, wenn sie den ganzen Tag mit ihrer Tochter allein blieb, und dann würde etwas Schreckliches passieren: Zara würde stundenlang schreien oder hinfallen, sich irgendwo einklemmen oder aus Versehen Reinigungsmittel trinken.

Letztlich hatte sie den ganzen Tag lang dröhnende Kopfschmerzen und weinte die ganze Nacht hindurch, also schickte Robert sie auf eine Gesundheitsfarm. Auf der Fahrt dorthin schien er vor Wut zu beben, und sie traute sich nicht, ein Wort zu sagen. Als sie ankamen, fand sie, dass die Einrichtung eher einem Irrenhaus denn einer Gesundheitsfarm glich, und sie war sicher, dass es dort Geheimtüren gab, hinter denen sich die Ärzte versteckten, um sie heimlich zu beobachten. In ihrem Zimmer mit Blick auf den Garten schrie sie Robert an, beschuldigte ihn, dass er sie angelogen habe, dass er versuche, sie in eine psychiatrische Klinik einzuweisen. Er hatte am Fenster gestanden und sich die Haare gerauft: »Ich glaube nicht, dass ich das noch länger ertrage. Du bist verrückt. Vollkommen wahnsinnig.«

Jetzt erinnerte sie sich wieder daran, während sie auf Zaras Bett lag – Zara, die trotz ihrer Mutter wuchs und gedieh –, das waren seine letzten Worte gewesen, bevor er fortging und sie zwei Wochen im Nachthemd mit anderen, ähnlich geistig gestörten Menschen verbrachte. Sie hatte immer gefürchtet, dass sie verrückt werden könnte, aber es war eine abstrakte Sorge gewesen, die sich in diesen vierzehn Tagen bestätigte. Während ihrer Zeit auf der Gesundheitsfarm kam Nancy zu der Überzeugung, dass Robert recht haben musste – anscheinend benutzte sie ihren Verstand nicht auf die gleiche Weise wie andere Menschen, und das musste bedeuten, dass sie schwachsinnig war. Daraus folgte, dass sie ihre Gedanken unbedingt unter Kontrolle behalten musste, sonst würde Zara etwas Schlimmes passieren, sie könnte ihnen sogar weggenommen werden.

Nancy musterte die Wände von Zaras Zimmer, an denen Fotos, Konzertkarten, ausländische Zugfahrscheine und Poster mit Eselsohren hingen, und fragte sich, ob es wohl besser für Zara gewesen wäre, wenn sie nicht bei ihr aufgewachsen wäre. Wenn sie nicht gezwungen gewesen wäre, die Flatterhaftigkeit und die Unzufriedenheit ihrer Mutter mitzuerleben, wenn sie einfach nur glücklich gewesen wäre mit einem Schicksal, das es so viel besser mit ihnen gemeint hatte als mit vielen anderen Menschen. Robert musste damals recht gehabt haben mit seinen Worten, denn nur jemand, der wirklich verrückt war, hätte sein Leben so aufs Spiel gesetzt, wie sie es im letzten Jahr getan hatte.

Doch sie wusste, dass das lediglich ein Teil der Geschichte war, und eine andere Erinnerung aus der Zeit auf der Gesundheitsfarm drängte sich in ihr Bewusstsein: Während ihres Aufenthalts hatte sie herausgefunden, dass sie wieder arbeiten musste, um zufriedener zu sein. Nicht Vollzeit, aber sie war zuversichtlich, dass sie bei der Zeitschrift, für die sie geschrieben hatte, auch für drei Tage pro Woche anfangen könnte. Sie musste in die Erwachsenenwelt zurückkehren und regelmäßig mit anderen Menschen reden, sich mittags ein Sandwich kaufen, allein im Park sitzen, Galerien besuchen und mit Freunden etwas trinken gehen. Sie konnte nicht allein die Sklavin eines kleinen, tyrannischen Wesens sein, auch wenn sie es abgöttisch liebte. Der Gedanke war Nancy wie eine erstaunlich simple Lösung all ihrer Probleme erschienen, als sie am Rand des nach Chlor riechenden Swimmingpools saß. Von dem Moment an beruhigten sich ihre wirren Gedanken, sie schlief gut, und die Tage bis zu ihrer Abreise waren nicht länger angstbesetzt, im Gegenteil: Sie freute sich auf die Rückkehr nach Hause.

Während ihrer Abwesenheit hatte Robert ein Kindermädchen engagiert. Auf der Fahrt nach Hause erzählte er Nancy, dass Zara nachts nicht mehr ständig aufwachte, und ein leichtes Unbehagen stieg in Nancy auf. Als sie Zara an diesem Abend ins Bett brachte, hatte sie beinahe das Gefühl, ihre kleine Tochter würde sich von ihr abwenden. Sie fand es frustrierend, aus dem Zimmer zu gehen, während Zara noch wach war und ausnahmsweise nicht weinte. Eine Weile blieb sie vor Zaras Zimmertür stehen, bis Robert vorbeikam.

»Ich kann nicht glauben, dass ich sie nicht mehr in den Schlaf wiegen muss«, sagte Nancy mit erstickter Stimme.

Robert zog die Augenbrauen in die Höhe. »Aber das ist doch gut, oder nicht? Vorher hast du dich immer über die verlorene Zeit beklagt.«

»Ja, ich weiß. Aber auch das fühlt sich merkwürdig an. Als ob sie sich von mir losreißen würde.«

»Ich dachte, das ist es, was du willst.«

»Eigentlich nicht.« Obwohl ihr plötzlich nicht mehr klar war, was sie gewollt hatte oder jetzt noch wollte.

Robert schüttelte den Kopf. »Mein Gott, bist du kompliziert. Kannst du nicht einfach zufrieden sein, dass sie endlich schläft?«

Nancy folgte Robert in die Küche. Er hatte Abendessen vorbereitet, und das gab ihr das Gefühl, Gast in ihrem eigenen Leben zu sein. Er hatte Kabeljau mit Reis gekocht, ein bizarres Gericht, das vollkommen anämisch auf ihrem Teller aussah und ihr im Hals stecken blieb, als sie versuchte, einen Bissen hinunterzubringen.

»Du siehst besser aus«, sagte er. »Du hast ein wenig

zugenommen. Und du hast nicht mehr diesen gequälten Gesichtsausdruck.«

»Danke.«

»Ach, du weißt schon, was ich meine.«

Nancy schob mit der Gabel den verkochten Fisch auf ihrem Teller herum. Auf der Gesundheitsfarm hatte sie mehr gegessen, weil sie hungrig gewesen war, aber jetzt setzte sich wieder die vertraute Übelkeit in ihrem Magen fest, und sie konnte sich nicht vorstellen, je wieder einen Teller aufzuessen. »Ich habe viel nachgedacht, während ich weg war.«

»Das lässt nichts Gutes erahnen.«

Nancy blickte auf, um herauszufinden, ob Robert scherzte, doch sein Gesichtsausdruck war ernst. »Ich denke, ich sollte wieder arbeiten.«

Er erwiderte ihren Blick mit der Gabel auf halbem Weg zum Mund. »Warum in aller Welt solltest du das tun?«

Ihr Magen fühlte sich kalt an. »Weil ich es möchte.«

»Aber wir brauchen das Geld nicht.«

»Arbeitest du nur des Geldes wegen?«

Er schob sich die Gabel in den Mund. »Also, nein, doch das ist etwas anderes.«

»Inwiefern ist es etwas anderes?«

»Insofern als ich arbeiten muss, um die Hypothek zu bezahlen, und auch alles andere, also wäre es echt mies, wenn mir die Arbeit keinen Spaß machen würde. Es sei denn, du würdest das so wollen. Dass ich jeden Tag einer Tätigkeit nachgehe, die ich hasse, damit ich deine Qualen nachempfinden kann.«

Es war, als hätte er sie geohrfeigt. »Warum sollte ich

das wollen? Du kannst doch nicht im Ernst glauben, dass ich das will.«

Robert schob seinen Teller fort und lehnte sich im Stuhl zurück. »Ich weiß nicht, was du willst, Nancy. Ich glaube, dass du selbst nicht weißt, was du willst.«

»Aber das habe ich dir doch gerade gesagt.« Sie hatte das Gefühl, dass sie beide verschiedene Sprachen sprächen und von einer Verständigung meilenweit entfernt waren.

Er schnaubte. »Zum Teufel noch mal. Du willst jemanden dafür bezahlen, dass er auf unser Kind aufpasst, nur damit du weggehen und dich gut fühlen kannst?«

Sie hatte das Gefühl, dass sie den Faden verlor. »Nicht ganz. Aber was wäre so schlimm daran? Ich meine, ich würde nicht Vollzeit arbeiten.«

Sie sahen einander über den Küchentisch hinweg an, und Nancy spürte, wie sich die Atmosphäre änderte. Manchmal dachte sie, dass ihr Hass aufeinander so groß war, dass einer von ihnen mit dem Küchenmesser auf den anderen losgehen könnte.

»Dann verstehe ich es also richtig, dass die vergangenen zwei Wochen nichts verändert haben«, sagte Robert. »Ich meine, du bist noch genauso unzufrieden wie vorher.«

»O Gott, Robert.« Sie spürte eine brodelnde Verzweiflung. »Ich wünschte, du könntest mal eine Woche lang mein Leben führen. Vielleicht wärst du dann nicht so verdammt scheinheilig, wenn es darum geht, dass ich arbeiten möchte.«

»Ich verstehe, was du meinst. Ich könnte nie das tun, was du machst.«

»Das sagen Männer immer, als ob Frauen eine angeborene Fähigkeit hätten, Haussklavin zu werden. Uns fällt das genauso schwer wie euch, wenn ihr es tun müsstet.«

»Ich würde dein Leben kaum als das einer Haussklavin bezeichnen.«

Sie konnte nicht verhindern, dass ihre Stimme jetzt laut wurde. »Herrgott noch mal, sprichst du von den seltenen Malen, wenn ich meine Freundinnen treffe oder zum Friseur gehe? Wir alle brauchen ab und zu etwas, das nicht Arbeit ist. Als was würdest du denn deine Abendessen oder Pub-Besuche mit Freunden bezeichnen?«

Er sah müde um die Augen aus. »Dann ist Zara also Arbeit?«

Sie hatte das Gefühl, dass sich eine Explosion in ihrer Brust aufbaute. »Stellst du dich absichtlich dumm? Natürlich macht sie Arbeit. Aber das heißt nicht, dass ich sie nicht über alles liebe.«

Er rieb sich mit den Händen übers Gesicht. »Ich verstehe nicht, warum es dir so schwerfällt.«

»Im Gegensatz zu wem?« Wut schäumte in ihr auf, doch Nancy sprach in ruhigem Ton, weil sie wusste, dass Robert sie sonst aufgrund ihres Aufenthalts auf der Gesundheitsfarm als verrückt bezeichnen könnte, und das durfte sie nicht zulassen. »Du hängst Hirngespinsten nach, wenn du glaubst, dass diese langweiligen Dinnerpartys, zu denen wir eingeladen werden, das echte Leben sind. Dass diese Frauen, die dort lachen und plaudern und scheinbar mühelos Coq au Vin und Pavlova zubereiten, immer so sind. Ist dir denn nicht klar, dass die meisten Männer, die zu uns nach Hause kommen, sich anschließend wünschen, ihre Ehefrauen wären wie ich? Niemand dort zeigt sein wahres Ich, Robert. Bitte sag mir, dass du das weißt.«

Er lehnte sich zurück und hob abwehrend die Hände hoch. Nancy ahnte, dass seine nächsten Worte darauf abzielen würden, sie aus dem Gleichgewicht zu bringen und ihr Verhalten infrage zu stellen. »Weißt du, Nancy, ich brauche keine Belehrungen über Frauenemanzipation. Ich bin nicht so ein Neandertaler wie mein Vater. Bist du sicher, dass es dir gut geht?«

Ihre Hand schloss sich fester um den Stiel ihres Weinglases, denn es kostete sie viel Kraft, Robert das Glas nicht ins Gesicht zu werfen. Sie sprach gelassen, weil er gewonnen hätte, wenn sie ihn anschrie. »Lass das, Robert. Zweifele niemals an meiner geistigen Gesundheit, nur weil ich nicht mit dir einer Meinung bin.«

»Das habe ich gar nicht.« Aber er blickte schuldbewusst. »Wie wäre es, wenn wir noch ein Kind bekommen würden?«

Sie nippte an ihrem Weinglas, als er sprach, und beinahe hätte sie sich verschluckt. »Wie bitte?«

»Ich meine, wenn wir ein zweites Kind bekommen und du wieder arbeitest, das wäre doch sehr anstrengend, oder?«

»Noch ein Kind?« Sie sah ihren Ehemann an und fragte sich, ob er irgendetwas von ihr wusste. Oder sie über ihn. Oder ob sie lediglich zwei Körper waren, die im selben Raum existierten. »Robert, ich bekomme nie mehr ein Kind.«

»Also, nicht jetzt. Aber vielleicht in einigen Jahren.«

Sie konnte sich ein lautes Lachen nicht verkneifen. »Nein, niemals.«

»Aber warum nicht?« Er wirkte niedergeschlagen, wie ein kleiner Junge.

»Weil es mit Abstand das Schwierigste und Furchteinflößendste ist, was ich je getan habe. Ich wusste nicht, dass man einen Menschen so sehr lieben kann und dass diese Liebe ein absolut beängstigendes Gefühl ist, weil man sich die ganze Zeit Sorgen macht, das Kind könnte einem weggenommen werden.«

»Was?«

Sie war nun in Fahrt, die Wutblase in ihrer Brust war geplatzt. »Und übrigens, ich würde noch ein Kind wollen, wenn ich du wäre. Denn abgesehen von der übermächtigen, manchmal beängstigenden Liebe, die du offensichtlich nicht fühlst, musst du nicht so dick werden, dass du nicht einmal mehr die Treppe hinaufkommst, ohne außer Atem zu sein, du kriegst keine Hämorrhoiden und musst das Baby nicht aus deiner Muschi pressen. Du verbringst nicht sein ganzes erstes Lebensjahr in einem Zustand permanenter Erschöpfung, weil es nicht schläft. Du musst dich nicht auf weitere vier harte Jahre in Parks und Spielgruppen gefasst machen oder Essen zermatschen, das dann durchs Zimmer geschleudert wird.«

»Meine Güte, Nancy.«

»Und es geht nicht nur um Zara und um meine Gefühle für sie, sondern auch darum, wie ich mich fühle. Manchmal blicke ich auf mein Leben zurück und denke, dass ich nie eigene Entscheidungen getroffen habe. Ich ging an die Uni, weil ich dafür schlau genug war, genau wie du, dann aber fing ich nichts mit meinem Abschluss an, ich heiratete einen Mann, der zweifellos reich und erfolgreich werden würde, dann bekamen wir ein Kind.«

»Du redest, als hätte man dich in eine Kohlengrube gesteckt.« Sie hatte das dringende Bedürfnis, ihn zu ohrfeigen, doch dann würde er als Sieger aus dieser Auseinandersetzung hervorgehen.

Nancy atmete tief durch. »Ich sage nicht, dass ich es schlecht habe. Aber ich wünsche mir Veränderung. Dabei weiß ich selbst nicht genau, wie dieses andere Leben aussieht. Ich weiß bloß, das hier ist es nicht.« Und das war die Wahrheit; dort draußen gab es etwas, das alles umfasste, was sie derzeit hatte, aber auch noch mehr in sich einschloss. Sie dachte nicht, dass diese Veränderung besser wäre als der Rest ihres Lebens, sondern dass dadurch ihr gesamtes Leben besser würde. Sie wusste nur nicht, wie diese Veränderung aussah, obwohl sie das Gefühl hatte, sie auf ihrer Haut spüren zu können.

Das Summen ihres Handys holte sie in die Gegenwart zurück, also erhob Nancy sich vom Bett und ging in ihr Arbeitszimmer, wo das Gerät auf dem Schreibtisch lag. Howard hatte ihr eine Textnachricht geschickt: **Kann es kaum erwarten, Dich heute Abend zu sehen. Ich fühle mich nur lebendig, wenn Du bei mir bist.** Sie löschte die Nachricht sofort, dann musste sie sich hinsetzen, sonst, so fürchtete sie, würde sie umfallen. Die kahlen Bäume im Garten wirkten bedrohlich, als krallten sie sich an das Granitgrau des eiskalten Himmels. Seit Jahren hatte sie keinen so rauen Winter erlebt, und es fühlte sich richtig, beinahe tröstlich an, denn in letzter Zeit schienen die Jahreszeiten verschwunden und ihre Bedeutungen ausgehöhlt worden zu sein. Sie hoffte auf Schnee, Schnee, der sich auftürmte und flach wurde und alles dämpfte, sodass die Welt still und wie neu erschien. Obwohl es solchen Schnee heutzutage nicht mehr gab, besonders nicht in London, wo er bloß mehr gräulicher Matsch war.

Als das Telefon, das sie noch immer in der Hand hielt, klingelte, schreckte sie auf. Aber auf dem Display erschien Zaras Name, daher wischte sie dankbar auf *Anruf annehmen*.

»Hallo, Liebling«, sagte sie fröhlich. »Wie geht es dir?«

»Ich fühle mich nicht gut, Mum. Woran merkt man, ob man Grippe bekommt oder ob es doch nur eine Erkältung ist?«

»Nun, hast du Fieber?« Unwillkürlich legte Nancy beim Sprechen eine Hand auf ihre Stirn. Letztes Jahr hätte Zara eine Meningitis-Impfung bekommen können, und Nancy wusste nicht mehr, ob ihre Tochter sich diese hatte geben lassen, wollte sie jedoch jetzt nicht durch eine Nachfrage beunruhigen.

»Ich fühle mich ziemlich schlapp.«

»Hast du Kopfschmerzen? Ist dir übel?«

»Eigentlich nicht. Mein Kopf tut ein wenig weh.«

»Wo bist du?«

»In meinem Zimmer. Aber ich muss diesen Essay zu Ende schreiben, und in einer Stunde habe ich eine Übung.«

Ich liebe dich, wollte Nancy sagen, doch sie brachte die Worte nicht über die Lippen. Ich habe auf deinem Bett gelegen, weil ich dich so sehr vermisse.

»Es ist nicht schlimm, wenn du mal eine Übung verpasst, schon gar nicht, wenn du anrufst und sagst, dass du krank bist.«

»Ja, aber der Essay.«

»Eine Erkältung geht am schnellsten vorbei, wenn man sich ausruht, viel trinkt und sich warm einpackt. Kannst du vielleicht im Bett schreiben?« Sie war eine Mutter geworden, dachte Nancy, ohne es bemerkt zu haben.

»Ja.«

»Sonst alles in Ordnung?«

»Ähm. Was machst du gerade?«

»Oh, ich arbeite ein wenig. Später treffe ich mich mit Ellie zum Essen.« Im Haus ist es so still ohne dich, wollte sie hinzufügen, ich spüre dich überall, manchmal höre ich dich nach mir rufen, doch ein Gefühl der Befangenheit hielt sie zurück. Vielleicht war es auch subtiler, und sie wollte keinen Druck auf Zara ausüben, sie anzurufen oder nach Hause zu kommen, wenn sie nicht wollte.

»Sag ihr liebe Grüße von mir.«

»Das mache ich. Und ruf noch mal an, wenn du dich schlechter fühlst. Dann steige ich ins Auto und komme zu dir. Es ist nicht weit.«

Zara lachte. »Ich glaube nicht, dass es so ernst ist.«

Sie war enttäuscht, denn in diesem Moment gab es nichts, was sie lieber getan hätte, als Zara zu sehen. Sie könnte ihre Verabredungen für den Abend absagen, sogar Howard würde das verstehen. »Okay, also, ich rufe dich morgen an, um zu sehen, wie es dir geht.«

»Okay. Danke, Mum.«

»Tschüss, Liebling.«

»Ja, tschüss.«

Nancy hielt das stumme Handy in der Hand und fragte sich, ob sich jeder Abschied von Zara wie dieser anfühlen würde, wenn sie erst richtig erwachsen wäre und das ganze Jahr woanders wohnte, ihr eigenes Leben führte. Sie dachte, bei ihrem nächsten Telefonat würde sie Zara sagen, dass sie sie liebte. Und sie konnte nicht so eine schlechte Mutter sein, wie sie stets befürchtete, wenn Zara sie immer noch anrief, sobald ihr etwas Sorgen bereitete.

Sie rief Robert an, denn das Haus war zu still, doch er klang gereizt, als er den Anruf entgegennahm. »Alles okay?«

»Ja, ich habe gerade mit Zara gesprochen. Sie hat eine Erkältung.«

»Oh.« Nancy wusste, dass er noch mit etwas anderem beschäftigt war. »Er hat also nicht wieder angerufen?«

»Nein.«

»In Ordnung. Willst du immer noch mit Ellie essen gehen?«

»Ja.«

»Zu diesem Griechen?«

»Ja.«

Robert zögerte, aber dann sagte er: »Du würdest es mir doch sagen, wenn du dich mit ihm verabredest, oder?«

Nancy schlug das Herz bis zum Hals. »Ja, natürlich würde ich das. Ich treffe ihn nicht. Ich will ihn nicht sehen.« Zumindest Letzteres entsprach der Wahrheit.

Sie konnte hören, wie sein Atem schneller ging, und plötzlich wurde ihr bewusst, wie wütend er war. Dass er nur Ruhe bewahrte, weil es gefährlich wäre, seiner Wut freien Lauf zu lassen. Zum ersten Mal bekam sie Angst davor, was Robert tun könnte.

»Ich sehe dich später«, sagte er und beendete das Gespräch, bevor sie etwas erwidern konnte.

Anschließend saß sie reglos an ihrem Schreibtisch, der Tag zog sich hin, es wurde dunkel, und ihr kam der Gedanke, dass Roberts ruhige Wut sie oft von etwas abgehalten hatte, ohne dass es ihr bewusst gewesen war. Diese Wut war der wahre Grund, warum sie bis zu Zaras zehntem Lebensjahr keinen Job hatte, obwohl ihre Tochter sie damals schon seit Längerem nicht mehr ständig brauchte. Es hatte nichts mit dem Kauf von Coombe Place in Sussex zu tun und all den Jahren, in denen sie sich mit Farbpaletten und Antiquitätenläden abgelenkt hatte. Es hatte nicht an der Krankheit ihres Vaters gelegen, eine Zeit, während der sie ihre Mutter stark unterstützt hatte. Und ebenso wenig an den Wohltätigkeitsorganisationen, denen sie angehörte, oder den Dinnerpartys, die sie veranstaltete, oder den vielen anderen Dingen, die sie unternahm, um die Risse in ihrem Leben zu übertünchen.

Ihre Freunde und Bekannten waren überzeugt, dass Robert sie über alles liebte, sogar vergötterte, und Nancy wusste, dass das in vielerlei Hinsicht stimmte. Er hatte ihr das im Laufe ihrer Ehe häufig bewiesen, er meinte es gut, auch wenn er es falsch verstand. Er hatte immer versucht, sie in sein Leben miteinzubeziehen, sie aus ihren Grübeleien zu reißen, er hatte sich ständig etwas einfallen lassen, um sie zum Lachen zu bringen. Sie wusste, wie sie beide als Paar wirkten, warum Hunderte Gäste zu ihrer Hochzeit gekommen waren, warum sie zu Abendessen eingeladen wurden und sogar Eleanor feuchte Augen bekam, wenn sie über sie beide sprach. Aber ihr war auch bewusst, dass sie nur dank vieler Kompromisse zusammengehalten hatten, und die meisten davon hatte sie eingehen müssen.

Sie hatten nach Roberts Auffassung von Wahrheit gelebt, die nicht schlecht war, sich aber dennoch von ihrer Auffassung unterschied. Er gab ihr das Gefühl, unrecht zu haben, er brachte sie dazu, an Entscheidungen und Gedanken zu zweifeln, die von seinen abwichen. Zum ersten Mal verstand Nancy zumindest teilweise, warum sie sich auf diese Affäre eingelassen hatte.

Die Affäre war grundsätzlich falsch gewesen, es war das Schlimmste, was sie hatte tun können, und genau das war eine Zeit lang aufregend und faszinierend gewesen. Es war wie eine bewusstseinsverändernde Droge, eine unvergleichliche Euphorie, eine wahre Ekstase gewesen. Rückblickend hatte es nichts damit zu tun gehabt, einen anderen Menschen zu begehren, es war allein um den Kitzel der Gefahr gegangen. Nancy dachte, dass sie einen Weg finden musste, das Robert begreiflich zu machen. Vielleicht könnten sie beide noch einmal von vorn anfangen, nicht in jeder Hinsicht, aber sie müssten diese grundsätzlichen Dinge ändern, die an ihnen kratzten und zerrten, bis sie beide blutig und zerschrammt waren.

Im letzten Monat waren sie richtig liebenswürdig zueinander gewesen, und das hatte sie daran erinnert, wie sehr sie sich liebten. Es war ihnen gelungen, mit dem Nörgeln und Miesmachen aufzuhören, weil sie beide mit ihrer hässlichsten Seite konfrontiert waren und sich dennoch aneinanderklammerten. Sie brauchten sich, denn ihre unterschiedlichen Charaktere halfen ihnen, sich selbst zu verstehen. Ein Leben ohne Robert, das sah sie jetzt, war unmöglich, genauso wie er nicht ohne sie leben könnte. Der Gedanke wärmte ihr Herz, dass alle Welt recht gehabt hatte und sie tatsächlich eine große Leidenschaft verband, wie in den besten Liebesgeschichten.

Doch diese Erkenntnis machte sie auch traurig, denn sie begriff, dass sie den Teil ihrer Persönlichkeit, der ihr zu einem zufriedenen Leben gefehlt hatte, die ganze Zeit über in sich getragen hatte. Sie erinnerte sich an einen Moment zu Beginn der Affäre, als sie mit Howard geschlafen hatte. Er hatte ihren Körper von oben bis unten mit Küssen bedeckt und anschließend zu ihr gesagt: »Du bist meine Heldin.« Die Worte waren in sie eingedrungen, als hätte er Löcher in ihren Körper gebohrt und warmes Licht auf all ihre dunklen Flecken geleuchtet. Auch wenn ihr die Vorstellung, eine Heldin zu sein, nun kitschig vorkam, und vielleicht war sie das ja auch vorher schon gewesen. Möglicherweise aber war die Tatsache, für jemand anderen eine Heldin zu sein, niemals eine Antwort auf eigene Fragen.

Der Tag, der in keinem Augenblick so etwas wie Licht gewesen war, hatte sich wieder in Dunkelheit gehüllt, daher ging Nancy nach unten, um sich einen Tee zuzubereiten. Ihr Magen fühlte sich leer an, doch sie hatte keine Lust, sich etwas zu essen zu machen, deshalb stand sie vor dem offenen Kühlschrank und aß etwas Schinken und Käse. Sie würde sich besser ernähren, wenn all dies vorüber wäre, dachte sie – wenn sie auf dem Land lebten, würde sie vielleicht Gemüse anbauen und Marmelade kochen, und bei dem Gedanken musste sie laut lachen.

Sie nahm sich auch vor, ihre Freundschaft zu Mary und Eleanor wiederaufleben zu lassen. Sie wusste, dass ihr derzeitiges Verhalten Eleanor ärgerte, und da sie Mary aus Gründen, die auf der Hand lagen, nichts über das letzte Jahr erzählt hatte, hatten sie sich voneinander entfernt. Doch sie sehnte sich nach ihren Freundinnen. Sie wollte Spaß mit Eleanor haben, damit sich ihr freundliches Gesicht wie früher zu einem herzlichen, ansteckenden Lachen verzog. Und sie vermisste Marys Eigenheiten, ihr umfassendes Wissen der Klassiker, ihr tiefes Denken, ihre Liebe zu ihren Kindern.

Sie wünschte sich, sie drei könnten alle Männer vergessen und zusammenleben, wie zu Unizeiten, als sie sich ein zugiges Haus teilten, wo es nach Katzen und Feuchtigkeit roch. In ihrem ersten Winter dort war es eiskalt gewesen, so kalt wie jetzt. Nancy war sicher, dass es sogar geschneit hatte. Die Heizung war ausgefallen, daher hatten sie ihre Matratzen ins Wohnzimmer vor den Kamin gelegt, um sich warm zu halten. Sie erinnerte sich an lange, schlanke Glieder, die sich vor ihr ausstreckten, wie sie nachts häufig mit einem Arm quer über ihrer Brust aufwachte oder Ellie im Schlaf flüsterte. Sie erinnerte sich, dass sie alle nach der Kokosnuss-Körpercreme rochen, die Mary benutzte, ihr Atemhauch morgens die Fenster beschlug und sie sich Make-up und Klamotten so lange ausliehen, bis kein Kleidungsstück mehr eine Besitzerin hatte. Sie erinnerte sich, dass die Carpenters alle ihre Gespräche übertönten, an steifen Grog aus billigen Gläsern und Pommes frites, die sie von Essig getränktem Papier aßen.

Sie hatte auch noch ein Gespräch zwischen Mary und Eleanor im Gedächtnis; die beiden hatten sich spätnachts über den Bangladesch-Krieg unterhalten und darüber gesprochen, wie als kriegerischer Akt massenweise Frauen vergewaltigt wurden. Sie hatten mit Zahlen um sich geworfen; unmögliche Zahlen – über drei Millionen Tote, bis zu vierhunderttausend vergewaltigte Frauen und Mädchen – Zahlen, die keinen Sinn ergaben. Während Nancy ihren Freundinnen zuhörte, ging ihr auf, dass sie noch nie zuvor von diesem Krieg gehört hatte, und das kam ihr beschämend vor. Marys Vater hatte nicht in diesem Krieg gekämpft, dennoch erkannte Nancy jetzt, dass Mary in ihren Gedanken von nun an mit diesem Todesort verbunden war. Nancy begriff, dass sie ihre Freundin selbst nach so vielen Jahren immer noch in diesem Kontext gesehen hatte. Sie hatte sie stets als Überlebende gesehen, als jemand, der davongekommen war. Aber was war, wenn sie diesen Verrat nicht verkraften konnte, was, wenn Nancy der Mensch war, der ihr Leben zerstörte?

Nancy steckte ihre Finger in das Mayonnaise-Glas, um ihren Gedankenfluss zu stoppen, und während ihr die Kälte des Kühlschranks entgegenschlug, leckte sie die fettige, klebrige Masse ab. Dann bereitete sie sich eine Tasse Tee zu und nahm sie mit an ihren Schreibtisch, doch der Gedanke an Arbeit erschien ihr deprimierend. Es war in Ordnung, sich in die Vergangenheit zu flüchten und sich eine glänzende Zukunft auszumalen, aber dabei übersah sie die entscheidende Frage: Wie hatte die Affäre begonnen? Sie spürte das vertraute Rumoren in ihren Eingeweiden, als die Gedanken zu kreisen und sie einzuschließen begannen. Wem hatte sie etwas vormachen wollen, als sie dachte, dass aus diesem Chaos etwas Gutes entstehen könnte? Sie wusste genug über das Leben, um sicher zu sein, dass diese Geschichte ein schlechtes Ende nehmen würde. Sie fühlte, wie sich ihr Verstand ein Stück weit von ihrem Körper löste, sodass sie von sich selbst getrennt und gleichzeitig Teil ihrer selbst war; sie konnte in sich existieren, während sie hasserfüllt auf jeden Aspekt ihres Wesens blickte.

Komm schon, höhnte ihr Verstand, du bist nichts anderes als eine selbstsüchtige Schlampe. Es gibt keine tieferen Beweggründe. Du hast das getan, weil du die Möglichkeit dazu hattest. Gib es zu. Nancy stöhnte und legte ihre Stirn auf den Schreibtisch. Die Gedanken hielten sie jetzt fest, und sie würden ihr nichts ersparen.

Hatte es genügt, dass jemand ihr eine Ablenkung von sich selbst bot, damit sie ihrem ganzen Leben den Rücken kehrte? Und wenn das zutraf, was für ein Mensch war sie dann? Ihr Nacken schmerzte wegen der seltsamen Haltung, in der sie auf dem Stuhl saß, den Kopf auf den Tisch gelegt, doch sie rührte sich nicht, denn sie zog die Schmerzen den Gedanken vor, die sich dennoch ihren Weg bahnten.

Sie dachte nicht, dass es einfach nur um Sex gegangen war. Zwar hatte sie nie besseren Sex gehabt, aber sie schlief auch noch mit Robert, und er brachte sie häufig zum Orgasmus. Außerdem hatte sie nicht geahnt, wie es mit Howard im Bett sein würde, als sie das erste Mal zu der Wohnung gefahren war. Nein, ihr Verrat war geistiger Natur gewesen, und das machte es noch schlimmer.

Howard hatte wie eine Bombe in ihr angeblich so perfektes Leben eingeschlagen, ein Leben, über das sie bis zu jenem Moment leicht die Nase gerümpft, das sie vorhersehbar und langweilig gefunden hatte. Letztlich hatte sie nur ihren Mangel an Fantasie offenbart. Sie hätte alles erreichen können in diesem Leben, vieles war ihr mitgegeben worden, anderes hatte sie sich selbst aufgebaut, doch sie hatte sich dafür entschieden, sich selbst zu bemitleiden, festgefahren in ihren schwirrenden Gedanken. Er war wie diese Pille, die sie immer gefordert hatte: ein Medikament, das das Leben erträglich machte. Denn wenn man genügend Dinge in Brand steckte, wenn man sich ordentlich durchschüttelte, wenn man seine Hand über die Flamme hielt, wenn man sein Herz dazu brachte, schneller zu schlagen, dann fühlte sich die ständige Erregung nicht länger wie Angst an, sondern wie Aufregung.

Anfangs dachte Nancy, dass er ihre Erwartungen erfüllte. Sie war vollkommen von ihm gefangen, gebannt, hingerissen, es war, als hätte sie ein starkes Schmerzmittel genommen, und die rauen Ecken der Welt wären geschliffen worden. Selbst wenn sie nicht mit ihm zusammen war, hatte sie das Gefühl zu schweben, wie ein besserer Mensch, und sie dachte, dass nur Liebe so einfach sein könnte. Denn das glaubte sie für ihn zu empfinden; kein anderes Gefühl konnte diese Verbundenheit, dieses Einssein mit der Welt hervorrufen. Und sie war so viel netter zu Robert, zu Zara, zu ihren Freunden. Nur zu Mary nicht. Sie konnte es nicht ertragen, sie zu sehen oder auch bloß mit ihr zu sprechen, und sie ertappte sich dabei, dass sie ihre Anrufe ignorierte und Ausflüchte erfand, um sie nicht zu treffen.

Doch in den ersten Monaten war es ihr gelungen, selbst dieses Schuldgefühl zu unterdrücken, denn Howard überstrahlte alles andere. Er gab ihr die unbändige Kraft, alles zu tun oder zu sein, was sie wollte. Wir sind anders als normale Menschen, sagte er zu ihr, und sie beschloss, ihm zu glauben. Er verzehre sich in Liebe zu ihr, erzählte er, und in Sehnsucht; er träumte von ihr und bat sie, Robert zu verlassen, um mit ihm ein neues Leben zu beginnen. Und an manchen Tagen hielt sie das für möglich, sie sah eine Holzhütte in der amerikanischen Wildnis, wo sie unter Bärenfellen lagen und Sex hatten. An manchen Tagen schien niemand außer ihm eine Bedeutung zu haben, die anderen verblassten in ihren Gedanken zu bloßen Umrissen, und sie stellte sich vor, dass sie ohne sie leben könnte. An manchen Tagen glaubte sie wirklich, dass sie das tun könnte. Bis sie sich an all das erinnerte, was sie zu verlieren drohte.

Oft verspürte sie das Bedürfnis, jemandem davon zu erzählen, beinahe als ob es nicht wahr sein könnte, wenn kein anderer Mensch davon erfuhr. Sie wollte sich der Welt mitteilen, als ob ihr Inneres nicht genug Raum bot für all ihre Gefühle und Gedanken. Aber vor allem wollte sie anderen mitteilen, was sie erlebte, weil die Freude viel zu groß war, als dass sie sie in sich verbergen wollte.

Jetzt bereute Nancy es bitterlich, dass sie Eleanor von der Affäre erzählt hatte. Doch zu dem Zeitpunkt, als sie sich ihr, als einzigem Menschen überhaupt, anvertraut hatte, war es ihr gelungen, David und Howard für sich vollkommen voneinander zu trennen, und erst Eleanors Reaktion hatte sie daran erinnert, dass dieser Verrat nicht nur Robert betraf. Eleanors Missbilligung war augenblicklich greifbar gewesen, aber sie enthielt sich eines Urteils und stellte praktische Fragen. Sie wollte wissen, wer der Mann war und was sie zu tun gedachte, und Nancy erkannte, dass sie das Lebensgefühl dieser Welt vergessen hatte, in der entweder alles schwarz oder weiß war, in der nichts besonders oder außergewöhnlich schien. Letztlich erzählte Nancy Eleanor zwei Halbwahrheiten, damit sie nicht weiter nachbohrte: dass sie ihn auf einer Verlagsveranstaltung getroffen hatte und dass er David hieß.

Sie verdiente Eleanors Mitgefühl nicht, das wusste Nancy. Wenig erstaunlich fiel es ihrer Freundin schwer, nett zu ihr zu sein, nun, wo sie krachend gescheitert war, wie vorhergesagt, dennoch wünschte Nancy sich, Eleanor könnte über ihren Schatten springen und ihr hin und wieder tröstend den Arm um die Schulter legen. Denn dieses Ende der Affäre, das sich immer mehr in die Länge zog, war für sie kaum zu ertragen. Nancy stand vom Schreibtisch auf und ging ins Schlafzimmer. Dort stellte sie sich vor ihren Kleiderschrank und versuchte, etwas Passendes zum Anziehen zu finden. Sie wollte auf keinen Fall verführerisch aussehen, aber ebenso wenig deprimiert und elend. Howard neigte dazu, in alles etwas hineinzuinterpretieren, und sie musste heute Abend den richtigen Ton anschlagen, damit er begriff, dass es ihr ernst war, damit er einsah, dass er sie gehen lassen musste. Ihre Hände fuhren gedankenverloren über ihre Kleidung, und einen Moment lang fühlten sie sich an wie herabfallende Blätter.

Letzten Endes war es eine Art Wahnsinn gewesen; ein Wahnsinn, der sie körperlich und emotional umschlossen hatte. Rückblickend konnte sie kaum fassen, was sie getan hatte – sie hatte zugelassen, dass er sie im Park küsste und sie in Restaurants führte, wo ihre Freunde sie hätten sehen können. Sie vögelte nachmittags mit ihm, ohne anschließend zu duschen, und Robert hätte seinen fremden Geruch an ihr wahrnehmen können. Sie hatte ihn mit in ihr Ehebett genommen, wenn Robert auf Geschäftsreise und Zara in Oxford gewesen war.

Ihr größter Fehler war, dass sie ihn nicht davon abgehalten hatte, Mary zu kritisieren. Sie hatte ihm nie beigepflichtet oder in sein Lamento eingestimmt, aber sie hatte ihn auch nicht gezwungen, damit aufzuhören. Stattdessen hatte sie sich kommentarlos seine Litanei von Tadel und Vorwürfen einer ihrer ältesten Freundinnen angehört. Sie hatte zugelassen, dass er Dinge über Mary sagte, bei denen sich ihr jetzt die Nackenhaare sträubten: wie abstoßend er ihren mageren Körper fand oder wie langweilig sie geworden war, seit sie die Kinder hatten, um die sie sich ständig sorgte. Sie verstand nicht, dass er ein Freigeist war und manchmal Zeit für sich brauchte, sie lebte in einer Welt voller kleinlicher Moralvorstellungen, in der Kreativität nichts galt. Manchmal hatte sie sich sogar dabei ertappt, wie sie Howard innerlich zustimmte und sich fragte, was mit Mary geschehen war, warum sie sich mit diesem trivialen Leben zufriedengab. Irgendjemand hatte ihr mal gesagt, dass alles im Leben ein Wettkampf sei, und während sie letztes Jahr gedacht hatte, sie würde gewinnen, wurde ihr nun bewusst, wie nahe dran sie war, alles zu verlieren.

Sie entschied sich für eine schwarze Hose und einen grauen Pullover mit einer weißen Bluse darunter. Den Gedanken an Make-up und Frisieren fand sie unerträglich, deshalb band sie ihre Haare zum Pferdeschwanz zusammen und trug etwas Wimperntusche auf. Sie wirkte stark mitgenommen, ihre Haut war fahl und ihre Augen geschwollen, doch ihr Aussehen war ihr gleichgültig, was, wie sie wusste, kein gutes Zeichen war. Wenn sie nicht aufpasste, könnte sich das Leben wieder wie Routine anfühlen, und sie müsste sich mit täglichen Aufgaben quälen, die ihr im Grunde keine Mühe bereiten sollten. Nancy hatte Robert einmal gefragt, ob er diese lähmende Schwere kenne, aber er hatte sie nur erstaunt angeblickt, und seine pure Ahnungslosigkeit hatte ihr klargemacht, dass der Fehler allein in ihrem Inneren lag, nicht in der Welt draußen.

»Du bist aus einem bestimmten Grund unzufrieden mit dem Leben, und zwar, weil du nicht normal bist«, hatte Howard zu ihr beim Essen in einem überfüllten japanischen Restaurant in Soho gesagt. »Du bist eine Göttin, und du solltest auch wie eine behandelt werden.«

Sie hatte gelacht, obwohl die Feststellung eine kathartische Wirkung hatte. »Wie, ich soll auf einem Sofa liegen und mit Trauben gefüttert werden?«

Er fuhr unter dem Tisch mit dem Fuß an der Innenseite ihrer Wade entlang. »Ja, teilweise. Aber du solltest nicht auf einem Sofa liegen, sondern hoch oben thronen und über unser aller Schicksal entscheiden.«

Nancy lachte weiter, doch seine Worte klangen in gewisser Weise unheilvoll, und dann erinnerte sie sich, dass Mary häufig erzählt hatte, die Göttinnen kämen in der griechischen Mythologie an schlechtesten weg. Dass die Göttinnen entweder passiv blieben, dass sie bestraft oder vergewaltigt wurden oder in Ungnade fielen. Sie wunderte sich über die Gleichgültigkeit, mit der Howard Göttinnen erwähnt hatte, wo die griechische Mythologie doch Marys Welt war – ihr versetzte dieser Zusammenhang einen Schock. Aber ihm?

Einen Moment später stand Mary auf dem schmalen Tisch zwischen ihnen. Es war Mary von vor beinahe dreißig Jahren. Sie waren drei Studentinnen, die sich für eine Party umzogen, und drängelten sich vor dem Spiegel in dem Haus, das sie gemeinsam bewohnten. »Es ist so«, sagte Mary und zog mit dem korallenroten Lipliner ihre Lippenkonturen nach, »mir dämmert allmählich, dass die Göttinnen dazu dienen, uns eine Lektion zu erteilen, und dennoch erzählt man kleinen Mädchen, dieses Schicksal sei erstrebenswert. Ich meine, wir halten Medusa für ein bösartiges Monster, aber sie wurde von Athene dafür bestraft, dass sie vergewaltigt wurde. Und Athene wurde aus dem Kopf von Zeus geboren, weil er ihre schwangere Mutter verschlungen hatte. Weil er böse auf sie war. Göttinnen sind ein falscher Mythos. Sie sind die Definition von mieser Unterdrückung.«

»Nieder mit den Göttinnen«, rief Eleanor von hinten, doch Nancy erinnerte sich, dass sie damals nicht wusste, was sie denken oder glauben sollte, und in Wahrheit hatte sich ihre Unentschiedenheit nicht verändert.

Das Taxi kam spät, vielleicht war sie deshalb so nervös, aber sie wusste, dass das nicht der wahre Grund war. Sie lehnte sich in den Ledersitzen zurück und beobachtete die Menschen in den dunklen Straßen, die, warm eingepackt gegen die Kälte, nach Hause eilten. Bitte, lieber Gott, mach, dass es heute endet, wiederholte sie im Stillen wie ein Mantra. Denn der Gedanke, dass die Affäre weitergehen könnte, war ihr unerträglich. Ihr fehlte die Kraft, seine Anrufe zu parieren oder die Wahrheit vor Robert zu verheimlichen.

Sollte dieser Zustand andauern, würde etwas zerspringen, und ihr schmutziges Geheimnis würde in die Welt ausströmen wie Öl bei einem Tankerunglück ins Meer.

Nancys Brust zog sich schmerzhaft zusammen, und sie musste die Tränen hinunterschlucken. Sie war unfähig, sich Roberts Zorn auszumalen, wenn er herausfände, dass der andere Mann Howard war.

Es war einen Monat her, dass Robert den Beweis ihrer Schuld gefunden hatte. Sie waren in ihrem Haus in Sussex gewesen, und Nancy hatte gerade den Weihnachtsbaum geschmückt, damit alles fürs Fest bereit wäre, wenn Zara am nächsten Wochenende zu ihnen käme. Die Nacht war dunkel und stürmisch, und Nancy saß im Schein der Lichterketten am wärmenden Kaminfeuer, ein Glas Rotwein in der Hand. Dann trat Robert ins Zimmer. Sein unsicherer Gang und seine glasigen Augen ließen sie sofort erkennen, dass etwas Schreckliches passiert war.

Sie dachte gleich, es ginge um Zara. »Was ist los?«

Er antwortete nicht, stattdessen setzte er sich in den zweiten Sessel vor dem Kamin, ließ den Kopf nach vorn sinken und legte die Hände auf die Knie. In diesem Moment sah sie den Brief, den Howard am Vortag unter ihrer Haustür hindurchgeschoben hatte. Sie hatte ihn gefunden, als sie vom Einkaufen zurückgekehrt war, und bei dem Gedanken daran, dass Robert ihn vor ihr entdeckt haben könnte, hatte sie sich umgehend in der Gästetoilette im Erdgeschoss übergeben. Schnell hatte sie den Brief gelesen und dann tief unten in ihrer Handtasche verborgen, in der Absicht, ihn später zu verbrennen. Die Seiten in den Mülleimer zu werfen war ihr zu gefährlich erschienen.

Robert hielt den Brief zwischen Daumen und Zeigefinger, als ob er kontaminiert wäre, und Nancy glaubte, gleich zu sterben. Sie hätte den Mut aufbringen sollen, etwas zu sagen, doch sie schaffte es nicht, sie war wie versteinert. »Das hier habe ich gefunden«, sagte er schließlich, »als ich in deiner Handtasche nach den Schmerztabletten gesucht habe, die du immer dabeihast.«

»Oh, Robert, wirklich, es tut mir so leid.«

Er blickte zu ihr auf. »Kannst du mir bitte sagen, was das bedeutet?« Sie konnte nicht anders, sie schlug sich die Hände vors Gesicht und fing an zu weinen, aber er zog sie unwirsch an den Armen. »So einfach kommst du mir nicht davon.«

Er hatte recht, dennoch wollte sie ihm ein besseres Gefühl geben. »Es ist vorbei.«

»Es klingt, als sei er darüber nicht besonders glücklich.«

»Das stimmt.«

Robert blickte auf die widerlichen Zeilen. »Natürlich nicht, weil ihr beide über engstirnigen Moralvorstellungen steht.«

Sie musste einen Aufschrei unterdrücken, da sie nicht hören wollte, wie Robert die schrecklichen Worte wiederholte. »Robert, nein, bitte nicht.«

»Wie lange geht das schon mit euch beiden?«

»Nicht lange, ein paar Monate.«

»Wer ist er?«

»Ein Niemand, wirklich. Du kennst ihn nicht.«

»Und wie habt ihr euch dann kennengelernt?«

»Über die Arbeit. Es war nur ein Moment des Wahnsinns, ich habe es sofort bereut.« Sie saß sehr still da und beobachtete Roberts Schultern, die sich beim Atmen hoben und senkten.

»Liebst du ihn?« Seine stockende Stimme ließ einen Funken Hoffnung in ihr aufkeimen. Nancy begriff, dass sie ihren Ehemann nicht verlieren wollte, dass er ein Teil von ihr war, unauflösbar mit ihr verbunden.

»O nein, Robert, ich habe ihn nie geliebt, das schwöre ich dir.«

»Warum dann?«

»Ich weiß es nicht. Ich glaube, ich fühlte mich geschmeichelt oder etwas in der Art. Vielleicht hat Zaras Auszug von zu Hause mich mehr mitgenommen, als ich mir selbst eingestanden habe.« Sie kam sich schäbig vor, ihre Tochter als Vorwand zu benutzen.

»Meine Güte, ich bin auch traurig, dass Zara nicht mehr da ist, aber deshalb will ich noch lange nicht mit jemand anderem ins Bett gehen.«

Nancy spürte, wie wieder Tränen in ihr aufstiegen. »Wirst du mich verlassen? Denn ich glaube, das könnte ich nicht ertragen, ich würde sterben.«

Er lachte bitter auf. »Natürlich würdest du nicht sterben. Und ich sollte dich verlassen, aber vermutlich werde ich das doch nicht tun.«

Erleichterung durchströmte ihren Körper, und sie fühlte sich schwach und zittrig. »Es hatte nichts mit uns zu tun. Ich habe nie daran gedacht, dich zu verlassen«, log sie ihn an. Jetzt konnte sie nicht mehr begreifen, dass sie überhaupt je mit diesem Gedanken gespielt hatte, der zu einem vollkommen anderen Menschen zu gehören schien.

»Was habe ich falsch gemacht?« Er neigte den Kopf vor, seine Stimme klang leise und schwach.

Am liebsten hätte sich Nancy vor ihm auf die Knie geworfen und ihre Arme um ihn geschlungen, doch das wagte sie nicht. »Nichts. Sei nicht dumm. Du warst immer wunderbar.«

»Aber warum hast du mich dann...«

»Es liegt an mir. Ich weiß nicht, was mit mir nicht stimmt. Anscheinend kann ich nicht glücklich sein.«

Sie blickte auf und sah den Funken der Zustimmung in seinen Augen. Wenn sie mit Robert zusammenbleiben wollte, würde sie zugeben müssen, der Mensch zu sein, für den er sie immer gehalten hatte, obwohl sie wusste, dass sie anders war. Für einen flüchtigen Moment flammte Zorn in ihr auf, und sie wollte ihm sagen, dass er ihre Persönlichkeit untergraben und ihren Zerstörungstrieb heraufbeschworen hatte. Doch er kam ihr zuvor. »Du warst schon immer so. Du hast ständig gekämpft und es dir noch nie leicht gemacht.«

Er hatte recht, es lag nicht nur an ihm, denn sie war ziemlich kompliziert. Vielleicht hatte seine unbeirrbare Gradlinigkeit ihr Gefühl der Unzulänglichkeit verstärkt, aber es war nicht allein seine Schuld. »Ich weiß. Ich weiß nicht, warum ich so bin.«

»Na ja, ich bin sicher auch kein einfacher Mensch. Ich würde dich gern besser verstehen, doch das fällt mir sehr schwer. Wenn ich auf dich und auf alles blicke, was du erreicht hast, dann verstehe ich nicht, warum du nicht glücklich sein kannst.«

Nancys Magen war eine leere Höhle mit abgestandenem

Wasser, dessen Geschmack ihr auf der Zunge lag. »Glaubst du, dass etwas mit mir grundsätzlich nicht stimmt?«

»Ich weiß es nicht.« Er sprach die Worte so unverblümt aus, dass sie am liebsten geschrien hätte.

Eine Weile saßen sie schweigend da, und sie dachte an die erste Zeit nach der Geburt ihrer Tochter zurück, an ihre Unzufriedenheit während Zaras Schulzeit, ihre Verärgerung über die Handwerker, die doch nur ihr Traumhaus bauten. Sie erinnerte sich an ihren Wunsch zu arbeiten, den sie lange Zeit nicht realisieren konnte, und als sie eine interessante Beschäftigung gefunden hatte, empfand sie diese als anstrengend, obwohl das gar nicht der Fall war. Und jetzt das hier. Sie hörte, wie sich ihr ein Keuchen entrang, zu spät, um es zu unterdrücken.

Aber tief in ihrem Inneren lag das Wissen verborgen, dass es nicht falsch war, etwas anderes zu wollen. Auch heutzutage wurde von Frauen erwartet, dass sie sich anpassten, selbst wenn es nicht mehr den Anschein hatte. Eine Frau durfte vieles sein in dieser Welt, bloß nicht unzufrieden. Denn darüber wunderten sich Männer, während sie sich selbst in den Vordergrund drängten: Warum bist du nicht glücklich da hinten in der zweiten Reihe, warum ist dir das nicht genug? Zuhälter stellten diese Frage ihren Prostituierten genauso wie reiche Männer ihren Ehefrauen, Chefs ihren Mitarbeiterinnen und Väter den Müttern ihrer Kinder. Doch manchmal wollten Frauen schlichtweg etwas anderes.

Robert hielt ihr seine Hand hin, sie nahm sie und ließ sich auf den Boden zwischen seine Beine fallen. Er zog sie hoch auf seinen Schoß, und sie schlang ihre Arme um seinen Hals und vergrub ihr Gesicht in seiner Schulter. Augenblicklich fielen alle quälenden Gedanken von ihr ab. Sie liebte ihn, sie konnte die Heftigkeit dieses Gefühls beinahe körperlich spüren. Sie waren schon so lange zusammen, dass sie es vergessen hatte, doch nun rauschte die Angst, ihn zu verlieren, in ihren Adern.

»Ich könnte niemals zulassen, dass du mich verlässt«, erklang seine Stimme über ihr. »Ich glaube, dann wäre es mir lieber, dass du stirbst.« Sie liebten sich vor dem Kamin und später wieder in ihrem Ehebett. In diesen Momenten wurde ihre Leidenschaft neu entfacht, als ob nur ihre Körper einander sagen könnten, was sie fühlten.

Am nächsten Morgen ging Nancy zum ersten Mal allein in die Kirche. Sie verspürte ein seltsames Verlangen nach Strafe. Ihr war kalt, als sie in dem leeren Saal stand und zusammen mit den vier anderen Besuchern erbauliche Kirchenlieder sang. Sie lauschte der Predigt des Pfarrers über Sünde und Erlösung. Die Worte, die eigens für sie geschrieben zu sein schienen, gaben ihr Entschlusskraft. Sie steckte eine Fünf-Pfund-Note in die Spendenbox und nahm eine der handgemalten Postkarten mit nach Hause. Ohne den Mantel auszuziehen, setzte sie sich an den Küchentisch und schrieb einen verzweifelten Entschuldigungsbrief an Robert.

Es tut mir leid, geliebter Robert, wirklich unfassbar leid. Es ist nicht meine Absicht, Dich so wütend und traurig zu machen. Ich weiß, dass ich mir mehr Mühe geben muss, denn ich bin eine große Enttäuschung für Dich. Ich glaube, ich habe vergessen, was wir einmal einander bedeutet haben, wie glücklich wir miteinander gewesen sind. Bitte sei nachsichtig mit mir.

Sie wusste nicht, wo Robert war. Im Haus war es still, daher nahm sie die Karte und ging damit zu seinem Arbeitszimmer. Sie klopfte, aber es kam keine Antwort, also trat sie ein und stellte die Karte auf seinen Schreibtisch. Auch Howards Brief lag dort, und am liebsten hätte sie ihn zusammengeknüllt und in den Fluss am Ende ihres Gartens geworfen. Es war unvorstellbar, dass sie diesen Mann in ihr Leben gelassen hatte, und sie schämte sich abgrundtief, dass Robert diese pathetischen Zeilen über sie lesen musste, doch jetzt durfte er entscheiden, was mit dem Brief geschehen sollte.

Robert erwähnte die Karte ihr gegenüber nie, aber an diesem Abend bat er sie, sich zu ihm in sein Zimmer zu setzen, während er noch arbeitete. Nancy setzte sich mit einem Krimi von Patricia Highsmith in den Sessel neben Roberts Schreibtisch. Ab und zu hob sie den Kopf und betrachtete sein ebenmäßiges Profil im Schein des Computerbildschirms. Die Postkarte und der Brief waren verschwunden, und sie war dankbar dafür. Sie fühlte auch beinahe Dankbarkeit, dass all das geschehen war, denn es hatte etwas Kostbares in ihr und Robert zum Vorschein gebracht, als ob sich ein diamantenes Band durch ihre Herzen zöge.

Das Taxi steckte im Stau, als Nancy überlegte, ob das die Essenz der Liebe war: eine tiefe, geheimnisvolle Verbundenheit, die im Innersten von einem wahren Wunder zusammengehalten wurde. Zum ersten Mal wusste sie mit absoluter Gewissheit, dass sie nicht Howards Göttin sein wollte, aber auch nicht Roberts neurotische Ehefrau. Jetzt erkannte sie, dass sie mit Robert zusammen in der Mitte von diesen Extremen existieren konnte. Sie könnte einfach sie selbst sein, ein wundervoller, erhebender Gedanke, auch wenn sie fast dreißig Jahre für diese Erkenntnis benötigt hatte. Doch Howard blieb der Stachel der Gefahr, er konnte alles über sie verraten. Eine Göttin oder ein Opfer zu sein erschien in diesem Moment erstrebenswert, denn er besaß die Macht, sie wie eine Teufelin dastehen zu lassen. Ein Seufzer entfuhr ihr, und der Taxifahrer blickte sie im Rückspiegel verwundert an. Wenn er wüsste, was sie getan hatte, würde er sie verachten, wie alle anderen auch. Beinahe wollte sie sich vorbeugen und alles gestehen, da es ihr immer noch so irreal vorkam, als ob das letzte Jahr ein Zaubermärchen von Teufelinnen und Göttinnen gewesen wäre. Es hatte sich wie eine Geschichte angefühlt, die sie sich selbst erzählte; eine Geschichte, die erst real wurde, als Howard davon sprach, seine Familie zu verlassen, erst da begann alles um sie herum einzustürzen.

Es stimmte, dass sie immer wieder davon gesprochen hatten, zusammen fortzulaufen, aber das war wie die Idee, in Devon einen Teeladen zu eröffnen, das war nur ein Tagtraum, der einen durch die dunkle Nacht trug. Doch als der Sommer zu Ende ging, fing Howard davon an, dass er sich gefangen fühle und nicht länger ein Doppelleben führen wolle. Vor allem nicht, weil er der Meinung war, dass er sein richtiges Leben mit ihr teilte. Auf seine Worte hin hatte Nancy gründlich über das vergangene Jahr nachgedacht. Denn bei dem Gedanken, dass die Affäre ans Licht kommen könnte, war sie furchtbar erschrocken, eine tiefe, unbekannte Angst hatte sie ergriffen. Aber wenn sie sich nie eine Zukunft mit Howard hatte vorstellen können, dann war das, was sie getan hatte, ebenso dumm wie gemein und gefährlich.

Nancy blickte aus dem Fenster auf die regenverhangenen Straßen von London und erinnerte sich an Howards blanken Zorn, als sie die Affäre beenden wollte, ein Zorn, der ihr klargemacht hatte, wie sehr sie sich in ihm getäuscht hatte. Sie hatte erkannt, dass er ihre Beziehung anders sah und sich etwas anderes davon erhoffte. Die Affäre betraf auch noch viele andere Menschen, ihre Ehepartner, ihre Kinder, in gewissem Maße selbst Eleanor. Ihre Geschichte war wie ein Krake mit langen Tentakeln, und jeder würde eine andere Version erzählen, niemand war die Hauptfigur, und sie war dem Untergang geweiht.

»Was zum Teufel willst du?« Er war explodiert, sobald sie die Worte ausgesprochen hatte, und obwohl die Musik in dem Pub laut gewesen war, hatten sich die Gäste nach ihnen umgedreht.

»Ich kann die Schuldgefühle nicht länger aushalten«, hatte sie gesagt, aber das war nur ein Teil der Wahrheit. Jetzt kam es ihr seltsam vor, dass diese Ankündigung erst acht Wochen zurücklag. Es war Mitte November gewesen, der Pub war schon mit Lametta und Lichterketten geschmückt, deren flackernder Schein in seinem blassen Gesicht aufleuchtete, und sie spürte, wie Übelkeit in ihr aufstieg. Zu dieser Zeit beherrschte Mary bereits alle ihre Gedanken. Nancy war sicher, sie jeden Tag irgendwo zu sehen, an einer Straßenecke oder beim Einsteigen in den Bus, immer war ihre Freundin gerade eben außer Reichweite. Sie träumte fast jede Nacht von ihr. Manchmal war

Mary regelrecht böse mit ihr, doch in anderen Sequenzen stand sie blutüberströmt da und streckte verzweifelt die Hände nach ihr aus.

»Ein schlechtes Gewissen hattest du im letzten Jahr ja bisher auch nicht«, fuhr er sie an.

Nancy umklammerte ihr Gin-Glas, um nicht in Tränen auszubrechen. »Ich weiß. Aber jetzt muss es aufhören. Ich halte es nicht mehr aus.«

»Du kannst nicht akzeptieren, wer du bist. Das ist es, was du nicht erträgst.« Er nahm einen großen Schluck von seinem Bier, und etwas Schaum blieb an seinem Bart hängen. »Ich kann nicht glauben, dass du das sagst. Ich habe dich für stärker gehalten.«

»Ich bin stark, deshalb beende ich das hier.«

Howard machte eine wegwerfende Handbewegung. »Nein, ich hätte nicht gedacht, dass du dich von engstirnigen Moralvorstellungen leiten lässt.«

Sie blickte ihn an, und es war das Gesicht eines Fremden. Ein sehr wütender Fremder und nicht mehr der Mann, der sie im Arm gehalten und ihr eine wundervolle Zukunft versprochen hatte. »Das ist nicht engstirnig. Moral ist im Grunde nur ein anderes Wort für Anständigkeit, für puren menschlichen Anstand. Und wir haben uns den Menschen, mit denen wir unser Leben teilen, gegenüber nicht anständig benommen, sie haben etwas Besseres verdient.«

»Etwas Besseres verdient.« Er schnaubte aufgebracht. »Mein Gott, wie ich diese abgedroschene Phrase hasse. Niemand verdient irgendetwas, weder gut noch schlecht. Hast du das immer noch nicht begriffen? Für die meisten Menschen ist das Leben von Natur aus ungerecht und schlecht, und das hat nichts mit Karma oder irgendeinem anderen Mist zu tun.«

»Du weißt genau, dass ich das nicht im übertragenen Sinn meine. Wir haben unsere Liebsten belogen und betrogen, und sie verdienen etwas Besseres.«

Seine Miene hellte sich auf, und er beugte sich zu ihr über den Tisch. »Es kommt nicht überraschend, dass du jetzt kalte Füße bekommst.«

»Das ist es nicht.«

»Wir kommen nun in eine Phase, wo wir eine Entscheidung fällen müssen. Natürlich wird es eine Zeit lang schrecklich und chaotisch sein, in einem Jahr wird es allerdings bereits viel besser laufen. Aber wir werden zusammen sein, und das ist es doch, was wir beide wollen.«

Ihre Brust zog sich zusammen, und es fühlte sich an wie echte Angst. Sie blickte ihn an und erkannte, dass er es ernst meinte, er glaubte wirklich an die Möglichkeit, die er ihr gerade beschrieben hatte. Sie bemühte sich, mit ruhiger Stimme zu sprechen. »Das wird nicht passieren. Wir beide würden alles verlieren. Unsere Kinder, unsere Freunde würden nie wieder ein Wort mit uns wechseln. Niemand darf je von uns erfahren.« Sie bereute ihre Worte, sobald sie sie ausgesprochen hatte, denn sie sah, wie sein Mund ein flüchtiges Lächeln andeutete. In diesem Moment wussten beide, dass er sie in der Hand hatte.

»Ich bete dich an. Und ich weiß, dass du mich wirklich liebst.«

»Tue ich nicht.«

»Komm mit mir mit. Ein letztes Mal.«

Sie schüttelte den Kopf. »Nein, ich will nicht.«

Doch sie sah das Funkeln in seinen Augen, und es verriet ihr, wer er in Wirklichkeit war. »Ich bestehe darauf.«

Sie wollte sich schützend die Hände an den Kopf legen, denn sie hatte das Gefühl, als würden die Wände des Pubs auf sie einstürzen. »Soll das etwa heißen, dass du es aller Welt erzählen wirst, wenn ich nicht mit dir schlafe?«

Er zuckte die Achseln. »Ich will dir helfen. Ich möchte, dass du begreifst, wie sehr du mich liebst. Ich möchte der Welt zeigen, wie sehr ich dich liebe, ohne Heimlichtuerei.« Er sah aufgewühlt aus, als er das sagte, sein Gesicht war rot, und glänzender Schweiß bedeckte seine Stirn.

»Ich glaube nicht, dass du mich liebst.«

Sein Zorn flammte auf, und für einen Augenblick verzerrte sich sein Gesichtsausdruck. »Sag mir nicht, was ich fühlen soll. Was wir beide haben, ist wahre Liebe.«

»Es ist Leidenschaft, nichts weiter.«

»Das stimmt nicht, es ist echte Liebe, das weißt du ganz genau. Du musst mit mir kommen, damit ich es dir beweisen kann.«

An diesem Abend ging sie mit ihm mit; anschließend weinte sie in der Dusche, ihr Körper bebte, und alles tat ihr weh. Doch als sie aus dem Bad trat, umgeben vom Duft der Lavendelseife, die sein Freund vorrätig hatte, versprach sie Howard, noch einmal über alles nachzudenken, denn sonst hätte er sie sicher nicht gehen lassen. Diese demütigenden Szenen setzten sich vier Wochen lang fort, bis zu dem Abend, an dem Robert den Brief fand. Erst da brachte sie den Mut auf, Howard klarzumachen, dass sie nicht mehr mit ihm schlafen könne. Sie sagte ihm auch, dass sie sich umbringen würde, wenn er nicht aufhörte, sie zu drangsalieren. Die Worte am Telefon klangen nicht einmal melodramatisch, denn sie wusste, dass sie die Wahrheit aussprach.

»Wenn ich die Wahl habe, entweder weiterhin mit dir zu schlafen oder damit leben zu müssen, dass du aller Welt von uns erzählst, dann entscheide ich mich in beiden Fällen für den Tod.« Der Himmel erstreckte sich wie ein weißes Band vor ihren Augen, als sie am Schreibtisch in ihrem Arbeitszimmer saß und die Worte ins Telefon flüsterte, weil Zara am Vorabend aus Oxford gekommen war. Doch sie hatte es ernst gemeint, denn wenn so ihre Zukunft aussah, dann würde sie sich nach jedem Treffen die Eingeweide herausreißen müssen, oder alle Menschen, die ihr etwas bedeuteten, würden sie hassen. So ein Leben war nicht lebenswert. Sie stand auf, während sie sprach, und blickte aus dem Fenster nach unten. Ihr Arbeitszimmer war ganz oben im vierten Stock, es wäre so einfach. Sie würde auf den Schreibtisch steigen, das Fenster öffnen und ins Vergessen springen.

Ihr Tonfall musste es ihm in aller Kürze vermittelt haben, denn er begann zu stammeln: »Sag das nicht. Mein Gott, bitte!«

»Du bringst mich um«, erwiderte sie nur.

Dann hörte sie ihn am anderen Ende der Leitung leise weinen. »Ich liebe dich so sehr. Du bist mein Ein und Alles.«

»Wenn das wahr ist, dann lass mich gehen.«

Sie hielt den Atem an, während sie auf seine Antwort

wartete. Schließlich sagte er: »Ich kann nicht. Das ist unmöglich.«

Nancy war verspätet, als das Taxi endlich einen Weg durch Londons verstopfte Straßen gefunden hatte, von denen sie immer das Bild eines sterbenden Herzens im Kopf hatte. Eleanor saß bereits im Restaurant an einem Tisch an der Wand und scrollte auf ihrem Handy. Ihre Haltung war angespannt, und sie wirkte verärgert. Nancy musste dringend zur Toilette, dennoch ging sie zuerst Eleanor begrüßen.

»Es tut mir leid, der Verkehr war ein Albtraum.«

Eleanor steckte ihr Smartphone zurück in ihre Handtasche. »Kein Problem.«

Nancy setzte sich, und Eleanor schenkte ihr ein Glas Wein ein. Der Raum war übervoll, und das Gewirr von Stimmen dröhnte in ihrem Kopf. »Wie geht es dir?«

»Ach, weißt du, gut. Ich vergesse immer, wie furchtbar die englischen Winter sind. Es ist nie mehr richtig hell.«

»Du denkst aber nicht wieder daran, ins Ausland zu gehen, oder?«

»Nein, nein. Dafür fühle ich mich inzwischen zu alt. Und die Firma läuft gut. Es ist auch gut, ein geregeltes Leben zu führen. Doch ich vermisse das Reisen.«

»Natürlich, das verstehe ich.« Nancy nippte gierig an ihrem Wein. Sie war furchtbar nervös und glaubte nicht, das ganze Essen über stillsitzen zu können. Ihr war bewusst, dass sie nervös auf ihrem Stuhl umherrutschte, während Eleanor ihr gegenüber ruhig und gelassen wirkte. »Hattest du einen schönen Geburtstag? Es tut mir sehr leid, dass wir nicht kommen konnten.«

»Geht es dir gut?«, fragte Eleanor.

»Ach, weißt du.« Sie nahm den brüchigen Ton in ihrer Stimme wahr und trank schnell noch einen Schluck Wein.

»Hat es mit David zu tun?«

Nancy nickte. »Er ruft immer noch an.«

»Mist, Nancy. Das geht bereits viel zu lange so.«

Nancy blickte auf. Eleanor hatte schon immer offen gewirkt. Das war Nancy am ersten Abend in der Universität aufgefallen, und es hatte sie ermutigt, sie anzusprechen, obwohl sie sich nur kurz in der Einführungsvorlesung begegnet waren. Die runden Wangen, die schwarzen Haare, zum Bob geschnitten, die einen Rahmen um ihre Züge bildeten, oder auch ihre etwas fülligere Figur verliehen Eleanor eine gewisse Aura.

»Ich weiß nicht, was ich noch machen soll. Vor ein paar Tagen habe ich ihm einen Brief geschrieben, und jetzt scheint er noch wütender als zuvor. Ich habe mich bereit erklärt, ihn heute nach dem Essen mit dir zu treffen, um dem Ganzen ein für alle Mal ein Ende zu setzen.«

»Aber hast du nicht schon längst mit ihm Schluss gemacht?«

»Ja.«

»Möchtest du, dass ich mit dir komme?«

»Meine Güte, nein.«

Der Kellner kam zu ihrem Tisch, und Nancy bemerkte, dass sie noch nicht einmal einen Blick in die Speisekarte geworfen hatte. Sie überflog kurz die Seiten, fand aber nichts Verlockendes, tatsächlich stieß der Gedanke an Essen sie sogar ab.

»Ich nehme einen Chefsalat. Und noch eine Flasche Wein, bitte«, sagte sie unter Eleanors strengem Blick.

»Du hast abgenommen«, sagte Eleanor, als der Kellner weggegangen war.

»Das sind die Sorgen.« Nancy versuchte zu lachen.

»Ich habe es dir bereits einmal gesagt, aber meinst du nicht, dass es Zeit ist, die Polizei einzuschalten?«

»Nein. Nein, ich schaffe das schon.« Doch die Aussicht war erschreckend. Nancy wusste, dass sie in dieser Angelegenheit vollkommen allein war, denn niemand durfte erfahren, mit wem sie sich eingelassen hatte. Sie konnte Eleanor nicht einmal erzählen, dass Robert den Brief gefunden und auf diese Weise von der Affäre erfahren hatte. Wenn sie das tat, gäbe es keinen Grund mehr, nicht zur Polizei zu gehen. Und wenn sie sich an die Polizei wandte, würde alles ans Licht kommen, und ihr Leben hätte keinen Sinn mehr. Sie hatte das Gefühl, dass alle möglichen und unmöglichen Variationen, Lügen und Falschdarstellungen in ihrem Kopf herumschwirrten und sie deshalb ständig benommen war. Manchmal hatte sie mitten in der Nacht einen Geistesblitz, doch wenn der Morgen kam, war von ihrer Lösung bereits nichts mehr übrig.

»Du willst nicht, dass Robert davon erfährt, schon klar«, sagte Eleanor, als hätte sie ihre Gedanken gelesen. »Aber er liebt dich über alles, ich glaube, er würde dir verzeihen.«

Nancys Kehle war wie zugeschnürt, und sie kratzte über die raue Haut am Hals. »Bitte, Ellie, das kann ich wirklich nicht.«

»Du siehst furchtbar aus.« Eleanors Stimme klang ungewöhnlich barsch.

»Ich kann überhaupt nicht mehr schlafen.« Ihr Herz raste beim Sprechen, und sie wusste, dass ihr Körper und ihr Geist kurz davor waren, vor Erschöpfung aufzugeben. »Ich habe das Gefühl ... die ...« Sie suchte nach den richtigen Worten. »Die Schuldgefühle fressen mich auf. Als könnte ich nie wieder frei davon sein. Als ob man mir ansehen könnte, was ich getan habe. Man sollte mir ein Stigma auf die Stirn brennen.«

Eleanor seufzte, und Nancy wusste, dass sie sie erneut verärgert hatte. »Weißt du, du bist nicht der erste Mensch, der eine Affäre hatte, Nancy. Ich verstehe nicht, warum du immer so verdammt melodramatisch sein musst.«

Ihr Essen wurde serviert, und Nancy blickte zu Eleanor. In diesem Moment hasste sie ihre Freundin für ihr harsches Urteil. Sie wollte ihr erklären, dass sie von einem Mann hereingelegt wurde, der ein Meister im Manipulieren war, dem es einen sexuellen Kick gab, Macht über Menschen auszuüben, der sie fünfmal, nachdem sie mit ihm Schluss gemacht hatte, zum Sex mit ihm gezwungen hatte, obwohl sie ihm gesagt hatte, dass sie aus dem Fenster springen würde, wenn er sie nicht in Ruhe ließe. Doch das war schlichtweg unmöglich, sie hätte sich niemals mit ihm einlassen dürfen, es war allein ihre Schuld.

»Ich denke nicht, dass ich besonders melodramatisch bin.« Nancy schenkte ihnen beiden Wein nach und spürte, dass sie keinen Bissen hinunterbringen würde. »Es ist einfach eine verdammt scheußliche Situation.«

»Ja, das weiß ich.« Eleanor aß in Ruhe weiter. »Aber du hattest die Wahl. Ich meine, du musstest keine Affäre anfangen.«

»Hast du das noch nie erlebt? So einen Augenblick des Wahnsinns?«

»Doch, natürlich. Aber ich habe nicht so viele andere Menschen mit hineingezogen.« Eleanor errötete, und Nancy erkannte, dass sie noch verärgerter war, als es den Anschein hatte. »Also, ich nehme an, der Mann ist verheiratet und hat Kinder?«

Nancy nickte. »Ich hasse mich selbst dafür, wenn dich das beruhigt.«

»Das ist ein dummer Kommentar.«

Nancy lehnte sich im Stuhl zurück, sie kam sich vor wie ein ungezogenes Kind.

»Willst du nichts essen?« Eleanor deutete mit ihrer Gabel auf den Salat, den Nancy nicht angerührt hatte.

»Mir ist schlecht.«

»Meine Güte, das ist wirklich krank.«

Eine Weile saßen sie schweigend da, die Zeit verstrich, und keine von beiden sprach offen aus, was sie dachte. Schließlich sagte Nancy: »Ich weiß, ich bin ein Miststück und auch melodramatisch, und ich gehe dir tierisch auf die Nerven, Els. Mir ist vollkommen klar, dass ich mich selbst in eine schreckliche Lage gebracht habe. Aber ich finde da jetzt einfach nicht mehr heraus.« Sie wünschte sich, dass Eleanor sich über den Tisch beugen, ihre Hand nehmen und einige verständnisvolle Worte sagen, dass sie ihr ihre Hilfe anbieten würde.

Doch Eleanor begann wieder zu essen und blickte auf ihren Teller. »Ich weiß nicht, wie ich dir helfen soll, wenn du jeden meiner Vorschläge ablehnst. Ich meine, bist du nicht wütend auf diesen David? Soll er keinen Ärger bekommen, wenn es anders nicht geht? Willst du denn gar nicht für dich kämpfen?«

Aber Nancy hatte noch niemals Zorn verspürt, höchstens Wut auf sich selbst, und auch die hatte sich zerstreut. Ihr vorherrschendes Gefühl war Angst. »Ich weiß es nicht. Von dieser Seite habe ich es noch gar nicht betrachtet.«

Eleanor hob den Kopf und sah sie ungerührt an. »Weißt du, Nancy, im Grunde war es schon immer so mit dir. Du schaffst Probleme, wo keine sind. Und ich denke, mit dieser Affäre ist es ähnlich. Du fabrizierst eine dramatische und aufregende Geschichte, und langsam frage ich mich, ob du wirklich die Absicht hast, dem ein Ende zu setzen.«

»Im Ernst?« Nancy erkannte ihre hässlichsten Seiten in Eleanors Beschreibung wieder und wurde noch deprimierter. Eleanor irrte sich, denn Nancy wünschte sich nichts sehnlicher, als dass diese Situation enden möge, nur dass sie diesen Wunsch nicht aussprechen konnte, denn er zog zu viele Fragen nach sich, auf die sie keine Antwort hatte. »Aber wenn das wahr ist, warum habe ich dann solche Schuldgefühle?«

»Das würde jedem so gehen.« Eleanor lehnte sich zurück und blähte kurz ihre Backen auf. »Also, von meiner Warte aus betrachtet hast du ein ziemlich schönes Leben. Und du und Robert, ihr habt eine gute Beziehung. Ich verstehe einfach nicht, warum du das getan hast.«

Nancy nahm das Glas in die Hand und trank noch mehr Wein. Den Teller mit dem Salat würde sie nicht mehr anrühren. Ein normaler Mensch, dachte sie, würde bei diesen Worten Wut verspüren, doch sie nahm sie hin, so wie sie Howards Verhalten hingenommen hatte – weil ihre Angst alles andere in den Schatten stellte. »Ich habe keine Antwort darauf. Ich kann es mir nicht einmal selbst erklären.« Eleanor trommelte mit den Fingern auf dem Tisch, und Nancy fragte sich, ob sie ihre Freundin langweilte. »Weißt du, Robert ist auch nicht so perfekt, wie alle zu glauben scheinen.«

»Natürlich denke ich nicht, dass er perfekt ist. Aber er ist kein schlechter Mensch.«

»Manchmal schon.« Nancy wusste nicht, wohin dieses Gespräch führen sollte. Er war auch häufig manipulativ, wollte sie sagen. Er hat uns seine Vorstellung vom Leben aufgezwungen, und ich hätte gern etwas anderes gewollt. Jetzt war er liebevoll und fand die richtigen Worte, doch es hatte sehr lange gedauert, bis sie diese Nähe zueinander aufgebaut hatten. Sie wusste, dass sie in ihrer Beziehung wahrscheinlich weniger unterdrückt wurde als die meisten anderen Frauen, aber sie empfand es als ungerecht, dass sie etwas dermaßen Drastisches hatte tun müssen, damit er sie, Nancy, ernsthaft wahrnahm. »Niemand weiß, wie die anderen in Wirklichkeit sind, hinter verschlossenen Türen.«

Eleanor schnaubte. »Glaubst du etwa, dass Howard Mary jeden Morgen Tee ans Bett bringt? Vielleicht kennen wir keine Details, aber ich denke schon, dass wir unsere Mitmenschen richtig einschätzen.« Für Nancy war es ein Schock, seinen Namen in diesem Zusammenhang zu hören. Sie war so verwirrt, dass sie Angst hatte, alles preiszugeben, und so erschöpft, dass sie keine andere Möglichkeit sah.

Doch als sie zu ihrer Freundin blickte, kamen ihr plötzlich andere Gedanken, und ihr Wunsch, alles zu gestehen, verschwand, denn Eleanor wusste nicht, was es bedeutete, sehr lange Zeit mit einem Menschen zusammen zu sein. Sie wusste nicht, dass es die gemeinsten und hassenswertesten Seiten in einem selbst hervorbrachte, wenn man einen anderen Menschen so gut kannte. Die meisten Paare entwickelten sich nie weiter; nachdem jeder die Schwachstellen des anderen herausgefunden hatte, verbrachten sie die nächsten vierzig oder fünfzig Jahre damit, immerzu in denselben Wunden zu bohren.

»Sieh mal, ich liebe Robert«, sagte sie schließlich. »Aber du gehst wirklich hart mit mir ins Gericht, Els. Vielleicht bin ich nicht so selbstständig wie du, auch nicht so entschlossen und überlegt. Sicher bin ich das nicht. Und wahrscheinlich bin ich voller Selbstmitleid, aber im Moment weiß ich einfach nicht weiter.«

Eleanors Gesicht verzog sich nicht zu dem Lächeln, das Nancy so dringend brauchte. »Ich bin gewiss nicht selbstständig oder entschlossen und überlegt. Ich zweifle fortwährend, ob ich die richtige Wahl getroffen habe. Aber letztlich muss jeder von uns seine eigenen Entscheidungen fällen, über die großen Fragen des Lebens, und das tun wir auch. Nur bei dir bin ich nicht sicher, ob du je zu deinen Entscheidungen gestanden hast.«

Eleanors Urteil war von einer unnötigen Grausamkeit, und beinahe hätte sie scharf gekontert, doch die Worte verloren sich in ihren tiefen Schuldgefühlen. »Manchmal denke ich, dass ich nicht richtig erwachsen bin, nicht pflichtbewusst genug. Kannst du dich an dieses Gefühl erinnern, das man als Teenager hatte, als man sich nicht vorstellen konnte, jemals etwas tun zu müssen? Ich habe das immer noch in vielen Momenten. Ich glaube, dass das der

Grund ist, warum ich es jahrelang so anstrengend fand, mich um Zara zu kümmern – ich konnte nicht akzeptieren, dass ich für einen anderen Menschen verantwortlich war.«

Eleanors Stirn legte sich in Falten, als stiege ihr ein schlechter Geruch in die Nase. »Zara ist wunderbar.«

»Ich weiß.« Nancy dachte, dass ihr die richtigen Worte fehlten, um ihre Gefühle auszudrücken. Wahrscheinlich fand Eleanor ihr Verhalten abstoßend. Sie erkannte, insgeheim gehofft zu haben, dass Eleanor – nach einem Moment des Schocks und der Wut auf sie, wenn alles an Licht kam – letztlich ihre Beweggründe verstehen und sie unterstützen würde. Doch an diesem Abend wurde Nancy klar, dass Eleanor nie wieder ein Wort mit ihr sprechen würde, wenn sie die Wahrheit wüsste. Nicht nur das, sie würde sie hassen. »Ehrlich, Eleanor, es tut mir leid«, sagte Nancy schließlich.

»Du musst dich nicht bei mir entschuldigen.«

»Ja, aber dennoch.«

»Du musst diese Sache dringend in den Griff bekommen, Nancy. Es bringt mich zur Verzweiflung, mitansehen zu müssen, wie du dich immer weiter in Schwierigkeiten verstrickst.«

Nancy nickte, während ihr Tränen in die Augen traten.

»Ich würde dir gern helfen, aber du scheinst entschlossen, das allein zu durchzuziehen.«

»Ich muss das allein machen.«

»Nun, wie du meinst. Ich sage nur, dass du etwas unternehmen musst. Behaupte David gegenüber, dass du zur Polizei gehen wirst, wenn er dich weiterhin anruft, selbst wenn du das nicht tust. Und wenn er dann immer noch keine Ruhe gibt, musst du reinen Tisch machen und Robert einweihen. Wenn du wirklich die Absicht hast, diese Affäre zu beenden, dann kannst du so nicht weitermachen.«

Nancys Kopf fühlte sich schwer an. »Das weiß ich. Ich werde ihm alles sagen.« Doch sie würde es nicht tun, es ging nicht. Die Situation war verworren, und es gab so vieles, was sie niemandem anvertrauen konnte. Sie fühlte sich vollkommen hilflos. Ein kurzer Blick auf ihre Armbanduhr verriet ihr, dass es schon Viertel vor zehn war. »Mist, ich muss los. Ich bin um zehn mit ihm verabredet.«

»Okay, ich kümmere mich um die Rechnung.« Eleanor griff nach ihrer Handtasche.

»Bist du sicher?«

»Ja, ich mach das. Und du, schaff bitte ein für alle Mal dieses Problem aus der Welt.«

Nancy stand auf und spürte, dass sie etwas wackelig auf den Beinen war. Sie musste mehr getrunken haben, als sie gedacht hatte. Sie blickte auf Eleanor hinunter, die weiter in ihrer Tasche kramte, und eine tiefe Zuneigung für ihre langjährige Freundin erfasste sie. »Ich rufe dich morgen an und erzähle dir, wie es gelaufen ist.« Sie wünschte sich, Eleanor würde aufblicken und ihr ein paar aufbauende Worte mit auf den Weg geben, vielleicht sogar ein Lächeln.

Doch sie hielt den Kopf weiter gesenkt. »Gut, einverstanden«, sagte sie in ihre Handtasche hinein, und Nancy drehte sich um und ging zwischen den Tischen hindurch nach draußen.

Die Temperatur schien um zehn Grad gesunken zu sein, und Nancy zog den Mantel fest um sich und schlang auch die Arme um ihren Oberkörper. Ihre Zähne klapperten vor Kälte, und am liebsten wäre sie in ein Taxi nach Hause zu Robert gestiegen. Sie hatte seit Tagen nicht richtig gegessen und geschlafen; sie konnte keinen klaren Gedanken mehr fassen, und ihr Verstand schien abzubröckeln wie ein vom Wind gewetzter Stein. Nein, sie musste es noch ein letztes Mal versuchen, sie musste ihn bitten, Vernunft anzunehmen. Wenn er in ihr verzweifeltes Gesicht sah, würde Howard vielleicht begreifen, was er ihr antat, und sie gehen lassen. Sie entdeckte das orange leuchtende Freizeichen eines Taxis und hob die Hand in die Höhe, um es anzuhalten.

Im Wagen war es warm, und sie sank dankbar auf die Rückbank, doch als sie die Wagentür zuzog, erhaschte sie einen flüchtigen Blick auf einen blonden Haarschopf und einen großen, schlanken Körper, und ihr Herz machte einen Sprung, denn sie glaubte, es wäre Robert. Sie drehte sich blitzschnell um, aber das Taxi fuhr schon los, und die Person war bereits im Gewühl der Menge auf dem Bürgersteig verschwunden. Sie wandte sich wieder nach vorn, ihr Herz pochte wild in ihrer Brust, Angst breitete sich in kleinen Schweißperlen auf ihrer Haut aus und lief an ihrem Körper hinunter.

Sie erinnerte sich daran, dass er am Nachmittag nochmals nachgefragt hatte, wo sie am Abend verabredet war. War er zum Restaurant gekommen, um zu sehen, ob sie sich mit Eleanor traf? Folgte er ihr jetzt, um zu überprüfen, ob sie nach Hause fuhr? Was war, wenn sie ihn direkt zu ihm führte und er das ganze Ausmaß ihres Verrats erkannte? Nancy wandte wieder den Kopf nach hinten, aber die Straße war voller Taxis – in jedem von ihnen konnte Robert sitzen.

Ihr Telefon summte: **Ich bin da. Es ist eiskalt. Wollen wir uns im Pub treffen?** Doch sie konnte den Gedanken nicht ertragen, mit ihm zusammen in der Öffentlichkeit gesehen zu werden, auch wenn es unwahrscheinlich war, dass sie auf jemanden trafen, der sie kannte. Sie antwortete: **Nein, bleib dort. Bin in zehn Minuten da.**

Sie wusste nicht, wen sie am meisten hintergangen hatte: Robert, Mary, sich selbst, die Kinder, Eleanor. In ihrem Kopf war alles ein wirres Durcheinander, als ob ihre Leben miteinander verbundene Wege wären, die sich ständig kreuzten, oft überlappten, für immer vereint. Sie konnte sich kaum entsinnen, wer sie alle waren oder was ihr Ziel war oder warum sie überhaupt existierten. Sie wusste, dass sie alles ruiniert hatte, sie hatte all diese verschlungenen, zarten Verbindungen zerstört, die im Laufe vieler Jahre gewachsen waren, voller Liebe, und die ihretwegen jetzt mit Hass vergiftet wurden.

Es schien noch kälter geworden zu sein, als sie in der dunklen Seitenstraße aus dem Taxi stieg, die zu der Grünfläche führte, wo sie sich im Sommer oft getroffen hatten. Damals hatten sie das Gefühl gehabt, dass dieses Stückchen Erde ihnen allein gehörte, so wie sich für Liebende alles in etwas Besonderes verwandelte. Das war auch der Grund, warum sie diesen Treffpunkt vorgeschlagen hatte, in der Hoffnung, er würde sich daran erinnern, dass er ihr helfen musste, wenn er sie wirklich liebte. Doch im Dunkeln war der Ort unheimlich, er schien alles in sich zu vereinen, was eine Frau nicht tun sollte. Angst legte sich um sie wie ein Umhang, als sie sich vom Licht der Straßenlaternen entfernte; sie presste das Leben aus ihr heraus, und ihr Atem ging keuchend. Die eiskalte Luft kitzelte ihre Nase, und sie pustete Luft aus wie ein Drachen. Das hatte Zara als kleines Mädchen gesagt, und bei der Erinnerung daran bekam sie feuchte Augen. Verschwommen nahm sie die weißen Spitzen der Grashalme wahr, Vorboten eines reinigenden Frosts.

Er stand neben einer Bank, auf der sie häufig gesessen, sich an den Händen gehalten und geküsst hatten. Er war besser als sie gegen die Kälte gewappnet, trug Schal und Handschuhe, trotzdem stampfte er mit den Füßen auf den Boden und klopfte mit den Händen auf die Ärmel, um sich zu wärmen.

Sie ging zu ihm hin, und einige Sekunden lang starrten sie sich nahezu fassungslos an. Es gibt keine Göttinnen, kam es ihr plötzlich in den Sinn, und es war dumm von uns, das jemals anzunehmen. Mary hatte recht gehabt, Göttinnen waren ein Mythos, der nicht der Wahrheit entsprach, und sie hatte ihr Leben lang an die falsche Geschichte geglaubt. Auf einmal sah sie klar und deutlich, was sie war: eine Frau, die für ihr Aussehen zur Göttin erhoben wurde, aber das hatte nichts mit ihr zu tun. Immerzu hatte sie nach einer Möglichkeit gesucht, sie selbst zu sein, und diese abgedroschene Sehnsucht nach der eigenen Mitte gespürt. Und die ganze Zeit war das Leben an ihr vorübergezogen und hatte alles mit sich genommen, was ein erfülltes Leben ausmachte. Sie war weder eine Göttin noch ein Opfer, sie war eine ganz normale Frau, geblendet vom hellen Scheinwerferlicht, die sich selbst am meisten fürchtete. Es war eine dieser Einsichten, die ein ganzes Leben verändern konnten, doch sie war zu weit gegangen, sie hatte ihr Leben und damit jede Chance auf Veränderung und Neuanfang gründlich ruiniert.

In diesem Moment wurde ihr schlagartig klar, dass es keinen Ausweg mehr aus dieser Situation gab, und sie wusste, dass sie sich nichts mehr vormachen konnten.

»Was ist los, Louise?«, fragte er und versuchte ihre Hand zu fassen.

»Nenn mich nicht so«, fuhr sie ihn an. »Ich bin nicht Louise, und du bist nicht David. Das war nur ein Hirngespinst. Wir laufen schon viel zu lange vor uns selbst fort. Ich bin Nancy, und du bist Howard. Die sind wir immer gewesen, und die werden wir unglücklicherweise auch immer sein.«

Er antwortete nicht, und betretenes Schweigen hing in der Luft. Sie hatte weiße Punkte vor den Augen, ein Zeichen ihrer körperlichen Erschöpfung. Am liebsten hätte sie sich auf den eiskalten Boden gelegt und sich ihrem Schicksal überlassen. Auf einmal erschien ihr alles hoffnungslos, es war dumm von ihr gewesen zu glauben, dass sie einen Ausweg finden würde. Sie konnte die Affäre nicht länger verheimlichen, und wenn alle Welt davon erfuhr, würde sie alles verlieren. Sie wandte den Kopf und blickte zu der Mauer, die sie von der eiskalten Themse trennte, doch ihr war klar, dass sie nicht den Mut aufbringen würde zu springen, weder über die Mauer noch aus dem Fenster ihres Arbeitszimmers. In Wahrheit war sie noch schwächer und verzweifelter, als sie es sich eingestanden hatte, und diese Erkenntnis erfüllte sie mit einer tiefen Angst, als würde der Teufel in ihr wohnen.

Howard streckte wieder die Hand nach ihr aus, doch sie wich zurück, sodass er sie verzweifelt am Arm packte. Sie wollte ihm sagen, dass es sinnlos war, dass ihr Leben nie wieder schön sein könnte. Aber in diesem Moment, als sie den wilden Zorn in seinen Augen bemerkte, hörte sie hinter sich ein lautes Geräusch. Sie drehte sich um, denn sie wollte sehen, wer noch gekommen war, wer sie so sehr hasste, dass er sich an diesen eiskalten, verlassenen Ort begab.

Ein Umriss trat aus der Dunkelheit des Fußwegs heraus, die lauten Schritte verrieten eine lebensbedrohliche Rücksichtslosigkeit. Einen Augenblick lang hätte es jeder sein können, sogar ein Geist, doch dann war die Gestalt zu erkennen, und sie wusste, dass alles vorbei war.

»O mein Gott«, sagte Nancy. »Was machst du hier?«

MARY

Beinahe wäre Mary nicht ans Telefon gegangen, denn sie hatte gerade Howards Arbeitszimmer betreten, um nach der Versicherungspolice zu suchen, die sie unbedingt finden musste. Doch als sie das Smartphone aus der Gesäßtasche zog, sah sie, dass der Anruf von Eleanor kam. Sie versuchte schon seit einigen Tagen, ihre Freundin zu erreichen, denn bei ihrem letzten Gespräch hatte sie sehr niedergeschlagen geklungen, und es war nicht Ellies Art, nicht zurückzurufen.

»Hey, lange nichts gehört«, sagte sie und ging zum Fenster, wo sie auf eine Reihe kleiner Gärten blickte, für jedes Haus ein eigenes Viereck an Grün. Es war ein schöner Tag, die Sonne hatte die Menschen nach draußen gelockt. Ihre Nachbarn aßen im Garten zu Mittag und lachten über die Purzelbäume, die ihre kleine Tochter vollführte.

Zuerst wusste sie nicht, was sie hörte, aber dann begriff sie, dass Eleanor weinte, so herzzerreißend wie ihre Kinder, als sie klein waren. »Ellie«, rief sie ins Telefon. »Ellie, was ist passiert?«

»Ich habe mit Robert Schluss gemacht«, brachte sie keuchend hervor. »Und ich fühle mich schrecklich. Ich weiß nicht, was ich tun soll.«

»Wo bist du?« Mary spürte Angst in sich aufsteigen, denn Eleanor klang, als hätte sie die Kontrolle verloren.

»Im Auto.«

»Wohin fährst du?«

»Ich bin auf dem Rückweg von Sussex.«

»Was?«

»Ich habe Nancy besucht.«

Mary legte sich eine Hand auf die Stirn, denn sie verstand nicht, was mit Ellie los war. »Beruhige dich, wovon redest du?«

Sie hörte, wie Eleanor am anderen Ende der Verbindung tief durchatmete. Als sie wieder sprach, hatte ihre Stimme den hysterischen Beiklang verloren, obwohl sie immer noch weinte. »Ich habe alles vermasselt. In den letzten Tagen stand ich total neben mir. Ich bin zu Davide Boyette gefahren.«

»Was hast du getan? Du hast den Mann aufgesucht, der Nancy umgebracht haben könnte? Was hast du dir dabei gedacht?«

»Ich weiß es nicht. Und gestern musste ich zu Irenas Beerdigung. Es war alles zu viel.«

»Ach, Ellie, meine Liebe.«

»Ich habe mich gefragt, ob Robert etwas mit Nancys Tod zu tun hat. Ehrlich gesagt, ich weiß nicht, was ich denken soll.«

»Robert?« Mary hatte das Gefühl, mit einem dreijährigen Kind zu sprechen – das Gesagte ergab keinen Sinn und konnte alles bedeuten.

»Und als ich heute Morgen aufgewacht bin, wollte ich mich bei Nancy entschuldigen, deshalb bin ich zum Friedhof gefahren. Aber da war Robert. Wir hatten ein sehr seltsames Gespräch. Ich weiß, dass wir nicht zusammen sein können, doch ich liebe ihn.« Die letzten Worte brachte sie mit erstickter Stimme hervor.

»Ellie, du musst dich beruhigen«, sagte Mary in einem Tonfall, den sie sonst nur ihren streitenden Töchtern gegenüber anschlug. »Hör mir zu, du wirst jetzt Folgendes tun. Du fährst an der nächsten Raststätte von der Autobahn ab. Du machst dich frisch und trinkst einen Tee. Wenn du wieder ruhig bist, kommst du direkt hierher.« Sie vernahm lediglich Eleanors Schniefen, daher sprach sie lauter: »Hörst du mich, Ellie? Bitte tu, was ich dir sage. Ich will auf keinen Fall meine beiden besten Freundinnen innerhalb eines Jahres verlieren, und du bist nicht in der Verfassung, Auto zu fahren.«

»Okay.« Ellies Stimme schien von sehr weit her zu kommen.

»Ich hab dich lieb«, sagte Mary. »Wir bringen das in Ordnung.«

Außer Atem setzte sie sich an Howards Schreibtisch und lehnte sich im Stuhl zurück. Die Wand vor ihren Augen war mit vergilbten, an den Ecken aufgerollten Notizzetteln übersät, die Howard im Laufe der Jahre dorthin geklebt hatte, und auf seinem Schreibtisch türmten sich Papierstapel rund um einen altersschwachen Computer. Es war absurd, dass er diesen kleinen Raum immer für sich beansprucht hatte, wenn Mimi und Maisie sich ein Zimmer teilen mussten, obwohl sie schon längst aus dem Alter heraus waren. Sie würde das Zimmer aufräumen und einem der Kinder geben, nicht nur, weil Howard anscheinend nie mehr genesen würde, sondern weil sich etwas ändern musste. Seine Krankheit hatte ein Licht auf die Aspekte ihrer Ehe geworfen hatte, die sie hatte schleifen lassen oder die sie nicht wichtig genommen hatte. Doch seitdem sie nicht mehr fortwährend mit Howards emotionalen Bedürfnissen beschäftigt war, begann sie zu realisieren, wie zermürbend die letzten zehn Jahre gewesen waren, wie viel Kraft sie sie gekostet hatten und was aus ihr geworden war.

Sie erhob sich, denn sie musste die Versicherungspolice finden, bevor Ellie kam; es musste eine Klausel geben, die sie und die Kinder vor dem schützte, was mit Howard passierte. Vielleicht würde die Versicherung die Behandlungskosten oder einen Teil der Hypothek für das Haus übernehmen. Sie stand wieder am Fenster und öffnete es, um die warme, milde Luft hereinzulassen. Kindergeschrei drang herauf, und wie immer musste sie lächeln. Sie begann die Schubladen zu durchwühlen, aber es gab keinerlei Ordnungssystem; das meiste waren Zettel mit vereinzelten Gedanken, Kopien seiner Essays oder alte Lehrpläne. Sie überflog ein paar dieser Blätter, wenn sie sie in die Hand nahm, doch kein einziges Dokument schien einem anderen Zweck als seinen akademischen Studien zu dienen, als ob Howard erwartete, dass die Welt sich noch in Jahren dafür interessieren würde. Etliche Essays waren in unbekannten Zeitungen und Zeitschriften mit geringen Auflagen erschienen, und Mary fragte sich nach dem Sinn dieses Tuns, fragte sich, welche Schlüsse sie aus alldem ziehen würde. Der Gedanke machte sie traurig, und sie hatte das Gefühl, dass so viel Zeit im Leben vergeudet war, reine Ablenkung, und dass nur zwischenmenschliche Beziehungen eine Bedeutung hatten. Sie lachte über ihre

Töchter oder schimpfte sie aus, wegen der vielen Realityshows, die sie sich im Fernsehen anschauten, aber jetzt erkannte sie, dass sie Mimi und Maisie falsch verstanden hatte – vielleicht suchten sie im Chaos des Lebens nach einem Stück Wirklichkeit.

Die dritte Schublade klemmte, sie musste aufstehen und daran rütteln, bis sie sich mit einem Ruck löste und gegen ihren Oberschenkel prallte. Zahllose Blätter verteilten sich auf dem Boden, und sie kniete sich hin, um sie aufzusammeln. In diesem Moment entdeckte sie den braunen Briefumschlag, der hinter die Schublade gerutscht war und an der hinteren Innenwand feststeckte – deshalb hatte sich die Schublade nicht herausziehen lassen. Mary lehnte sich in die staubige Öffnung und zog den Umschlag heraus. Er war dick gefüllt, aber unbeschrieben. Sie wusste, dass das nicht die Versicherungsunterlagen waren, dennoch musste sie wissen, was sich darin befand. Sie hatte genügend Lebenserfahrung, um zu wissen, dass sie nichts Gutes erwartete.

Mary zog den Packen aus dem Umschlag, ein Bündel Erinnerungsstücke, eingewickelt in ein Blatt Papier. Vorsichtig öffnete sie es, und der Inhalt verstreute sich auf dem Schreibtisch: ein Haufen Quittungen und abgerissener Eintrittskarten, ein gepresster Löwenzahn, eine blonde Haarlocke, die Bleistiftzeichnung eines Herzens, die Postkarte eines liegenden Akts aus der Tate Gallery, das Einwickelpapier eines Schokoriegels, die erste Seite von *Eine Geschichte aus zwei Städten* mit der ersten Zeile unterstrichen, aus einem Buch herausgerissen, eine Ecke eines roten Seidenschals und ein Polaroid-Foto. Alles verschwamm vor ihren Augen, und ihre Hände zitterten, als sie die Rückseite des

Polaroid-Fotos berührte, die schwarze Seite leicht gewölbt und bläulich, wie eine Prellung. Sie wusste bereits, dass das, was sie sehen würde, ihr Untergang sein könnte, als ihre Finger wagemutig nach den Ecken fassten, um das Bild umzudrehen. Doch sie hatte Nancys Handschrift auf dem Brief schon erkannt und dachte, dass die Worte, die sie lesen müsste, noch schmerzlicher wären.

Sie drehte das Foto um, dabei berührte sie die Oberfläche so wenig wie möglich. Zuerst konnte sie gar nicht erkennen, was sie dort vor Augen hatte, nur eine dunkle Masse, vielleicht ein paar Hügel in der Dämmerung. Doch dann lachte sie über ihre Naivität, denn plötzlich tauchte Nancy auf, nackt ausgestreckt auf einem Bett, die Beine gespreizt, sodass ihre rötliche Vulva zu sehen war, dahinter ihr gewölbter Bauch, das leicht erhobene Gesicht und zügelloses Verlangen in ihren Augen.

Mary legte den Brief auf das Foto und richtete ihren Blick darauf.

David,

Du darfst mich nicht mehr anrufen. Wenn Du mich wirklich so sehr liebst, wie Du es behauptest, dann tu, worum ich Dich bitte. Dein Verhalten macht mir allmählich Angst, und ich werde noch ganz krank vor Sorge. Ich dachte, wenn wir uns über Weihnachten ein paar Tage nicht sehen, würdest Du Deine Meinung ändern, aber das ist nicht passiert, und langsam bin ich am Verzweifeln.
In letzter Zeit habe ich viel nachgedacht und bin zu folgendem Schluss gekommen: Ich bin schwach und egoistisch. Ich kenne niemanden,

der mit dem Ehemann einer ihrer besten Freundinnen eine Affäre anfangen würde. Ich durchforste mein Gedächtnis auf der Suche nach dem Grund, weshalb ich so etwas Abscheuliches getan habe, doch kein Moment ist klar, als ob mein ganzer Verstand in Nebel gehüllt wäre. Könnte es mir nur um Sex gegangen sein? Vielleicht, aber ich hätte Dich aufhalten können, als Du mich zum ersten Mal geküsst hast, und ich weiß nicht, warum ich es nicht getan habe. Ich erinnere mich, wie aufregend ich es fand, als Deine Hand an meinem Bein hoch in den Schlitz meines Kleides fuhr – ich hatte das Gefühl zu brennen. Doch ich kann mich nicht mehr erinnern, warum ich Dich gewähren ließ.

Ich denke, dass ich destruktiv veranlagt bin und schon immer darauf aus war, mein Leben zu zerstören. Solange ich denken kann, habe ich mein Glück sabotiert. Mir ist nicht klar, wieso ich das tue, aber mir ist vollkommen klar, dass mein Leben ohne die Menschen, die ich liebe, nichts wert ist. Diese Menschen sind Robert, Zara, meine Mutter, Eleanor und Mary. Die Liste ist nicht besonders lang, aber mir genügt diese Handvoll Menschen.

Wenn die Wahrheit über uns ans Licht käme, würden diese Menschen mich zu Recht hassen und nie wieder ein Wort mit mir sprechen – das wäre für mich wie der Tod. Doch viel schwerer als das wiegt die Angst, dass diese Menschen erkennen könnten, wer ich in Wirklichkeit bin, nichts anderes als ein Schandfleck. Mir ist es lieber, dass sie nie von meinem Betrug an ihnen erfahren. Von nun an will ich versuchen, sie glücklich zu machen – in jeder Sekunde, die mir bleibt. Du hast übrigens recht, Du solltest Mary verlassen, was immer auch passiert. Früher ist es mir nicht aufgefallen, aber Du machst sie unglücklich, und Du ruinierst ihr Leben. Ich habe mich von Dir täuschen lassen, und ich nehme an, dass es ihr früher einmal genauso ergangen ist. Du solltest Deine Sachen packen und für immer fort-

gehen. Das wäre anfangs sicher schwer für sie, aber sie hätte mich an ihrer Seite, ich würde sie in allem unterstützen.
Männer werden niemals begreifen, was Frauen einander bedeuten.
Du wärst schockiert über die Intensität unserer Gefühle.
In diesen Tagen kann ich mich nicht an meine Freundinnen wenden, und das zeigt mir, wie weit ich mich von meinem Leben im Kreise meiner Familie und meiner Freunde entfernt habe.
Ich kann so nicht weitermachen.
Bitte lass mich in Frieden, ich flehe Dich an.

Louise

Mary legte ihre Hände auf das Briefpapier und versuchte, ihre Atmung zu regulieren. Doch sie saß hoch in der Brust und drohte, sie zu überwältigen, dann würde sie mit weißen Blitzen vor den Augen auf dem Boden liegen. Sie dachte an Howard, der in seinem Sessel im Erdgeschoss vor sich hin dämmerte, und sie dachte an Nancy, die unter der Erde lag, eine Kollision des Grauens in ihrem Kopf, eine schauderhafte Neuinszenierung von allem, was sie zu wissen geglaubt hatte. Sie hatte das Gefühl, dass ihr übel wurde, und tatsächlich beugte sie sich über die Schreibtischkante und erbrach sich.

Das Schwindelgefühl hielt an, und sie ließ ihren Kopf in die Hände sinken. Ein leises Geräusch entfuhr ihr, eine Mischung aus Stöhnen und Lachen. Dann kam sie sich unglaublich dumm vor, dass sie nicht schon vorher eins und eins zusammengezählt hatte: Howards schwere Erkrankung und zur selben Zeit Nancys Tod. Sie hatte gewusst, dass er in dem Jahr vor dem Tod ihrer Freundin eine Affäre gehabt hatte. Und auch der Name David, den sie bis zu diesem Moment nicht registriert hatte, leuchtete jetzt ein: Howard David Smithson und Nancy Louise Hennessy. David und Louise, ihr Ehemann und ihre Freundin.

Sie sammelte die Papiere wieder ein und stopfte sie zurück in den Briefumschlag. Sie wusste, dass sie Zeit benötigte, um über all das nachzudenken, das war nichts, was man bei erstbester Gelegenheit hinausposaunte. Als sie den Umschlag in sein Versteck zurückschob, fuhr ihr durch den Kopf, dass sie Nancy auf die gleiche Weise auf die Schliche gekommen war wie so vielen von Howards anderen Affären auch. Eine Tatsache, die, wie Mary fand, nicht einer grausamen Ironie entbehrte. Jahrelang hatte sie auf dem Küchenfußboden gehockt, um vor dem Waschen Taschentücher aus den Hosentaschen zu entfernen, und dabei zerknüllte Rechnungen gefunden von Restaurants, in denen sie nie gewesen war, oder einzelne Ohrringe, die zu keinem von ihren passten, und einmal sogar eine Gänseblümchenkette. Früher hatte sie diese Gegenstände fest in ihrer Hand zerdrückt und sie dann tief im Mülleimer vergraben. Schließlich war Mary Altphilologin und wusste, dass die griechischen Götter Fehler hatten. Doch Nancy bildete eine Ausnahme. Nancy verdiente eine Rache, die den Göttern würdig war. Mary war sicher, dass sie Nancy, wäre sie nicht bereits tot, eigenhändig umgebracht hätte.

Als Mary langsam mit zittrigen Beinen die Treppe hinunterstieg, spürte sie, wie sich etwas in ihrem Inneren lockerte, als würde sich ihr Anstandsgefühl, das ihr bis jetzt

Halt gegeben hatte, lösen. Gleichzeitig füllte sich ihr Inneres, als wäre sie ein Luftballon, der immer größer wurde und sich zum Abflug bereit machte. Sie vermutete, dass sie bald aus großer Höhe auf ihr Leben hinabblicken würde, und ihre Bemühungen, alles zusammenzuhalten, würden sich als Illusion erweisen. Sie würde aufhören, sich zu sorgen und zu kümmern, sie würde manchmal ihre Niederlage eingestehen, häufig ihre Inkompetenz, täglich ihre Frustration, stündlich ihre Angst. Es war ein neues Gefühl, aber es war nicht gänzlich unangenehm. Es klang nach Wahrheit und nach Befreiung, beides hatte Mary in ihrem Leben bisher gefehlt.

Bald würde Eleanor vor der Tür stehen, und sie sehnte sich danach, ihrer Freundin alles zu erzählen, doch sie begriff, dass dann auch Robert und die Polizei davon erfahren würden, und sicherlich auch die Presse. Sie zitterte bei dem Gedanken, dass ihre Kinder ins Licht der Öffentlichkeit gezerrt würden und alle Welt wüsste, wer ihr Vater war. Als sie am Fuße der Treppe angelangt war, war für sie sonnenklar, dass sie vor allem ihre Kinder beschützen musste. Niemand durfte je erfahren, was sie gerade herausgefunden hatte, auch wenn das bedeutete, dass Eleanors und Roberts Fragen dann für immer unbeantwortet blieben.

Eine Weile stand sie mit vor der Brust verschränkten Armen in der Wohnzimmertür und beobachtete Howard. Er saß in dem Sessel, der sein Stammplatz geworden war, die Augen starr in die Ferne gerichtet, während er mit den Fingern auf seinem Knie trommelte. Speichel hing an seinem Bart, und er war nur noch Haut und Knochen.

Sie erinnerte sich an den Abend, an dem Eleanor gekommen war, um ihr Nancys Tod mitzuteilen. Howard hatte krank im Bett gelegen, und sie hatte es für eine Virusinfektion gehalten. Am Vorabend war er erst nach Hause gekommen, als sie schon geschlafen hatte. Ein Geräusch hatte sie aufgeweckt, Howard erbrach sich im Badezimmer. Sie war aufgestanden, weil ihre mütterlichen Instinkte wie immer Müdigkeit und Kälte überwogen, und hatte sich neben ihn auf den Badewannenrand gesetzt und dem über die Toilettenschüssel gebeugten Howard den Rücken gerieben. Sie erinnerte sich auch noch, dass sie nicht besonders besorgt um ihren Mann war, aber von Unruhe erfasst wurde, als sie auf dem Weg ins Schlafzimmer Marcus' unbenutztes Bett sah.

Mary trat ins Zimmer und stellte sich direkt vor Howard, doch er starrte weiterhin in die Ferne.

»Howard.« Ihre Stimme klang wie ein scharfes Bellen, und er richtete seine Aufmerksamkeit auf sie. »Was ist mit Nancy passiert?«

»Nancy«, wiederholte er, aber sie sah, dass seine Augen für einen flüchtigen Moment glänzten.

»Ja, Nancy.« Sie trat einen Schritt näher und erkannte, dass er inzwischen noch magerer war als sie, dabei war sie sehr dünn. Doch nun war sie zum ersten Mal in ihrer Ehe stärker als er.

»Nancy?« Er reckte den Kopf, um über ihre Schulter zu blicken.

Am liebsten hätte Mary ihm die Faust ins Gesicht geschlagen, an seiner Haut gezerrt und seine Nerven zerfetzt. »Sie hat dich nie geliebt«, sagte sie stattdessen, wandte sich um und verließ, gefolgt von seinem leisen Schluchzen, das Zimmer.

Ihre Töchter waren bei verschiedenen Samstagskursen, wo Marcus war, wusste sie nicht, deshalb goss sie sich ein großes Glas Wein ein und fand eine alte Packung Zigaretten, die Howard auf dem Schrank neben dem Fenster aufbewahrt hatte. Sie öffnete die Hintertür und setzte sich auf die Stufe. Ihre Gedanken standen in schroffem Kontrast zu dem Lachen und Rufen, das über die Gartenzäune zu ihr herüberdrang, als ob manche Leben niemals zerbrachen.

Der Alkohol und das Nikotin erreichten ihren Blutkreislauf im selben Moment, und einen Augenblick lang fühlte sie sich gut. Mary war von einem tiefen Verantwortungsgefühl ihren Kindern gegenüber erfüllt, sie wusste, dass das hier etwas Einmaliges war. Wenn Mimi und Maisie nach Hause kämen, würde sie sich wieder normal benehmen. Sie würde das Abendessen vorbereiten und ihre vielen Fragen beantworten, sie würde sich sogar ein Lächeln abringen. Sie blickte über die Schulter zur Küchenuhr. Ihr blieben noch drei Stunden, in denen sie vor Angst zittern und sich den Kopf zermartern durfte, drei Stunden, in denen sie versuchen konnte, die Bruchstücke ihres Lebens neu zusammenzufügen.

Zum ersten Mal seit vielen Jahren sehnte sie sich nach ihren Eltern, und eine tiefe Einsamkeit überkam sie, denn sie sprach nur noch selten mit ihnen. Howard hatte ihre Familie immer schwierig gefunden, er fuhr nicht gern zu ihren Eltern und wollte sie auch nicht bei ihnen zu Besuch haben. Das war eines der vielen Dinge, die sie hatte geschehen lassen, denn Howards Argumente waren stets so überzeugend, dass es leichter gewesen war nachzugeben. An ihrem Hochzeitstag, als sie bereits deutlich sichtbar mit Marcus schwanger gewesen war, hatte ihr Vater sie beiseitegenommen und ihr gesagt, dass eine alleinerziehende Mutter keine Schande sei und sie auf die Unterstützung ihrer Familie zählen könne. Bei dem Gedanken daran, wie viel Überwindung ihn diese Worte gekostet haben mussten, hätte sie nun am liebsten geweint. Er hatte nah bei ihr gestanden, und sein würziger Geruch hatte sie eingehüllt, während er ihr sagte, dass sie wieder in ihr Elternhaus nach Birmingham ziehen könne, in ihr Mädchenzimmer mit der gekräuselten rosafarbenen Tagesdecke. Sie erinnerte sich, dass ihr bei der Vorstellung ein Schauder über den Rücken gelaufen war, und fröstelnd hatte sie zu ihrer Schwester Naomi, ihrem Mann Terry und den drei Kindern geblickt, die eine Straße von ihren Eltern entfernt lebten. Der Gedanke ließ sie auch jetzt noch erzittern, eine große Dummheit.

Sie stimmte mit Nancy überein, dass man seinen Verstand ausschaltete, wenn man mit Howard zusammen war, und sich unvernünftig verhielt. Als er sich zum ersten Mal über ihren Schreibtisch gebeugt und ihr seine Hand auf den Nacken gelegt hatte, hatte sie von seiner Ehefrau und den Regeln, die für Frauen galten, gewusst. Ihr war auch klar gewesen, dass die Affäre mit ihrem Chef einem Klischee entsprach und dass sie, die durch Studium und Promotion so viel Wissen erworben hatte, ihren Traum von einem Job an der Uni aufs Spiel setzte.

»Sie haben *Das geteilte Selbst* nicht gelesen?«, fragte er sie an ihrem ersten Arbeitstag für ihn überrascht, und in der

Mittagspause eilte sie los, das Buch zu kaufen, und verbrachte das gesamte nächste Wochenende damit, es durchzuackern. Sie fand, dass es viele Schwachstellen hatte; die Grundidee der ontologischen Sicherheit hielt sie für eine männliche Wunschvorstellung. Frauen konnten ihre private und ihre öffentliche Persona niemals miteinander verbinden, demzufolge waren alle Frauen verrückt, doch wenn Mary es recht bedachte, fand die Gesellschaft diese Sichtweise überzeugend.

Als sie Howard am kommenden Montagmorgen seinen Kaffee brachte, erzählte sie ihm von ihrer Lektüre. Er blickte von seinen Unterlagen auf dem Schreibtisch auf und lachte – und sie fühlte sich wie ein Schulmädchen, das versuchte, seinen Lehrer zu beeindrucken.

»Was denken Sie darüber?«, fragte er, und augenblicklich fühlte sie sich besser, denn er schien ernsthaft an ihrer Meinung interessiert zu sein.

»Ich denke, dass dieser Ansatz einige sehr grundsätzliche Aspekte menschlichen Verhaltens außer Acht lässt.«

Er zog die Augenbrauen in die Höhe. »Die da wären?«

»Jeder von uns braucht ein öffentliches und ein privates Gesicht, sonst würde Anarchie herrschen.«

»Und warum wäre das so schlecht?«

Sie kam sich schrecklich kleingeistig vor, als sie sich daran erinnerte, wie es ihre Eltern beschämte, wenn sie ihre Gedanken und Gefühle offen aussprach. »Weil«, stieß sie stammelnd hervor, »weil dann alle immer wissen würden, wie wir uns fühlen.« Es waren nicht die Worte, die sie zu sagen beabsichtigt hatte, doch in seiner Gegenwart fühlte sie sich unsicher.

Diesmal lachte er noch lauter und warf theatralisch den Kopf in den Nacken. »Das ist ein sehr interessanter Standpunkt. Aber ich denke, Sie haben Ronald D. Laing überhaupt nicht verstanden.« Mary spürte, wie ihre Augen brannten, denn vielleicht hatte er recht, und es war ihr peinlich, vor Howard dumm zu erscheinen. »Er war revolutionär, weil er den Patienten in den Mittelpunkt unseres Denkens gerückt hat. Er machte Geisteskrankheit zu einem politischen Thema, denn wenn wir das Individuum behandeln müssen, und nicht bloß die Symptome, dann trägt der Staat nicht nur für die Behandlung die Verantwortung, sondern auch für die Prävention.«

Mary nickte, ihr Gesicht war heiß, es musste dunkelrot sein. Sie hatte Howards Analyse von Laings Gedanken nachvollziehen können, doch das bewies nicht, dass der Ansatz nicht grotesk war. Sie träumte von einer Welt, in der die Menschen ihre Gefühle frei ausdrücken konnten, und das schien absurd. Aber vielleicht nur, weil Frauen mehr nachdachten als Männer. Sie wusste es noch nicht.

»Nun gut«, sagte Howard und blickte sie mit ernster Miene an. »Was fühlen Sie persönlich, das ich nicht wissen soll?«

»Nichts«, sagte Mary eilig und stieß sich ein Bein am Schreibtisch, als sie das Zimmer verließ.

Das erste Mal schliefen sie miteinander in der Wohnung eines Freundes, der die Hälfte des Jahres an einer Universität in den USA arbeitete. Inzwischen gab er sich große Mühe, ihr seine Wertschätzung zu beweisen, er umgarnte sie, und sie ließ zu, dass er sie küsste und flachlegte. Obwohl das Wort es nicht ganz traf, denn ihr Verlangen nach ihm war so groß, dass sie in seiner Nähe zu zittern begann. Sie sorgte sich, seine Berührungen nicht entsprechend erwidert zu haben und dass er glauben könnte, sie hätte den Sex mit ihm nicht genossen. Doch im Grunde war sie unsicher, wie sie sich mit Howard verhalten sollte, weil der Sex mit ihm so anders war als die flüchtigen Begegnungen mit einigen Kommilitonen. Später, als sie keuchend auf dem Bett gelegen und zu den Farnen in den Makrameetöpfen über ihren Köpfen hinaufgeblickt hatten, war eine neue, aufregende Wärme durch ihren Körper geströmt, die sie wieder fühlen wollte.

Damals war Howard für sie bei Weitem der faszinierendste und außergewöhnlichste Mensch gewesen, dem sie je begegnet war. Wie konnte es sein, dass sie niemals Marx gelesen oder darüber nachgedacht hatte, wie tief die Ungerechtigkeit in der Gesellschaft verwurzelt war? Howard sagte, dass ihr Vater Teil der unterdrückten Arbeiterklasse sei und ihre restliche Familie in die gleiche schwierige Lage abgleiten würde. Da sie Immigranten waren, mussten sie sich ständig als Außenseiter fühlen. Diese Feststellung verwirrte Mary, die in Birmingham geboren war, außerdem war ihre Mutter eine glühende Britin, die das Land nie verlassen hatte. Doch das sagte Mary Howard nicht, der gerade schlussfolgerte, das grundsätzliche Mittel der Unterdrückung bestünde darin, dass man den Menschen den Zugang zu Bildung verweigerte, vor allem den unteren Gesellschaftsschichten. Er mache ihrem Vater keinen Vorwurf, behauptete Howard, denn er war das typische Beispiel eines Mannes, der nur daran dachte, seine Familie zu versorgen, und sich deshalb nicht politisch engagierte, um sein Schicksal zu ändern. Mary war sich nicht sicher, ob das zutraf, ob ihr Vater überhaupt etwas an den Verhältnissen ändern wollte, aber sie stellte fest, dass er sie umso mehr begehrte, je mehr sie ihre Herkunft – fremde Ethnie, Arbeiterklasse – in den Vordergrund rückte.

»Fragt sich Penny nicht manchmal, wo du bist?«, wollte sie von ihm wissen, nachdem sie sich einen Monat lang in der Wohnung mit den Farnen getroffen hatten. Sie erinnerte sich noch, wie die Angst sie durchflutete bei dem Gedanken, dass Penny den größeren Anspruch auf ihn hatte.

Howard blies Rauchringe in die von Sex durchdrungene Luft über ihren Köpfen. »Eigentlich nicht. Ich muss immer eine Vorlesung vorbereiten.«

»Sie tut mir leid.« Pennys Foto stand im Regal in Howards Büro: eine schlanke dunkelhaarige Frau mit großen traurigen Augen und einem schmalen Lächeln.

»Das ist einer der vielen Gründe, warum ich mich in dich verliebt habe«, erwiderte Howard. »Die meisten Frauen würden nicht über ihre eigene Eifersucht hinausdenken.«

Seine Worte verunsicherten Mary tief. Sie versuchte sich erwachsen zu geben, indem sie nicht weiter auf sie einging. »Sollte ich denn eifersüchtig sein?«

Howard beugte sich über sie, um seine Zigarette auszudrücken. »Nein, natürlich nicht.« Er küsste sie auf den Arm. »Möchtest du das wirklich weitermachen?«

»Was weitermachen?«

»Über Penny zu reden.« Er blickte ihr direkt in die Augen, während er sprach.

Doch sie wollte das Thema nicht fallen lassen, deshalb

fuhr sie fort. »Aber wenn du dich mit mir triffst, heißt das doch, dass du mit ihr nicht glücklich bist. Warum bleibst du dann mit ihr zusammen?«

Er schluckte, und sie fürchtete, dass er zornig werden könnte. Vor Angst wurde ihr flau im Magen. »Es ist sehr illoyal Penny gegenüber, dir das zu sagen, aber sie kann keine Kinder bekommen. Unsere Ehe ist schon seit Jahren gescheitert, aber sie ist so deprimiert, und es wäre noch viel schlimmer, wenn ich sie verlassen würde. Ich bin wohl ein Feigling.«

»Meine Güte, das ist schrecklich. Du bist kein Feigling.« Doch dann kam Mary ein anderer Gedanke in den Sinn, den sie noch nie zuvor in Betracht gezogen hatte. »Wie alt bist du?«

»Wir werden beide dieses Jahr vierzig. Sie hat das Gefühl, dass ihr die Zeit davonläuft und sie bald zu alt für ein Baby sein wird.«

Mary versuchte diese Informationen zu verarbeiten. Vierzig kam ihr unfassbar alt vor. Sie drehte sich auf die Seite, um Howard genau betrachten zu können: sein großer schlanker Körper täuschte über sein Alter hinweg, und vielleicht verbarg auch sein Bart die ersten Fältchen.

»Und wie alt bist du?«, fragte er.

»Achtundzwanzig.«

Er streckte die Hand aus und streichelte ihre Wange. »Wir sollten das hier nicht tun. Aber mit dir habe ich so ein verrücktes Gefühl, als ob die normalen Regeln nicht gelten würden.«

Sie gab sich seiner Berührung hin. »Dein Alter ist mir egal.«

»Wären deine Eltern mit mir einverstanden?«

Es gefiel ihr, dass er auf diese Weise über sie beide dachte, als hätten sie eine gemeinsame Zukunft. »Vielleicht. Ich weiß es nicht. Meine Schwester Naomi wäre sicherlich schockiert, mehr als meine Eltern.«

»Mary und Naomi«, sagte Howard und fuhr ihr mit dem Finger über die Wange. »Diese Namen passen nicht zu Mädchen wie euch.«

Zum ersten Mal betrachtete sie ihre braune Haut neben seiner weißen; seine Annahme kränkte sie. »Du weißt schon, dass meine Mutter weiß ist, oder? Sie heißt Sheila, sie wählt die Konservativen, arbeitet bei Asda und geht jeden Freitag zum Bingo – sie ist Britin, durch und durch.«

»Nein, ich habe nur gedacht...« Zumindest war er so anständig zu erröten.

»Mein Vater ist aus Bangladesch. Seine Eltern sind hierhergezogen, als er ein kleines Kind war, auch er hat sein ganzes Leben in Birmingham verbracht.«

»Das muss schwer gewesen sein.«

»Was?«

»Deine Kindheit und Jugend hier in den Achtzigern, mit deiner Hautfarbe.«

Da lachte sie. Ihr war bereits aufgefallen, dass die meisten Menschen nicht verstanden, was wirklich schwer im Leben war. Oder sie glaubten Dinge zu begreifen, ohne mit ihr gesprochen zu haben. Plötzlich kam ihr in den Sinn, dass Nancy und Mary vielleicht die einzigen Menschen waren, die sich dafür interessierten, was sie dachte und fühlte, nicht, was sie repräsentierte.

»Möchtest du Kinder haben, Mary?« Die Frage kam ihr

seltsam vor, so aus dem Zusammenhang gestellt, doch sie bemerkte die Verletzlichkeit in seinem Tonfall.

»Ich vermute, ja.«

»Du vermutest?«

»Nun ja. Ich kann mir mein Leben nicht ohne Kinder vorstellen, aber ich glaube, es ist sehr anstrengend, sie großzuziehen. Naomi hat gerade Zwillinge bekommen, jetzt hat sie drei Kinder unter fünf, und als ich sie das letzte Mal besucht habe, war sie fortwährend dabei, das Chaos zu bekämpfen. Und meine Freundin Nancy hatte dieses Jahr einen Zusammenbruch, nachdem ihre Tochter geboren wurde. Das war, bevor wir uns kennenlernten. Laut den Ärzten litt sie an einer postnatalen Depression, aber es klang alles sehr erschreckend, und obwohl es ihr inzwischen besser geht, ist sie immer noch nicht wieder so wie früher.«

Er lachte. »Ich sehe, du bist in dieser Frage gespalten. Aber du kennst doch bestimmt jemanden, der glücklich mit seinen Kindern ist?« Mary schüttelte allerdings den Kopf. »Es liegt an unserer patriarchalen Gesellschaft«, sagte er und strich mit dem Finger sanft über ihre Brust. »Nur wenige Männer wissen, was es bedeutet, Kinder zu haben. Es ist noch nicht lange her, da drückten Männer ihren Frauen einmal in der Woche etwas Geld für den Haushalt in die Hand und versoffen den Rest im Pub, und manchmal habe ich den Eindruck, dass dieses Verhalten teilweise auch heute noch vorherrscht. Die Gesellschaft hört Müttern nicht richtig zu, wir verstehen nicht, dass sie nach wie vor unterschiedliche Wünsche haben.«

Seine Worte überwältigten sie, doch seine Einschätzung

traf weder auf Naomi noch auf Nancy zu, und sie hatte das Gefühl, die beiden verteidigen zu müssen. »Terry und Robert sind beide sehr nett. Ich meine, Naomi und Terry haben nicht viel Geld, aber ich glaube, dass sie sich die Arbeit mit den Kindern und im Haushalt teilen. Robert ist in dieser Hinsicht vermutlich eher konservativ. Nancy hat mir erzählt, er will nicht, dass sie wieder arbeitet.«

Howard zuckte die Achseln, als ob das seine Meinung bestätigte. »Was macht er beruflich? Ich wette, er ist Banker oder etwas in der Art.«

»Er ist Menschenrechtsanwalt.«

Howard zündete sich eine weitere Zigarette an. »Dennoch schuftet er für kapitalistische Dollar. Geld macht Männer zu Unmenschen.«

»Ich würde Robert kaum als Unmenschen bezeichnen.«

»Man kann nicht in der kapitalistischen Welt arbeiten, ohne als Scharlatan zu enden.«

Sie setzte sich auf, denn plötzlich fürchtete sie, die Farne über ihren Köpfen könnten auf sie herabfallen. Sie nahm Howard die Zigarette aus der Hand, zog ausgiebig daran, und das berauschende Nikotin strömte durch ihre Blutbahnen und stieg ihr in den Kopf. Sie dachte daran, dass Howards und ihr Mund dasselbe Objekt umschlossen hatten, und fühlte sich plötzlich glamourös und verwegen.

Howard blickte durch die Rauchschwaden zu ihr, und seine Mundwinkel verzogen sich zu einem Lächeln. »Mein Gott, es ist wunderbar, wie unvollkommen du bist.«

Sie spürte, wie ihr Hochgefühl verschwand. »Das ist es, was du an mir magst?«

Er nahm ihr die Zigarette aus der Hand. »Ganz genau. Perfekte Frauen sind so verdammt langweilig. Und es macht großen Spaß, Unvollkommenheiten auszubügeln.« Dann beugte er sich und küsste sie wieder, und ihr Kopf drehte sich, weil dieser Mann so anders war als alles, was sie bis dato kennengelernt hatte.

Am Wochenende traf sie sich mit Nancy in der National Gallery, und nachdem sie sich die Werke von Monet und Gauguin angeschaut hatten, setzten sie sich ins Café, um eine Tasse Tee zu trinken.

»Ich habe mich schon gefragt, was mit dir los ist«, sagte Nancy, als sie aus dem Fenster auf den vorbeiziehenden Fluss sahen. »Du bist völlig abgetaucht, und auch Ellie hat gesagt, dass sie nichts von dir gehört hat.«

Mary spürte, wie sie rot wurde. »Es tut mir leid. Es ist nur die Arbeit, du weißt ja, wie es ist, einen neuen Job anzufangen.«

Sie hätte nicht versuchen sollen, Nancy etwas zu verheimlichen. »Mein Gott, Mary, gibt es einen neuen Mann in deinem Leben?«

»Nein.« Sie hatte den starken Wunsch, Howard aus ihren Gedanken zu entlassen und ihm ein Stück weit Realität zu verleihen. »Nun, eigentlich ja.«

Nancy kreischte auf und hielt sich dann die Hand vor den Mund. »Wie aufregend. Du musst mir alles erzählen, das wird mein düsteres Dasein aufhellen.«

»Oh, sag das nicht, Nancy. Ich wollte dich treffen, damit du mir erzählst, wie es dir geht.«

Nancy machte eine wegwerfende Handbewegung. »Ach, komm schon. Ich habe nichts zu erzählen, es sei denn, du möchtest wissen, welche Farbe Zaras Kacka heute Morgen hatte. Oder wie Robert sein Frühstücksei mag. Oder welche Farbe besser zu unserem Wohnzimmer passt: Sahara oder Sandgelb – dabei sind das bestimmt dieselben Farben.«

Mary lachte. »Ich könnte deinen Rat wirklich gut gebrauchen.«

»Leg los.«

Es fiel ihr schwer, die Worte auszusprechen. »Es ist der Professor, für den ich arbeite.«

Nancy strahlte. »Das ist unglaublich dramatisch.«

»Eigentlich nicht. Er ist zwölf Jahre älter und fünfmal so schlau wie ich.«

»Sei nicht albern.«

»Und verheiratet.« Nancy erwiderte nichts, daher blickte Mary auf und sah, dass ihre Freundin schockiert war. »O Gott, das ist total daneben, nicht wahr?«

»Es ist nicht ideal.« Nancy nahm ein Zuckerstückchen aus der Schüssel auf dem Tisch und drehte es in den Fingern. »Wusstest du, dass er verheiratet war, als du etwas mit ihm angefangen hast?«

»Ja.«

»Nun, zumindest das war klar. Aber was ist mit der Frau?«

»Das ist es ja.« Mary glaubte gleich weinen zu müssen. »Er möchte sie verlassen, aber er hat Mitleid mit ihr, weil er ein guter Mensch ist. Sie kann nicht schwanger werden, weißt du.«

Nancy errötete. »Verdammter Mist. Das ist schrecklich. Ich glaube beinahe, das ist noch schlimmer, als wenn er sie verlassen würde.«

Sobald Mary die Worte hörte, wusste sie, dass sie wahr waren, daran bestand kein Zweifel, aber sie brachten auch eine bedrückende Erkenntnis mit sich. »Ich habe mich in ihn verliebt.«

»Mist. Glaubst du, dass er seine Frau jemals verlassen wird?«

»Keine Ahnung.« Tränen traten ihr in die Augen.

Nancy streckte die Hand über den Tisch und tätschelte ihren Arm. »Hat er das früher schon mal gemacht?«

Die Frage überraschte Mary. Mit der Serviette tupfte sie sich die Wangen ab und sah die schwarzen Spuren ihrer Wimperntusche auf dem reinen Weiß. »Das weiß ich nicht. Ich hätte es nicht gedacht.«

»Ich glaube, du solltest die Sache beenden.« Mary blickte ihre Freundin an und sah die Entschlossenheit in ihrem schönen Gesicht. »Natürlich verstehe ich, dass es aufregend ist, mit seinem Chef zu vögeln, erst recht, wenn er ein kluger Professor ist. Und vielleicht ist er noch nie vorher fremdgegangen. Aber jetzt hat er es getan, und das ist nicht toll. Ebenso wenig wie der Grund, weshalb er bei seiner armen Frau bleiben will. Denk mal daran, wie sie sich fühlen muss. Und meinst du nicht, dass wir Frauen die Aufgabe haben, in solchen Situationen zusammenzuhalten?«

Mary konnte einen heftigen Schluchzer nicht unterdrücken. Eine Frau am Nachbartisch wandte sich kurz zu ihnen und dann schnell wieder ab. »Du hast recht. Aber das Leben ist viel komplizierter, es geht nicht nur darum, was man tun soll. Empfindest du das nicht auch so?«

Nancy lachte. »Natürlich empfinde ich das auch so.

Herrgott noch mal, ich bin fast durchgedreht, weil ich es so anstrengend fand, mich um Zara zu kümmern.« Einen Moment lang dachte Mary an Ronald D. Laing. »Aber das Richtige, nun, das Richtige tut man normalerweise aus gutem Grund.«

»Und wenn ich das nicht kann?«

Nancy nahm ihre Hand von Marys Arm. »Okay, ich werde dir etwas erzählen. Ich glaube, Frauen haben einen geheimen Kodex, sie sollen niemals alle ihre Erfahrungen verraten, um andere Frauen nicht vom Heiraten und Kinderkriegen abzubringen, aber scheißegal. Wenn du heiratest und ein Baby bekommst und dir ein Nest baust, dann ist das in vielerlei Hinsicht fantastisch. Aber vieles daran ist auch absolut schrecklich. Mit einem anderen Menschen zusammenzuleben ist irre schwer. Ich glaube nicht, dass es ein einziges Paar gibt, das sich selbst als vollkommen glücklich bezeichnen würde. Und auch keines, dem noch nicht der Gedanke gekommen wäre, dass sie mit einem anderen Partner glücklicher wären. Doch das ist ein Irrtum, denn selbst wenn man seinen Partner gegen jemand Jüngeren und Hübscheren eintauscht, wird auch der dich stören, schnarchen oder Dinge sagen, die dich auf die Palme bringen. Die meisten von uns kämpfen sich durch, aber einige entscheiden sich dafür fremdzugehen, und ehrlich gesagt sollte man diesen Menschen nicht trauen.«

Diese Worte trockneten Marys Tränen. »Sprichst du von dir und Robert?«

»Ja, teilweise. Aber nicht nur.«

»Glaubst, dass er dich betrogen hat?«

Nancy zuckte die Achseln. »Das bezweifle ich. Dennoch ist er manchmal sehr spät nach Hause gekommen, und ich habe hundert verschiedene Szenarien im Kopf durchgespielt. Dann fand ich sein Verhalten nicht normal. Unsere Leben sind sehr verschieden, weißt du.«

»In welcher Hinsicht?«

»Er geht jeden Tag zur Arbeit, und ich bleibe daheim. Er verlässt das Haus, geht in ein Büro voller Leben, spricht mit interessanten Menschen, geht vielleicht mittags schön essen. Ich hingegen koche, mache sauber und lege Kleidung zusammen, gehe mit Zara in den Park und freue mich, wenn der Postbote ein Päckchen bringt und wir ein paar Worte an der Haustür wechseln. Damit will ich nicht sagen, dass ich viel schlechter dran bin als er, aber meine Tage sind oft leer, und ich fülle sie mit Nachdenken. Und wenn wir uns dann endlich abends zusammen hinsetzen, fällt es uns schwer, eine gemeinsame Ebene zu finden. Denn ich interessiere mich nicht für seinen neuesten Fall, und ihm ist es gleichgültig, dass Zara und ich eine Kaninchenfamilie im Park gesehen haben.«

Mary spürte, dass sich starke Kopfschmerzen anbahnten, die Art mit steifem Nacken und pochenden Schläfen. Weiße Punkte tanzten am Rande ihres Sichtfelds. »O Gott, Nancy, ich war so naiv. Die arme Penny.«

»Du bist nicht die erste Frau, die sich darauf einlässt, und du wirst sicher nicht die letzte gewesen sein. Aber deshalb bist du kein schlechter Mensch.« Sie lachte. »Ich klinge schon wie meine eigene Mutter. Als Nächstes sage ich noch zu dir: Andere Mütter haben auch hübsche Söhne.«

Mary hatte sich innerlich darauf eingestellt, dass Eleanor nach ihrem tränenreichen Telefongespräch einige Stunden Fahrtzeit benötigen würde, aber es dauerte viel länger. Mary hielt bereits seit einer ganzen Weile Ausschau nach Eleanor und malte sich schwere Verkehrsunfälle auf der Autobahn aus, über die sie stundenlang nicht informiert würde, da sie nur eine Freundin und keine Angehörige war, als Eleanors kleiner Wagen endlich vor ihrem Haus vorfuhr. Inzwischen hatte Mary genügend Zeit gehabt, ihre Gefühle zu kontrollieren, damit nichts an ihrem Verhalten verriet, dass ihre Welt ein Scherbenhaufen war, seit sie zuletzt miteinander gesprochen hatten.

Doch sobald Mary die Tür geöffnet hatte, erkannte sie, dass Eleanor nicht in der Verfassung war, irgendeine Veränderung an ihr wahrzunehmen. Sie sah völlig mitgenommen aus, ihre Augen waren blutunterlaufen und ihr Gesicht geschwollen, auf ihrem Rock waren Flecken, die Mary für Tränen hielt. Sie zog ihre Freundin an die Brust, umarmte sie fest und flüsterte ihr beschwichtigend ins Ohr. Dann führte sie Eleanor in die Küche, setzte sie auf einen Stuhl und bereitete ihr eine Tasse süßen Tee.

»Erzähl mir, was passiert ist«, sagte sie und setzte sich neben sie.

Eleanors Hände zitterten, als sie einen Schluck Tee trank. »Mein Gott, Mary, wie konnte ich nur so dumm sein!«

»Lass uns den Teil überspringen«, sagte Mary. »Es ist sowieso klar, dass wir uns mies fühlen.«

Eleanor blickte auf und lachte schal. »Entschuldige, du hast recht.« Sie rieb sich die brennenden Augen. »Also, ich hätte nichts mit Robert anfangen dürfen, das ist mir vollkommen klar. Das war absolut daneben. Irenas Tod war für mich allerdings wie ein Schlag ins Gesicht. Sicher hältst du mich für melodramatisch, wenn ich das jetzt sage, aber ich hätte diesen Tod verhindern oder ihn zumindest erträglicher machen können, wenn ich nicht ausschließlich mit Robert beschäftigt gewesen wäre. In der letzten Woche habe ich mich und mein Tun gründlich hinterfragt und festgestellt, dass ich gar keine Anstrengung unternommen habe, etwas über Nancys Tod herauszufinden. Was für eine Freundin bin ich eigentlich?«

»Aber die Polizei...?«

Eleanor wischte den Einwand beiseite. »Ja, klar. Ich bin jedenfalls zu Davide Boyette gefahren, und das war sehr... nun, sehr aufwühlend.«

»Wieso?« Es bestand immer noch die Möglichkeit, dachte Mary, dass sie die Situation missverstanden und die falschen Schlüsse gezogen hatte.

»Also, er könnte ein begnadeter Schauspieler sein, aber ich denke, er war nicht ihr Liebhaber. Tatsächlich hat er sie kaum gekannt. Trotzdem hat diese Angelegenheit sein Leben zerstört, und ich bekam ein furchtbar schlechtes Gewissen.«

Mary war etwas verwirrt. »Ich verstehe nicht, was das mit dir zu tun hat. Ich meine, du hast ihn nicht beschuldigt, du hast der Polizei nur gesagt, dass Nancys Liebhaber David hieß.«

Eleanor blickte sie durchdringend an. »Da ist noch etwas, das ich dir nicht erzählt habe.«

»Okay.« Mary dachte an den braunen Briefumschlag in Howards Arbeitszimmer.

»Ich glaube, dass Robert von Nancys Affäre wusste.«

»Hat er das nicht selbst gesagt?«

»Nein, er hat gesagt, dass er den Verdacht hatte. Er hat mich dazu gebracht, es ihm zu sagen, bevor wir erfahren haben, dass sie tot ist.« Mary sah Eleanor schwer schlucken und begriff, dass ihre Freundin dieses Geheimnis lange Zeit für sich behalten hatte. Ein Anflug von Eifersucht erfasste sie, dass Eleanor jetzt die Kraft gefunden hatte, es preiszugeben. »Aber ich habe einen Brief von Nancy an ihren Liebhaber gefunden, in Roberts Schreibtisch in Sussex.«

»Was?« Mary versuchte, ihre Gedanken in eine logische Abfolge zu bringen. »Du weißt also, wer ihr Liebhaber war? Warum in aller Welt bist du dann zu Davide Boyette gefahren?«

Eleanor schüttelte den Kopf. »Nein, nein. Der Brief war nicht unterschrieben, er trug auch kein Datum, aber er stammte zweifellos von ihrem Liebhaber.«

»Was stand darin?«

»Ach, weißt du, das war recht seltsam. Ich habe mit meinem Handy ein Foto davon gemacht.«

»Darf ich es sehen?« Mary schlug das Herz bis zum Hals.

»Ja, aber darum geht es nicht.« Eleanor errötete, und Mary dachte, dass sie beide in ihren persönlichen Höllenszenarien gefangen waren.

Eleanor nahm ihre Handtasche von der Stuhllehne, setzte sie dann jedoch nur gut sichtbar auf ihrem Schoß ab, ohne sie zu öffnen. »Verstehst du nicht, Mary? Wenn Robert von der Affäre gewusst hat, bevor Nancy starb, dann hat er die Polizei und auch mich belogen. Aber was hätte er davon? Mal angenommen, jemand würde Howard töten, würdest du dann nicht jeden Fetzen Information, der für die Ermittlungen relevant sein könnte, der Polizei zeigen?«

Eleanors eingehender Blick ließ Mary unruhig werden. »Ich denke schon. Ich weiß es nicht. Es hängt davon ab.«

»Wovon hängt es ab?« Mary sah in Eleanors suchende Augen und dachte, dass sie im Grunde recht naiv war, auch wenn das ein abwegiger Gedanke über ihre Freundin war, die so viel im Leben gesehen und bewerkstelligt hatte. Doch sie besaß eine Naivität, die Mary in dreißig Jahren Freundschaft bisher nicht aufgefallen war. Eleanor hatte noch nicht verstanden, was geschah, wenn zwei Menschen ein Leben lang zusammenlebten. Sie wusste nicht, welche Gefahren innerhalb der eigenen vier Wände lauerten, sie kannte nicht die Höhen und Tiefen, die hinter vorgezogenen Vorhängen oder geschlossenen Türen versteckt wurden. »Vielleicht hat er den Brief erst nach Nancys Tod gefunden?«

»Ja, daran habe ich auch gedacht. Aber dennoch, warum hat er ihn nicht der Polizei gezeigt? Er lag zusammengefaltet in einer Karte, die Nancy ihm geschrieben hatte. Ihre Worte klangen überhaupt nicht nach ihr. Es war eine Entschuldigung, und sie schien furchtbar zerknirscht. Ich denke, dass sie sich nur für die Affäre bei ihm entschuldigt haben könnte, und das bedeutet, er wusste davon, ehe sie starb.«

Mary beschloss, Eleanor nicht zu fragen, warum sie Roberts Schreibtisch durchsucht hatte, denn sie konnte ihr Verhalten verstehen. »Die beiden waren sehr lange Zeit zusammen«, sagte sie schließlich.

Eleanor machte eine wegwerfende Handbewegung. »Und wenn er nicht wollte, dass die Polizei die Identität des Liebhabers erfährt? Was dann?«

Mary war übel, und sie fragte sich, ob ihre älteste Freundin sie jetzt mit der grausamen Wahrheit konfrontieren würde, die sie schon kannte. »Warum sollte er das nicht wollen?«

Eleanor schob sich den Pony aus dem Gesicht, und Mary sah Schweißperlen auf ihrer Stirn. »Weil er vielleicht wusste, dass der Liebhaber Nancy nicht umgebracht hat. Weil es ihm gelegen kam, dass die Polizei weiterhin nach dem Liebhaber fahndete, weil das von seiner Person ablenkte. Was dann?«

Mary hatte das Gefühl, plötzlich an einer Grippe erkrankt zu sein; ihr dröhnte der Kopf, und alles verschwamm vor ihren Augen. Es war eindeutig, dass Eleanor nicht von Howard wusste. Sie dachte daran, dass er im Nebenzimmer vor sich hin vegetierte, und sie dachte an den Brief und die Andenken im ersten Stock. Sie könnte alle Spekulationen beenden, indem sie Eleanor den braunen Umschlag zeigte, und sie sehnte sich danach, ihr Geheimnis zu teilen, aber die Kinder kamen zuerst. Außerdem könnte sie sich irren, vielleicht hatte Robert von der Affäre gewusst, und Howard war nicht für Nancys Tod verantwortlich. Es kostete sie größte Mühe, ihre schwirrenden Gedanken zu fassen zu bekommen. »Du denkst doch nicht im Ernst, dass Robert etwas mit ihrem Tod zu hat, oder?«

»Ich weiß nicht, was ich denken soll.«

»Kann ich den Brief sehen?«

Eleanor holte ihr Smartphone aus der Tasche und scrollte

über den Bildschirm, dann reichte sie es Mary. Mit zitternden Fingern vergrößerte sie das Bild. Beim Lesen meinte sie Howards Stimme zu hören, wie er die Worte sprach, die er auf der alten Schreibmaschine in seinem Arbeitszimmer getippt hatte, denn über die Jahre war ihr das klappernde Geräusch vertraut geworden. Am liebsten hätte sie das Wort »Schuld« auf den Bildschirm gespuckt. Nancy war seine Traumfrau, und er hatte gelogen, als er vorgegeben hatte, etwas anderes zu wollen. Beinahe hätte sie Eleanor gebeten, ihr das Foto zu schicken, doch sie brauchte es nicht, die Worte hatten sich bereits in ihr Gedächtnis eingebrannt.

Mary gab Eleanor das Telefon zurück, ihr Gehirn war vollkommen überlastet. »Ich glaube nicht, dass wir jemals die Wahrheit erfahren werden.«

Das Smartphone rutschte Eleanor aus der Hand, und sie beugte sich hinunter, um es aufzuheben. Ihre Stimme klang verzerrt, als sie sprach. »Denkst du, ich sollte die Polizei benachrichtigen?«

Sie musste sehr schnell nachdenken, aber die Antwort stand in dem Brief. »Nein. Auf keinen Fall. Stell dir vor, Zara würde das lesen.« Oder ihre eigenen Kinder.

»Ja, aber wenn Robert der Täter ist, muss er bestraft werden.«

»Robert war es nicht, Ellie.« Ihre Freundin neigte den Kopf, die Stirn in Falten gelegt. »Ich kann mir beim besten Willen nicht vorstellen, dass Robert irgendjemandem wehtun könnte, und schon gar nicht Nancy. Er hat den Brief nicht der Polizei gezeigt, um Zara zu schützen, das liegt auf der Hand. Eltern möchten nicht, dass das eigene

Kind solche Zeilen über sie liest, vor allem nicht, wenn sie von jemandem geschrieben wurden, für den die Mutter ihre Ehe und ihre Familie riskiert hat.« Sie wusste nicht, ob das, was sie sagte, auf Robert zutraf, aber es standen noch wichtigere Dinge auf dem Spiel. Sie konnte nicht umhin, beim Sprechen zur Tür zu blicken, als ob ihre Wut und ihre Abscheu die Wände zwischen ihr und Howard zum Einstürzen bringen könnten.

Eleanor sah erleichtert aus. »Du hast recht. Und nur weil Davide nicht ihr Liebhaber war, heißt das nicht, dass der Liebhaber sie nicht umgebracht hat. Er klingt auf jeden Fall verrückt genug, um etwas in der Art zu tun.«

»Und wie du bereits gesagt hast, in dem Brief stehen keine Namen. Wahrscheinlich weiß Robert nicht, um wen es sich handelt.«

»Aber meinst du nicht, dass Nancy ihm das gesagt hat, nachdem er hinter die Affäre gekommen war?«

Noch einmal war Mary schockiert über Eleanors Naivität. Sie hatte niemals gewusst, wer die Frauen waren, die Howard erobert hatte, zumindest nicht bis jetzt. »Nein, nicht unbedingt.«

Mary hatte das Gefühl, in die Tiefe gezogen zu werden. Einen Moment lang schloss sie die Augen, und es war, als könnte sie sehen, wie Howard seine Fäuste in Nancys perfektes Gesicht rammte und ihr Schädel auf dem harten Untergrund zerschmetterte, sein Zorn so wild reißend wie der nahe gelegene Fluss.

»Es ist nur so, dass der Täter mit voller Absicht gehandelt hat«, sagte Eleanor und holte Mary damit in die Gegenwart zurück. »Ich habe es dir damals nicht erzählt, weil alles so unendlich traurig war, und dann wurde Howard krank, aber als ich Nancy im Leichenschauhaus gesehen habe, hatte sie Prellungen im Gesicht und eine schwere Kopfverletzung. Es sah aus, als wäre sie geschlagen worden, weißt du, als ob der Mensch, der das getan hatte, sie wirklich verletzen wollte.«

Mary blickte auf ihre Hände und versuchte sich zu sammeln, doch sie sah nur einige Formen, die nicht zu ihr zu gehören schienen.

Eleanor kratzte sich oberhalb der rechten Augenbraue. »Ich muss zurzeit immer an etwas denken, das Irena einmal zu mir gesagt hat. Ich weiß nicht, ob ich dir das je erzählt habe, aber ihr Ehemann starb nach einer schweren Krebserkrankung, als ihre Kinder noch klein waren. Irgendwann habe ich sie gefragt, wie sie damit fertiggeworden ist. Sie antwortete, dass den Menschen immerzu Schlimmes zustoße und dass das, was wir als große Katastrophe empfinden, auf das große Ganze bezogen nur nichtige Kümmernisse sind.« Mary erschien alles riesengroß, und sie wusste nicht, was sie Eleanor antworten sollte, doch ihre Freundin fuhr bereits fort. »Sie sagte, dass wir unsere Traurigkeit für uns behalten, unsere Freude aber mit anderen Menschen teilen möchten. Wenn man vom Mond aus auf die Erde blickte, würde sie in hellem Licht erstrahlen und nicht in tiefem Dunkel liegen.«

Mary schnaubte. »Dann zerstören unsere Ängste und Sorgen uns klammheimlich im Inneren? Herrgott, das klingt furchtbar.«

»Ich glaube nicht, dass sie das damit gemeint hat.« Eleanors Tonfall war schroff.

Mary bereute ihre Worte, aber es fiel ihr im Moment unendlich schwer, an etwas Gutes zu glauben.

Eleanor sprach weiter. »Sie meinte, wir sollten Trost in der Tatsache finden, dass jeder Mensch seinen eigenen Kummer hat. Davide Boyette hat etwas Ähnliches gesagt, er meinte, dass wir Nancys Tod zu ernst nähmen. Ich habe nach unzähligen Katastrophen Hilfe organisiert, und doch habe ich Nancys Tod wichtiger genommen als alles andere. Vielleicht haben wir zugelassen, dass ihr Tod unser Leben bestimmt, weil wir ihn nicht richtig einordnen können.«

Mary vertiefte sich in das Argument, als ob es eine Bedeutung gäbe, die sie geistig fassen könnte, wenn sie den Mythos umgehen und zur Wahrheit am Ende gelangen könnte. »Irenas Kummer klingt wie ein anderes Wort für Schuld. Diese besondere Schuld, die nur Frauen fühlen. Vielleicht sollten wir Frauen aufhören, allen Kummer auf uns zu nehmen, um die anderen davor zu beschützen?« Sie kam sich vor wie ein Crashtest-Dummy, der einen Aufprall nach dem anderen überstand, bis er schließlich zerbrach. Dann kam ihr ein Gedanke, schlicht und einfach. »Vielleicht ist der Tod lediglich ein Akt der Gleichheit.«

»Wie meinst du das?«

»Im Tod ist niemand etwas Besonderes, er ist eine Art Nivellierungsprozess.« Sie dachte an Nancy und wünschte, dass sie die Wahrheit gesagt hatte, dass sie nur zu Staub zerfallen und ihre Bedeutung vom Wind fortgetragen worden war. Doch das war nicht wahr und würde es auch niemals sein, denn Nancys Tod hatte sie alle auf eine nicht vorstellbare Weise mitgenommen.

Während sie Howard an diesem Abend fütterte, malte Mary sich aus, wie sie den Löffel so tief in seine Kehle rammte, dass seine Luftröhre durchtrennt würde. Sie stellte sich das Geräusch dazu vor, und sein verzweifeltes Ringen nach Atem. Er würde die Augen aufreißen und sie anflehen, seine Hände würden zucken und seine Arme herumfuchteln, und sie würde ihn von oben herab anlächeln.

Aber ihm fiel nichts auf. Er öffnete den Mund, um den Brei aufzunehmen, wobei etwas davon sein Kinn hinunterlief. Als Mimi ins Zimmer kam und nach Geld für einen Schulausflug fragte, wandte er sich nicht einmal in ihre Richtung, sondern fuhr mit den Fingern über eine abgenutzte Stelle auf der Armlehne. Am liebsten hätte sie ihn am Kinn gefasst, sein Gesicht zu seiner Tochter gedreht und ihn angeschrien, dass er aufhören solle, seine Zeit mit Erinnerungen an Nancy zu vergeuden. Doch sie tat nichts davon, sagte Mimi nur, wo ihr Geldbeutel lag, und fuhr damit fort, Howard zu füttern.

Die Mädchen begannen zu streiten, und sie wusste, sie würden sich bald bei ihr beschweren und sie bitten, den Zwist zu schlichten. Und plötzlich wurde ihr bewusst, dass sie dazu nicht mehr in der Lage war, als ob die Enthüllungen dieses Tages, die ihre Welt zum Einsturz brachten, ihr jegliche Kraft raubten. Ihr Herz pochte wild gegen ihren Brustkorb, und einen Moment lang glaubte sie, wie eine viktorianische Heldin ohnmächtig zu werden und ihrem Ehemann vor die Füße zu fallen. Doch dann wurde ihr bewusst, dass sie genau das die letzten zwanzig Jahre getan hatte, und der Gedanke war so abstoßend, dass sie würgen musste.

Sie richtete sich auf und nahm Howards Schüssel in die Hand, obwohl er noch nicht einmal die Hälfte gegessen hatte. Seine Augen folgten dem sich entfernenden Essen, aber sie ignorierte seinen Blick, ging in die Küche und stellte die Schüssel ins Spülbecken. Dann betrachtete sie ihre heruntergekommene Küche, diesen wenige Quadratmeter großen Raum, in dem sie so viel Zeit verbrachte. Dieser Ort war eine Zufluchtsstätte und eine Bürde zugleich gewesen, und auf einmal erkannte Mary, dass die Affäre von Howard und Nancy ihr Leben zerstören konnte. Die Verzweiflung könnte an ihr nagen und sie mit einer Verbitterung erfüllen, die ihr alle Lebensfreude nahm, bis sie sie, schwach und krank, einer einsamen, feindseligen Zukunft überließ. Doch sie begriff, dass sie das nicht zulassen würde. Möglich, dass Nancy und Howard sie im Stich gelassen hatten und sie ihnen gleichgültig gewesen war, aber sie war stärker als diese beiden, und sie würde sich aus dem Sumpf, in den sie sie hineingezogen hatten, befreien.

Die Küchenuhr mit der zersprungenen Glasscheibe über der Tür stand auf kurz vor neun. Sie würde ihren Töchtern sagen, dass sie Kopfschmerzen hatte; dann würde sie ein Bad nehmen und danach ins Bett gehen. Mimi und Maisie würden sich freuen, denn sie bekämen die Gelegenheit, sich Realityshows im Fernsehen anzusehen und spät schlafen zu gehen. Heute Abend würde sie Marcus keine Textnachrichten schicken und sich Sorgen machen, wo er blieb. Irgendwann in der Nacht kam er stets nach Hause. An diesem Abend würde sie nur im Hier und Jetzt existieren.

Sie ließ brühend heißes Wasser in die Wanne laufen, obwohl noch die Wärme des Tages in der Abendluft lag, das war eine Angewohnheit von ihr, schließlich erlaubte Howard nur selten, dass sie im Winter die Heizung anstellten. In den ersten Jahren ihrer Ehe hatte er sich damit gerechtfertigt, dass Penny ihn bis aufs Hemd ausgezogen habe – er brachte diese Phrase so oft an, dass Mary den Eindruck bekam, er sei ständig nackt herumgelaufen. Nun wusste sie nicht mehr, warum er auch später darauf beharrt hatte und sie weiterhin die Kälte erdulden mussten. Howard hatte meist in der Universität geduscht, nachdem er im Fitnessraum trainiert hatte; er hatte so gut wie nie das eisig kalte Badezimmer in ihrem Haus benutzt.

Sie ließ ihre Kleider zu Boden fallen und sah sich im Spiegel über der Badewanne an: ihr kleiner, ausgemergelter Körper mit der schlaffen, faltigen Haut. Der Anblick versetzte ihr einen Schock: Sie sah beinahe aus, als wäre sie zusammengeschmolzen, als würde sie sich auflösen und die letzten schützenden Fettreserven verlieren. Sie wandte den Blick ab und stieg in das warme Badewasser, das sich wie eine Umarmung um ihren Körper schloss. Sie tauchte ihren Kopf unter, behielt aber die Augen offen und starrte durch das Wasser an die Decke, während ihre Haare am Rande ihres Sichtfeldes tanzten.

Dann legte sie sich die Hände auf den Bauch und fuhr bis zu ihren hervorstehenden Hüftknochen. Es schien unvorstellbar, dass drei wunderbare Kinder in ihrem schmalen Körper herangewachsen waren. Der Gedanke gab ihr Kraft, denn sie würde Howard wieder heiraten, selbst nach allem, was sie jetzt wusste, da ihre Kinder das Beste waren, was ihr je im Leben passiert war.

*

Sie hatte die Pille nur ein einziges Mal vergessen, an dem Tag, als Penny Howard in der Arbeit anrief, weil sie nach Surrey fahren und über Nacht bei ihrer Mutter bleiben musste, die gestürzt war. Der Freund mit den von der Decke hängenden Farnen in seiner Wohnung war wieder auf Reisen, und so wie Howard ihr diese Neuigkeiten mitteilte, war es ihm nicht in den Sinn gekommen, dass sie Nein sagen könnte. Sie waren allein in der kleinen Teeküche in der Universität, und er war von hinten an sie herangetreten, hatte sich an sie gedrückt, ihr Haar im Nacken angehoben, sodass er ihr ins Ohr flüstern konnte: Er sehne sich nach ihr, sie mache ihn scharf, ohne sie fühle er sich verloren. Sie hatte das Gefühl, zu schmelzen, ihr Körper reagierte instinktiv auf seine Berührungen, und sie wusste, sie würde alles für ihn tun.

Diese eine vergessene Pille kam einem blauen Balken auf einem Schwangerschaftstest gleich, wovon Mary nicht vollkommen überrascht wurde, denn ihr Liebesspiel war so leidenschaftlich, dass daraus neues Leben entstehen musste. Dennoch verspürte sie große Angst, als sie auf der Toilette saß; sie war viel zu jung für ein Kind, hatte gerade erst angefangen zu arbeiten, war unverheiratet, die Missbilligung ihrer Eltern schlug ihr bereits entgegen.

Eine Weile war sie wie gelähmt von dem Schock, als würde die Schwangerschaft verschwinden, wenn sie nicht darüber sprach. Deshalb sagte sie niemandem ein Wort, nicht Eleanor, nicht Nancy, nicht einmal Howard. Bis sie eines Tages in der Warteschlange eine junge Frau sah, die ein kleines Mädchen in den Bus zerrte, das vor Zorn heftig strampelte. Eines Tages würde das, was in ihrem Bauch heranwuchs, ein lebendiger Mensch mit eigenen Bedürfnissen und Wünschen sein, die sie erfüllen müsste, und sie durfte die Situation nicht länger ignorieren.

Mary fragte Howard, ob er sie am Samstag im Hyde Park treffen könnte. Er wollte ablehnen, da sie am Abend Freunde zum Essen eingeladen hatten und Penny dann immer schrecklich nervös wurde, aber entgegen ihrer Art bestand Mary darauf, ihn zu sehen. Sie trafen sich auf einer Brücke, die den Fußweg rund um den See miteinander verband, und natürlich kam er zu spät. Mary beugte sich über die Steinmauer und beobachtete die Schwäne auf dem Wasser, als sie etwas Rundes und Hartes in ihrem Bauch spürte, dessen Existenz ihr vollkommen neu war. Sie blieb still stehen, ihr Gewicht gegen die Steinmauer gedrückt, die fremde Fruchtblase unter ihrer Haut. Sie versuchte sich vorzustellen, wie das Baby aussah, was es schon als Menschen identifizierte, aber sie sah nur einen vollständig ausgebildeten Körper vor sich. Sie schob ihre Hände zwischen ihren Bauch und den Stein und erkannte alarmiert, dass sie dieses Baby bereits liebte.

Howard schlug vor, ein Café aufzusuchen, doch sie wollte lieber spazieren gehen, für den Fall, dass sie die Lage falsch eingeschätzt hatte und allein zurückbleiben würde. Er ging mit großen Schritten, nahm keinerlei Rücksicht auf sie und erzählte wirr von einem Artikel, den er zu schreiben versuchte, und auch davon, wie sehr ihn Pennys Verhalten anstrengte. Mary war schon in der Universität aufgefallen, dass er bisweilen brüsk und fahrig werden konnte, und sie bekam Angst, dass sie diese Reaktion in ihm hervorrufen könnte. Manchmal schloss Mrs. Sodart, die Sekretärin des Fachbereichs, seine Bürotür und erklärte allen im Flüsterton, dass Professor Smithson nicht gestört werden dürfe. Dann wussten alle Bescheid.

Schließlich blieb sie stehen, außer Atem, die Stirn schweißbedeckt, und nach einigen Schritten blieb auch er stehen und wandte sich zu ihr um. Sie hatten den Hauptweg verlassen und standen unter einem großen Baum.

»Was machst du da?« Er blickte auf seine Armbanduhr. »Ich habe Penny gesagt, dass ich ein Buch aus dem Büro hole, und ich habe eine lange Liste von ungesunden Sachen, die ich noch besorgen muss.«

»Ich bin schwanger.« Mary blieb regungslos stehen.

Sein Gesicht verzerrte sich, und sie war sicher, dass er unter seinem Bart blass wurde. Er sah sich um, ob irgendjemand sie gehört hatte, dann ging er zu ihr. »Das kann nicht sein. Ich meine, du nimmst doch die Pille.«

Mary versuchte die romantischen Vorstellungen zu ignorieren, die sie mit diesem Moment verband. »Es muss in dieser Nacht passiert sein, als Penny zu ihren Eltern gefahren ist, da hatte ich nichts bei mir. Ich habe nicht gedacht, dass es so schlimm ist, wenn man die Pille einmal nicht einnimmt.« Das Flackern in seinen Augen irritierte sie, und der Boden unter ihren Füßen schien leicht zu schwanken. Wenn sie das Baby doch nicht bereits lieben würde, dachte sie, denn sie war unsicher, ob sie es allein großziehen könnte.

»Mein Gott.« Er fuhr sich mit beiden Händen durch die Haare, dass es beinahe komisch aussah. »Wie weit bist du?«

»In der zehnten Woche, ungefähr.«

»Zehnte Woche?« Seine Stimme wurde schrill. »Warum hast du mir das nicht früher gesagt?«

»Ich weiß es nicht. Ich musste über eine Menge Dinge nachdenken.« Mary wurde bewusst, wie dumm das klang.

»Es bleibt noch Zeit, etwas dagegen zu unternehmen. Ich werde mich umhören, alles wird gut.« Er blickte ihr nicht in die Augen, und er fragte sie auch nicht, wie sie sich fühlte.

»Ich will nichts dagegen unternehmen.« Mary spürte, wie ihre Wangen heiß wurden, Entrüstung machte sich in ihrer Brust breit.

Er sah sie direkt an. »Du möchtest es bekommen?«

Instinktiv legte sie eine Hand auf ihren Bauch. »Ja.«

Er sah aus, als würde er gleich losbrüllen, doch er beruhigte sich, trat einen letzten Schritt auf sie zu und nahm ihre Hände. Als er wieder sprach, klang seine Stimme viel weicher: »Mary, komm schon, denk mal nach. Wie willst du das schaffen?«

Sie hielt seinem Blick stand. »Aber ich hätte doch dich.« Es war nicht mehr als ein kühner Moment, denn plötzlich erwartete sie nicht mehr, dass er an ihrer Seite sein würde, und es fühlte sich an, als befände sie sich im freien Fall.

Er ließ ihre Hände los. »Aber, Penny, ich meine, was soll ich ihr sagen?«

»Was bin ich eigentlich für dich? Du kannst nicht glücklich sein.« Sie kam sich vor wie in einem schlechten

Film, wo eine ahnungslose Frau von einem bösen Mann betrogen wurde, nur dass sich die letzten Monate mit ihm ganz anders angefühlt hatten.

Er drehte sich zur Seite und blickte auf den See hinaus. »Meine Güte, du verstehst wirklich gar nichts, oder?« Sie musste sich auf die Unterlippe beißen, um nicht in Tränen auszubrechen.

»Ich liebe dich, Howard«, flüsterte sie und spürte, wie sie der letzte Funken Stolz verließ.

Bei diesen Worten wandte er sich wieder zu ihr und zog sie an sich. »Ach, es tut mir so leid. Ich liebe dich auch.« Er küsste sie auf das Haar. »Wir stehen das durch. Alles wird gut, das verspreche ich dir.«

Er sagte ihr, dass er Penny verlassen würde, aber er ließ sich Zeit, viel Zeit. Tage, Wochen, Monate vergingen, in denen ihr Bauch runder wurde, ihr Rücken schmerzte und ihre Füße anschwollen. Ihr schmeckte nur noch Brot mit Marmelade. Und er behauptete weiterhin, dass er auf den richtigen Zeitpunkt warte. Den wird es nie geben, sagte Nancy zu ihr, du musst einsehen, dass er seine Frau nicht verlassen wird. Du solltest deine Eltern einweihen und dich auf das Leben mit dem Baby vorbereiten. Eleanor berichtete ihr von Wohngemeinschaften für alleinerziehende Mütter, dort war die Miete günstig, und das Zusammenleben mit anderen Frauen bot Halt in schwierigen Momenten. Beide Freundinnen versprachen, sie zu unterstützen und zu helfen, wo immer sie konnten. Mary hörte ihnen zu, nickte und bedankte sich für ihre Mühe – sie konnte sich nicht vorstellen, dass sich ihre Situation nicht doch noch zum Guten wenden würde. Sie spürte das Baby jetzt in ihrem Bauch strampeln und treten, und manchmal, wenn sie regungslos in der Badewanne lag, wölbte sich eine kleine Ferse unter ihrer Bauchdecke.

Er ist ein Mistkerl, sagten beide Freundinnen wiederholt zu ihr, doch sie konnte ihnen nicht zustimmen. Inzwischen hatte Howard sich mehrmals bei ihr für sein anfängliches Verhalten entschuldigt. Er schrieb seine erste Reaktion dem Schock zu, den ihm die Nachricht versetzt hatte, und seinem Wunsch, Penny nicht zu verletzen, auch wenn er eingestand, dass das nicht richtig von ihm war. Er versicherte ihr immer wieder, dass er sie liebe, und sie glaubte ihm; sie konnte seine Liebe in seinen Umarmungen spüren, wenn sie auf dem seltsamen runden Bett lagen, das Howards Freund in seiner Wohnung aufgestellt hatte. Es fühlte sich an, als wären ihre Gefühle stark genug, sie durch diese schwierige Zeit zu bringen.

Dann erzählte er ihr eines Tages, dass er eine Wohnung in der Nähe der Universität gefunden habe, wo er mit ihr und dem Baby zusammenleben würde, wenn er Penny die Wahrheit gesagt hätte. Er hat dich genau da, wo er dich haben will, sagte Eleanor, doch Mary entspannte sich zusehends und war der Meinung, dass niemand begriff, was Howard und sie verband. Sie waren anders als der Rest der engstirnigen Welt. Die Gesellschaft, erklärte ihr Howard, stellte gern Regeln auf, die alle befolgen mussten, denn dann waren die Menschen leichter zu kontrollieren. Doch sie beide standen über alldem, versicherte er ihr, während seine Hand ihren Bauch streichelte, der aussah, als hätte sie einen Fußball verschluckt. Sie hatte beinahe das Gefühl, sich aufzulösen, wenn sie mit ihm zusammen war; sie wäre in ihn hineingekrochen, wenn das möglich gewesen wäre, und hätte sich zufrieden den ganzen Tag von ihm herumtragen lassen.

Weihnachten kam näher, und Howard beschloss, Penny erst im neuen Jahr von Mary und dem Baby zu erzählen, damit sie ein letztes glückliches Weihnachten verbringen konnte. Mary war zu dem Zeitpunkt im sechsten Monat schwanger, und sie stand vor der Wahl, Weihnachten allein in London zu bleiben oder zu ihren Eltern zu fahren und ihnen reinen Wein einzuschenken. Mit Howards Hilfe ersann sie eine Geschichte, in der Penny nicht vorkam und Howard seine kranken Eltern besuchen musste. Es gelang ihm, sie fast jeden Abend anzurufen, einmal sprach er mit ihrem Vater und erzählte ihm, wie sehr er seine Tochter liebe, und auch, wie sehr er sich auf das Baby freue. Als Mary den Anruf übernahm, sagte er, dass er es nicht ertragen könne, von ihr getrennt zu sein, und dass das Zusammensein mit Pennys Eltern ihm wie eine schlechte Fernsehserie vorkomme. Sein Leben habe erst richtig begonnen, als er sie kennenlernte, und Mary hatte das Gefühl, am ganzen Körper zu brennen.

Ihre Eltern fragten nicht, ob Howard und sie Heiratspläne hatten, dafür war Mary ihnen dankbar. Doch als sie eines Morgens die Küche betrat, war dort ihre Mutter, die sich an der Schulter ihres Vaters ausweinte, und sie wusste sofort, dass es um sie ging. Auf der Rückfahrt nach London dachte Mary, ihre Eltern könnten die Beziehung zu Howard, wie auch so vieles andere in ihrem Leben, nicht verstehen. Howard hatte recht gehabt, als er sie eine Außenseiterin genannt hatte, er hatte nur nicht begriffen, was das bedeutete. Es war ein einsames Gefühl, von seiner Familie ausgeschlossen zu sein, selbst wenn diese Familie einen liebte, denn es warf die Frage auf, warum all das, was man von ihnen bekommen hatte, nicht reichte, um glücklich zu sein.

Zwei Wochen nach ihrer Rückkehr nach London bekam Mary ein Päckchen mit einer selbst gestrickten weißen Babydecke von ihrer Mutter. Sie hielt die kleine weiche Decke in der Hand, während sie allein in der Wohnung war, die Howard gemietet hatte, und Toast mit Marmelade aß. In diesem Moment ging ihr ein Licht auf, ein Licht, das die Tatsache beleuchtete, dass sie nichts besaß, um ein Baby zu versorgen.

In ihrer Panik rief sie Nancy an, die ihr am nächsten Tag eine Tasche voller Babykleidung, ein Tragekörbchen und eine Plastikbadewanne vorbeibrachte. Nancy hatte auch eine Liste mit Dingen geschrieben wie Windeln, Feucht- und Spucktüchern sowie Baumwollbinden für sie, um den Wochenfluss zu stoppen. Anschließend ging Nancy mit ihr in ein Geschäft für Babyausstattung, weil Mary augenscheinlich allein dazu nicht imstande war.

»Meine Eltern möchten, dass wir heiraten«, sagte sie zu Howard, als sie am nächsten Tag mittags Sandwiches auf einer Parkbank aßen. Ihre Eltern hatten es nicht ausgesprochen, dennoch war Mary überzeugt, dass dies ihr Wunsch war. Vor allem aber wollte sie selbst heiraten, auch wenn sie sich hütete, ihre bürgerlichen Ambitionen Howard gegenüber preiszugeben.

Er wirkte sehr müde, mit dunklen Ringen unter den

Augen. »Es war dumm von uns, ihnen nichts von Penny zu erzählen, als wir die Gelegenheit dazu hatten.«

»Wie lange dauert es, bis die Scheidung vollzogen ist?«

Er drückte sein halb gegessenes Sandwich in das Verpackungspapier. »Zu lange.«

Eine Träne kullerte aus ihrem Auge, bevor sie es verhindern konnte, und tropfte auf ihr Sandwich.

»Mein Gott, was für ein Schlamassel«, sagte er.

Doch die Träne schien ihren Zweck zu erfüllen. Am nächsten Morgen kam er aschfahl in die Arbeit und berichtete Mary, dass er Penny alles gesagt habe. In dieser Nacht und in allen folgenden würde er bei ihr in der Wohnung bleiben. Er hatte Penny um die Scheidung gebeten und ihr von dem Baby erzählt. Mary spürte die Erleichterung wie eine Flüssigkeit aus sich herausströmen. Am liebsten hätte sie sich vor ihm auf den Boden geworfen, sich inständig bei ihm bedankt und vor Freude geweint.

In der Mittagspause ging sie fürs Abendessen einkaufen. Sie gab viel Geld für zwei Schweinekoteletts aus, da das Howards Lieblingsessen war. Doch als sie wieder ins Büro zurückkehrte, saß er nicht an seinem Schreibtisch, und Mrs. Sodart und eine wissenschaftliche Assistentin standen flüsternd beim Aktenschrank.

»Haben Sie es schon gehört?«, fragte Mrs. Sodart Mary, als sie ihren Mantel aufhängte.

»Was gehört?« Mary ahnte bereits, dass es keine guten Neuigkeiten waren.

»Die Ehefrau von Professor Smithson hat heute Morgen versucht, sich das Leben zu nehmen. Sie ist aus dem Fenster gesprungen.« Die beiden Frauen starrten auf Marys Bauch, jeder im Büro wusste, wer der Vater war.

Mary setzte sich auf ihren Platz, und alle im Raum wandten sich zu ihr. »Ist sie tot?« Sie war nicht sicher, ob sie nicht zu erwartungsvoll geklungen hatte.

»Nein«, erwiderte Mrs. Sodart. »Aber sie hat sich beide Beine gebrochen und sich den Rücken verletzt. Es heißt, sie könnte gelähmt bleiben.«

Die Schweinekoteletts musste sie wegwerfen, denn sie brachte sie nicht hinunter, und Howard ließ sich zwei Tage lang weder im Büro noch in der Arbeit blicken. Mrs. Sodart hielt sie auf dem Laufenden: Penny war nicht gelähmt, hatte sich aber schwere Knochenbrüche in beiden Beinen zugezogen. Anscheinend hatte sie sich aus dem Fenster gestürzt, weil Howard sie um die Scheidung gebeten hatte. Sobald sie das Krankenhaus verlassen könnte, würde sie bei ihren Eltern in Surrey bleiben, bis sie wieder gesund wäre. Howard war nicht von ihrer Seite gewichen, auch nicht, als Pennys Vater ihn auf jede erdenkliche Art beschimpft hatte. Es hieß, Howard habe eine andere Frau, und die sei von ihm schwanger. Mary wickelte das Telefonkabel um einen ihrer Finger, tiefe Verlegenheit pulsierte in ihren Adern, dass Howard die Institutssekretärin anrief und nicht sie. Doch die Art, wie Mrs. Sodart die Augenbrauen zusammenzog, verriet Mary alles, was sie wissen musste, eine Falte der Verachtung angesichts des Chaos, das sie angerichtet hatte.

Am dritten Abend, als sie die Hoffnung schon aufgegeben hatte, betrat er um kurz nach neun die Wohnung. Seine Haut war fahl, und er hatte abgenommen, selbst in den wenigen Tagen. Er hatte eine Flasche Whiskey mitgebracht, den er aus einer angeschlagenen Porzellantasse trank. Er habe nie damit gerechnet, dass Penny eine solche Dummheit begehen würde, sagte er. Seine Hände zitterten, als er die Tasse an den Mund führte, doch Mary meinte, dass ein schwaches Lächeln um seine Mundwinkel spielte, während er sprach. Schließlich war eine Frau aus Liebe zu ihm aus dem Fenster gesprungen, und sie konnte das vollkommen verstehen.

»Ich denke, du wirst deinen Job aufgeben müssen«, sagte Howard. »Und das muss schnell geschehen, denn ich habe alles gelesen, was es zu dem Thema gibt, und die bindungsorientierte Elternschaft scheint mir das Sinnvollste zu sein.«

Mary fühlte sich versucht, ihn um einen Schluck Whiskey zu bitten. Wenn sie ihren Job aufgab, wäre sie eine unverheiratete alleinerziehende Mutter ohne Mittel, um sich selbst zu ernähren. Doch stattdessen fragte sie ihn: »Was ist bindungsorientierte Elternschaft?«

»Ich gebe dir ein Buch darüber.« Mary war bereits aufgefallen, dass er Fragen häufig auf diese Weise beantwortete.

»Und wenn ich meinen Job aufgebe, wovon soll ich dann leben?«

»Du hast jetzt mich«, sagte er, doch sein Lächeln war nicht sehr überzeugend.

»Aber wir sind nicht einmal verheiratet.«

»Mach dir keine Sorgen, das regeln wir. Nun, wo Penny über dich und das Baby Bescheid weiß, will sie schnell die Scheidung.«

Das Badwasser war kalt geworden, als ob ihre Erinnerungen das Wasser gefroren hätten, deshalb stieg Mary aus der Wanne und trocknete sich mit einem kratzigen Handtuch ab. Sie zog sich den abgetragenen Trainingsanzug an, in dem sie schlief, und ging dann wieder nach unten, um sich um Howard zu kümmern. Er saß immer noch in seinem Sessel, und im Zimmer war es kalt und still. Ihr fehlte die Energie, ihn zu waschen oder auch nur auszukleiden, deshalb zog sie ihm nur die Schuhe von den Füßen. Sie fragte sich, wie sie sich gefühlt hätte, wenn sie zu Beginn ihrer Ehe entdeckt hätte, dass er sie betrog. Sie dachte, dass diese Erkenntnis sie wahrscheinlich umgebracht hätte. Doch sie hatten sich so weit von den Menschen, die sie damals gewesen waren, entfernt, neunzehn Jahre auf einem holprigen Weg voller Schlaglöcher, und sie hatte schon vor Langem gelernt, ihr Herz vor ihm zu verschließen. Mit einem Betrug von diesem Ausmaß hätte sie allerdings niemals gerechnet, auch wenn ihr das eigene Vertrauen nun fragwürdig erschien.

»Komm schon«, sagte sie barsch, »es ist Zeit fürs Bett.«

Sein Blick huschte über ihr Gesicht, und sie fand, dass er enttäuscht aussah. Als er ihre ausgestreckten Hände nahm, lief ihr ein Schauder über den Rücken. Sie zog ihn hoch und führte ihn zur Toilette im Erdgeschoss, wo er in der Tür stehen blieb, als wäre ihm die Kraft ausgegangen.

»Komm schon, Howard. Du musst pinkeln, denn ich werde deine Bettlaken nicht wechseln, wenn du wieder ins Bett machst.« Sie fragte sich, warum sie noch nie zuvor auf diese Weise mit ihm gesprochen hatte, warum sie ihm stets mit sanfter Stimme gut zugeredet hatte, wenn es doch keine Auswirkungen auf seinen Gemütszustand hatte. Aber jetzt war es ihr gleichgültig.

»Ach, Herrgott noch mal!« Sie genoss es, dass er leicht zusammenzuckte. Sie drängte sich an ihm vorbei und zog ihn zur Toilette, wo sie seinen Hosenschlitz öffnete und seinen schlaffen Penis hervorholte. Er fühlte sich weich und zart an, und am liebsten hätte sie fest daran gezerrt oder ihn ganz abgerissen. »Komm schon, Howard. Pinkel endlich. Ich bin müde.«

Er blickte sie mit verängstigten, wässrigen Augen an, und für einen kurzen Moment hatte sie Mitleid mit ihm, doch dann hasste sie ihn dafür, dass er immer Gefühle in ihr hervorrief. Sie hielt seinem Blick stand, bis sie hörte, wie sein Urinstrahl auf das Wasser in der Toilettenschüssel traf. Sie schaute hinunter und sah dunkle Flecken auf seiner Hose. Nicht mehr lange und er würde streng riechen, wie diese alten Männer in Tweedanzügen, die den ganzen Tag lang Bus fuhren. Sie steckte seinen Penis zurück in die Hose und begleitete ihn zum Vorderzimmer, wo sein Bett an der gegenüberliegenden Wand stand. An diesem Abend war er sehr viel gefügiger als gewöhnlich, sein Körper wurde nicht einmal steif, als sie ihm die Strickjacke abstreifte und die Hose auszog, und er blieb auch ruhig, als sie ihn ohne Schlafanzug und ohne Kuss auf die Stirn ins Bett legte und das Licht ausschaltete. Sie hätte sich schon seit Jahren so verhalten sollen, als wäre er ihr gleichgültig, dachte sie, als sie die Tür hinter sich schloss.

Sie sagte Mimi und Maisie, die in ihre Smartphones vertieft waren, dass sie die Geräte ausschalten und schlafen gehen sollten, doch ihre Töchter wussten, dass sie das nur pro forma tat. Die Tür zu Marcus' Zimmer war geschlossen, er musste in der Zwischenzeit nach Hause gekommen sein; sie klopfte sachte an und erhielt ein Murmeln als Antwort. Er lag auf seinem Bett, einen Aschenbecher auf der Brust, und nahm seine Kopfhörer ab, als sie hereinkam.

»Hattest du einen guten Tag?«, fragte sie.

»Ja, war ganz in Ordnung.« Er erzählte ihr nie, womit er seine Zeit verbrachte, aber seine Augen waren stets blutunterlaufen. Mary wusste, dass sie ihren Sohn direkt darauf ansprechen musste, was mit ihm los war. Es war inzwischen schon fast ein Jahr her, dass sich ihr stiller, braver Junge in diese Parodie eines widerspenstigen Teenagers verwandelt hatte, der nur Slang benutzte und unanständig tief sitzende Jeans trug. Sie wollte ihn packen und festhalten und ihn zurückholen, doch sie war sich nicht sicher, wo er jetzt war oder wo sie ihn haben wollte.

»Mit nächster Woche ist alles klar?« Am Montag sollte er sein Praktikum in Eleanors Hilfsorganisation beginnen, und sie machte sich Sorgen, dass er nicht hingehen würde.

»Ja, ich freu mich schon drauf.« Sie spürte, wie sie aufatmete, als sie diesen flüchtigen Blick auf den alten Marcus erhaschte. »Du siehst erschöpft aus.«

Sie nickte, denn sie fürchtete, dass ihre Stimme brüchig klingen könnte. Sie wollte sich neben ihren Sohn setzen und den Kopf an seine Schulter lehnen. Sie wollte ihm von dem Brief erzählen und sich dafür entschuldigen, dass er mit einem Mörder zusammenleben musste. Die Bindung zwischen ihr und ihren Kindern war von Anfang an eng gewesen, und Mary hatte sie sich stets als eine Schnur vorgestellt, die ihre Herzen miteinander verband, sodass sie immer wusste, was gerade in jedem von ihnen vorging und ihnen Kummer bereitete. Sie liebte ihren Sohn so innig wie am Tag seiner Geburt, ebenso ihre Töchter, aber diese würden sie nie so sehr brauchen wie Marcus. Seine Verletzlichkeit glich einer wunden Hautschicht, und doch hatte sie es nicht geschafft, dass er heilen konnte.

»Du solltest eine Pflegekraft für Dad engagieren«, sagte er.

»Vielleicht. Ich habe daran gedacht, mir einen Job zu besorgen. Wir werden das Geld bald brauchen.«

»Es würde dir guttun, aus dem Haus zu kommen. Es muss grauenhaft sein, den ganzen Tag hier mit ihm zusammen.«

Ihre Muskeln waren müde und schwer. »Gute Nacht, Marcus. Schlaf gut.« Sie schloss seine Zimmertür, und ihr Herz pochte wild in ihrer Brust. Die Klarheit, die sie durch Howards Krankheit über ihre Ehe gewonnen hatte, erstreckte sich auch auf ihre Kinder, und sie erkannte nun, dass Howard kein guter Vater gewesen war, vor allem nicht für Marcus. Sie verstand immer noch nicht recht, warum er die Kinder nicht so innig liebte wie sie, aber sie wusste, dass er ihnen damit geschadet hatte. Allmählich kam sie zu der Überzeugung, dass sie die Kinder am besten schon vor Langem von ihrem Vater getrennt hätte, und es quälte sie, dass sie ihren Sohn für ihren Ehemann geopfert haben könnte. Der Gedanke war so Furcht einflößend, dass sie das Gefühl hatte, vor Reue und Leid zu sterben.

Am nächsten Morgen erwachte Mary von Angst durchströmt. Möglicherweise hatte Eleanor ihre Meinung geändert und war mit dem Brief, den sie in Roberts Haus gefunden hatte, zur Polizei gegangen. Wenn dem so wäre, könnte man den Brief mit Howards alter Schreibmaschine in Verbindung bringen. Sie stand auf, und da es Sonntag war, konnte sie das Haus verlassen, während ihre Kinder noch schliefen. Sie tat die Schreibmaschine, die sie in ein altes Laken gewickelt hatte, in einen schwarzen Müllsack, den sie mit weiterem Abfall auffüllte, und fuhr damit zum öffentlichen Müllplatz. Ein Mitarbeiter bot ihr Hilfe an, aber sie wollte nicht auf die Freude verzichten, den schweren Sack eigenhändig in den großen Container zu werfen. Sie hörte ein dumpfes Geräusch, als die Schreibmaschine auf den Boden des Containers fiel, und spähte über den Rand, um sich zu vergewissern, wie harmlos sie umgeben vom Müll anderer Menschen aussah. Im Laufe des Tages würde noch mehr Abfall auf ihren Sack geworfen werden, anschließend würde ein großer Lkw die Container zu dem dafür von der Stadt vorgesehenen Platz bringen, wo alles verbrannt würde – wogegen Umweltschützer regelmäßig demonstrierten. Von der Schreibmaschine würden nur noch Bruchstücke übrig bleiben, den Rauch würde ein armes Kind einatmen, das nahe der Abfallentsorgungsanlage wohnte, wie das heutzutage hieß.

Auf der Fahrt zurück nach Hause weinte sie, denn nicht alles in ihrem Leben war schlecht gewesen. Vor ihrem geistigen Auge sah sie ihre Familie an windigen Stränden stehen, aus dem Wohnwagen blickend oder in ihrem eigenen Garten. Geburtstagskerzen wurden ausgeblasen, der erste Schultag in viel zu großer Uniform, schief aufgesetzte Weihnachtshütchen.

Als sie nach Hause kam, holte sie sofort die Fotoalben hervor. Da waren Howard und sie, und auf fast allen Fotos lächelten sie, auf einem standen sie im Wohnzimmer vor dem Sofa und hielten sich sogar an den Händen. Sie erinnerte sich, dass die Kamera, mit der Mimi das Foto aufgenommen hatte, ein Geburtstagsgeschenk gewesen war. Mimi hatte Howard und sie Posen einnehmen lassen, die ihrer Vorstellung von einem glücklichen Paar entsprachen. Sie erinnerte sich noch, wie enthusiastisch Howard ihre Hand genommen hatte, wie er Mimi angelacht und sich anschließend zu ihr gedreht hatte: »Sie ist zweifellos deine Tochter, findest du nicht?« Mary hatte versucht, die Boshaftigkeit aus seinen Worten herauszuhören, aber es gab keine.

Als sie es auf den Fotos sah, fiel ihr wieder ein, dass Howard im Wohnwagen einen Teil mit einem alten Laken abgeteilt hatte, damit er jeden Abend, nachdem die Kinder eingeschlafen waren, mit ihr Sex haben konnte. Sie erinnerte sich an den Geschmack von Bier auf seiner Zunge und Salz auf seiner Haut. Als sie ihre Sachen gepackt hatten, um nach Hause zurückzukehren, hatte er seinen Arm um sie gelegt und gesagt: »So sollte es immer sein.« Doch in diesem Urlaub war es auch zu heftigem Streit zwischen ihnen gekommen. Mit angespannter, gesenkter Stimme, um die Kinder nicht aufzuwecken, sagte er, dass sie wie eine Orange wäre, die äußerlich verlockend aussah und zudem wunderbar roch, wenn man sie leicht drückte, doch im Inneren verschrumpelt und geschmacklos war, sodass sich jedes Stück wie Sand auf der Zunge anfühlte.

»Warum sagst du das?«, hatte sie mit Tränen in den Augen gefragt.

»Weil du so lustig und sorglos warst, als wir uns kennenlernten, du machtest den Eindruck, als würdest du in die Welt hinausziehen und etwas auf die Beine stellen. Aber jetzt bist du dieses Hausmütterchen, das immerzu an mir herumnörgelt oder etwas von mir verlangt.«

»Ich habe nur gesagt: Ich glaube, der TÜV ist abgelaufen, und wir sollten das überprüfen, bevor wir nach Hause fahren.« Obwohl die Worte, einmal ausgesprochen, banal klangen, waren sie doch notwendig, denn wenn der TÜV abgelaufen wäre und sie einen Unfall hätten, würde Howard ihr die Schuld geben. Und vielleicht war sie ein Hausmütterchen, aber sie war diejenige, die die Böden wischte und den Kindern Essen kochte. Nun konnte sie nicht mehr glauben, dass sie ihm das nicht ins Gesicht geschrien hatte.

Und wenn sie ehrlich zu sich selbst war, dann konnte sie die letzten zehn Jahre nicht einfach ausblenden. Zahllose Nächte hatte sie auf ihn gewartet, und wenn er schließlich nach Hause gekommen war, hatte ihm der Geruch einer anderen Frau angehangen. Wenn er dabei war, sich in eine andere Frau zu verlieben, war er ihr und den Kindern gegenüber grob und abweisend. Dann stolzierte er durchs Haus, in dem Wissen, dass ein anderer Mensch ihn unwiderstehlich fand, und fragte sich insgeheim, warum seine Familie seine Bedeutung nicht zu schätzen wusste.

Doch schlimmer als alle Affären wog die Tatsache, dass er ihren Kindern kein guter Vater gewesen war, etwas, das sie sich jetzt, wo es aufs Ende zuging, eingestehen konnte.

Sie nahm an, dass er sich den Mädchen gegenüber ordentlich verhalten hatte, uninteressiert, doch zumindest hin und wieder auch liebevoll, und in der Regel schrie er sie nicht an. Wie er allerdings Marcus behandelte, hatte beinahe etwas Boshaftes. Er schlug ihn nie, sein Verhalten ihm gegenüber war allerdings immer von Verachtung geprägt. Im Laufe der Jahre hatte Mary gelernt, sich – metaphorisch gesprochen – zwischen die beiden zu stellen, und meistens war es ihr gelungen, Howards Wut auf sich zu lenken. Aber er durchschaute sie in solchen Momenten, sagte ihr, wie erbärmlich er ihr Auftreten fand und dass Marcus ein verweichlichtes Muttersöhnchen sei.

Mary fragte sich, ob Howard jemals Kinder gewollt hatte. Vielleicht hatte er sie von Anfang an belogen, und der Grund für die kinderlose Ehe mit Penny lag nicht an ihrer Unfruchtbarkeit, sondern an seinem fehlenden Kinderwunsch. Mary war sicher, dass er sie zu Beginn ihrer Beziehung geliebt hatte, doch nachdem sie nun so viele seiner Schwärmereien hatte miterleben müssen, dachte sie, dass er am Anfang einer neuen Affäre immer Feuer und Flamme war. Howard liebte den Kitzel des Neubeginns, diesen irrealen Moment des Sich-Verliebens, aber nicht den profanen Alltag oder die beschauliche Liebe, die die Fehler des anderen anerkannte. Howard war vollkommen von sich, von seiner Größe überzeugt, und er wollte seine Fehler nicht in der Unzufriedenheit eines anderen gespiegelt sehen.

Jetzt schien es ihr offensichtlich, dass er, wenn sie nicht schwanger geworden wäre, ihrer irgendwann überdrüssig geworden und zu Penny zurückgekehrt wäre. Das wäre besser für ihn gewesen. Nun wusste sie, dass Howard ein Narzisst war, und deshalb konnte er keinen anderen Menschen außer sich selbst lieben, nicht einmal seine Kinder.

»Immer liegst du mir mit irgendwas in den Ohren«, sagte er häufig zu ihr, wenn sie versuchte, eine Zeit mit ihm auszumachen, oder ihn an eine Verpflichtung erinnerte. »Ich bin nicht geschaffen für deine langweilige Welt mit all ihrer Routine«, brüllte er dann, »das ist schlecht für mein Gehirn.« Also ging Mary wieder allein zum Elternabend oder trug schwere Plastiktüten allein vom Supermarkt nach Hause, wobei die Henkel ihr so tief in die Handgelenke schnitten, dass sie den Schmerz als transzendental wahrnahm. Und manchmal glaubte sie ihm, gestand sich selbst den Gedanken zu, dass sie ihn nicht mit Kleinkram belästigen sollte.

Vielleicht war es das Schlimmste, was Howard ihr angetan hatte. Er hatte sie glauben gemacht, dass ihre Bedürfnisse und Sorgen unbedeutend waren, wo doch sie es war, die dafür sorgte, dass ihre Familie funktionierte. Er hatte darauf bestanden, sich aus dem Hamsterrad des Alltags herauszuziehen, als ob er etwas Besonderes und sie hingegen nur gewöhnlich wäre. Als ob sie als Mensch so viel weniger zählte als er.

In den nächsten Tagen wurde Mary immer wieder von Traurigkeit erfasst, aber zu ihrem Erstaunen konzentrierte sich ihr Kummer auf Nancy, nicht auf Howard. Es war das übermächtige, erdrückende Gefühl, dass sie Nancy nach den vielen Jahren inniger Freundschaft und tiefen Vertrauens so wenig bedeutet hatte. Mary hatte immer das Gefühl gehabt, dass ihr richtiges Leben erst mit der Freundschaft zu Nancy und Ellie zu Unizeiten begonnen hatte. Zwar war sie vorher nicht unglücklich gewesen, aber ein großer Teil von ihr hatte sich stets wie ein dunkles Geheimnis angefühlt, sie hatte ihre Bücher unter ihrem Bett versteckt und behauptet, Freunde zu treffen, wenn sie in Wirklichkeit in die Bibliothek gegangen war. Dann war sie an die Universität einer kleinen Stadt mit Giebeldächern gegangen, und am ersten Abend hatte es an ihrer Tür geklopft. Draußen hatte ein kleines, rundliches Mädchen gestanden und sich als ihre Nachbarin vorgestellt. Mary wusste noch, was ihr in diesem Moment durch den Kopf gegangen war: Wahnsinn, ich darf hier studieren und finde auch noch Freunde?

An diesem Abend gingen sie auf eine Erstsemesterparty, die in einem großen Raum mit Tapeziertischen an den Wänden und einer Bar in der hinteren Ecke stattfand, wo einheimisches Bier und billiger Wodka ausgeschenkt wurden. Eleanor kannte bereits ein paar Leute von dem Begrüßungstreffen ihres Studiengangs, leider studierte sie Anglistik und nicht wie Mary Altphilologie. Sie hatte ihre Einführungsveranstaltung verpasst, aber Eleanor achtete darauf, sie allen vorzustellen und sie in sämtliche Gespräche miteinzubeziehen.

Mary entdeckte Nancy, noch bevor sie mit ihr sprachen. Sie stand wie ein Leuchtturm in der Ecke, es war, als würde sie helles Licht ausstrahlen. Sie war groß und spindeldürr, ihr langes goldblondes Haar fiel zu einer Seite des Gesichts, die Augen wirkten durch den schwarzen Lidstrich entlang ihrer Wimpern riesengroß, und ihre Wangenknochen stachen aufreizend hervor. Ihre Haltung war lässig, eine Hüfte hatte sie vorgeschoben, den Arm locker um die Taille gelegt, nur hin und wieder hob sie ihn an, um an ihrem Drink zu nippen. Sie unterhielt sich mit einem rotgesichtigen Jungen, der unentwegt seinen Pony zurückschob, und sie sah genauso aus, wie Mary sich immer Athene vorgestellt hatte.

Erstaunlicherweise sprach Nancy sie an, als sie an ihr vorbeigingen, oder zumindest Eleanor, die zu ihr kam, als ob es nichts Besonderes wäre, dass die aufregendste Person im Raum mit ihr reden wollte. Den Jungen waren sie schnell losgeworden, und dann standen sie zu dritt in der Ecke, Eleanor erzählte etwas, das sie alle zum Lachen brachte, und damit war ihre Freundschaft besiegelt. Das Leben um sie herum nahm Form an, schweißte sie zu einer Einheit zusammen, umgab sie mit einer Sicherheit, die sich weich wie Kaschmir anfühlte. Sie redeten bis spät in die Nacht, schmiedeten Zukunftspläne, feilten an ihren Ambitionen, träumten von der Liebe und einem erfüllten Leben. Sie hielten sich an den Händen, während sie ins Leben hinaustraten, und sie gaben sich das Gefühl, dass sie ihre Ziele erreichen würden.

Immer wieder holte Mary den Brief hervor, verschlang jedes Wort, das da stand, und versuchte, etwas anderes als ihre schäbige Bedeutung zu sehen. Manchmal entdeckte sie einen Funken Trost in ihnen – Nancy nannte sie eine ihrer besten Freundinnen, sie verabscheute sich selbst, sie versuchte Howard davon zu überzeugen, sie aufzugeben, sie nahm sich vor, den Schaden wiedergutzumachen, den sie ihrer Familie und ihren Freunden zugefügt hatte. Manchmal hing Mary Tagträumen von diesem Leben nach, in dem Howard ganz weit weg von ihnen lebte und Nancy nicht nur am Leben war, sondern sie, die an gebrochenem Herzen litt, auch rettete, indem sie ihr vor Augen führte, wie viel besser sie ohne diesen Mann dran war. Sie würde gestärkt und als besserer Mensch aus dieser Situation hervorgehen, und ihre Verbundenheit mit Nancy wäre schier grenzenlos.

Letzten Endes aber war es leichter, Nancy in diesen Zeilen von ihrer schlechtesten Seite zu sehen. Wie melodramatisch von ihr, sich als Schandfleck zu bezeichnen, und der unverfrorene Versuch, poetisch zu klingen, wenn sie darüber schrieb, dass sie die Menschen, die sie liebe, glücklich machen wolle. Doch eine Zeile schmerzte Mary mehr als alle anderen: »wenn Du mich wirklich so sehr liebst, wie Du es behauptest«, denn darin wurden nicht nur alle Versprechungen angedeutet, die Howard Nancy gemacht hatte, sondern sie zeigten auch, wie überzeugt Nancy von ihrer Anmut und ihrer Schönheit war. Sie hasste Nancy für ihr starkes Selbstbewusstsein.

Mary versuchte sich an Begegnungen mit Nancy in dem Jahr vor ihrem Tod zu erinnern, als sie mit Howard schlief und es dennoch geschafft hatte, ihr in die Augen zu blicken. Doch tatsächlich hatte sie Nancy in dieser Zeit kaum gesehen. Mary nahm an, dass sie selbst zu sehr mit den Kindern und den ständigen Geldproblemen beschäftigt gewesen war, um Nancys Abwesenheit zu bemerken oder sie gar zu vermissen. Sie konnte sich noch erinnern, dass sie Nancy einmal im Sommer vor ihrem Tod angerufen hatte, weil sie sich nach der Lebensenergie und dem Charme ihrer Freundin gesehnt hatte, aber Nancy hatte sich in Ausreden geflüchtet; sie war ihr ausgewichen und hatte sich verstellt, um sich nicht mit Mary zum Mittagessen treffen zu müssen.

Doch sie hatten sich gesehen, etwas anderes wäre gar nicht möglich gewesen. Einmal hatten sie sich zusammen mit Eleanor ein Theaterstück angesehen, das eine Kommilitonin von der Uni inszeniert hatte. Nancy hatte sich konzentriert das Programmheft angeschaut, das sie später beinahe auf den Boden geschmettert hätte, als sie sich darüber beschwerte, dass alle Erfolg im Beruf hätten, nur sie nicht. Eleanor und Mary hatten sie besänftigen und ihr versichern müssen, wie wunderbar sie war. Der Abend war danach verdorben, und Mary war verärgert gewesen, schließlich hatte keine von ihnen ein ausgeprägtes Selbstwertgefühl.

Sie waren auch einige Male etwas trinken gegangen, aber immer war Eleanor dabei gewesen. Mary konnte sich nicht entsinnen, irgendwann einmal im Jahr vor ihrem Tod mit Nancy allein gewesen zu sein. Jetzt war der Grund dafür offensichtlich, dennoch Mary war verletzt, dass Nancy Howard ihr vorgezogen hatte.

Eines Tages lief es ihr eiskalt über den Rücken, als ihr wieder einfiel, dass Howard und sie zur jährlichen Bonfire-Night-Party von Nancy und Robert gegangen waren, als ihre Freundin und ihr Mann schon seit Längerem etwas miteinander hatten. Für gewöhnlich kümmerte sich Howard gar nicht um ihre Verabredungen, doch in jenem Jahr hatte er nachgefragt, ob sie zu der Party eingeladen wären. Mary hatte sich darüber gewundert, aber keinen Verdacht geschöpft. Sie versuchte sich die Einzelheiten jenes Abends ins Gedächtnis zu rufen, und meinte sich zu entsinnen, dass Nancys Gesichtsausdruck angespannt gewesen sei und die beiden sich ein paarmal verstohlen angesehen hätten, doch sie wusste nicht, ob diese Erinnerungen echt waren oder sie sich das nur einbildete. Zumindest hatte sie damals nicht im Entferntesten geahnt, was vor sich ging. Ohne Zusammenhang waren Erinnerungen bedeutungslos, erkannte sie nun.

Es gab allerdings eine Erinnerung an diesen Abend, die keinen Zusammenhang benötigte. Sie hatte versucht, sie zu unterdrücken, darin war sie sehr geschickt, aber jetzt tauchten die Bilder unweigerlich vor ihrem geistigen Auge auf. Gegen seine Gewohnheit hatte Howard an diesem Abend zu viel getrunken. Als sie nach Hause kamen, war sie direkt ins Schlafzimmer gegangen, und sie war überrascht gewesen, als er ihr hinterhergekommen war. Er kam gerade aus dem Badezimmer, als sie dabei war, sich auszuziehen, und nur noch Unterwäsche trug. Sie stand auf, und er trat hinter sie, legte seine Hände auf ihre Arme und drehte sie zu dem großen Ankleidespiegel ihres Kleiderschranks.

Einen Moment lang blickten sie sich im Dämmerlicht des Schlafzimmers an, ihre Spiegelbilder vom Staub auf dem Glas verzerrt. Howard neigte den Kopf vor, und für einen flüchtigen Augenblick glaubte Mary, er würde ihre Schulter und ihren Hals bis zum Ohr hinauf mit Küssen bedecken. Ihr Körper spannte sich an, eine alte Muskelerinnerung unter der Haut, denn es war schon sehr lange her, dass er sie auf diese Weise berührt hatte.

»Sieh dich an«, sagte Howard, und sein scharfer Tonfall warnte sie, dass dies kein romantischer Moment sein würde. Sie senkte den Kopf nach unten, aber er fasste sie am Kinn und zwang sie, sich im Spiegel zu betrachten: die graue Unterwäsche, die Schamhaare, die aus dem Höschen ragten, der faltige Bauch, die hervorstehenden Knochen. »Wie konntest du dich so gehen lassen?«, flüsterte Howard. »Wie soll dich jemand mit diesem Aussehen lieben?«

Sie begann leise zu weinen. »Howard, bitte.«

Er ließ ihr Kinn los, doch der Druck seiner Finger auf ihrem Kiefer blieb. Dann fuhr seine Hand blitzschnell unter ihren BH und zog daran. Der Verschluss sprang auf, und Howard ließ den BH achtlos zu Boden fallen. Mit der linken Hand umfasste er sanft ihre Brust. Sie sah aus wie ein benutzter Teebeutel, die Brustwarze riesig, aber die Haut wie zerknittertes Wachspapier. Er legte Daumen und Zeigefinger links und rechts der Brust und kniff so fest zu, dass ihr Tränen in die Augen schossen. Dann drehte er sich um und verließ das Zimmer – und sie blieb allein zurück, den Klang ihres stockenden Atems in den Ohren, nicht sicher, ob es überhaupt passiert war.

Mary war schon immer gern an der frischen Luft gewesen, doch als die Erinnerungen an ihre Ehe an die Oberfläche drängten und sich nicht mehr eindämmen ließen, unternahm sie lange Spaziergänge auf dem Kensal Green Cemetery, der schon immer ihr Lieblingsort in London gewesen war. Sie lief auf grünen Wegen zwischen sich tief herabneigenden Ästen entlang, vorbei an verstorbenen Seelen, die jede ihre eigene Geschichte zu erzählen hatten, in der

Hoffnung, dass die Vernunft die Oberhand über ihre rastlosen Gedanken bekommen würde.

Mit fünfzehn Jahren hatte ein Mann sie einmal auf dem Treidelpfad angehalten, wo sie damals häufig am Kanal entlang spazieren ging. Er stellte ihr ein paar unverfängliche Fragen, die sie höflich beantwortete, aber seine Absichten waren leicht zu durchschauen. Wenn sie heute auf diese Begegnung zurückblickte, sah sie seine fettigen Haare, die gelben Zähne und die große Zunge, sie wusste, was seine Hand in der Hose tat, und hörte die Verzweiflung in seiner Stimme. Als sie schließlich sagte, dass sie nach Hause gehen müsse, packte er sie am Arm und befahl ihr, sich nicht dumm anzustellen. In diesem Moment setzte die Angst ein.

Sie blickte ihn schweigend mit reglosem Gesicht an, während sie im Kopf ihre Optionen durchging. Doch dann packte er ihren Arm noch fester, und sie folgte ihm, ohne zu protestieren. Sie wusste, dass der Pfad in wenigen Metern eine Biegung machte und dann einen Hang hinauf zu einem Stück Brachland führte – dorthin würde er sie bringen. Sie wusste auch, wie sie aussehen würde, wenn er mit ihr fertig wäre, voller Blut und Prellungen, gebrochen, dennoch stolperte sie ihm weiter hinterher.

Nur wenige Schritte vor der Wegbiegung kam ein bellender Hund angelaufen, sodass Mary und der Mann zusammenfuhren. »Scheiße«, sagte er nur. Dann löste er den Griff um ihren Arm, rannte los und bog um die Kurve, wie sie es vermutet hatte. Der Hundebesitzer lächelte sie im Vorbeigehen an, und erst in diesem Augenblick setzte sie sich in Bewegung und lief weg.

Mit der Zeit übertrug sich der Schrecken von dem Mann auf sie selbst. An jenem Tag hatte sie eine Seite an sich entdeckt, die sie mehr ängstigte als alle Schläge, die er ihr hätte versetzen können. Ihre eigene Passivität stand ihr deutlich vor Augen, ihre Mitschuld an ihrer eigenen Zerstörung. Wenn der Mann weiterhin ihren Arm festgehalten und der Hundebesitzer zu ihnen aufgeschlossen hätte – hätte sie um Hilfe gerufen und versucht freizukommen? Sie wusste es nicht sicher. Sie schien ihr Schicksal klaglos akzeptiert zu haben und allein dem Willen eines anderen Menschen zu gehorchen. Während Mary die Wege der Toten auf dem Friedhof entlanglief, wurde ihr klar, dass sie immer noch dieses Mädchen war – passiv und unfähig zu handeln.

Howard hatte Nancy getötet.

Mary hatte es in diesem Moment gewusst, als sie den Brief zu Ende gelesen hatte, aber es hatte noch eine Weile gedauert, bis ihr Gehirn die Tatsache verarbeitet hatte. Und er hatte es getan, weil Nancy ihn verlassen wollte. Mary bezweifelte, dass Howard jemals zuvor in seinem Leben von einer Frau verlassen worden war, stets war er derjenige, der die Affäre beendete, die Ehefrau sitzen ließ, die Familie mit Füßen trat. Und sie begriff auch, dass seine Krankheit nur eine Fortführung dieses Verhaltensmusters war. Wahrscheinlich hatte er nicht gewusst, wie sehr er Nancy liebte, bis sie tot war, und jetzt konnte er sich ein Leben ohne sie nicht mehr vorstellen. Mary wusste, dass er nicht so fühlen würde, wenn sie gestorben wäre. Rückblickend hatte er zweifellos die falsche Frau umgebracht.

Sie fütterte und wusch ihn immer noch jeden Tag, aber sie sprach nicht mehr mit ihm. Seine Augen folgten ihr beinahe flehentlich, wenn sie im Zimmer umherging, und sie genoss es, seinen Blick nicht zu erwidern. Doch das war ihr nicht genug. Im Grunde war es erbärmlich, so erbärmlich wie alles an ihrer jämmerlichen Ehe.

Sie grübelte unaufhörlich darüber, warum ihr Leben in den letzten Jahren stets so weitergegangen war, ohne dass sie etwas dagegen unternommen hatte. Sie war sich sicher, dass Howard und sie sich zu Beginn wirklich geliebt hatten, aber das Leben hatte sie beide verändert, Verantwortung, Druck und Geldsorgen lasteten auf ihnen, und ihre Beziehung war schon seit Langem zerrüttet. Allmählich gestand Mary sich auch ein, dass sie kein normales Paar waren und dass niemand so viel Verachtung und Abscheu ertrug, wie Howard ihr entgegenbrachte. Ihr war klar, dass alle Paare stritten und sich verletzten, doch sie waren auch liebevoll und hatten einander gern. Für Mary war es an der Zeit einzusehen, dass alles Gute von ihrer Beziehung abgetragen worden war, wie eine Flut, die nicht nur Häuser und Autos, sondern auch Bäume und Erdreich fortschwemmte und das Gelände verwüstet und zerstört zurückließ.

Die Probleme hatten nach Mimis Geburt angefangen, und sie war nun fünfzehn, was bedeutete, dass es schon viel zu lange schlecht lief. Zur selben Zeit, als Mimi auf die Welt kam, wurde Howard bei einer Beförderung übergangen, mit der er fest gerechnet hatte. Eine tiefe Schwermut erfasste ihn, und er machte sich unentwegt Sorgen wegen seines Alters. Er fing an, alles im Leben danach zu beurteilen, wie viel Zeit ihm noch blieb. Einmal sagte er seinem

Zahnarzt sogar, er könne sich die Zahnreinigung sparen, denn er brauche keine schönen Zähne in einem Gesicht, das bereits zerfiel. Mary zog sich vor Angst um ihre junge Familie der Magen zusammen, wenn er so sprach. Sie versuchte ihn aus der niedergeschlagenen Stimmung herauszuholen, mit besänftigenden Worten, zärtlichen Berührungen und lustigen Anekdoten über die Kinder, aber vergeblich. Irgendwann glich das ganze Leben einem Zahlenspiel: Wie oft würde er noch eine Regierung wählen, wie oft seinen Reisepass erneuern, wie viele Orte würde er noch besuchen können, wie viele Bücher noch lesen.

Zu dieser Zeit kamen die ersten tränenreichen Anrufe von jungen Frauen, die schlecht logen, aber gut genug, um die Wahrheit für Mary zu verbrämen. Und dann war sie sehr schnell wieder schwanger geworden, ungeplant, und Howards Stimmung war noch niedergedrückter geworden, als ob alles, was in seinem Leben nicht stimmte, ihre Schuld war.

Wenige Wochen vor Maisies Geburt klingelte eines kalten Sonntagabends eine junge Frau an ihrer Haustür. Ihr Gesicht war nass, und Mary wusste nicht, ob das der Regen oder ihre Tränen waren. Beide waren schockiert, als sie sich gegenüberstanden, doch die junge Frau fragte nach Howard. Auch er sah erschrocken aus, als er zur Tür kam. Er führte sie ins Wohnzimmer, schloss die Tür, und als er Mary einen letzten Blick zuwarf, war der Ausdruck auf seinem Gesicht hart und angespannt. Durch die geschlossene Tür hörte Mary leises Weinen und flehentliches Gemurmel, und es war nicht schwer, den Inhalt des Gesprächs zu erraten.

Nach einer Stunde verließ die junge Frau das Haus, als Mary gerade Marcus badete und gleichzeitig versuchte, die schreiende Mimi zu beruhigen. Sie erwartete, dass Howard zu ihr kommen und ihr eine – wenn auch unglaubwürdige – Erklärung geben würde, aber er kam nicht, und während der ganzen Zeit, als sie die Kinder ins Bett brachte, saß ihr panische Angst im Nacken. Als sie Howard schließlich im Wohnzimmer fand, sah er nicht einmal auf. Sie ging zu ihm, beugte sich über ihn, während er einen Artikel über politische Gruppierungen las, und fragte ihn, was der Besuch bedeuten sollte.

»Nichts«, antwortete er. »Sie ist eine meiner Studentinnen.«

»Das habe ich mir schon gedacht.«

»Sie hat nur etwas falsch verstanden.«

»Bitte behandele mich nicht wie eine Idiotin.« Sie versuchte ruhig zu bleiben, denn sie hatte gelesen, dass Aufregung dem Baby schadete. Maisie hatte gerade begonnen, sie im Bauch zu treten.

Er hob langsam den Kopf und blickte sie mit einem kurzen Lächeln auf den Lippen an. »Ich weiß nicht, was du erwartest, Mary. Du scheinst der Welt bloß eine Bedeutung abgewinnen zu können, wenn du Kinder kriegst. Allmählich frage ich mich, ob du vielleicht nicht ganz normal bist. Außerdem ist es nicht sehr attraktiv.«

Instinktiv legte sie die Hände auf ihren großen, straff gespannten Bauch. »Wer ist sie?«

Er schnaubte. »Als ob ich dir das sagen würde.«

Dann hatte Mary das Wohnzimmer verlassen und war in die Küche gegangen. Sie glaubte, sich noch nie im Leben so allein und verlassen gefühlt zu haben, als wäre sie auf einer einsamen Insel gestrandet, als ob alles zerbrochen wäre, was sie so sorgsam aufgebaut hatte. Sie wollte sich an etwas festhalten, aber da war nur die Küchentheke voller schmutziger Töpfe und Pfannen vom Abendessen.

Sie hatte drei Kinder unter fünf Jahren, sie hatte seit Jahren nicht mehr gearbeitet, ihre Familie war weit weg, sie hatten kaum noch Kontakt – sie hätte alles getan, damit Howard bei ihr bliebe. In all ihre Gefühle mischte sich die Angst, den Kindern Schaden zuzufügen, und der Gedanke, dass sie nirgendwo hingehen und nach der langen Zeit auch kein eigenes Geld verdienen könnte. Und wenn sie vollkommen ehrlich zu sich selbst war, ließ sie sich auch von gesellschaftlichen Konventionen leiten. Und sie wollte auf keinen Fall dieses private Gesicht preisgeben, das Laing beschrieben hatte – letztlich war diese Seite ihrer Persönlichkeit schuld an ihren Problemen. Doch jetzt waren all diese Bedenken von ihr abgefallen, und es war ihr gleichgültig, was die Welt von ihr hielt. Wenn sie in diesem Moment aussprechen würde, was sie fühlte, oder tun würde, was sie zu tun wünschte, würde man sie für verrückt halten, und die Theorie von Laing könnte Bestandteil ihrer Therapie sein. Dabei empfand sie ihr Denken und ihr Fühlen als gesünder und klarer denn je.

Howard musste sie all diese Jahre lang gehasst haben, ging es ihr durch den Kopf. Jedes Mal, wenn sie ihn für zärtlich gehalten hatte, hatte er sie in Wahrheit ausgelacht. Denn es hatte immer wieder vertraute Zeiten gegeben. Sie hatten Sex, sie lachten zusammen, manchmal tippte sie seine Artikel und Essays am Computer, sie diskutierten bei

Kerzenschein über Politik und blickten sich über die Köpfe ihrer Kinder hinweg an. Sicherlich hatte Mary oft über lange Wochen und Monate das Gefühl gehabt, allein in einer öden Wüste zu leben, aber es hatte auch gute Momente gegeben. Sie konnte nicht verstehen, warum er sich immer wieder um sie bemüht hatte, es sei denn, er genoss es, sie zu quälen und leiden zu sehen.

*

Mary erzählte einigen alten Bekannten, die an verschiedenen Londoner Universitäten arbeiteten, dass sie einen Job suchte und auch eine wenig anspruchsvolle Tätigkeit annehmen würde. Es würde ihr guttun, aus dem Haus zu kommen, und dennoch würde sie jeden Abend bei Howard sein und die gleiche verseuchte Luft einatmen wie er. Sie könnte ihn verlassen, doch das war eine absurde Idee, weil er nirgendwo bleiben und sich nicht allein versorgen konnte. Sie spielte mit dem Gedanken, das Haus zu verkaufen, um mit dem Geld ein Heim für ihn zu bezahlen, aber dann würde sie sich kein Haus mehr leisten können, das groß genug für sie und die Kinder wäre, und sie fand nicht, dass Marcus, Mimi und Maisie unter ihren falschen Entscheidungen leiden sollten.

Darüber hinaus konnte sie den Gedanken nicht ertragen, dass Howard für sein Verhalten nicht bestraft würde. Und das galt ebenso für sie selbst wie für Nancy. Vielleicht war seine schlechte gesundheitliche Verfassung Strafe genug, doch Mary war der Meinung, dass er allein für diesen Zustand verantwortlich war. In ihren Augen hatte er sich diese Krankheit selbst ausgesucht. Trotzdem sah es Howard ähnlich, dass er ein Verbrechen beging und dann seine eigene Strafe ersann, eine Strafe, zu der sie genauso verurteilt war wie er selbst.

Letztlich sah sie nur einen einzigen Ausweg – sie musste ihn töten. Sie hatte ihre Kinder in diese schwierige Lage gebracht, daher war es ihre Aufgabe, sie wieder daraus zu befreien. Außerdem musste Nancy gerächt werden, und diese Rache konnte unmöglich auf konventionellem Wege erfolgen, denn dann würde die Wahrheit ans Licht kommen, und ihre Kinder würden damit leben müssen, einen Mörder zum Vater zu haben. Sie würde ihrer Freundin nie verzeihen, aber sie würde sie rächen, sie würde einen schuldigen Mann bestrafen und dadurch sich selbst befreien. Der Moment hatte etwas von Geburt und Tod, es war niemand da, um ihr zu helfen.

Nacht für Nacht lag sie wach im Bett und überlegte, wie sie vorgehen sollte. Am einfachsten wäre es, ihm ein Kissen auf sein eingefallenes Gesicht zu drücken. Wenn sie ihm vorher eine Schlaftablette gab, würde er sich kaum wehren, oder zumindest wäre er so schwach, dass sie ihn leicht überwältigen könnte. Doch das wäre offensichtlich Mord und sie die einzige Verdächtige – und sie wollte Howard nie mehr als Sündenbock dienen.

Ein Sturz von der Treppe schien ihr eine zufriedenstellende Lösung, das ging mit Blut, Knochenbrüchen und Verletzungen einher, aber es blieb die Gefahr, dass er dabei nicht starb, sondern nur gelähmt und somit noch pflegebedürftiger als bisher wäre. Ein zweiter Unfall würde Verdacht erregen, und sie würde ihn nie mehr loswerden.

Gift war leicht im Blut nachzuweisen, und sie wusste auch nicht, wo sie es sich besorgen sollte. Sie konnte einen Raubüberfall vortäuschen und ihn erstechen, dann würde eine poetische Gerechtigkeit herrschen, wenn man daran dachte, was er Nancy angetan hatte. Doch da es verdächtig scheinen würde, wenn zwei Menschen in ihrem Umfeld auf brutale Weise zu Tode gekommen wären, könnte die Polizei Ermittlungen anstellen. Und wenn sie Howards Fall aufgeklärt hätten, würden sie sich fragen, ob sie auch für Nancys Tod verantwortlich war – und man konnte behaupten, dass das zutraf. Denn wenn Howard nicht mit ihr verheiratet gewesen wäre, hätte Nancy vielleicht eingewilligt, mit ihm fortzulaufen, und er hätte sie nicht töten müssen, damit sie ihn nicht verließ.

Mary kam zu dem Schluss, dass die einzige Möglichkeit eine Überdosis war.

Nachdem sie beschlossen hatte, ihn umzubringen, fiel es ihr leichter, mit Howard umzugehen. Sie war nicht unbedingt freundlich, aber zumindest geduldig. Sie dachte sich einen Plan aus, an dessen Anfang ein Besuch beim Hausarzt stand. Sie erzählte dem Doktor, dass Howard über Schmerzen im Bein klage und sie unsicher sei, ob er wegen der zahlreichen Medikamente, die er täglich einnahm, Schmerztabletten vertragen würde. Der Doktor versprach, zu ihnen nach Hause zu kommen, um Howard zu untersuchen, hielt Schmerztabletten allerdings für unbedenklich.

Auf dem Weg nach Hause besorgte Mary eine Packung in der Apotheke. Sie meinte sich zu erinnern, früher einmal etwas über die allmähliche Vergiftung durch Schmerzmittel gelesen zu haben, doch sie wusste nichts über die Wirksamkeit oder die Dauer dieser Methode. Auf keinen Fall dürfte sie im Netz nach Informationen suchen, nicht einmal von einem Internetcafé aus, denn solche Spuren würde man später nachweisen können. Blieb die Frage, wie sie Howard dazu bringen würde, die Tabletten zu nehmen. Doch zunächst wollte sie sich vergewissern, dass man ihr nichts anlasten könnte.

Zu Hause legte sie nicht einmal ihre Jacke ab, sondern ging mit den Pillen direkt zu Howard ins Wohnzimmer. Die Tage waren kürzer geworden, und auf dem Nachhauseweg hatte sie die erste Herbstkühle in der Luft gespürt, die sie nun mit nach drinnen brachte. Howard blickte sie mit großen Kinderaugen an, das tat er jetzt immer, und am liebsten hätte sie gelacht, wie leicht es inzwischen war, seine Aufmerksamkeit zu erlangen.

»Ich habe dir die Tabletten für dein Bein besorgt«, sagte sie, während sie zu ihm ging und alles daran setzte, die Nerven zu bewahren.

»Mein Bein?« Er blickte auf seine mickerigen Beine hinunter. Als er sie wieder ansah, lag seine Stirn in Falten.

Sie seufzte. »Ja, dein Bein. Du hast gesagt, dass es dir wehtut.«

»Habe ich das gesagt?«

Plötzlich war ihr heiß, sie musste die Jacke ausziehen und sie aufs Sofa legen. Doch als sie ihrem Ehemann den Rücken zuwandte, rief sie sich alles in Erinnerung, was er ihr angetan hatte. »Komm schon, Howard, du hast nachts vor Schmerzen geschrien. Ich muss immer nach dir sehen. Der Arzt sagt, dass diese Pillen dir helfen werden.«

»Geschrien?« Aber sie hörte, dass sein Ton sanfter wurde und er zu akzeptieren begann, was sie ihm erzählte. Er war schließlich von sich selbst besessen und würde es genießen, über ein weiteres Gebrechen grübeln zu können. Sie nahm seinen Trinkbecher, der noch halb voll war. »Streck deine Hand aus.« Er tat wie ihm geheißen, und als sie zwei rote Tabletten in seine Handfläche legte, fiel ihr der Schmutz unter seinen Fingernägeln auf. »Schluck sie runter«, sagte sie mit sanfter Stimme. Er trank einen Schluck aus dem Becher, und sie sah, wie sich sein Adamsapfel bewegte, als er die Pillen hinunterzwang.

Sie vermutete, dass sie ihm bereits jetzt die ganze Packung verabreichen könnte. Sie stellte sich vor, wie sie ihm Tablette für Tablette in die Hand legte und zusah, wie er sie hinunterschluckte. Er würde ihr Tun nicht anzweifeln, es wäre so leicht. Sie sehnte sich danach, es ein für alle Mal hinter sich zu bringen. Nur um der Kinder willen hielt sie sich noch zurück.

Der Hausarzt war ein gutmütiger junger Mann, und als er seinen Hausbesuch machte, war die Tabletteneinnahme zur Routine geworden. Er kam an einem dunklen Abend, als der Regen gegen die Fensterscheiben peitschte, der Mary bereits an den nahenden Winter erinnerte. Sie hatte Howard gründlich gewaschen, seinen schmutzigen Bart gekämmt, ihm eine dicke Strickjacke und flauschige Socken übergezogen. Außerdem hatte sie eine Elektroheizung neben seinen Sessel gestellt und etwas Lavendelöl in einen Duftbrenner im Regal gegossen.

»Wie ich höre, macht Ihnen Ihr Bein Probleme«, sagte der Doktor und ging vor Howard auf die Knie.

Howard blickte über seinen Kopf hinweg zu Mary. »Mein Bein schmerzt«, sagte er.

»Das hat mir Ihre Frau schon gesagt. Können Sie mir zeigen, wo es wehtut?«

Howard richtete seine vor Panik weit aufgerissenen Augen weiter auf Mary. »Es schmerzt«, wiederholte er.

»Viel mehr werden Sie nicht aus ihm herausbekommen«, sagte Mary. »Manchmal bin ich mir nicht einmal sicher, ob diese Schmerzen echt sind.« Es war ein riskantes Spiel.

»Darf ich Ihr Bein berühren, Mr. Smithson?« Howard nickte, und der Doktor tastete die Knochen ab, drückte auf das Kniegelenk und beugte das Fußgelenk vor und zurück. Mary hätte am liebsten gelacht, weil der Anblick so ungeheuerlich war.

»Nun, das Bein scheint in Ordnung zu sein«, sagte der Arzt und erhob sich wieder. Er wandte sich an Mary. »Und wie wirken die Schmerztabletten?«

»Sie scheinen ihm zu helfen.« Sie blickte über seine Schulter zu Howard, als wäre sie um ihn besorgt. Menschen sind furchtbar dumm, das hatte Howard früher oft gesagt, unsere Gehirne lassen fast jede Beeinflussung zu. Sie wünschte sich, dass sie diese Lektion bereits früher beherzigt hätte.

»Es wäre gut, wenn Sie sich nicht zu viele Gedanken über den Ursprung dieser Schmerzen machen«, sagte der Doktor. »Wenn die Tabletten die Schmerzen reduzieren und ihn ruhiger machen, wird es ihm nicht schaden, sie weiterhin einzunehmen.«

»Aber er verlangt jeden Tag danach.« Mary ließ große Sorge in ihrer Stimme mitschwingen.

»Solange Sie die Dosis nicht überschreiten, geht das in Ordnung.« Er lächelte sie an, und sie wusste, dass er Mitleid mit ihr hatte.

Zusammen gingen sie zurück in die Eingangsdiele, und Mary zog die Wohnzimmertür hinter sich zu, sodass Howard sie nicht mehr sehen konnte.

»Wie kommen Sie zurecht?«, fragte der Doktor, als sie in der Diele standen.

»Ach, wissen Sie, es geht schon.«

»Sie müssen gut auf sich achten, Mrs. Smithson, das ist sehr wichtig. Ihr Leben hat sich im letzten Jahr grundlegend verändert, und Sie müssen nun eine Menge allein bewältigen.«

Mary konnte nicht verhindern, dass ihre Mundwinkel nach oben zuckten, denn der Arzt hatte keine Vorstellungen von den Veränderungen, mit denen sie umgehen musste. »Er tut mir einfach nur leid.«

»Ja, aber Sie dürfen nicht krank werden.«

»Ich habe daran gedacht, wieder halbtags zu arbeiten. Wir brauchen das Geld, und außerdem würde ich etwas aus dem Haus kommen.«

Er nickte zustimmend. »Das sollten Sie unbedingt tun. Es gibt eine Reihe von Organisationen, die Ihnen bei der Pflege helfen können. Zwar sind unsere Mittel begrenzt, und wir müssen uns zunehmend auf gemeinnützige Einrichtungen verlassen, aber Sie können Unterstützung bekommen. Ich kann Ihnen bei der Suche gern behilflich sein.«

»Vielen Dank.«

»Und auch wenn Sie sich jetzt noch nicht mit dem Gedanken auseinandersetzen mögen, aber wir müssen uns überlegen, wie wir die Situation langfristig lösen. Ihr Mann hat einen totalen Zusammenbruch erlitten. Diese Patienten genesen, werden allerdings nie wieder so wie früher. Manchmal nicht mal annähernd.«

Mary senkte rasch den Blick, denn der Gedanke, dass Howard wieder gesund werden könnte, versetzte ihr einen Schock. Doch der Doktor deutete ihre Reaktion falsch und legte ihr die Hand auf den Arm. »Es tut mir leid. Ich bin sicher, Sie wissen das alles längst. Wir werden es langsam angehen.«

Sie nickte, während sie die Tür öffnete. Draußen fiel ein ungewöhnlicher, monsunartiger Regen, und sie lächelte dem Hausarzt zu, als er ihr von dem kaputten Gartentor aus zuwinkte. Dann schloss sie die Haustür, lehnte sich mit dem Rücken dagegen und atmete tief durch. Es war schwer zu sagen, ob sie das Richtige tat. Manchmal vergaß sie sogar, wen sie eigentlich rächte. Kümmerte sie Nancys Schicksal nach der langen Zeit überhaupt noch? Sie blickte zu der geschlossenen Tür, hinter der sich Howard befand. In ihrem Inneren brodelten Hass und Zorn auf ihn und bestärkten sie in ihrem Entschluss.

Am nächsten Tag meldete sich eine Freundin vom University College London und berichtete von einem Job als Sekretärin, der gut zu Mary passen würde, denn die Chefin war Professorin für Klassische Philologie. Thea Brackenbury rief wenig später selbst an, und die beiden Frauen verabredeten, dass Mary am nächsten Tag zu ihr ins Büro kommen würde. Bis vor Kurzem wäre Mary von einer Frau mit einem derart klingenden Namen und dem idealen Posten, um die griechischen Götter zu studieren, eingeschüchtert gewesen, doch jetzt verschwendete sie keinen weiteren Gedanken daran. Sie schloss Howard im Wohnzimmer ein, damit er keinen Schaden anrichten konnte, obwohl er sich kaum noch bewegte. Dann fuhr sie mit der U-Bahn zur Warren Street und mischte sich in einen Strom Passanten, deren Leben alle sehr verschieden von ihrem waren.

Es fühlte sich ein bisschen so an, wie nach Hause zu kommen, als sie das Gebäude betrat, als ob jemand beruhigend die Hand über ihre ruhelosen Gedanken gelegt hätte. Sie stellte sich vor, wie sie ihre Tage wieder an diesem Ort verbringen würde, um Zwiesprache mit den Göttern zu halten, auf der Suche nach verborgenen Schätzen in den Worten anderer Menschen. Sie konnte kaum glauben, dass sie sich selbst so lange Zugang zu diesem Teil ihrer Persönlichkeit verweigert hatte. Doch als sie vor Theas Büro wartete, ging ihr durch den Kopf, dass es im Grunde Howards Entscheidung und nicht ihre eigene gewesen war.

»Im Ernst, Mary, wer soll dich anstellen?«, sagte er jedes Mal, wenn sie das Thema aufbrachte. »Du hattest nicht gerade eine glänzende Karriere, als du damals schwanger wurdest, und du hast kaum Erfahrung und Kompetenz. Ehrlich, du kannst nicht einmal das Haus in Ordnung halten, wie willst du da die Arbeit in einem Büro bewältigen?«

Während sie die besondere Atmosphäre der Universität einsog, fragte sie sich, aus welchem Grund Howard sie vom Arbeiten abgehalten hatte, denn das Geld hätten sie gut gebrauchen können. Sie nahm an, dass sie so verletzlicher und leichter zu kontrollieren gewesen war, und außerdem war es praktischer für Howard gewesen, wenn sie zu Hause blieb. Die akademische Welt war klein, und hätte sie auch dort gearbeitet, wären ihr zweifelsohne Gerüchte über ihn zu Ohren gekommen. Plötzlich fragte sie sich, ob das, was sie über ihn wusste, die weinenden jungen Frauen oder der Disziplinarausschuss, dem er sich vor einigen Jahren wegen seines aggressiven Verhaltens den Kollegen gegenüber hatte stellen müssen, nur die Spitze des Eisbergs war. Auf einmal kam sie sich wie ein Geist in ihrem eigenen Leben vor, als wäre es zu gefährlich, mit Leib und Seele daran teilzunehmen. Denn welche Ehefrau ließ es zu, dass junge Studentinnen heulend vor ihrer Tür standen, oder nahmen klaglos die Aggressionen ihres Ehemannes zu Hause und in der Arbeit hin? Es war grundlegend falsch von ihr gewesen, diese Dinge zu ignorieren und nichts dagegen zu unternehmen, dass sie ihren Alltag bestimmten. Sie setzte sich etwas aufrechter hin, als sie die Erkenntnis wie ein Blitz traf, dass Howard tiefe Verachtung für die Menschen hegte.

Ihre Denkweise änderte und richtete sich neu aus, und zum ersten Mal in all den Jahren sah sie Howard als den gestörten Part in ihrer Beziehung. Vielleicht war er nie dieser stolze Freiheitskämpfer gewesen, der gegen ein unfaires System aufbegehrte und seinen Verstand zum Wohle aller einsetzte. Vielleicht war er ein Mann, der so wütend auf die Welt war, dass er Menschen als Gegenstand betrachtete, die er nach Belieben biegen und beugen konnte, damit sie in sein Leben passten. Und sie hatte ihn gewähren lassen, anstatt ihre eigenen Regeln aufzustellen. Vielleicht hätte auch sie wütend werden sollen. Bei der Vorstellung spürte sie ein Prickeln auf der Haut.

Thea war charmant und freundlich, mit ausdrucksstarken, warmen Augen. Sie hatte Bedenken, dass der Job nicht Marys Fähigkeiten entspräche, fügte aber auch hinzu, dass ihre wissenschaftliche Assistentin sich bereits nach einer neuen Stelle umsah und Mary diese Arbeit in naher Zukunft übernehmen könnte. Zusammen lachten sie über einige Aspekte eines Artikels, mit dem sich Thea gerade abmühte, und unterhielten sich über ihre Veröffentlichungen. Mary wusste, dass sie den Job bekommen würde, bevor Thea ihn ihr anbot. Sie würde bald einen Monat lang auf einer Vortragsreise in Amerika sein, erzählte sie und schlug Mary vor, die Stelle im neuen Jahr anzutreten.

Dann wäre es ein Jahr her, dass Nancy gestorben war, und ein halbes, dass Mary über Howard und sie Bescheid wusste. Den Ereignissen lag eine Symmetrie zugrunde, dachte sie, als sie das Jobangebot annahm – es war der richtige Zeitpunkt für Howards Tod und für eine neue Freiheit in ihrem Leben. Sie erkannte den verlockenden Schimmer einer Freiheit, die ihr stets entgangen war. Der Gedanke daran war ebenso atemberaubend wie irreal, dass sie das Gefühl hatte, niemals dort anzukommen.

Als sie auf dem Rückweg nach Hause in der U-Bahn saß, empfand Mary heftige Wut auf sich selbst und auf Howard. Sicherlich waren ihr die Kinder immer das Wichtigste im Leben gewesen, aber das bedeutete nicht, dass sie sich selbst hätte vollkommen aufgeben müssen. Diese beiden Daseinsformen waren nicht unvereinbar gewesen, wie

Howard sie all die Jahre glauben gemacht hatte. Sie blickte in die erschöpften Gesichter der Fahrgäste im Waggon und dachte, andere Menschen würden ihr Leben so einrichten, dass keiner vergessen wurde. Denn Howard hatte vergessen, dass sie ein Mensch mit eigenen Bedürfnissen und Wünschen war. Sie hatte sich einem Schicksal überlassen, das Frauen dazu gebracht hatte, sich an Geländer zu ketten, um ihm zu entkommen, ein Schicksal, das es nicht mehr geben dürfte, das erschreckenderweise aber immer noch unzählige Frauen in ihren Familien durchmachten. Sie alle dachten, die Gesellschaft heutzutage sei gerecht und liberal, doch niemand sprach darüber, dass Frauen selbst heutzutage auf dieselbe Weise wie früher unterdrückt wurden. Howard, erkannte sie, als die U-Bahn knirschend in einem dunklen Tunnel hielt, hatte sie – emotional und finanziell – vollkommen von sich abhängig gemacht.

Die neu gewonnene Wut rauschte in ihren Adern, und auf einmal waren ihre Gedanken so klar wie schon seit Jahren nicht mehr. Seit mehr als einem Jahrzehnt benutzte Howard Geld als eine Waffe. Jedes Mal, wenn sie davon gesprochen hatte, wieder zu arbeiten, hatte er über die Kosten der Kinderbetreuung gewettert, und als die Kinder zur Schule gingen, behauptete er, dass niemand sie einstellen würde. Sie hatten nie ein gemeinsames Bankkonto gehabt, er hatte ihr immer Bargeld gegeben, das nie ausreichte, und er hatte sie stets für ihre Unfähigkeit, gut zu haushalten, getadelt. Das Haus verfiel zunehmend, sie fuhren nie in den Urlaub, und die Kinder hatten ausschließlich gebrauchte Sachen. In den vergangenen Jahren, vor Beginn seiner Krankheit, hatte er ihr öfter zu verstehen gegeben, dass sie an allem schuld war, da es ihr Wunsch gewesen war, drei Kinder zu bekommen und nicht wieder zu arbeiten – als würde sie den ganzen Tag auf dem Sofa liegen und Weintrauben naschen.

In einem anderen Leben hätte sie Thea sein können, dachte sie, mit freundlichen Augen und einer Vortragsreise durch Amerika. Doch ihr war auch bewusst, dass sie ihre Kinder niemals gegen eine akademische Laufbahn eingetauscht hätte. Sie hatte Thea nicht danach gefragt, aber bei dem Gespräch hatte sie nicht den Eindruck gewonnen, dass es jemanden in ihrem Leben gab. Frauen, erkannte Mary, mussten eine Wahl treffen, Männer hingegen nicht.

Sie bekam Kopfschmerzen, als die U-Bahn ruckte und die Luft stickig wurde, weil alle Passagiere einmütig seufzten. Ihr Verstand war verwirrt, was eine flatternde Panik mit sich brachte und ihr Herz wild in ihrer Brust klopfen ließ. Sie hatte keine andere Wahl, als den Vater ihrer Kinder zu töten; sie würde dafür sorgen, dass er nicht länger Teil ihres Lebens war, und das würde ihrer aller Zukunft grundlegend verändern. Sie würde Marcus, Mimi und Maisie niemals verraten können, was sie getan hatte, noch, warum es die richtige Entscheidung war. Die Kinder würden um ihren Vater trauern, und sie würde sie trösten, wo sie doch der Grund für ihren Kummer war.

Mary glaubte nicht, dass die Kinder Howard liebten, nicht so ehrlich und innig, wie sie und die drei sich liebten. Marcus empfand keine Liebe für seinen Vater, das hatte er ihr früher oft gesagt, allerdings nicht mehr, seit Howard krank geworden war. Die Mädchen waren ambivalent. Sie hatten ihren Vater auf eine abstrakte Weise gern, so wie man ein Haustier gernhatte. Seine Krankheit hatte sie nicht niedergedrückt, wenn sie hilflos im Sessel sitzen würde, wären sie davon viel stärker in Mitleidenschaft gezogen worden. Sie machten ihm Tee und setzten sich hin und wieder zu ihm, erzählten ihm von ihren Erlebnissen, aber seine Krankheit hinterließ keine Anzeichen von Kummer bei ihnen.

Für ihre Kinder würde sich nichts ändern, wenn sie Howard weiterleben ließ. Sie würden in die Welt hinausgehen und ihr Leben leben, und nichts davon würde durch ihren Vater besser oder schöner werden. Vielleicht würde sein Tod sie sogar auf gewisse Weise befreien, besonders Marcus. Am Vorabend hatte sie ihn überrascht, als er im Türrahmen zum Wohnzimmer gelehnt hatte. Sie legte ihm die Hand auf den Rücken, und als er sich umdrehte, sah sie Tränen in seinen Augen.

»Geht es dir gut?«, fragte sie.

»Ja.«

»Es ist in Ordnung, traurig zu sein.«

Er schüttelte den Kopf. »Es ist nicht sein jetziger Zustand, der mich traurig macht, sondern die Tatsache, dass ich nie den Menschen kennenlernen konnte, der er früher war.«

Sie wunderte sich über seine Bemerkung. »Du weißt doch, wie er früher war.« Beide ließen sie die Worte so stehen, denn beide dachten an die vielen lautstarken Streitereien, an zuschlagende Türen und ängstliches Schleichen im Flur, um Howard in seinem Arbeitszimmer nicht zu stören.

»Ich bin nicht sicher«, sagte Marcus und kratzte sich

geistesabwesend über die Wange. »Langsam frage ich mich, ob irgendjemand eine feste Einheit ist. Glaubst du, dass man einen anderen Menschen wirklich kennen kann, Mum?«

Natürlich kam ihr sofort Nancy in den Sinn. »Nein, vermutlich nicht.« Doch dann dachte sie an Eleanor. »Obwohl wir die meisten Menschen wohl richtig einschätzen.«

»Das hoffe ich. Es ist ein beängstigender Gedanke, dass wir allein in unserem Kopf sind und niemand je zu uns hereinkommen wird.«

Sie streckte die Hand aus und fuhr ihm durch die Haare, eine Geste, die den Anflug von Angst in ihrem Inneren verbergen sollte. »Mach dir keine Sorgen, es wird jemanden geben, der zu dir hereinkommt.« Auf dem Weg in die Küche hatte sie ein stummes Gebet an Venus gerichtet, denn mehr als alles andere wünschte sie sich für ihre Kinder, dass sie im Leben gütige, großzügige Liebe fänden.

Sie stand schwankend in der U-Bahn, als die den letzten Anstieg zu ihrer Station nahm. In Wahrheit hatte Marcus vollkommen recht. Sie würde seinen Vater töten, und er würde das nie auch nur für den Bruchteil einer Sekunde für möglich halten. Denn noch beängstigender als die Tatsache, dass wir andere Menschen niemals wirklich kannten, war die Tatsache, dass wir uns selbst nicht kannten.

Mary ging zu Fuß von der U-Bahn-Station nach Hause, die Straßen hier waren sehr viel ruhiger als in der Gegend, aus der sie gerade kam. Sie fragte sich, ob sie ihren Vorsatz gefasst hatte, weil sie Nancy niemals wirklich gekannt hatte – oder sich selbst nicht. Allmählich gelang es ihr zu akzeptieren, dass Howard sie aufs Schändlichste hintergangen hatte, aber Nancy nicht. Der Gedanke, diese Freundschaft würde auf Täuschung beruhen, war ihr unerträglich.

Während sie auf schmutzigen Bürgersteigen an den endlosen Wohnanlagen vorbeilief, die ihre Gegend gentrifizierten, suchte sie in ihrem Gedächtnis nach einem Beweis für Nancys Zuneigung. Und weil sie davor über ihren Sohn nachgedacht hatte, kam ihr jetzt der große Blumenstrauß in Erinnerung, den Nancy ihr zu Marcus' Geburt geschickt hatte. Die Blumen waren ihr einen Tag nachdem sie das Krankenhaus verlassen hatte, nach Hause gebracht worden. Howard war in ihr Zimmer gekommen, und ihr Herz hatte vor Freude gehüpft, denn das war ein mit Sorgfalt und Bedacht zusammengestellter Strauß von hell leuchtender Intensität und einem berauschenden Duft – beides liebte sie noch wie ein Überbleibsel aus ihrer Kindheit. Sie blickte zu ihrem Ehemann mit den Blumen in der Hand, während ihr Sohn an ihrer Brust trank, und dachte, dass sie noch nie im Leben glücklicher gewesen war, dass sie drei nun eine Einheit bildeten, unzerstörbar und vollkommen.

Aber zu ihrer Überraschung hatte Howard die Blumen aufs Bett geworfen, und dabei war mindestens ein Stiel zerbrochen.

»Von deiner Kapitalistenfreundin«, höhnte er. Seit Marcus' Geburt bemerkte sie an ihm eine Verwirrung, die sie auf ihr eigenes Empfinden, eine Mischung aus Übermüdung und Aufregung, zurückführte. Alles kam ihr beinahe irreal vor. Aber seine Augen waren glasig, und er hatte einen harten Zug um den Mund.

»Wovon redest du, Howard?«

»Sieh dir die Blumen doch bloß an«, sagte er. »Sie müssen ein Vermögen gekostet haben.«

»Hat Nancy sie geschickt?«

Er schnaubte empört. »Wer sonst.«

»Könntest du sie bitte in eine Vase stellen?« Sie unterdrückte die Tränen, aber seine Reaktion passte überhaupt nicht zu ihm. »Ich nehme an, sie wollte mir nur eine Freude machen.«

Das leichte Stocken in ihrer Stimme hatte ihn zur Besinnung gebracht, denn er holte eine Vase und stellte die Blumen auf die Kommode neben dem Fenster, wo Mary ihnen in den nächsten Tagen beim Verwelken zusah. Howard hatte schon immer in Nancys Bann gestanden, dachte sie jetzt. Wenn sie aufmerksamer gewesen wäre, hätte sie die Faszination erkannt, die sich unter seiner Verärgerung verbarg, doch sie war so naiv gewesen, sein Verhalten für bare Münze zu nehmen und seinen kritischen Bemerkungen obendrein zuzustimmen.

Howard, dachte sie, als sie die Haustür aufschloss. Howard, der Mörder meiner Träume, das Gegenteil von Liebe, der Dolch in meinem Herzen, der Dorn in meiner Seite, der Fallensteller, der König des Egoismus, der unaufhörliche Kämpfer, der Mann, der nun sterben musste.

Im Gegensatz zu den meisten anderen Menschen hatte Eleanor nicht gelogen und kehrte nach vier Wochen aus dem Jemen zurück. Beim Anblick ihrer Freundin durchströmte Mary tiefe Erleichterung, als sie im grauen Oktober die Haustür öffnete. Es war so warm, dass sie beim Aufwachen glaubte, es wäre Frühlingsbeginn, was ihr grundlegendes Gefühl der Irrealität noch verstärkte.

Sie gingen in die Küche, und Mary musste immerzu Eleanors gedrungene Gestalt, ihren strengen Haarschnitt und ihre Knopfaugen ansehen. Das Reisen veränderte Ellie nicht, dachte Mary. Die meisten Menschen wurden größer, dünner, gebräunt, aber Ellie nicht, sie blieb immer gleich, egal, wo sie war.

Sie setzten sich an den Holztisch und aßen dampfendes Curry. Maisie und Mimi kamen herein, stellten Fragen, schauten sich die Fotos auf Eleanors Smartphone an und gingen wieder hinaus. Zum ersten Mal seit langer Zeit hatte Mary das Gefühl, dass ihre Schultern sich entspannten und ihre Augen so schwer wurden, dass sie meinte gleich einzuschlafen, dennoch wollte sie keinen Moment mit Eleanor verpassen.

»Ich habe Howard noch gar nicht begrüßt«, sagte Eleanor, als sie beide allein waren.

»Das ist zwecklos.«

»Wirklich? Ich würde ihn gern sehen.«

»Du hast ihn doch nie gemocht.« Mary konnte den Gedanken nicht ertragen, dass Ellie Mitleid mit ihm hatte, dann sah sie allerdings, dass ihr der Schock ins Gesicht geschrieben stand.

»Ja, aber das heißt nicht, dass ich ihm etwas Schlechtes wünsche.« Mary kam die Bemerkung unfreiwillig ironisch vor, denn Ellie würde Howard alles erdenklich Schlechte wünschen, wenn sie wüsste, was er Nancy angetan hatte.

Mary stand auf. »Dann komm mit.«

Zusammen gingen sie ins Wohnzimmer, doch Howard schlief, den Kopf auf die Brust gesenkt, die Wirbelsäule zeichnete sich deutlich ab. Mary spürte, wie Eleanor zusammenfuhr, und erkannte das Entsetzen in ihren Augen. Sie legte einen Finger auf die Lippen, und sie schlichen leise aus dem Zimmer und schlossen behutsam die Tür.

»O Gott«, sagte Eleanor, als sie sich wieder an den Küchentisch setzten. »So ein Mist, Mary.«

»Ich weiß.«

»Mir war nicht klar, dass sich sein Zustand so sehr verschlimmert hat. Es geht ihm viel schlechter als vor meiner Abreise. Wissen die Ärzte inzwischen, woran genau er leidet?«

»An einer seltenen bipolaren Störung. Aber in Wirklichkeit ist es ein schwerer, katastrophaler Zusammenbruch.«

»Aber warum? Ich weiß natürlich, dass die Frage dumm ist, aber...«

»Das lässt sich nicht sagen.« Mary sehnte sich danach, den braunen Briefumschlag zu holen und Ellie den Inhalt zu zeigen, sie sehnte sich so heftig nach dem Miteinander ihrer Freundschaft, dass sie fürchtete, sich nicht zurückhalten zu können. In letzter Zeit allerdings hatte sie sich häufiger gefragt, ob Howard nicht schon immer auf diese persönliche Katastrophe zugesteuert hatte, ob Nancy nicht nur der letzte Riss gewesen war, der sein Inneres hatte zerbrechen lassen. Ihr war aufgefallen, dass viele seiner Kollegen wenig überrascht von seinem Zusammenbruch gewesen waren und versteckte Andeutungen auf seine Launen und seine Gereiztheit gemacht hatten. Für Mary hatte das etwas Tröstendes, denn sie hatte immer geglaubt, dass bloß sie allein unter Howards Stimmungsschwankungen gelitten hatte.

»Kann er noch sprechen? Ich meine, erkennt er dich?«, fragte Eleanor.

»Er kann sprechen, aber das tut er nur selten, und was er sagt, ergibt wenig Sinn. Er erkennt mich, das schon, doch ich bin mir, ehrlich gesagt, nicht sicher, ob das ein gutes Zeichen ist.«

Eleanor langte über den Tisch und nahm Marys Hand in ihre eigene. »Machst du das alles ganz allein?«

»Nun, die Kinder sind auch da.«

»Nein, du weißt schon, was ich meine.«

Mary hatte angefangen zu weinen, ohne es bemerkt zu haben. Dicke Tränen kullerten ihr über die Wangen und fielen auf den Küchentisch. Sie verstopften ihre Kehle, stauten sich in ihrem Mund und nahmen ihr die Sicht. Sie merkte, wie Eleanor ihren Stuhl zu ihr heranzog und ihren Arm um sie legte. Es war sehr lange her, seit ein anderer Mensch sie fest an sich gedrückt hatte. Vielleicht zuletzt nach Nancys Tod.

»Du brauchst Hilfe. Es muss eine Unterstützung für dich geben«, sagte Eleanor.

Mary löste sich aus der Umarmung und trocknete sich die Tränen. »Unser Hausarzt kümmert sich darum. Aber es gibt nicht viele Möglichkeiten, sämtliche Budgets sind ausgeschöpft.«

»Aber irgendeine Hilfe muss doch möglich sein.«

»Komm schon, Els, du weißt schließlich am besten, dass mehr Hilfe vonnöten ist, als es Geld gibt.«

»Herrgott noch mal.« Eleanor strich sich die Haare hinter die Ohren. »Was für ein beschissenes Jahr.«

»Zumindest kann es nur besser werden.« Mary dachte an die silberne Schachtel mit den roten Tabletten in ihrer Nachttischschublade. Wieder fühlte sie den Drang in sich, Eleanor alles zu erzählen, so stark, dass sie sich die Hand vor den Mund legen musste, sonst wären ihr die Worte herausgerutscht.

»Oft wird alles schlimmer im Leben, bevor es endlich besser wird«, sagte Eleanor, und Mary bekam ein schlechtes Gewissen, weil sie die ganze Zeit nur von ihren Problemen redete.

»Und was ist mit Robert? Was denkst du jetzt über ihn?«

»Wahrscheinlich sollte ich ihn anrufen, aber ich kann mich nicht dazu aufraffen.« Sie seufzte. »Das ganze letzte Jahr hat sich total merkwürdig angefühlt, als ob Nancy uns alle mit einem Zauber belegt hätte.«

Mary schnaubte empört und spürte, wie Eleanor misstrauisch zu ihr herüberschielte. Sie hatte vergessen, dass sie Nancy für den Rest ihres Lebens vergöttern musste, wenn sie niemandem die Wahrheit anvertraute. »Entschuldige, ich weiß, dass dir Robert etwas bedeutet hat.«

»Ich denke, ich habe ihn wirklich geliebt.«

»Ach, Els, aber das wäre nie gut gegangen, oder?« Mary blickte in das liebe Gesicht ihrer Freundin und sah, wie ihre Worte Eleanor zusammenzucken ließen. »Nicht, weil er nichts für dich empfunden hat, doch es war noch zu früh, und als ihre Freundin warst du Nancy sehr nahe.«

»Ich weiß, ich weiß, aber ...«

»Du hast ihn trotzdem geliebt.«

Eleanor nickte und biss sich auf die Unterlippe.

»Liebe ist beschissen«, sagte Mary.

»Liebst du Howard noch?«

»Nein.« Eine Weile saßen sie schweigend da, dann ergriff Mary erneut das Wort. »Es liegt nicht nur an seiner Krankheit. Ich hatte Zeit, ihn als Außenstehende zu betrachten, wenn man das so sagen kann. In den vergangenen Monaten habe ich viel über unsere Ehe nachgedacht, und es gibt nicht viele schöne Erinnerungen.«

»Ich bin froh, dass du ihn nicht mehr liebst. Er hatte deine Liebe nie verdient.«

Mary lächelte über die Heftigkeit, mit der ihre Freundin sie verteidigte. »Ich hätte bereits vor Jahren auf dich hören und ihn verlassen sollen.«

»Und ich hätte mir zu Herzen nehmen sollen, was du über Robert gesagt hast. Aber wir hören nie auf unsere Freunde, oder? Die Liebe sticht alles andere aus, nicht wahr? Sie macht einen wahnsinnig.«

»Nun ja, abgesehen vom Tod. Den kann die Liebe nicht übertrumpfen.«

»Aber der Tod macht einen genauso wahnsinnig.«

Mary lachte, und zum ersten Mal seit langer Zeit verspürte sie einen Funken Glück, denn natürlich hatte Eleanor recht, und auf gewisse Weise sprach sie Nancy dadurch los. Und auch wenn ihre Worte Nancy nicht von ihrer Schuld befreiten, so erklärten sie dennoch ihr Verhalten, und ihr Betrug erschien weniger verletzend.

»Immerhin können wir uns lieben, ohne den Verstand zu verlieren«, sagte Eleanor.

In der Haustür wurde ein Schlüssel herumgedreht, und

als sie sich beide umdrehten, kam Marcus direkt zu ihnen in die Küche.

»Lucy und Tom sprechen in den höchsten Tönen von dir«, sagte Eleanor an ihn gewandt.

»Die Arbeit macht richtig Spaß«, sagte Marcus. »Vielen Dank, dass du ...«

»Nein, nein, lass das, ich sollte dir danken. Jetzt ist nicht der richtige Zeitpunkt, um darüber zu sprechen, aber wir haben daran gedacht, dich offiziell anzustellen und dir etwas zu bezahlen.«

»Wirklich?«

Marys Herz zog sich zusammen, als sie den Tonfall ihres Sohns hörte. In seiner Stimme lag eine Aufregung, die sie seit seiner Kindheit nicht mehr gehört hatte.

»Morgen bin ich im Büro, dann können wir alles in Ruhe besprechen.«

»Danke«, sagte Mary, als Marcus die Treppe hinaufging.

»Bitte, du musst dich nicht bei mir bedanken. Er macht das toll.«

»Ja, aber ...« Es waren immer die kleinen Dinge, die Außenstehenden gar nicht auffielen, dachte Mary, von denen nur Menschen, die einen liebten, wussten, dass sie den großen Unterschied machten.

»Was denkst du inzwischen über Robert, wie soll ich sagen, welche Rolle er bezüglich Nancys Tod gespielt hat?« Mary bemühte sich, ihrer Stimme einen beiläufigen Klang zu geben, denn sie fürchtete, dass Eleanor das Thema nicht mehr loslassen würde.

»Ich weiß es wirklich nicht«, sagte Eleanor. »Also, ich bin nicht sicher, ob er Nancy etwas angetan haben könnte.

Wahrscheinlich hast du recht, und er hat diesen Brief zurückgehalten, um Zara zu beschützen, im Moment ist das vermutlich das Wichtigste. Doch ich bin überzeugt, dass Davide Boyette nicht der Täter ist. Obwohl es natürlich trotzdem sein könnte, dass sie von ihrem Liebhaber umgebracht wurde, auch wenn es nicht Boyette war. Aber diese Geschichte hat sein Leben versaut. Und nicht nur seins, sondern das von vielen Menschen. Es ist alles ein schreckliches Chaos.«

»Die gute alte Nancy«, rutschte es Mary heraus.

»Was meinst du?«

Mary stellte fest, dass sie das Wort »nichts« nicht über die Lippen brachte. »Keine Ahnung, bloß dass sie sehr egoistisch gehandelt hat, wenn man es recht bedenkt, findest du nicht?«

Ein Ausdruck des Einverständnisses huschte über Eleanors Gesicht, aber sie fing sich sofort wieder. »Ich denke, es war typisch Nancy.«

»Ja, das ist es in etwa, was ich meine. Wir haben immer nach ihrer Pfeife getanzt, nicht wahr?«

»Das weiß ich nicht...«

»Ich meine, sie hat dir von der Affäre erzählt, und mir nicht. Und offenkundig hat sie Robert die ganze Zeit über angelogen.« Mary spürte, wie ihr Hitze ins Gesicht stieg.

Eleanor blickte sie mit einer tiefen Falte zwischen den Augenbrauen an. »Ich glaube, Nancy gehörte zu den Menschen, die tun, was ihnen beliebt. Weißt du, was ich meine?«

»Ja, aber ich finde das höchst irritierend. Ehrlich, Ellie, wie oft bist du kompromisslos du selbst?« Eleanor lächelte,

Mary fuhr fort. »Ich bin das wohl nie, aber Nancy glaubte, dass sie das Recht hatte, alles zu sein, was sie sich wünschte – immer, zum Teufel mit dem Rest von uns.«

»Interessanterweise hat Davide fast das Gleiche gesagt. Natürlich kannte er Nancy kaum, aber er sagte, dass wir dazu neigen, Menschen wie ihr besonders viel Aufmerksamkeit zu schenken. Er hat gesagt, dass wir dem Leben und Sterben einiger weniger Menschen zu viel Bedeutung beimessen, wo wir doch eigentlich alle gleich wichtig nehmen sollten.«

Mary fühlte, wie sie am ganzen Körper eine Gänsehaut bekam. »Ich denke, da ist viel Wahres dran.«

»Du hast viel mitgemacht im letzten Jahr.« Eleanor errötete leicht. »Ich meine, manche Leute würden sagen, dass es dich härter getroffen hat als Nancy, aber das ist nicht der Kern der Sache, oder?«

Mary schüttelte den Kopf. Plötzlich erfasste sie Angst, sie könnte die Wahrheit so laut in die Welt hinausschreien, dass jeder sie hören würde.

Nachdem Eleanor nach Hause gefahren war, ging Mary ins Wohnzimmer, um nach Howard zu sehen. Sie war überrascht, dass er wach war, aber nicht nach ihr gerufen hatte. Sie schaltete die Wandleuchten ein, an diesem Abend wollte sie Howard das grelle Deckenlicht ersparen, das sie inzwischen wie bei einem Verhör einsetzte, nur ohne die Fragen. Ihre Hand berührte ihr silbergerahmtes Hochzeitsfoto, als sie es aus dem Lichtkegel der Lampe nahm. Das Foto in der Hand, blickte sie auf ihre beiden Gesichter. Howards Lächeln war schmallippig und gezwungen unter seinem Bart, und ihr Gesicht war so rund in der Schwangerschaft geworden – die nur zweiundsiebzig Stunden nach dem Klicken des Auslösers enden sollte –, dass ihre Wangen glänzten und ihre Züge kaum noch zu erkennen waren.

Niemand sollte in diesem Zustand heiraten, dachte sie, als sie über ihren großen Bauch unter dem Stoff staunte – denn was sie trug, konnte man kaum ein Kleid nennen. Sie erinnerte sich noch, wie ihre Schuhe an dem Tag gedrückt hatten, ihr Bauch hatte gespannt, ihr Rücken geschmerzt, und der Schweiß hatte ihr auf der Stirn gestanden.

Sie konnte sich kaum noch entsinnen, warum sie auf einer Heirat bestanden hatte. Sicherlich war es ihren Eltern lieber gewesen, dass sie keine alleinerziehende Mutter war, aber sie hätten sich auch nicht sehr daran gestoßen. Damals hatten sie sich schon daran gewöhnt, dass sie anders war, daran, dass sie unaufhörlich las, an die griechischen Götter, ihr Studium in Oxford, ihr Leben in London. Sie waren stolz auf sie und ihre exzentrische Art, wie sie es nannten, und über das Baby hätte sich niemand mehr gewundert. Nein, sie kannte die Antwort: Sie hatte Howard an sich binden und ihren Anspruch auf ihn kenntlich machen wollen.

Mit dem Foto in der Hand ging sie zu Howard und setzte sich neben seinen Sessel auf einen Hocker, den sie dort hingestellt hatte, um es beim Füttern bequemer zu haben. »Erinnerst du dich?« Sie hatte keine Reaktion erwartet, aber er hob langsam die Hand und fuhr über die Glasscheibe – über ihrer beider Gesichter. »Wolltest du mich überhaupt heiraten? Oder wärst du lieber bei Penny geblieben?«

Seine Stirn legte sich in Falten; vielleicht erinnerte er sich nicht einmal mehr, wer Penny war. Für einen kurzen Moment stellte Mary sich Howards erste Frau vor, wie sie sich auf einer Jacht rekelte und sie beide auslachte.

»Warum hast du Nancy getötet, Howard?« Sie konnte selbst hören, wie wütend sie klang.

»Nancy ist tot«, sagte er, und dann fing er an zu weinen. Er ließ den Bilderrahmen auf den Boden fallen, aber er zerbrach nicht. Mary hob das Bild auf, und nachdem sie sich hingesetzt hatte, legte sie es sich mit der Vorderseite nach unten auf den Schoß.

»Sie ist tot, weil du sie umgebracht hast.«

Howard machte ein seltsames Geräusch, fast wie eine Totenklage. Rotz tropfte aus seiner Nase, den er mit dem Pulloverärmel abwischte.

»Hast du sie geliebt?« Mary spürte ihr Herz heftig in der Brust schlagen.

»Ja.« Er blickte ihr direkt in die Augen.

»Sie hat dich nicht geliebt. Das hätte sie mir nicht angetan. Ich war ihr wichtiger.« Sie wusste, dass es erbärmlich war, dieses Schachern um eine Verstorbene, dennoch schien es ihr wichtig.

Mary sah Howard an und dachte, dass er ein verurteilter Mann war. Sie fragte sich, ob der Brief in dem braunen Umschlag Nancy verurteilt oder ob er ihr etwas mehr Zeit eingebracht hatte. Soweit es sie betraf, hatte der Mann mit dem Hund damals in Birmingham genau den richtigen Moment für seinen Spaziergang gewählt, und später war Pennys Mutter in einem Augenblick die Treppe hinuntergestürzt, der die Zeugung von Marcus möglich machte.

Manchmal waren Leben und Tod nichts anderes als ein Zufall im Timing. Doch manchmal erforderten sie Planung, man musste Gott spielen, oder nichts würde sich je ändern.

Howard legte sich die Hände vors Gesicht, und seine Schultern begannen zu beben. Mary dachte an die roten Tabletten, und das besänftigte ihren Drang, in die Küche zu gehen und das schärfste Messer zu holen, das sie besaßen. Sie hatte an alles gedacht. Mitten in der Nacht würde sie zu ihm gehen, ihn aufwecken und ihm die Pillen gegen die Schmerzen im Bein verabreichen, so wie jede Nacht in den vergangenen Wochen, dabei hatte er nie auch nur einmal nach ihr gerufen. Dieses Mal würde sie allerdings nicht aufhören. Sie war sich sicher, dass er die Tabletten hinunterschlucken würde, aber dennoch ungewiss, ob er ihr Tun durchschauen würde. Am nächsten Morgen würde sie vorgeben, die Packung aus Versehen neben seinem Bett liegen gelassen zu haben, woraufhin er eine Überdosis genommen hatte.

Sie wusste bloß noch nicht, wann das stattfinden würde. Oft war sie morgens beim Aufwachen davon überzeugt, dass dies der richtige Tag sei, doch im Laufe der Stunden schwand ihre Entschlossenheit, die Entscheidung, jemanden vorsätzlich ums Leben zu bringen, lastete schwer auf ihr, auch wenn dieser Mensch ihr praktisch ihr Leben genommen hatte. Die Götter, das wusste Mary, würden über einen rückgratlosen Menschen wie sie lachen.

Einige Tage später erhielt Mary eine Nachricht von Robert, in der er sie zu der jährlichen Bonfire-Night-Party einlud, die Nancy und er stets ausgerichtet hatten. Ihr Haus stand in einem Halbkreis ähnlich prunkvoller Villen, die von einem wunderschönen Gemeinschaftsgarten umgeben waren. Die Anwohner veranstalteten gemeinsam eine Bonfire-Night-Party, zu der auch Außenstehende gebeten wurden wie Leibeigene in ein Schloss. Mary und Ellie waren jedes Jahr Nancys Gäste gewesen.

»Kannst du glauben, was er da schreibt? Dass es eine gute Gelegenheit sei, die Geister der Vergangenheit zu vertreiben?« Eleanor sprach stotternd, als Mary sie anrief, um zu fragen, ob Robert auch sie angeschrieben hatte. »Ich meine, es ist noch nicht mal ein Jahr her.«

Mary jedoch gefiel der Gedanke an das Fest. »Nun, irgendwann muss er weitermachen. Ich denke, es ist ein gutes Zeichen.«

»Und dann schickt er mir diese Gruppeneinladung?«

»Ich finde das versöhnlich. Er hätte keine von uns beiden einladen müssen. Und du hast klargestellt, dass du keine Beziehung mit ihm willst.«

»Ich weiß. Aber ...«

»Wie dem auch sei. Ich gehe hin.« Mary wusste bereits, dass sie es sehr genießen würde, in Nancys Haus zu stehen, ohne Howard, und Robert dabei zuzusehen, wie er seine Geister vertrieb. Vielleicht würde dieser Abend sogar den flammenden Zorn eindämmen, der jetzt immerfort in ihrem Inneren loderte. »Bitte komm mit.«

Eleanor seufzte. »Ja, natürlich.«

An dem Abend der Party erklärte Marcus sich bereit, bei Howard zu bleiben, also fütterte sie ihn früh am Abend, legte ihn ins Bett und drehte das Radio auf.

»Ich gehe zu einer Party in Nancys Haus«, sagte sie und richtete sich auf, nachdem sie die Laken in den Bettseiten festgesteckt hatte.

Seine Augen huschten zu ihr. »Nancy?«

»Ja, du erinnerst dich sicher. Nancy, meine beste Freundin, mit der du das ganze letzte Jahr lang geschlafen und die du dann getötet hast, weil sie dich überhatte.«

Sein Gesicht verzog sich auf seltsame Weise, beinahe als ob es in sich zusammenfallen würde, so wie sie sich den Anblick eines Hauses vorstellte, das von einem Erdloch verschlungen wurde. Sie wandte Howard den Rücken zu und ging aus dem Zimmer, denn sie konnte den Anblick der Zerstörung, die Nancy in ihm ausgelöst hatte, nicht ertragen.

Eleanor wartete vor dem Eingang zur U-Bahn-Station Notting Hill auf sie, und zusammen liefen sie den Hügel hinunter, durch Straßen, die eine Parodie ihrer selbst geworden waren, vorbei an Geschäften, in denen einzelne Waren mehr kosteten als die gesamte Einrichtung ihres Hauses. Mary fuhr durch den Kopf, dass Nancy diese Vulgarität geliebt hatte und dass auch Howard, der Sozialist, sich gern damit umgeben hatte. Vor wenigen Tagen war sie abends noch einmal alle Erinnerungsstücke in dem braunen Umschlag durchgegangen, um den Mut zu sammeln, der ihren Zorn in mörderische Rage wandeln würde. Dabei hatte sie eine Restaurantrechnung mit einem astronomisch hohen Betrag gefunden, für den sie ihre Familie eine ganze Woche hätte ernähren können. Tatsächlich war es mehr Geld, als Howard ihr jede Woche für den Haushalt gab.

Nancys Haus war hell erleuchtet, und in den Fenstern

sahen sie die Gäste, die mit Drinks in der Hand zusammenstanden und sich unterhielten.

»Verdammt«, sagte Eleanor. »Es ist eine richtige Party.«

Die Haustür stand offen, und sie gingen nach unten in die große Wohnküche, aus der der Lärm drang. Ungefähr zwanzig Leute waren dort, einige Freunde und Arbeitskollegen von Robert, die sie schon bei früheren Gelegenheiten kennengelernt hatten, und Zara, die am Herd stand und Chili con Carne austeilte. Sobald Robert sie beide entdeckt hatte, schoss ihm Röte in die Wangen, und er kam zu ihnen herüber.

Er küsste sie auf die Wangen, und Mary spürte, wie Eleanor neben ihr sich versteifte. »Ich bin froh, dass ihr beide gekommen seid«, sagte er stotternd. »Ohne euch wäre es heute Abend nicht dasselbe.«

»Ich hätte es nicht verpassen wollen«, erwiderte Mary vollkommen ehrlich.

»Es mag seltsam erscheinen«, sagte er, und obwohl er sie ansah, wusste Mary, dass er zu Eleanor sprach. »Aber Zara und ich haben darüber gesprochen, und wir denken, dass Nancy einverstanden wäre. Sie liebte die Bonfire-Night-Party. Und der Gedanke, dass wir beide allein hier sitzen und Trübsal blasen, war schrecklich.«

»Nein, die Party ist die richtige Entscheidung«, sagte Eleanor. Daraufhin traute sich Robert, sie anzusehen, und Mary dachte, dass die Spannung zwischen den beiden einem Teich glich, auf dem sich gerade eine Eisfläche bildete.

»Na ja«, sagte Robert, »ich denke, die meisten Leute kennt ihr schon.«

»Ich sehe Dido«, sagte Mary und winkte der schlanken Frau zu, mit der Robert seit einer halben Ewigkeit zusammenarbeitete und die sie bereits auf vielen Partys getroffen hatten.

»Holt euch etwas zu essen, dann stelle ich euch allen vor«, sagte er und wurde nun bis in die Haarspitzen rot.

Zara begrüßte sie überschwänglich. Offensichtlich hatte sie zu viel Rotwein getrunken, denn ihre Lippen hatten einen bläulichen Schimmer. Sie begann eine lebhafte Diskussion mit Eleanor über ein Buch, mit dem sie sich gerade eingehend auseinandersetzte, und Mary ließ ihren Blick durch den Raum wandern, der ihr so vertraut war. Die Küche schien ohne Nancy vollkommen anders, als ob ihre Anwesenheit alles an Ort und Stelle gehalten hatte, was nun forttrieb, mit ungewissem Ziel.

Nach einer Weile gingen die meisten Gäste hinaus zu dem Lagerfeuer im Garten, und Mary erinnerte sich, dass Nancy stets darüber geklagt hatte. Angeblich war es das Einzige gewesen, wofür Robert sich begeistern konnte, er sammelte fleißig Holz und half mehrere Sonntage lang dabei, den Scheiterhaufen zu errichten. Mary wusste nicht mehr, was Nancy so sehr daran gestört hatte; der riesige Holzstoß mit seinen orangefarbenen lodernden Flammen und dem strengen Geruch von verbranntem Holz in der Luft war beeindruckend.

Die erste Feuerwerksrakete zischte in den Himmel, dicht gefolgt von zahlreichen anderen. Die Gäste legten den Kopf in den Nacken und beobachteten die sprühenden Farbkleckse, die den Himmel wie einen Tatort aussehen ließen. Einen Moment lang gab sie sich dem Gedanken hin, dass ihre Welt untergegangen war und die Drachen oben im Himmel im Begriff waren, eine neue Ordnung zu errichten.

Eleanor stupste sie in die Seite. »Mary, sieh mal«, flüsterte sie und deutete nach rechts von ihnen.

Mary kniff die Augen zusammen, konnte aber wegen der vielen Menschen nichts erkennen. Sie hatte nur den Geschmack von Schwarzpulver in der Kehle, den sie so mochte, weil dann alles alt und bedeutungsvoll schien.

»Da drüben«, zischelte Eleanor. »Robert.«

Marys Blick folgte der Richtung, in die ihre Freundin zeigte, und dann sah sie zwei Silhouetten, die sich gegen den Feuerschein abhoben – Robert, der seine Hand um die Taille einer Frau gelegt hatte. »Ist das nicht Dido?«, flüsterte sie Eleanor ins Ohr.

»Ja. Was zum Geier soll das?«

»Vielleicht hat es gar nichts zu bedeuten. Sie sind alte Freunde.« Allerdings sah es nicht so aus, als würde es nichts bedeuten. Es sah nach einer besitzergreifenden Geste aus.

»Mein Gott«, sagte Eleanor.

Mary drehte sich zu ihr um, aber sie konnte nicht sehen, ob Eleanor rot geworden war oder ob das am Feuerschein lag. »Das ist okay«, sagte sie. »Irgendwann musste etwas in der Art passieren. Mit dir hätte es nicht funktioniert, denk daran, was wir gesagt haben.«

Doch Eleanor überraschte sie mit einem Lächeln, das sich zu einem kurzen Lachen aufschwang. Dann kam Zara zu ihnen, hakte sie beide unter, genauso wie Nancy es getan hätte, wenn Howard nicht alles ruiniert hätte. Mary war traurig und vielleicht auch ein wenig betrunken. Die Knallerei war laut, und das Feuer strahlte große Hitze aus – und es fiel ihr schwer zu begreifen, warum alles so gekommen war.

Sie entschuldigte sich bei Eleanor und Zara, dass sie zur Toilette müsse, und ging zurück ins Haus, wo sie in der Küche an der Spüle ein Glas Wasser trank. Dann musste sie zur Toilette, und da diese im Souterrain verschlossen war, stieg sie in den ersten Stock hinauf. Die Tür zum Salon stand offen, und aus einem Anflug von Nostalgie heraus – sie bezweifelte, dass sie je wieder hierherkommen würde – betrat sie das gelb gestrichene Zimmer. Sie ging zu dem großen Regal, wie magisch angezogen von den Fotos, die an den Büchern lehnten, und wusste schon vorher, wen sie sehen würde. Und Nancy lächelte sie an, als hätte sich nichts verändert.

Am meisten faszinierte sie ein Foto in einem schlichten Holzrahmen. Darauf hatte Nancy ihren Arm um die ungefähr zehnjährige Zara im Fußballtrikot und mit einer Medaille um den Hals gelegt. Nancy trug ein weißes T-Shirt zu Jeans und Turnschuhen, ihre langen Arme waren sonnengebräunt, und sie lachte in die Kamera. Mary nahm das Foto aus dem Regal und betrachtete es näher, es kitzelte ihr Gedächtnis, auf der Suche nach einer tief vergrabenen Erinnerung. Dann hörte sie Nancys Stimme, wie schade es sei, dass Zara und Marcus nicht zur selben Zeit angefangen hätten, Fußball zu spielen, denn sie hätten die erste geschlechterneutrale Mannschaft sein können – eine Bemerkung, über die sie beide herzlich gelacht hatten.

Sie sah wieder zu Zara auf dem Foto – damals musste

sie zehn gewesen sein, sie hatte eine Liga gewonnen, vielleicht sogar das zweite Mal in Folge, und dann waren ihr Brüste gewachsen, sie hatte ihre Periode bekommen und hörte auf, Fußball zu spielen. Nancy war wütend gewesen und hatte sich oft darüber beschwert, dass es für Frauen unmöglich war, in dieser Welt zu leben. Marcus hingegen, der als Kind überhaupt kein Interesse für Fußball gezeigt hatte, fing mit dreizehn an, sich für den Sport zu begeistern, gerade als Zara damit aufhörte. Was wollte ihr Gehirn ihr sagen? Etwas, das mit Marcus und Fußball und Nancy zu tun hatte?

In Wahrheit bleibt nichts auf Dauer verborgen. Irgendwann kämpft sich alles durch die kalte, harte Erde ans Licht. Die Erkenntnis, die sie gerade gehabt hatte, musste sie bereits seit dem Tag, an dem sie den braunen Umschlag gefunden hatte, in sich tragen, doch sie hatte diesen Gedanken vor sich selbst verborgen. Jetzt schoss er ihr kalt und schneidend durch den Kopf. Eine vollständige Erinnerung begann sich vor ihrem geistigen Auge abzuspielen, die körnigen Bilder wurden auf ihren weißen Schädel projiziert.

Die Erinnerung war nicht von Nancys Tod geprägt, allerdings noch frisch. Sie stammte nicht aus dem Sommer, der gerade vergangen war, aber aus dem davor. Mary hatte mit ihren Töchtern auf dem stoppeligen Stück Rasen in ihrem Garten gelegen. Alte Handtücher unter und ein Krug Limonade neben sich, hatten sie die Flugzeuge am blauen Himmel beobachtet und sich erzählt, wo sie hinfliegen würden, wenn sie verreisen könnten. Und Mary hatte diese Tagträumereien genossen; sie erinnerte sich noch an die angenehm kribbelnde Aufregung in ihrem ganzen Körper.

Zu dem Zeitpunkt war ihr bereits seit Längerem klar gewesen, dass Howard sich mit einer neuen Frau eingelassen hatte. Sie hatte die üblichen Anzeichen registriert, Zerstreutheit und Unruhe, lange Arbeitszeiten bis spätabends, der schneidende Ton, in dem er mit ihr sprach. Doch, unverständlicherweise, war sie nicht so verletzt wie sonst, und das freute sie, als ob es etwas bedeutete, wenn sie Howards Untreue akzeptierte. Sie wusste, wie die Affäre laufen würde. Ein paar Monate lang würde Howard Feuer und Flamme für die junge Frau sein, dann würde er ihrer überdrüssig werden und Hässlichkeiten ins Telefon flüstern. Sie würde vorgeben, nichts davon zu hören, Howards Stimmung würde kippen und sich dann beträchtlich steigern. Für die Kinder und sie wäre es, als gönnte man ihnen eine Atempause von Howard, denn er würde nicht viel zu Hause sein.

Meine Güte, du bist tatsächlich so dumm gewesen, sagte Mary zu sich selbst, als sie mit dem Foto von Nancy dastand, die wie eine Göttin vom Olymp auf sie herabblickte. Denn nun hatte sie alles über diesen Augenblick erfahren, ihr war klar, dass sie jeden Grund gehabt hätte, die Situation zu fürchten, die ihr keinerlei Freude bescheren konnte. Denn nun wusste sie, dass diese neue, andere Frau Nancy gewesen war.

»Mum«, sagte Marcus in ihren Gedanken, und die Erinnerung war so überwältigend, dass sie im ganzen Zimmer widerhallte.

Sie hatte sich mit dem Ellbogen auf dem Rasen abgestützt und zur Küchentür geblinzelt, wo er stand. »Oh, hallo, bist du schon lange wieder da?«

»Erst seit gerade eben.«

»Bist du okay?« Mary konnte das Stocken in ihrer Stimme auch jetzt noch hören, während sie in Nancys Salon stand. Marcus war immer ein offenes Buch für sie gewesen, sie konnte seine Stimmung an seinen hängenden Schultern oder dem erhobenen Kinn ablesen.

»Yes.« Doch er blieb weiter in der Küchentür stehen, den Fußball an die Hüfte gedrückt.

Mary stand auf. »Mimi, Maisie, ich gehe Kekse holen«, sagte sie, obwohl die beiden gar nicht auf sie achteten. Im Inneren des Hauses war es geradezu dunkel nach dem hellen Sonnenschein, und weiße Pünktchen tanzten ihr vor den Augen. »Hat Fußball Spaß gemacht?«, fragte sie, während sie zum Küchenschrank ging, um die Kekse zu holen, die sie gar nicht wollte.

»Ich muss dir etwas sagen, Mum.«

Sie wandte sich um, ihr Herz schlug wild in ihrer Brust, ihre Gedanken rasten, was ihm alles Schlimmes passiert sein könnte. »Was?«

»Ich habe Dad gesehen.« Er trat mit dem Fuß gegen das Tischbein und blickte ihr nicht in die Augen.

»Im Park?«

»Ja.«

»Aber ich dachte, er hält eine Vorlesung.« Sie konnte nicht fassen, dass sie seinen Lügen immer noch Glauben schenkte.

Schließlich sah Marcus mit Tränen in den Augen auf. »Er war mit … also, er war mit …«

Marys Kehle war wie ausgetrocknet. »Ich bin sicher, die Vorlesung wurde abgesagt oder etwas in der Art.«

»Nein, Mum. Ich meine, ich habe gesehen, wie er sie geküsst hat.«

Instinktiv blickte sie hinaus in den Garten. »Mein Gott, Marcus, erzähl das nicht den Mädchen.«

Plötzlich versiegten seine Tränen. »Du wusstest davon?«

»Nein. Oder doch, vielleicht.«

»Vielleicht?« Das Wort klang widerlich, als er es wiederholte. »Dann weißt du davon?«

»Es ist kompliziert.«

Er warf ihr einen vernichtenden Blick zu, und sie spürte, wie etwas in ihm starb. »Wie kannst du es zulassen, dass sie dich derart blamieren?«

Sie wollte seine Hand fassen, aber er zuckte zurück. »Marcus, bitte, du verstehst das nicht.«

»Sag das nicht«, erwiderte er und ging aus der Küche. »Du bist diejenige, die nicht versteht.«

Sie lief ihm in die Diele nach. »Marcus, wir müssen darüber reden.«

»Mach dir keine Sorgen«, sagte er, als er oben an der Treppe stand. »Ich werde Mimi und Maisie nichts sagen.«

Danach hatte er nie wieder offen mit ihr geredet, zumindest hatte es sich für sie so angefühlt. Jeden Tag war er ihr ein Stückchen mehr entglitten. Als er zum ersten Mal abends nicht nach Hause kam, war sie buchstäblich krank vor Sorge, die ganze Nacht über lag ihre Hand auf dem Telefonhörer, und sie erwog, die Polizei zu verständigen. Doch in der zehnten Nacht schlief sie ruhig und fest. Zigarettenrauch hing an seiner Kleidung, und sie fand Wodkaflaschen und kleine Plastikbeutel unter seinem Bett. Die Schule rief an, weil er den Unterricht geschwänzt hatte, aber Howard weigerte sich, über das Thema zu sprechen.

»Ach du lieber Gott«, stieß Mary nun laut aus. Sie musste sich mit einer Hand am Bücherregal festhalten, um nicht hinzufallen, als die Ereignisse sich in eine Chronologie fügten. Sie durchforstete wieder ihr Gedächtnis auf der Suche nach den Gesichtern ihrer Kinder, datierte sie. Es stimmte, in jenem Sommer hatte sich Marcus' Verhalten verändert, er begann mit Alkohol und Drogen seine Gesundheit zu ruinieren, ging bis in die frühen Morgenstunden aus und hatte nichts mehr mit dem lieben Jungen gemein, der er einmal gewesen war. Und jetzt wusste sie auch, warum er sich so verändert hatte. Ihr Sohn hatte seinen Vater nicht nur mit einer anderen Frau zusammen gesehen, sondern mit einer der besten Freundinnen seiner Mutter, mit seiner Patentante – und seine Mutter hatte ihm gesagt, dass das für sie in Ordnung sei. Dieses Ereignis musste alles ins Wanken gebracht haben, was er zu wissen geglaubt hatte, es musste seine ganze Welt auf den Kopf gestellt haben.

Der Zorn, der sich schon seit einer ganzen Weile in ihr zusammengeballt hatte, explodierte plötzlich wie eine Kanonenkugel, sie spürte, wie er in ihren Magen schoss und sich in ihrem ganzen Körper ausbreitete. Sie war verloren in diesem Gefühl, als ob nichts im Leben sie auf solchen Zorn vorbereitet hätte. Kinder waren in ihr herangewachsen, sie hatte sie geliebt, genährt, sich um sie gekümmert. Als Mädchen hatte sie diese Dinge von klein auf gelernt, man hatte ihr versichert, dass es in ihren Genen lag, aber niemand hatte sie gelehrt, mit überschäumender Wut umzugehen, wie man es einem Jungen beigebracht hätte. Ihre Augen schnellten durch das Zimmer, und ihre Hände zuckten, sie kam sich vor wie eine Furie.

»Du verdammtes Biest«, sagte sie zu Nancys Bild. Doch dann hatte sie das Gefühl, als ob das Foto ihr die Hände verbrannte, deshalb drehte sie es um und schmiss es gegen die Wand, wo es in tausend Stücke zerbrach.

Mit unsicheren Schritten verließ sie den Raum, als ob sie auf einem Luftkissen laufen würde. Über zwei Dinge hatte sie Gewissheit: Sie musste unbedingt mit Marcus sprechen, und sie hasste Howard aus tiefstem Herzen.

Das Haus war dunkel und still, als sie zurückkehrte, doch unter Marcus' Zimmertür drang ein Lichtstrahl hervor, und als sie anklopfte, bat er sie herein. Er lag auf dem Bett mit dem Laptop auf seiner Brust, der Bildschirm flimmerte.

»Hattest du einen schönen Abend?«, fragte er.

Mary zog den Stuhl heran, der ungenutzt bei seinem Schreibtisch stand, und setzte sich. In der U-Bahn auf dem Rückweg hatte sie dieses Gespräch schon Hunderte Male in ihrem Kopf durchgespielt, und jetzt musste sie endlich seine Antwort hören. »Eigentlich nicht. Ich muss dich etwas fragen.«

Er klappte den Laptop zu und setzte sich auf. »Was denn?«

»Kannst du dich an einen Tag im Sommer erinnern, nicht letzten Sommer, sondern den davor? Bevor Dad krank wurde und Nancy starb. Ich war mit den Mädchen im Garten, und du kamst gerade vom Fußballspielen nach Hause. Du hast mir erzählt, dass du Dad im Park mit einer anderen Frau gesehen hast. Und dass er sie geküsst hat.«

Sie konnte sehen, wie ihr Sohn vor ihren Augen blass wurde. »Warum fragst du mich das?«

»Bitte, Marcus, erinnerst du dich daran?«

»Natürlich.«

Mary faltete ihre Hände im Schoß, sie fühlten sich klein an. »Die Frau war Nancy, nicht wahr?«

Seine Augen verengten sich zu Schlitzen. »Das weißt du doch.«

Das war der Beweis, sie hatte sich nicht geirrt. Ihr Sohn hatte geglaubt, dass sie es vorgezogen habe, ihre Freundin anstatt ihn zu beschützen. »Nein, Marcus. Ich wusste es damals nicht.«

Sein Gesicht zuckte. »Aber du hast doch gesagt, dass du Bescheid wüsstest.«

»Ich wusste, oder zumindest hatte ich den Verdacht, dass Dad eine Affäre hatte. Ich wusste nicht, dass es Nancy war.« Sie beobachtete, wie die Erleichterung in ihm aufstieg. Ihr hübscher Sohn, der gerade erst zum Erwachsenen geworden war, der immer von seinem Vater tyrannisiert worden war und der dann mit dem Gedanken leben musste, seine Mutter wäre so schwach, dass sie ihn opferte, um ihre eigene Haut zu retten. »Marcus, das hätte ich niemals geduldet. Ich weiß, dass ich erbärmlich bin, aber so lächerlich bin ich nicht.«

»Ich halte dich nicht für erbärmlich.«

»Nun, das solltest du, denn mein Verhalten war erbärmlich. Ich habe jahrelang zugelassen, dass Dad mich wie den letzten Dreck behandelt. Und dich auch. Verdammt, ich hätte ihn vor Langem verlassen und euch drei von ihm fortbringen sollen. Es tut mir so schrecklich leid, und ich bin so wütend auf mich, dass ich das nicht gemacht habe.«

Marcus begann zu weinen, also stand Mary auf, setzte sich zu ihm aufs Bett und zog seinen ungelenken Körper, der einem zu hoch aufgeschossenen Trieb glich, fest an sich. »Es ist nicht deine Schuld«, sagte er, den Kopf an ihre Schulter gedrückt.

»Ich hätte damals gleich mit dir reden müssen, aber ich konnte diese Lebenseinstellung nicht erklären, mir selbst nicht und dir erst recht nicht. Marcus, du musst mir glauben, dass ich dich und deine Schwestern mehr liebe als alles andere auf der Welt. Irgendwie habe ich geglaubt, Dad und sein Leben hätten nichts mit uns zu tun, aber jetzt ist mir klar, wie unsinnig dieser Gedanke war.«

Er entzog sich ihrer Umarmung. Mit den geröteten Augen und den verwuschelten Haaren sah er aus wie ein kleiner Junge, und ihr Herz zog sich zusammen. Es fühlte sich beinahe an, als wäre er ein Neugeborenes, und mit diesem Gedanken kehrte auch die Erinnerung zurück: der Moment nach der Geburt, als sie sich allmächtig und zu allem fähig gefühlt hatte, als besäße sie den Schlüssel zur Schöpfung der ganzen Welt. Im Laufe der Zeit war Mary dieses Gefühl entglitten, doch nun war es wieder da, und sie würde es nie wieder vergessen.

»Wenn du damals nicht von Nancy gewusst hast, wie hast du dann jetzt davon erfahren?«, fragte er.

»Vor einigen Monaten habe ich einen Brief von ihr an

Dad gefunden, den sie vor ihrem Tod geschrieben haben muss. Daraus geht hervor, dass Dad und sie eine Affäre hatten.« Er nickte. »Marcus, hast du Dad jemals gesagt, dass du ihn mit Nancy zusammen gesehen hast?«

Er setzte sich nervös auf dem Bett zurecht. »Ja, nachdem ich damals mit dir darüber gesprochen hatte. Aber er ist richtig wütend auf mich geworden.«

»Aber das bedeutet doch, dass er in dem Glauben war, ich wüsste von Nancy?«

Marcus schüttelte den Kopf. »Nein, ich habe ihm nichts von unserem Gespräch erzählt, weil er sofort wieder eine Schimpftirade losgelassen hätte. Er sagte, ich dürfe dir nichts sagen, weil es dich aufregen würde und das dann meine Schuld wäre. Ich dachte, er redet davon, dass du nicht gern darüber sprichst, deshalb habe ich es auch nie wieder erwähnt, aber wahrscheinlich wollte er mich davon abhalten, es dir zu sagen.«

Mary schluchzte leise. »Ach, Marcus.« Sie hatte innerlich zu zittern begonnen, doch sie versuchte sich zusammenzunehmen. Bald würde sie sich mit der Tatsache auseinandersetzen, dass Howard ihren Sohn in diese schreckliche Geschichte mit hineingezogen hatte, um seine eigene Haut zu retten. Sie fühlte sich nicht mehr rückgratlos, und wenn es Morgen wäre, hätten die Götter aufgehört, sie auszulachen. »Du hast die beiden in dem Sommer, bevor sie starb, zusammen gesehen, nicht wahr? Das muss in den Schulferien gewesen sein, im August, oder?«

Marcus nickte wieder. »Und sahen die beiden glücklich aus?«

Er wurde rot. »Ja, ich meine, sie haben sich geküsst. Sie

lagen im Gras und benahmen sich wie Teenager, es war ekelhaft.«

»Aber in dem Brief, den ich gefunden habe, stand, dass sie die Affäre beenden wollte. Dann war sie im Januar tot, irgendetwas muss schiefgegangen sein.« Mary war heiß, obwohl die Heizung sich abgeschaltet hatte, und sie zog ihre Jacke aus.

Marcus beugte sich zu ihr vor. »Ich weiß, dass die Presse geschrieben hat, dass der Liebhaber vielleicht Nancys Mörder war, aber ich glaube nicht, dass es Dad war, Mum. Im Ernst, das darfst du nicht denken. Den Liebhaber zu verdächtigen war einfach naheliegend, da bin ich sicher.«

»O Gott.« Ihr Blick trübte sich, als die Wut in ihr schäumte.

»Wirst du nun zur Polizei gehen? Ihnen etwas über Dad und Nancy erzählen?« Seine Stimme zitterte vor Erregung.

»Nein, das hatte ich nie vor, denn ich wollte immer dich und deine Schwestern vor einem Skandal beschützen. Doch heute Abend ist mir aufgegangen, dass du es wissen musstest. Ich war eine Idiotin.«

»Nein, Mum, warst du nicht. Dad war ein Idiot.«

Sie nickte, denn natürlich hatte er recht. »Ich denke, wir sollten weder der Polizei noch sonst jemandem davon erzählen, Marcus. Ich will nicht, dass die Mädchen so etwas von ihrem Vater wissen. Und ich glaube, inzwischen ist es mir egal, was mit Nancy geschehen ist.« Wieder nickte er. »Ich werde den Brief vernichten.« Sie stand auf, ganz steif geworden, doch ihr Verstand war klar. »Wir beide sollten jetzt besser schlafen.« Aber sie konnte nicht gehen, ohne Marcus einige ehrliche Worte gesagt zu haben. »Du glaubst nicht, wie leid mir das alles tut, Marcus. Ich hätte damals gleich mit dir sprechen sollen. Ich habe dich im Stich gelassen, und ich bin sehr stolz, dass du das so lange für dich behalten hast.«

»Wirklich, Mum, ich bitte dich.« Dann fing Marcus auf Furcht einflößende Weise an zu weinen. »Ich habe wirklich Angst.«

Sie ging rasch zu ihm zurück, setzte sich aufs Bett und zog ihn fest an sich. »Was meinst du? Wovor hast du Angst?«

Er vergrub seinen Kopf an ihrer Schulter, und sie spürte, wie ihre Bluse feucht wurde. Er sprach mit erstickter Stimme. »Ich weiß, was passiert ist, Mum. Mit Nancy, meine ich.«

Einen Moment lang blieb die ganze Welt stehen, und es gab nur noch sie beide, ein blinkendes Licht in der Ecke ihres Sichtfeldes. Doch sofort war alles wieder scharf in knalligen Technicolorfarben zu sehen und in voller Lautstärke zu hören, und mit all ihren Sinnen nahm sie ihren weinenden Sohn neben sich wahr. »Ich verstehe nicht«, sagte sie so ruhig wie möglich. »Was meinst du?«

Er befreite sich wieder aus ihren Armen und versuchte tief Luft zu holen, aber sein Atem ging stockend, daher wischte er sich die geröteten Augen. »Du hattest recht, als ich dachte, du wüsstest über Dad und Nancy Bescheid, wurde ich stinkwütend auf dich, als hätte ich alles falsch verstanden.«

Mary fasste verzweifelt nach den Händen ihres Sohnes.

»Nachdem ich mit dir darüber geredet hatte, sprach ich auch Dad noch mehrmals auf die Sache an, aber er erzählte immer den gleichen Scheiß, dass ich nichts davon verstehen würde, dass ich dir nichts sagen dürfe, um dich nicht aufzuregen. Aber du wirktest so, ich weiß nicht, am Boden zerstört, und allmählich begriff ich, dass du nicht mit Dads und Nancys Verhalten einverstanden warst, sondern dass dir keine andere Wahl blieb. Und ich erkannte, dass ich auf den falschen Menschen wütend war, und ich wollte dir helfen.«

»Oh, Marcus.« Sie musste hinnehmen, dass ihr Sohn sie von ihrer schlechtesten Seite kennengelernt hatte, dass er jahrelang mit einer Mutter gelebt hatte, die nur ein Schatten ihrer selbst war. Doch diese Frau gab es nicht mehr, und noch blieb genügend Zeit, dass er sehen konnte, wie stark und entschlossen sie in Wirklichkeit war.

Er nickte kurz. »Ich hatte mir in den Kopf gesetzt, Dad loszuwerden. Ich dachte, wenn ich ihn davon überzeuge, seine Sachen zu packen, könnte der Rest von uns in Ruhe weiterleben. Besonders nach dem letzten Weihnachten. Weißt du noch, wie schrecklich das war?«

»Natürlich.« Mary hörte wieder Brüllen und Wutausbrüche, zuschlagende Türen und zerschmetterndes Geschirr in ihrem Kopf. Jetzt war ihr klar, dass Howard verzweifelt gewesen war, weil Nancy ihn hatte verlassen wollen, aber damals hatte sie es nur für weitere Stimmungsschwankungen und Launenhaftigkeit gehalten. Weitere Wutanfälle. Sie fragte sich, wie lange sie gebraucht hätte, um ihren eigenen Zorn zu entdecken, wenn Nancy nicht gewesen wäre, und für einen kurzen Moment war sie ihrer Freundin dankbar.

Marcus schluckte schwer. »Ich hatte die Idee, die beiden

mit meinem Wissen zu konfrontieren, und dann sollten sie uns in Ruhe lassen. Ich dachte, wenn Nancy erfährt, dass ich davon weiß, würde das ihre Einstellung ändern.«

Er stieß einen Seufzer aus, doch dann sammelte er sich wieder.

»An dem Abend, als sie starb, hattest du mir gesagt, dass Dad länger arbeiten würde, also habe ich dein iPhone gesucht, aber er war wirklich im Büro. Daher dachte ich, ich könnte ihn dort abpassen und ihm folgen, um sie beide zu überraschen. Bis ungefähr neun Uhr wartete ich, dann verließ er das Gebäude, und ich folgte ihm bis nach Hammersmith zum Fluss. Gegen zehn Uhr kam Nancy, erst mal habe ich sie nur beobachtet. Es sah aus, als hätten sie Streit, und Dad versuchte mehrmals, sie festzuhalten. Irgendwann wollte ich nicht länger warten und ging zu ihnen hinüber.«

Mary wollte sich nicht ausmalen, was sie da hörte, es schien sehr real und zugleich völlig unwahrscheinlich. »Was haben sie gesagt?«

»Dad hat davon geredet, dass er dir alles sagen würde und alles in Ordnung kommen würde. Aber Nancy ist komplett durchgedreht. Sie hat immerzu wiederholt, was für ein wunderbarer Mensch du wärst und wie viel du ihr bedeuten würdest. Ich habe totale Panik bekommen, Mum.«

Und trotz aller Verletzungen wünschte Mary, sie könnte die Zeit zurückdrehen und hören, wie Nancy diese Worte über sie sagte. »Erzähl weiter.«

»Dann fing sie an, sich bei mir zu entschuldigen. Ich habe ihr gesagt, sie solle damit aufhören, doch sie redete unentwegt auf mich ein. Und dann versuchte sie mich zu umarmen – ich wollte sie nicht schlagen, wirklich nicht –, aber ich machte einen Satz rückwärts, als sie mich anfasste, und meine Hand schoss nach vorn und berührte ihr Gesicht. Dad dachte wohl, ich hätte sie verletzen wollen, denn er ging auf mich los. Ich sah gerade noch, wie er mit der Faust ausholte, um mir einen überzuziehen, als Nancy vor mich trat und er sie seitlich im Gesicht traf.«

Mary streichelte Marcus' Arm, wie sie es getan hatte, wenn er als kleiner Junge hingefallen war. Die Zeit zwischen damals und heute war zu kurz gewesen, es würde nie genügend Zeit geben. »Es ist okay, Marcus«, sagte sie besänftigend.

Bei ihren Worten blickte er auf. »Dann habe ich mich auf Dad gestürzt. Ich weiß nicht mehr, wer wen geschlagen hat, aber Nancy versuchte, mich zu stoppen. Sie zog an mir und wollte ihre Arme um mich schlingen, doch ich wollte das nicht. Ich wollte, dass die beiden verschwanden, deshalb stieß ich sie weg. Es war nicht meine Absicht, ihr wehzutun, ich wollte nur, dass sie mich loslässt, aber sie war so dünn, als würde man einen Zweig beiseiteschieben. Und sie kam hart auf dem Boden auf.« Er fasste sein Gesicht mit beiden Händen. »Oh, Mum, dieses Geräusch, als sie auf der Erde landete. Wie der Schlag eines Riesen, ich war überrascht, dass man es auf der anderen Seite des Flusses nicht hören konnte. Und dann lag sie vollkommen reglos da, mit der kreisrunden Blutlache um ihren Kopf wie einen Heiligenschein. Dad begann zu schreien und zu weinen, ich versuchte zu helfen, aber er schubste mich weg. Ich habe immer gewusst, dass Dad mich hasst, doch als er mich in der Nacht anblickte, standen ihm seine Verachtung und seine Abscheu für mich ins Gesicht geschrieben. Dann rannte ich fort, immer weiter, bis ich so müde war, dass ich nach Hause kommen musste. Ich dachte, dass Dad am nächsten Morgen zur Polizei gehen würde, aber seit der Nacht war er zu krank, um irgendetwas zu unternehmen. Jetzt weiß ich nicht mehr, was ich denken soll. Wahrscheinlich habe ich es verdient, bestraft zu werden, doch ich habe auch schreckliche Angst davor.«

Eine Weile saßen sie schweigend da. Mary spürte ihren Zorn wie elektrischen Strom, seine Energie rauschte durch ihren Körper. »Marcus«, sagte sie mit einer Stimme, dass er sie aufmerksam ansah, »du sollst wissen, dass nichts davon deine Schuld ist. Das verstehst du doch, oder?«

Sie war sich noch nicht sicher, wer die Schuld trug. Vielleicht niemand. Vielleicht gab es in dieser Sache noch eine größere Schuld als die am Tod eines anderen Menschen.

»Aber ich habe sie gestoßen, Mum. Wenn ich nicht gewesen wäre, wäre sie nicht gestorben.«

»Nein, das stimmt nicht.« Mary erinnerte sich an den Brief und schickte Nancy einen stummen Dank für ihre Hilfe. »Nancy war schon immer darauf aus, ihr Leben auf die eine oder andere Weise zu zerstören. Und auch wenn Dad ihr nicht den tödlichen Schlag versetzt hat, war das alles seine Verantwortung. Du bist der Letzte, der es verdient, dafür bestraft zu werden, und ich verspreche dir, dass ich alles tun werde, was in meiner Macht steht, um das zu verhindern.«

»Aber wenn du das nicht kannst, Mum, was dann?«

»Ich kann das«, antwortete sie. »Ich hab dich so lieb, Marcus.«

Er errötete. »Ich dich auch, Mum.«

Für ihre Kinder, für Marcus, Mimi und Maisie, würde sie alles noch einmal durchmachen. Es war das zweite Mal in den letzten Monaten, dass ihr dieser Gedanke kam. Doch nun war der Zeitpunkt gekommen, und sie hatte klar vor Augen, was sie tun musste.

Nachdem sie an Marcus' Bett gesessen und ihm die Haare wie einem kleinen Kind aus dem Gesicht gestrichen hatte, bis er eingeschlafen war, ging Mary zuerst zu Howards Schreibtisch und holte den braunen Briefumschlag hervor. Sie nahm ihn mit in ihr Schlafzimmer, wo sie sich vollständig angezogen aufs Bett legte, das Kuvert auf die Brust gedrückt. Sie machte sich nicht die Mühe, das Licht einzuschalten oder die Vorhänge zuzuziehen. Ihr Blut tobte in ihren Adern, sie atmete schwer und schnell, sodass sie sich fast wie ein Drache vorkam, der Feuer spuckte. Mehr als eine Stunde lag sie da auf dem Bett, bis ihre Gedanken sich in ihrem Kopf festgesetzt und ihr Hass und ihre Wut sich zu einer soliden Masse verfestigt hatten.

Sobald sie sich wieder rühren konnte, nahm sie den Brief aus dem großen Umschlag. Sie las ihn im Lichtschein ihres Handys, und die Worte durchfluteten ihr Inneres. Nancy, das erkannte sie jetzt, war von jeher auf den Mythos der Göttin hereingefallen und hatte nie verstanden, welche Fesseln damit verbunden waren. Schönheit und Bewunderung – Nancy hatte ein schweres Kreuz zu tragen. Nun wünschte Mary sich, sie hätte Nancy schon früher geholfen, wünschte sich, sie hätte bemerkt, wie sehr ihre Freundin zu kämpfen hatte. Doch das Leben verschlug einen hierhin und dorthin, stellte einem unzählige Hindernisse in den Weg, und bevor man sich's versah, sprach man mit seinen Freunden, die man früher jeden Tag getroffen hatte, nur noch einmal im Monat kurz am Telefon. Zum ersten Mal seit sie den braunen Umschlag gefunden hatte, war Mary über Nancys Tod traurig und verspürte diesen bohrenden Unglauben, dass sie sie niemals mehr wiedersehen würde. Eines Tages, so stellte sie sich vor, würde sie liebevoll an sie denken, sie würde sich an den Menschen Nancy erinnern, und nicht daran, was sie getan hatte. Eleanor hatte recht, dass man nichts dramatisieren sollte, und Nancy hatte den Fehler begangen, ihre Gefühle zu etwas Größerem aufzubauschen.

Nein, der Mensch, der ihr das Leben zur Hölle gemacht hatte, war Howard. Howard, der es richtig fand, dass alle im Haus unter seinen Launen litten. Howard, der seinen Kindern keine Beachtung schenkte und ständig die Menschen schlechtmachte, die er zu lieben vorgab. Der ihr ihre beste Freundin weggenommen und dann gelogen hatte, der seinem Sohn seine Gefühle ausgeredet hatte, um seine eigenen zu schützen. Letzten Endes war Howard nichts anderes als ein Sadist.

Sie wartete, bis das Haus vollkommen ruhig war, eingelullt in die regelmäßigen Atemzüge der Schlafenden, dann stand sie auf und zog die Vorhänge zu. Sie wechselte wieder in den Trainingsanzug, den sie zum Schlafen benutzte, und streifte dicke Socken über die Füße. Dann holte sie die Tablettenpackung aus der Nachttischschublade, nahm den braunen Umschlag und schlich auf Zehenspitzen die Treppe hinunter.

Zuerst ging sie in die Küche. Sie fand die Streichhölzer, ohne Licht zu machen. Dann stand sie an der Spüle, verbrannte ein Andenken nach dem anderen aus dem Briefumschlag und sah zu, wie Nancys und Howards Erinnerungen zu schwarzer Asche zerfielen. Den Brief sparte sie sich bis zuletzt auf: Eine obere Ecke in der Hand haltend, zündete sie eine untere an und beobachtete, wie das bläuliche Licht des Feuers Wort für Wort fraß und alles vernichtete, was Howard und Nancy sich je gesagt hatten. Als sie fertig war, stellte sie den Wasserhahn an, und die schwarzen Überreste verschwanden im Abfluss. Sie stellte sich vor, wie der Ruß durch die Abwasserleitungen voller Ablagerungen und weiter in die Kanalisation gespült wurde, bevor er ins offene Meer gelangte. Dann sammelte sie die abgebrannten Streichhölzer ein und warf sie in den Mülleimer, legte die Schachtel wieder neben den Herd und goss ein Glas Wasser ein.

Mary spürte die Tablettenpackung gegen ihren Oberschenkel drücken, als sie die Tür zu Howards Zimmer öffnete. Er rührte sich nicht, als sie die Tür hinter sich schloss und zum Bett hinüberging, wo er auf dem Rücken lag, den Mund offen, die Augen tief eingesunken. Gütiger Gott, wie sie ihn hasste. Sie könnte ihn mit ihren bloßen Händen erwürgen, sein schäbiges Leben aus ihm herausquetschen. Doch sie durfte dieser verlockenden Versuchung nicht nachgeben; sie durfte keinen Zweifel daran aufkommen lassen, wie und warum er gestorben war.

Mary legte ihre Hand auf Howards knochige Schulter

und schüttelte ihn. Sie beobachtete, wie der Schlaf seinem Körper entwich und sein Gehirn zu arbeiten anfing. Er schlug die Augen auf und sah sie an. Mary dachte, dass die Götter sich so wie sie in diesem Moment gefühlt haben mussten, wenn sie ihr Urteil verhängten. Sie hatten kein Mitgefühl, sie waren glücklich, Rache zu üben, oft auf grausamste Weise. Auch Howard und sie hatten jegliche Gefühlsregung hinter sich gelassen. Jahrelang hatte er ihr Leben über einer tiefen Schlucht baumeln lassen und so getan, als wäre er ihr einziger Halt, aber inzwischen war ihr klar, dass das nie der Fall gewesen war.

Du bist eine sehr starke Frau, hörte sie Nancy von irgendwoher aus der Vergangenheit zu ihr sagen, und die Erinnerung war so mächtig, dass sie fast das Gleichgewicht verlor. Sie hatte sich lange nicht mehr stark gefühlt, und es war eine beinahe unwirkliche Empfindung.

»Setz dich auf«, sagte sie zu Howard. Er zupfte an der Decke, und er tat wie ihm geheißen. »Du hast Schmerzen im Bein.« Sie reichte ihm zwei Pillen auf ihrer Handfläche sowie das Glas Wasser.

Gehorsam nahm Howard die Tabletten ein, so wie sie es über lange Zeit geübt hatten, und daraufhin gab sie ihm zwei weitere, die er hinunterschluckte, und noch einmal zwei. Sie wünschte, es gäbe einen schmerzvolleren Weg.

Sie drückte zwei weitere Tabletten aus dem Blister und hielt sie ihm hin. »Nein.« Er wandte den Kopf ab.

Ihre Finger kniffen fest in sein Kinn, und sie drehte sein Gesicht zu ihr zurück. »Ich weiß, was du Marcus angetan hast. Und Nancy. Und mir.«

»Marcus nicht«, sagte er.

Die Worte schockierten sie. »Marcus nicht? Was heißt das?«

In der Dunkelheit starrte er sie an, und das Weiß seiner Augen schimmerte, aber sie wusste nicht, was es bedeutete. Seine Lippen zitterten, und sie konnte nicht verhindern, dass ihr das zu Herzen ging. Sie ließ den Kopf nach vorn sinken, sodass sich ihre Schultern wie ein tiefes Tal in ihrem Rücken anfühlten. Dann musste sie stöhnen, denn wenn sie ihren Plan jetzt nicht ausführte, gäbe es keine Hoffnung mehr, und ihr Zorn würde sie zugrunde richten.

Doch diese Haltung fühlte sich an, als gäbe sie sich geschlagen, deshalb zwang sie sich, den Kopf zu heben und in seine gequälten Augen zu blicken, in dieses Gesicht, das ihr nur allzu vertraut war, das seine wirren Gedanken und die schrecklichen Dinge verbarg, die er ihr und ihren Kindern angetan hatte. Ihre Hände zitterten, als sie die Tablette mit zwei Fingern fasste. »Ich kann nicht so weitermachen, Howard. Ich weiß nicht, was du von mir willst, im Grunde habe ich das nie gewusst. Aber eines weiß ich sicher. Wenn du nicht stirbst, werde ich das Haus verkaufen, und du wirst auf der Straße sitzen, denn ich werde nicht mehr der Mensch sein, der sich um dich kümmert.«

Er nickte in Richtung der Tabletten und hielt ihr seine Hand hin. Sie richtete sich auf, unsicher, wo das Richtige begann und das Falsche endete. Doch er nickte erneut und zeigte auf die Packung. Sie bewegte sie über seine ausgestreckte Hand, zog die Aluminiumfolie ab, und eine Tablette fiel heraus, dann noch eine und so weiter, bis sie sie nicht mehr zählen konnte und er aufgrund seines unentrinnbaren Schicksals die Hand schloss.

Er lächelte sie an, bevor er die Tabletten in den Mund nahm, ein durchtriebenes Lächeln, das ihr das Gefühl gab, ihm einen Wunsch erfüllt zu haben, dass er sie bis zum Ende manipuliert hatte. Sie zwang sich, seinem Blick wenigstens einmal standzuhalten und sich nicht seinem Druck zu beugen, sie wollte ihn wissen lassen, dass sie ihr Tun nicht bereuen würde.

Aber dann verzog er das Gesicht, es sah aus, als steckten die Tabletten in seiner Speiseröhre fest, und seine Augen quollen hervor. Und trotz allem, was passiert war, wollte ein Teil von ihr ihm die Finger in den Hals stecken und das Gift aus seinem Körper entfernen. Ein Teil von ihr geriet in Panik bei dem Gedanken, ihn nie wiederzusehen. Ein Teil von ihr wollte nicht, dass sich ihr Leben änderte, denn auch eine Wendung zum Guten löste Angst aus.

Die Tränen liefen ihr unaufgefordert über die Wangen.

Doch Howard legte sich lediglich wieder hin und drehte sein Gesicht zur Wand, sodass sie bloß noch seinen Rücken sah, der sich knochig unter dem Schlafanzug abzeichnete. »Es ist okay«, sagte er zur Wand.

Bei diesen Worten trockneten ihre Tränen, und eine unbekannte Ruhe überkam sie. »Danke«, sagte sie schließlich.

Noch vor fünf Uhr morgens schreckte Mary aus dem Schlaf hoch und war überrascht, dass sie überhaupt eingenickt war. Augenblicklich fiel ihr wieder ein, was sie nur wenige Stunden zuvor getan hatte, aber dieses Wissen wurde nicht von der großen Angst überschattet, mit der sie gerechnet hatte. Sie suchte in ihrem Inneren nach Abscheu gegen sich selbst und Gewissensbissen, doch sie spürte nichts dergleichen. Die letzte Nacht schien nicht bedeutsam, sondern lediglich eine weitere Aufgabe in einer langen Reihe von Aufgaben, die sie schon erfüllt hatte. Selbst ihr Zorn war abgemildert und fühlte sich nicht länger hart und gefährlich in ihrem Inneren an, sondern wie etwas, das ihr Stärke verlieh.

Sie zog sich langsam und wohlüberlegt an – eine abgetragene Jeans, ein zerknittertes T-Shirt und darüber ein blaues Sweatshirt und dicke Wollsocken. Draußen sah es immer noch nach Nacht aus, der Himmel war dunkel, und die ersten Regentropfen fielen auf die Fensterscheibe. Sie band ihre Haare zum Zopf zusammen und benutzte eine billige Hautcreme fürs Gesicht, die nicht viel gegen die Trockenheit half. Ihre Fingernägel waren lang und formlos, und sie musste dem Drang widerstehen, sie sofort zu feilen. Es war unbedingt erforderlich, dass sie Howard fand, sie würde es sich nie verzeihen, wenn eines der Kinder ihr zuvorkäme, auch wenn sie, realistisch betrachtet, noch etliche Stunden hatte, bevor sie aufwachten.

Sie öffnete die Schlafzimmertür und versuchte einzuschätzen, ob das Haus sich irgendwie anders, leichter anfühlte, doch die Atmosphäre verriet nichts. Es war möglich, nahm sie an, dass Howard nicht tot war. Wenn irgendein Mensch eine Überdosis überleben konnte, dann sicherlich er. Der Gedanke trieb sie eilig die Treppe hinunter, bis sie vor seiner Tür stand, den Griff umfasste und langsam nach unten drückte, vorsichtig, während sie jede Sekunde zwischen dem Wissen um seinen Tod und dem Nichtwissen verstreichen spürte.

Draußen war es immer noch nachtdunkel, das Licht

aus der Diele genügte allerdings. Sie sah, dass er auf dem Rücken lag, aber nicht, ob sich seine Brust noch hob oder senkte. Sie trat ins Zimmer ein. Es war kalt, als ob Abwesenheit darin herrschte, und ihr Herz fing an zu rasen. Sie schaltete das Licht an, denn plötzlich hatte sie Angst, in der Dunkelheit allein mit ihm zu sein. Als sie neben dem Bett stand, war sein Tod offensichtlich. Seine Haut war grau, und sein Körper sah bereits steif und unnatürlich aus. Seine Augen waren geschlossen, doch sie wusste, dass hinter diesen Lidern kein Leben mehr war. Seine Lippen waren leicht geöffnet, aber es gab kein Anzeichen von Feuchtigkeit oder Atem auf ihnen. Langsam zog sie die Decke zurück, öffnete sein Schlafanzugoberteil, sodass die ausgemergelte, regungslose Brust zum Vorschein kam. Sie wollte ihn nicht anfassen, auch wenn sie wusste, dass sie es tun musste. Als ihre Hand ihn berührte, zuckte sie augenblicklich zurück, denn seine Haut war kalt und wächsern, und sie hatte nicht damit gerechnet, dass sein Tod schon so endgültig wäre, nicht so schnell.

Sie machte einen Schritt rückwärts und hörte, wie sich ein leiser Schrei ihrer Kehle entrang, während ihr die Tränen die Sicht nahmen. Ihre Reaktion war widernatürlich, aber sie konnte es nicht ändern; ihr Schock saß tief, und er kam aus einem Teil ihres Selbst, von dessen Existenz sie nichts gewusst hatte. Doch es war auch ein gutes Gefühl, dass sie noch da war, dass Howard sie nicht zunichtegemacht oder die Züge ausgelöscht hatte, die ihr Wesen ausmachten. Vielleicht hatte die ganze Welt falschgelegen: Wut zerstörte eine Frau nicht, sondern machte sie stärker.

Sie zwang sich, sich zu konzentrieren, nahm die leere

Tablettenpackung vom Nachttisch und legte Howards Hand darum. Sie musste für alle Eventualitäten gewappnet sein, und dass Fingerabdrücke genommen wurden, lag im Bereich des Möglichen. Natürlich würde man ihre auf der Packung finden, aber es mussten auch seine darauf sein. Es fühlte sich seltsam an, seine Hand auf diese Weise zu halten, und die magischen Momente seines Todes in der vergangenen Nacht durchströmten sie.

Anschließend ging sie in die Küche, um den Anruf zu tätigen. Ihre Finger zitterten auf den Tasten, als sie die drei Zahlen der Nummer drückte, die sie noch nie gewählt hatte. Ihre Stimme klang selbst in ihren eigenen Ohren leise und verängstigt, als sie stockend ihre Adresse durchgab. In einer halben Stunde wären sie vor Ort, erklärte ihr die Telefonistin und fragte zum wiederholten Mal, ob sie mit Sicherheit sagen könne, dass ihr Mann tot sei.

Die Küche fühlte sich leer an, deshalb setzte sie Wasser auf, obwohl sie nicht fähig war, sich eine Tasse Tee zuzubereiten. Sie sollte die Kinder wecken, bevor der Lärm des Krankenwagens sie aus dem Schlaf riss, aber es war, als wären sie wieder klein, und jede Minute, die sie für sich hatte, war kostbar. Ihr Kopf drehte sich plötzlich, sie beugte sich über den Küchentisch und holte tief Luft. Das war ihr Werk, der Moment, auf den sie gewartet hatte, doch nun, da er eingetreten war, überfiel sie Angst, und sie wusste nicht, ob sie stark genug wäre, es bis zum Ende durchzustehen.

Hinter ihr wurde die Tür geöffnet, und als sie sich umwandte, stand dort Marcus mit vom Schlaf verwuschelten Haaren.

»Was soll der Lärm?«, fragte er.

»Oh, Liebling, bitte schließ die Tür.«

Er machte die Tür zu und setzte sich an den Küchentisch. »Was ist los?«

Sie ließ sich neben ihm nieder und legte ihre Hände auf seine, unsicher, ob das hier wirklich passierte. »Es tut mir leid, dir das sagen zu müssen, aber Dad ist letzte Nacht gestorben.«

Seine Gesichtszüge verzerrten sich, als hätte man ihn geschlagen. »Was? Wie konnte das geschehen?«

»Sein Bein tat ihm weh, also habe ich ihm die Schmerztabletten gebracht und aus Versehen neben seinem Bett liegen lassen. Ich glaube, er hat eine Überdosis genommen.«

Marcus legte die Hände vors Gesicht, doch sie konnte die Tränen dahinter sehen, und seine Schultern bebten wie in einem schlechten Film.

»Oh, Marcus, es tut mir so leid.« Sie nahm seine Hände von seinem Gesicht, aber er blickte sie nicht an. »Das muss ein schrecklicher Schock für dich sein«, sprach sie weiter, denn sie hasste den Gedanken, dass es ihm nie gelungen war, die Probleme mit seinem Vater zu klären. »Dad wäre nie wieder gesund geworden. In gewisser Weise hat er das Richtige getan.« Daraufhin hörte er auf zu weinen und sah sie an. Mary dachte, dass sie beide denselben Gedanken haben mussten. »Wir werden niemandem von jener Nacht erzählen, Marcus. Das ist sinnlos. Du hast noch dein ganzes Leben vor dir, und du bist ein liebenswürdiger, guter Mensch. Was Nancy zugestoßen ist, hat im Grunde gar nichts mit dir zu tun.«

»Wenn ich gewusst hätte, dass Dad sterben würde ...«
Er brach ab, und sie verstand nicht, was er sagen wollte.
»Aber er hat seine eigenen Entscheidungen getroffen, nicht wahr? Wir waren nicht verantwortlich für das, was er getan hat, oder?«

»Nein, natürlich waren wir das nicht.«

»Weißt du, seit ich diesen Job für Ellie mache, denke ich oft, dass wir alle nur kurze Zeit hier auf der Erde sind, und irgendwann nicht mehr. Ich werde versuchen, mich bloß an die guten Momente mit ihm zu erinnern.« Sie sah Tränen in seinen Augen blitzen.

Mary nickte, sie weinte ebenfalls. »Das werde ich auch versuchen.« Marcus hatte recht, wenn man seinen Zorn in sich aufflammen ließ, musste man auch wissen, wann man ihn wieder zügelte. Sie würde sich an den Howard erinnern, der ihr, das Gesicht zur Wand, mit leiser Stimme sagte, dass sie das Richtige tat. »Marcus, ich glaube nicht, dass Dad jemals zur Polizei gegangen wäre. Er muss Nancys Handy entsorgt haben, und das Geld aus ihrem Portemonnaie, damit es wie ein Raubüberfall aussah. Er wollte dich beschützen.«

Marcus zuckte die Achseln. »Vermutlich. Du solltest dich nicht schuldig fühlen, Mum.« Er musterte sie anklagend. »Ich meine, weil du die Schmerztabletten bei ihm liegen lassen hast.«

Sie sah ihren Sohn an und versuchte die Bedeutung seiner Worte zu begreifen, denn er musste sie im Verdacht haben. Doch es war besser, wenn sie es niemals laut aussprachen. Sie hatte versprochen, ihn und seine Schwestern immer zu beschützen. Dieses Versprechen hatte sie eingelöst, und sie würde es weiterhin tun, bis zu ihrem letzten Atemzug.

»Nein, im Ernst. Es ist vollkommen verständlich. Es war nicht dein Fehler, nichts davon.«

Sie lächelte ihren Sohn an und wusste immer noch nicht, ob sie über dieselbe Sache sprachen. »Und ebenso wenig war es deiner.«

»Alles wird gut«, sagte er. Sie beschloss, ihrem Sohn zu glauben, einem Mann, der grundverschieden von seinem Vater war, und das musste bedeuten, dass sie etwas richtig gemacht hatte. Es lag in ihrer Hand, die Vergangenheit zu bewältigen, dachte sie, denn sie liebten einander, sie wussten, was das bedeutete, denn die Liebe musste über den Hass triumphieren, mit dem Howard sie über so lange Zeit gestraft hatte.

Die Mädchen waren fassungslos vor Schmerz und schluchzten laut, aber das hatte sie erwartet. Sie wollten ihren Vater sehen und ihn beweinen, doch Mary dachte, dass es ihnen dabei mehr um ihre eigenen Gefühle ging. Marcus hielt sich im Hintergrund, und sie fand, er wirkte sehr jung und verängstigt. Er wollte nicht zu Howard ins Zimmer gehen, sondern saß auf der Treppe, raufte sich die Haare, mit weit aufgerissenen Augen und unstetem Blick.

Als der Krankenwagen ankam, hatte Maisie für sie alle süßen Tee bereitet. Mary dachte, dass sie mit ihren geröteten Augen wie eine ehrlich trauernde Familie aussahen. Die Rettungssanitäter bestätigten Howards Tod, und sie erzählte ihnen ihre Geschichte, woraufhin die Männer ihr beruhigend die Hand tätschelten und versicherten, es wäre nicht ihre Schuld. Sie bestätigten, dass einen Kranken zu pflegen sehr anstrengend sei und einem dabei leicht Fehler unterlaufen könnten. Dann erschien die Polizei, und auch die Beamten sprachen ihnen ihr Beileid aus und tranken Tee. Sie saßen am Küchentisch und fragten sie nicht einmal, ob Howard Depressionen gehabt hatte, weil sein Selbstmord so offensichtlich schien. Es fiel Mary nicht schwer zu weinen, denn sie war unendlich traurig, nicht nur wegen Howards Tod, sondern auch wegen ihrer schrecklichen Ehe und allem Bösen, was sie sich im Laufe der Jahre zugefügt hatten.

Es gab keine Rechtfertigung für das, was sie getan hatte, aber sie fühlte sich auch nicht besonders schuldig. Stattdessen erfüllte sie eine Fassungslosigkeit, dass sie beide es so weit hatten kommen lassen. Sie erinnerte sich, wie Howard ihr in der vergangenen Nacht seine Hand für die Tabletten hingehalten und ihr bedeutet hatte, er wäre einverstanden. Und nachdem er sie eingenommen hatte, hatte sie ihm gedankt. Sie dachte, dass diese wenigen Minuten vielleicht das Liebevollste waren, was sie füreinander getan hatten.

Dann dachte Mary an Eleanor, und obwohl es noch früh am Tag war, wusste sie, dass sie sie anrufen konnte.

Eleanors Stimme klang verschlafen. »Mary. Geht es dir gut?«

»Howard ist tot.« Beim Sprechen blickte sie hinaus in den kleinen Garten, ihre Augen hefteten sich auf einige widerspenstige Blätter, die immer noch an ihrem einzigen Baum hingen.

»Was?! Ach du lieber Himmel, hast du dich deshalb gestern nicht mehr verabschiedet, bevor du die Party verlassen hast?«

»Nein. Er ist in der Nacht gestorben.«

»Mist. Wie denn?«

»Es war mein Fehler.« Die Worte klangen herrlich, und einen Moment lang hätte sie Eleanor die ganze Wahrheit erzählen können. »Mitten in der Nacht hat er über Schmerzen im Bein geklagt, daher habe ich ihm eine Schmerztablette gegeben. Aber ich war schrecklich müde und muss die Packung an seinem Bett liegen lassen haben, denn er hat eine Überdosis genommen.«

»O Gott, Mary, es tut mir so leid. Aber das ist nicht deine Schuld.«

»Ich fühle mich sehr merkwürdig.« Und das stimmte, sie meinte zu schweben.

»Wer ist bei dir?«

»Na ja, die Kinder, und die Rettungssanitäter waren auch schon hier. Ich weiß nicht, wen ich außer dir anrufen sollte.«

»Ich ziehe mich schnell an. In einer halben Stunde bin ich da.«

Als Eleanor ins Haus trat, hielt sie ihre Freundin lange Zeit in den Armen, und Mary bekam den Eindruck, dass sie sich vollkommen fallen lassen könnte. Schließlich lösten sie sich voneinander und gingen in die Küche, wo sie sich an den Tisch setzten. Der Gedanke schien ihr selbst seltsam, aber Mary fiel auf, dass Eleanor strahlend aussah, als hätte sie sich in Gold gehüllt. Howard lag nach wie vor im Nebenzimmer, und die Situation schien irreal.

»Also«, sagte Eleanor, »vielleicht ist es noch zu früh, das auszusprechen, das täte mir sehr leid, aber du weißt, dass das das Beste für ihn ist, Mary?«

»Ich weiß.« Mary blickte auf den Tee in ihrem Becher, der leise zu den Hintergrundgeräuschen im Haus vibrierte.

»Das war kein Leben mehr, und er hat auch dich davon abgehalten, deines zu leben. Das hätte noch Jahre so weitergehen können, und das wäre furchtbar gewesen.«

»Ich fühle mich immer noch sehr seltsam.«

Eleanor langte über den Tisch und nahm ihre Hand. »Natürlich ist das ein seltsames Gefühl, Liebes.«

»Ich habe einen neuen Job.« Sie wusste nicht, warum sie das sagte, und lachte, wie um sich zu entschuldigen. »Es ist nicht der richtige Moment, das zu erzählen.«

Eleanor wischte ihren Einwand beiseite. »Es ist der absolut beste Moment.«

»Ich weiß nicht, warum ich es dir nicht schon vorher gesagt habe. Es ist bereits eine Weile her, dass das geklappt hat.« Doch sie wusste, warum sie es für sich behalten hatte – weil bis zu diesem Moment alles andere im Schatten gestanden hatte. Der Gedanke an Thea gab ihr allerdings Mut, auch wenn sie sie nur einmal getroffen hatte.

»Ach, Mary«, sagte Eleanor. »Es wird dir sehr gut gehen.«

Plötzlich lag das Leben wie eine lange Straße vor ihr, und sie erkannte, dass sie bis jetzt immer bloß einen oder zwei Schritte vorausgeschaut hatte. Es war ein aufregendes, neues Gefühl, ein bisschen wie Frühling, auch wenn es die unpassende Regung angesichts des Leichnams ihres Ehemannes im Nebenzimmer schien.

Sie hatte Howard getötet. An dieser Tatsache war nicht zu rütteln, und sie fragte sich, ob sie das zu einem ebenso schlechten Menschen machte, wie er einer gewesen war. Angst befiel sie, dass dieses Wissen oder ihre Tat in ihr gären würden. Aber so fühlte es sich nicht an, mehr wie eine Befreiung, und sie stellte sich eine Zukunft vor, wenn sie die Geschichte von Howards Tod erzählen würde und vergessen hätte, dass das nicht die Wahrheit war. Doch was den Tod anbelangte, gab es keine simplen Sachverhalte, das wurde ihr nun klar.

»Du siehst anders aus«, sagte sie zu Eleanor.

Eleanor strich sich mit den Fingern über die Lippen, als würde sie sich selbst küssen. »Ich fühle mich auch anders. Ich glaube, es hat mit Robert zu tun. Vielleicht hatte er recht, und es gab diese Geister der Vergangenheit, die vertrieben werden mussten.«

»Ich glaube, für keine von uns ist das Leben so verlaufen, wie wir es uns vorgestellt hatten.«

»Ich denke, das ist für niemanden so. Und zum ersten Mal ist das für mich okay.« Eleanor lächelte mit ihren blitzenden Augen. »Als ich mit Nancy im Restaurant saß, an dem Abend, bevor sie starb, redete sie immerzu von ihren Schuldgefühlen. Und ich weiß noch, dass mich ihre Haltung fast freute, ich erinnere mich, dass ich dachte, sie ist schuldig, von uns dreien ist sie diejenige, die Mist baut und unnötig viel Aufhebens um alles macht. Und ich habe mich unglaublich über sie geärgert. Ich war so sauer, dass ich sie alleine zu dem nächtlichen Treffen mit diesem Mann gehen ließ, ohne ein nettes Wort oder auch nur ein Lächeln. Natürlich habe ich seither schreckliche

Schuldgefühle. Und dann kam die Sache mit Robert, und ich fühlte mich noch schlechter. Bloß was sollen all diese Schuldgefühle? Es ist doch egal. Man kann unmöglich immer alles richtig machen.«

May sehnte sich danach, Eleanor die Wahrheit über Nancys Schicksal zu erzählen, doch sie blieb dabei, ihre Kinder bis ans Ende aller Zeiten zu beschützen. Eleanor und sie würden jede mit ihrer Version von Nancys Geschichte leben müssen. Marcus hatte ihr erzählt, dass Nancy sie für einen wunderbaren Menschen hielt, und das glaubte sie auch. Im Laufe der Zeit würden Eleanor und sie die schönen Erinnerungen an ihre Freundin teilen, das war es, was zählte.

Eleanor hob ihre Tasche vom Fußboden auf und wühlte darin. Schließlich holte sie ein Holzkästchen hervor, das sie auf die Mitte des Tisches stellte. Das Holz war so hell, dass Mary kurz dachte, es wäre goldfarben angestrichen, und Eleanor hätte etwas von dem Goldstaub abbekommen, aber dann erkannte sie, dass es lediglich die glatte Oberfläche war, die so glänzte, als wäre sie unzählige Male berührt worden. Auf dem Deckel waren Worte in einer fremden Sprache eingraviert.

»Du wirst geliebt«, sagte Eleanor in ihrem Rücken, und als Mary sich umdrehte, sah sie Tränen in ihren Augen blitzen.

»Dieses Kästchen hat mir Irena hinterlassen«, sagte Eleanor. »Sie hat mir einmal gesagt, dass wir eine Verantwortung den Menschen gegenüber haben, die uns lieben. Die Tatsache, geliebt zu werden, macht uns wertvoll, und deshalb müssen wir uns gut um uns selbst kümmern. Ich denke, ich und du, und auch Nancy, wir sind gut darin zu lieben, aber nicht darin, geliebt zu werden. Doch dabei entgeht uns das Wichtigste, wir haben viel Verantwortung, die schwer auf uns lastet, aber wenig, die uns guttut. Das ist nicht richtig so.«

Mary blickte zu ihrer wundervollen Freundin und verstand, vielleicht zum allerersten Mal überhaupt, dass sie ihr nichts vormachen musste, weil Eleanor und sie sich tief vertraut waren. Sie mussten sich nicht beklagen, dass sich ihre Träume nicht erfüllt hatten, oder sich fragen, wie ihr Leben hätte verlaufen können. Sie verstanden einander perfekt, sie kannten ihre Lebensgeschichten. Ihre Kraft lag in ihren Schwächen, und sie wünschte sich, sie hätte das früher begriffen, dann hätte sie Nancy retten können.

Ihr Herz fühlte sich wie vom Wind aufgebläht an. »Ich hab dich lieb, Ellie«, sagte sie.

»Ich dich auch«, erwiderte Eleanor und umschloss das Holzkästchen mit ihrer Hand. Ihre Haut hatte einen goldenen Schimmer, und ihre Augen sahen aus wie zwei Diamanten. »Du weißt ja, ein Unglück kommt selten allein.«

Mary nickte. »Erst Nancy, dann Irena, jetzt Howard.«

Mary plusterte die Backen auf, denn irgendetwas irritierte sie. Sie schüttelte den Kopf, es war, als hätte sie ein Gefühl, einen Gedanken verdrängt, vielleicht sogar eine Erinnerung. Sie lächelte ihre Freundin an. »Weißt du, Ellie, wir sollten das Leben nicht mehr auf diese Weise betrachten. Vielleicht hat das, was uns passiert, gar nichts mit Glück und Fehlern oder Verantwortung zu tun. Ich glaube, das ist es, was Irena dir sagen wollte.«

Eleanor nickte. »Darüber habe ich auch schon nachgedacht, und ich glaube, du hast recht. Sie wollte mir sagen, dass ich mein Leben leben sollte, ohne die Angst, etwas falsch zu machen, und ohne es den anderen immer recht machen zu wollen.«

»Robert hat Nancy nicht getötet, Els.«

Eleanor sah ihr direkt in die Augen. »Ja«, antwortete sie. Mehr mussten sie nicht sagen.

»Weißt du, was ich gern tun würde?« Mary schluckte ihre Tränen hinunter. »Ich würde gern all unseren Kummer und unsere Schuldgefühle in dein Kästchen tun, dann wären sie mit der Liebe vereint und würden sich nicht mehr so übermächtig anfühlen. Zum ersten Mal in meinem Leben ist mir mein emotionales Chaos gleichgültig. Ich muss nicht mehr alles richtig machen. Es ist mir egal, wenn ich nicht perfekt bin.«

Einen Moment lang sah Eleanor schockiert aus, aber dann strahlte sie übers ganze Gesicht, und feine Fältchen zeichneten sich um ihre Augen ab. »Aber ja«, sagte sie, »das ist die beste Idee, die ich seit Langem gehört habe. Wir beide könnten zusammen nicht perfekte Frauen sein.«

Es klingelte an der Tür, und Eleanor erhob sich vom Stuhl, doch Mary bedeutete ihr, sich wieder zu setzen. Das mussten die Leute vom Beerdigungsinstitut sein, die Howard mitnahmen, und sie wollte sie selbst hereinlassen und danach die Tür hinter ihnen schließen.

Nichts war so gekommen, wie sie es sich ausgemalt hatten, als sie drei sich als junge Frauen kennengelernt hatten, dachte Mary, als sie durch die Diele ging. Aber sie hatte erkannt, dass jeder Mensch in seinem Leben die Möglichkeit hatte, ein neues Kapitel aufzuschlagen. Plötzlich stand ihr klar vor Augen, dass Irena recht hatte: Wir hatten die Verantwortung, uns gut um uns selbst zu kümmern, uns wertvoll zu fühlen, trotz all unserer Fehler und Schwächen. Denn auf diese Weise lernten wir, dass nichts im Leben perfekt war.

Der Tag musste angebrochen sein, denn ein heller Lichtstrahl fiel durch das Glas in der Haustür. Sie öffnete und trat hinaus in die wärmende Morgensonne.

Danksagung

Dieses Buch handelt von Frauen, ganz ungeniert, und zum großen Teil von Frauenfreundschaften. Ich habe das Glück, mit vielen wunderbaren Frauen zusammenzuarbeiten, und ich habe viele tolle Freundinnen, ohne die meine Tage beträchtlich langweiliger und nicht so leicht zu bewältigen wären.

Bücher sind eine Gemeinschaftsarbeit, und es ist nicht übertrieben zu sagen, dass es sie ohne das Zutun vieler Menschen nicht geben würde – die Autorin, der Autor allein genügt nicht. Daher möchte ich folgenden Menschen von ganzem Herzen danken:

Meiner Agentin Lizzy Kremer, die mich drängte, diese Geschichte zu schreiben, nachdem ich anfangs einige Male beim Schreiben gescheitert war und den Mut verloren hatte. Lizzy hat sich wundervoll für mein Buch und mich eingesetzt und mir beim Lektorat ebenso wie bei allen praktischen Fragen geholfen. Mein Dank geht auch an das gesamte Team von David Higham sowie Maddelena

Cavaciuti, eine fantastische Leserin, Nicky Lund, die Worte in Bilder wandeln kann, und Alice Howe mit ihrem tollen Übersetzerteam, die Bücher in die ganze Welt hinausträgt.

Ich bin sehr froh über das großartige und innovative Team von Orion, ganz besonders über meine Lektorin Francesca Pathak, die sich so begeistert und unermüdlich für dieses Buch engagiert hat. Ein großes Dankeschön auch an Debbie Holmes für den wunderschönen, eindrucksvollen Umschlag.

Dieses Buch ist meinen ältesten fünf Freundinnen gewidmet, die ich teilweise schon seit meiner frühen Kindheit kenne. Doch ich habe auch wunderbare Freundinnen über die Arbeit und die Kinder gefunden, sie alle sind sehr inspirierende, starke und lustige Menschen. Ich danke Amy, Bryony, Emma, Sophie, Clare, Cherry, Moya, Eve, Lizzie, Dorothy, Kate und Laura.

Wie immer danke ich auch meinen Eltern Linda und David, meinen zahlreichen Geschwistern, ihren Partnern und Kindern.

Mein spezieller Dank richtet sich – immer – an meinen Ehemann Jamie und meine Kinder Oscar, Violet und Edith, ohne die nichts im Leben irgendeine Bedeutung hätte.

Araminta Hall

The Couple

**Ihre Liebe ist vorbei.
Ihr Spiel hat erst begonnen.**

978-3-453-42251-3

»Das könnte der beste Thriller des Jahres sein.«
New York Times Book Review

»Einer der verstörendsten Thriller, die ich seit Jahren gelesen habe.«
Gillian Flynn

»Als ob man in Zeitlupe einen Autounfall durch zugekniffene Augen beobachten würde.« *Tammy Cohen*

Leseprobe unter **www.heyne.de**